U0603987

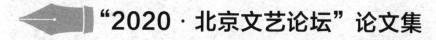

"2020·北京文艺论坛"论文集

北京市文学艺术界联合会 编

孟繁华 学术统筹

广西师范大学出版社
·桂林·

目　录

文化自觉与中国叙事

2020·北京文艺论坛

2020·北京青年文艺评论人才读书研讨班

文化自觉与中国叙事

2020·北京文艺论坛

如何面对当下文学批评的困局

孟繁华

　　当下的文学研究和批评,被一种巨大或莫名的迷茫所笼罩,既没有方向感,也缺乏有力的理论和方法。这种状况已经持续多年。虽然文章照样发表,学术刊物照样出刊,但有影响、有力量、有创造性的著述凤毛麟角。

　　文学批评自身存在的问题在二十世纪八十年代中期就开始被提出,甚至有人用"危机"来概括。几十年过去,这种困境不仅没有缓解,甚至有过之而无不及。从批评的角度说,许多年以来,学院批评已成为主流。另一方面,学院批评经过制度化,也逐渐没落。背离了当初"拒绝庸俗社会学强侵入"的初衷,越来越千篇一律,无论腔调还是文风,枯燥乏味。这样的文章什么都有,有哲学、社会学、历史学、心理学、版本学、文献学,等等,就是没有文学。因此,我们已经到了非改变批评现状不可的时候。2002 年,青年批评家岳雯说:"回望这十年,我们的生命被文学批评打上了深深的烙印。我们在不同的文学会议上相遇,或唇枪舌剑,或秉烛夜谈;我们秉笔疾书,是深海采珠,也是为未来的文学史留下一份备忘。通过文学批评,我们想要召唤出更好的自己,更重要的是,我们也在寻找一个时代的根本性难题,并试图与之对话。有的时候,我们雄心勃勃,'会当凌绝顶,一览众山小';有的时候,我们陷入间歇性虚无,不信任手中的文字能创造更好的世界。"两代批评家,无论是丁帆批评的"学院批评家"的价值混乱,背离了文学批评的真理性原则,还是岳雯感同身受的迷茫与虚无感,都从不同的侧面反映了当下文学批评面临的真实困境。这个困境不只是他们个人的,也是当下文学批评整体性的。我当然也概莫能外。

我也试图寻找一条能够缓释这一困惑的道路或方向,但一直不得要领。我们知道,从八十年代初开始,向西方学习业已成为宏大的时代潮流。西方繁复的文学观念和方法,极大地开阔了我们的文学视野,也以镜像的方式清晰了我们的文学位置。但是,许多年过去之后,源于西方文学基础产生的西方文学理论,也遇到了他们自身的纠结或难题。因此,西方文学理论在阐释文学共通性问题的时候,确有明快和通透的一面,但任何国家、民族的文学也总会有其特殊性。面对"特殊性"的时候,仅凭西方文学理论往往捉襟见肘词不达意。早在九十年代,曹顺庆就提出了中国文论"失语症"的问题。曹顺庆对"失语"的解释是:我们根本没有一套自己的话语,一套自己特有的表达、沟通、解读的学术规则。我们一旦离开了西方文论话语,就几乎没有办法说话,活生生一个学术"哑巴"。因此,当下的中国文论不能有效地解决文学批评问题。二十多年过去,这个问题不仅没有解决,而且愈演愈烈。于是,从实用性的角度考虑,我经常向古代文学研究者的方向张望,希望能够从他们从事的研究中汲取新的资源和方法。特别是身边一些优秀的古典文学学者的研究成果,常常让我耳目一新,深受启发。古典文学研究界的文论研究——尤其是古典诗学研究,取得了诸多重要成果。这些学者的具体研究不是空泛地站在云端说话,而是发掘了相当丰富的、值得当代文学批评实践吸收的本土理论话语资源。

在这方面,我觉得文学创作做得比文学批评好。比如先锋小说家余华、格非等,他们适时地放弃了纯粹的先锋文学立场,重新回到了正面写小说和讲故事的方式。当然,这个"回归"已经不是原来的现实主义,而是综合了古今中外各种表达手段。如果没有这个过程,他们就不是今天的余华、格非。特别是莫言,一再强调作家是个"讲故事的人"。他刚刚出版的《晚熟的人》,表面上沿用了明清白话小说或世情小说的外壳,将今天热气蒸腾的乡土生活用故事的形式呈现出来。但无须我们辨识,那里已经融汇了诸多现代小说的各种笔法。旧小说大多章回体,多为世情风情,写洞心戳目的男欢女爱、家长里短,而且到关节处多是"欲知后事,且听下回分解"的卖关子,为的是勾栏瓦舍的"引车卖浆者流"下次还来,说到底是一个"生意"。读《晚熟的人》,我总会想起京剧《锁麟囊》。这出戏故事很简单,说的是一贫一富两个出嫁的女子,偶然在路上相遇,富家女同情贫家女的身世,解囊相赠。十年之后,贫女致富而富女则陷入贫困之中。贫女耿耿思恩,将所赠的囊供于家中,以志不忘。最后两妇相见,感慨今昔,结为儿女亲家。戏剧界对《锁麟囊》的评价是:文学品位之高在京剧剧目中堪称执牛耳者,难得的是在不与传统技法和程式冲突的情况下,妙词佳句层出不穷,段落结构玲珑别致,情节设置张弛有度。声腔艺术上的成就在程派剧目中独居魁首,在整个京剧界的地位亦为举足轻重。《锁麟囊》是翁偶虹于 1937 年所创作的,那时现代"爱美剧"已经声名大噪。但旧戏新编依然大放异彩。话又说回来,《锁麟囊》在戏剧界依旧被认为是"传统"剧目,其原因大概还是旧瓶装旧酒,情节不外乎世事无常但好人好报的传奇性。《晚熟的人》看似有"白话小说"或世情小说的路数,但它是"旧瓶装新酒",小说的观念不是传统的,也不是西方的,它是现代的。

如是我想,如果我们的文学评论也能够回过头来,向传统文论学习,一定会有新的气象。现在大家经常议论胡河清的评论,就是因为胡河清在熟悉现代西方文论的情况下,能够结合本土的文学理论资源,对文学作品或潮流现象作出具有本土性的阐释,所以他独树一帜。当然,造成文学评论今天这样的现状有多重原因,学科间的不对话是一个重要原因。比如所谓的文学理论、文艺美学都是高高在上的学科。他们每天谈天上的事情,宏大又神秘。值得怀疑的是,这许多年,这些学科究竟有什么发展?他们为文学批评提供什么样的新的知识和可能?他们对当代文学的现状有多少了解?如果文学理论不能为阐释当下文学提供新的话语,创造新的范式,那么这样的理论只能沦为课堂知识学。我们从未企望文学理论一定要切合批评实践,它有其"无用性",但理论如果只是一味地空转,可能我们就不再需要它。当下的文学世界,早已不是理论家的世界,无论"耶鲁四人帮"还是杰姆逊等,他们都是批评家,他们都有具体的阐释对象,他们没有离开具体的阐释对象说话。这是需要理论研究者注意的。

2020年11月9日,在微信里看到四川大学要在线上讨论金惠敏的"有文学的文学理论"时,我大喜过望——终于有文学理论内部的学者检讨和批评文学理论的问题了。我和金惠敏曾经是文学研究所的同事,于是便要了他尚未出版,但都发表过的文章结集。读过之后,我才知道自己理解错了,金惠敏不是检讨和反省文学理论存在的问题,而是为没有文学的文学理论辩解,不同的是他走得更远。他不仅没有反省、检讨多年来中国文论出现的问题,甚至雪上加霜——认为"没有文学"的文学理论是正当的。他在2004年第3期的《文艺理论与批评》发表了一篇题为《没有文学的文学理论——一种元文学或者文论"帝国化"的前景》的文章。文章在当年曾引起不大不小的争论,后不了了之。但是,近二十年过去,作者又将文章结集出版,意在表明他仍然坚持这一立场。

结合当下文学批评现场以及文学理论存在的问题,我再次提出讨论就不是可有可无的事情。金惠敏认为——

　　评骘一种文学理论,其优其劣,其必要性,其合法性,诚然,一个重要的尺度是看它与文学是否相干,进而有无积极的、促进的功能。但是,我想郑重地说,这只是对"文学理论"的一种界定、一种理解,即要求"文学理论"发挥"文学""分"内的功能。此外——这"此外"或将演变成"主要","文学理论"也完全可以越出其"分"而外向地发挥其功能:渊源于文学,却指向文学之外,之外的学科、之外的社会。这绝非什么非"分"之想。沉浸浓郁、含英咀华,对文学作品的阅读和品味会形成一种审美情愫,一种文学意识,最后是一种理论形态,它来自文学,但已然显出为一个独立于文学的思想文本,就像文学源于现实而又不等于现实,它能够不依赖于现实、不依赖于文学作品而是一完整之生命体。也正如文学作品可以反作用于社会一样,文学理论可以不经介入创作而直接地作用于社会。它虽然与现实隔着创作一层,但也间接地反映着现实,它本身堪称一精神现实,这里就不提文论家作为社会人对其理论与社会之连接的根本保证了,也不去说文论家在人性上的天赋美感,它不假外求而自有。文学理论一旦作为独立的、有组织的和有生命的文本,她就有权力向她之外的现实讲话,并与之对话。文学理论不必单以作家、诗人为听众,它也可以作为理论形态的"文学",与文学作品一道向社会发言。这不是僭越,而是其职责,是文学理论作为美学、作为哲学的社会职责。

　　这是这篇文章的核心观点,也是"文学理论""帝国化"的基本内容。按照金惠敏的理解,要么文学理论已经解体,被分解到或帝国化到其他学科中,如是,文学理论已不复存在;要么文学理论在"失语"的语境中,一直没有找到自身能够自我确证的位置而无所作为。然而,当金惠敏强调文学理论帝国化或扩张的时候,他使用的材料恰恰不是文学理论著作而是文学评论著作。这一错位,不仅使他的文章内部矛盾百出,问题丛生,还从另一方面证实了这是一个批评家的时代,文学的理论和与文学相关思想的提出,是文学批评家而不是文学理论家。因此,那个所谓的文学理论帝国化或扩张化,在金惠敏这里已经是无源之水。无论哪种情况,可以肯定的是,今天的文学理论已经遭遇了很大的问题。所谓帝国化或理论边界的扩张,是一个永难实现的理论幻觉。一个难以否认的事实是,近二十年过去,那种帝国化的、没有文学的文学理论,起码在中国我们还没有见到。真实的情况是,他们仍然处于失语的境界而难以自拔。

文学批评虽然也有很多问题,甚至有短时间里还很难克服的问题,但文学批评面对的还是具体的文学作品,他们的言说还是"及物"的。因此,讨论中还不时地会总结出一些有见识的观点或质疑。诸如"小说是写不可能的事情"、小说的"有意思"和"有意义"的关系、诗歌创作要抵抗"碎片化的生活"等命题,是在文学创作与现实生活关系中提出的,这些鲜活又有时代性的命题,是批评家在文学批评实践中,在考察了大量当下文学作品之后提出的,这是自诩正在"帝国化"的"文学理论"没有能力企及的话题。我所说的当下文学理论的不及物和空转,也正是在这样的意义上被批评的。

我不只是批评文学理论没有方向得不知所措,因为当下文学批评的问题也比比皆是。但是,文学批评还有反省和检讨自己的意愿,没有像文学理论那样为自己做毫无说服力的辩解。多年来,各个学科各行其是、老死不相往来多年,现在到了相互对话、相互补充的时候了。如果还是"山头"心理,我们面临的情况只能更糟糕。任何一个伟大的文学时代,都伴随着激烈的、与文学相关的各种论争,论争极大地激发了理论和创作的灵感,从而推动那个时代的文学向更积极、更健康的方向发展。反观近二十年来的文学,岁月静好,风平浪静,随波逐流是这个时代文学最看不得的景观。因此,打破沉寂,敢于正视与文学相关的各种问题,才有可能让我们的文学充满生机地参与到伟大的时代变革中来。

孟繁华 北京文艺评论家协会主席,沈阳师范大学特聘教授,中国文化与文学研究所所长。

如何创造中华民族新史诗

李云雷

在第十次文代会、第九次作代会开幕式上的讲话中,习近平总书记指出:"'文变染乎世情,兴废系乎时序。'揭示人类命运和民族前途是文艺工作者的追求。伟大的作品一定是对个体、民族、国家命运最深刻把握的作品。改革开放近四十年来,我们党领导人民所进行的奋斗,推动我国社会发生了全方位变革,这在中华民族发展史上是前所未有的,在人类发展史上也是绝无仅有的。面对这种史诗般的变化,我们有责任写出中华民族新史诗。"

创造中华民族新史诗,这是习近平总书记对文艺工作者的期待,也是作家、艺术家在精神与艺术上的内在追求。所谓"中华民族新史诗",我们可以从四个层面来理解:一是"史诗",这里的史诗不是指特定体裁,而是指包容了巨大历史内容而又具有诗性的作品;二是"民族史诗",是指体现了一个民族的历史、精神、美学的史诗性作品;三是"中华民族史诗",是指凝聚了中国人共同经验、情感、记忆的民族史诗,在其中可以看到我们这个民族的特性、命运与希望,在这个意义上,从《史记》到《红楼梦》,再到鲁迅的小说,都是中华民族的"史诗";四是"中华民族新史诗",是指中国人在改革开放时代所创造的新的历史及其在文学中的呈现，可以从整体上凝聚当代中国人的生活、情感与精神，让我们可以从中看到时代，看到中国，看到我们自己。

在当代中国文学界，可以称为"中华民族新史诗"的作品较为匮乏。之所以如此，在我看来，与二十世纪八十年代以来形成的两种倾向相关。一是忽视中国经验，注重"西方理论"。新时期以来，不少作家模仿西方文学尤其是现代派文学，我们并不反对借鉴西方文学，但学习是为了更好地创造，为了表达中国人的经验与情感，而不是以西方的标准规范中国文学，但是在一些作品中，我们看到更多的是现代派的形式与技巧，以及抽象的对"人性""死亡""欲望"等问题的探讨，很少看到中国人的生存经验与内心世界，作品中即使写到中国人，也并不像生活中的中国人，而是按照某种理论抽象出来的符号，因而失去了生动性与鲜活性。二是消解"宏大叙事"，热衷"个人故事"。创作者越来越关注"自我"及其"日常生活"，缺乏宽广的历史眼光与社会意识。这也有一个演变的过程，在新时期之初，作为对此前公式化、概念化创作的一种反拨，强调"自我"与"日常生活"有其历史的合理性，但是如果走到另一个极端，认为只有描写"自我"或"日常生活"才是好的文学，关注他人、关注世界、关注社会议题便不会有好的作品，这就陷入了偏颇与谬误。所谓"宏大叙事"的消解，作为理论探讨有其脉络与价值，但实际上这一命题消解的只是特定的"宏大叙事"，也让作为主体的人更加碎片化，需要我们从理论上作出反思。现在不少创作者囿于"自我""小叙事"的藩篱，极大限制了个人视野的拓展与艺术才华的发挥，这一点在青年作家身上表现得尤为明显。我们看到，现在很少有青年作家可以驾驭宏大的题材，相对于"五〇后""六〇后"作家，他们的气象、格局与境界偏于狭小，这也是青年作家亟待解决的问题。

当然我们谈论创造中华民族新史诗，并不是要抹杀个人经验与日常生活，而是要从个人经验与日常生活出发，抵达一个更加开阔的境界。艺术创作的一个规律，就是要从创作者最熟悉的生活着手，从其艺术敏感点切入,只有这样,才能让创作更加丰富饱满,更有艺术的生命力,否则便容易陷入空洞或干瘪,甚或走向另一种公式化,这自然不是我们想要看到的。在这个意义上,我们要书写中华民族新史诗,就需要将个人体验与中国经验结合起来,并不断拓展生活范围,提高艺术眼光与思想能力。

对于当代中国作家来说,要创造中华民族新史诗,需要具备新的历史眼光、社会意识和世界视野。所谓新的历史眼光,是指将生活重新"相对化"的反思眼光与能力,我们的生活并不是从来如此,也不是必然如此。没有历史感,就没有现实感,我们只有在历史脉络的细致把握中,才能够更深刻地感知和把握"现实"。在飞速发展的当代中国,每一个人都仿佛置身于激流之中,日常生活也都在发生着变化,并不存在一成不变的"日常生活",时代的深刻变化也渗透在日常生活之中。以通讯方式为例,短短二十多年,我们跨过电话、呼机、手机时代,进入移动互联网时代;再以火车交通为例,我们也跨过绿皮车、快车、特快、动车时代,进入高铁时代。类似变化所在多有,深刻地改变了中国人的生活,也在悄然改变着中国人的时空观念。这是新的"中国故事",是此前的中国史上所没有的,我们置身于这一伟大变革之中,只有具备历史的眼光,才能深刻认识其价值。

所谓新的社会意识,是指创作者要突破"自我"的藩篱,清晰地认识到自己只是社会某个阶层的一员,个人的生存经验或许并不能够代表其他阶层、群体或个人,而是有其局限性的。这就需要我们的作家将走出"自我",关注他人,关注时代,关注世界,尤其要关注社会底层的生活与内心。底层民众构成了国人的主体,他们的故事是更广泛、更典型、更有代表性的"中国故事",只有走进他们的生活世界,体验他们的喜怒哀乐,才能触摸到时代变化的脉搏。底层民众也是创造历史的根本力量,创作者只有参与到他们创造历史的进程之中,才能切身感受到中国经验的丰富性与复杂性,才能刻画出中国人的生活史与心灵史,才能创作出为他们所接受喜爱的优秀作品。

所谓新的世界视野，是指我们需要重建面对世界的心态，重构新的世界图景。我们可以清晰地感觉到，2008年奥运会以来，尤其是党的十八大以来，中国人的文化自信越来越强了，整体社会氛围和人们的自我意识也在发生变化，这是一个具有历史意义的变化。可以说自近代以来，中国人都在以"落后者""追赶者"的心态面对西方国家与西方文化，我们的整个知识、思想系统及其问题意识都是以此为基础的，而伴随着中国人文化自信的增强，我们不仅可以更加从容地面对西方文化，而且需要重新审视近代以来的知识系统，在新的问题意识之中，重新构造我们思维与感觉结构，对此我们显然还缺乏知识与心理准备。而对于文学来说，只有具备这样的眼光与视野，我们才能讲好新的中国故事。

古今中外文学史上，无论是《战争与和平》《浮士德》，还是《红楼梦》《水浒传》，这些经典作品都以其对人类生活及其命运丰富性、复杂性、深刻性的揭示与探索，在文明的星空中闪烁着璀璨而永恒的光芒。今天我们创造中华民族新史诗，不仅要努力在中国文学的脉络中勇攀高峰，而且要有雄心将当代中国人的生活、情感与精神凝结为具有世界意义的经典之作，这是时代赋予我们的使命，也是当代中国作家应有的抱负。

李云雷 《小说选刊》副主编，副编审。

传统戏曲与当代生活

——从当代昆曲《春·晓》的创作实践谈起

胡　叠

　　新编戏曲在擅长的历史(古装)题材之外,应直面当代社会、反映现实生活,这是戏曲界的共识。同时,人们也认为,作为传统艺术的戏曲,在直面和反映当代生活题材时存在着诸多问题,而其中最主要的问题在于传统戏曲中"最珍贵的艺术成分"——表演程式,在现实题材戏曲舞台上很难被直接运用。1957年,阿甲撰文指出:"程式问题,历史剧演出运用它比较方便,演现代剧相当困难。戏曲的程式,是古代人物生活、思想、感情的形象创造,是有概括性的东西,它是千百年来艺人的生活体验的积累,它是一种特殊的造型方法,但表现现代戏有限制。"①阿甲提醒的这一点非常重要,它涉及艺术的一个基本问题,即内容和形式的关系。在艺术中,内容和形式既相互成就,也相互制约。好的艺术品总是能很好地实现内容和形式的均衡,这一点毋庸赘言。但是,戏曲的程式是否只包括表演程式? 如果在表演中不采用／借用／化用表演,戏曲还能否保留它作为一门独立艺术样式的独特性? 戏曲艺术中

---

　　① 阿甲:《戏曲程式不是万能的》,《戏剧报》,1957年5月1日,第5页。

最有价值的部分,是否只在表演程式上?

在数十年的实践探索中,新中国的戏曲人致力于寻找一种解决旧程式和新内容失衡的办法。在数量浩大的这一类新编戏中,我们能看到各种尝试的结果:有人借用和化用旧有程式,却使得表演变得僵化、不自然;有人创造新的"程式"——更多的是舞蹈化的表演,以至于演出更像"戏曲歌舞剧";有人从表演上弃用旧的程式,被人们称作"话剧加唱"。虽然戏曲界对于一些当代题材的戏曲作品多有赞美,但是能够从艺术性的层面达到可堪与经典传统戏相媲美的新编戏还没有出现。当然,一个可能的原因在于,经典传统戏无一不是在演出(市场)中千锤百炼而成,而绝大多数的新编戏并没能获得这样的机会。

作为一名做戏曲史论研究且具有西方戏剧理论教育背景的戏曲创作者,我对于戏曲演绎当代题材的困难有自己的理解,认为既然戏曲直接表现当代生活有它的局限性,我们不妨采取另一种办法很好地规避这一困难,毕竟当代人在创作古代题材时,照样可以(也必须)具有"当代意识""当代立场"和"当代审美"。也因此,在十余年的戏曲创作中,我没有碰触过当代题材。

2020年8月初,由于一个突发情况,我不得不临时救场,接手了昆山当代昆剧院的一部"抗疫题材"昆曲《春·晓》(又名《峥嵘》)的创作。在确定接手前,我就担心的问题和导演几度沟通,包括能否不按照传统昆曲的套曲要求写作等,导演认为可"破套",而负责编腔的周雪华老师甚至表示,如果时间来不及,我可以写成"长短句"而不一定填曲牌,她也能据此写成昆曲。

真正进入创作后,由于创作时间非常紧张(不足一个月),我完全无暇思考"传统戏曲"和"当代生活"之间的关系。我依据自己对昆曲的理解,以及对它的热爱,最终完成剧本。在周雪华老师的指导下,我非常谨慎地按照传统昆曲的要求,确定了每一场的宫调套曲。全剧共六场(含序和尾声),选择了最能代表昆曲特点的宫调套曲:序为【北仙吕】【寄生草】一支,第一场为【南中吕】【榴花灯犯】【好事近】【千秋岁】【缕缕金】一套,第二场为南北合套【双调】【北新水令】【南步步娇】【北得胜令】【南江儿水】【北折桂令】【南忒忒令】一套,第三场为【南南吕】四支,【懒画眉】加【朝元歌】,第四场为【北正宫】【端正好】【滚绣球】【脱布衫】【上小楼】【小梁州】【幺篇】【快活三】【朝天子】一套。

我在创作中特别坚持的一点是,要在这个剧中写同场曲。对于传统昆曲而言,同场曲几乎是不可或缺的,它不但能完成叙事,也能有效地烘托气氛。对于传统昆曲人而言,它还体现了台上表演的整体性,不分角色大小,台上的演员都要开口同唱。遗憾的是,在新编昆曲里,同场曲几乎不见踪影,即使在现在演出的传统全本昆曲里,很多同场曲也被删减。在《春·晓》中,我不但新写了同场曲,更加入了明代昆山剧作家梁辰鱼《浣纱记》中的【醉太平】作为全剧情感高潮的渲染。【醉太平】是所有昆曲人入门必学的一支同场曲,对昆曲人而言具有不一样的意义,而这部戏的主人公恰是一名昆曲演员,故事的发生地真是昆山,选择这一支【醉太平】入戏,不仅从音乐效果而言非常恰当,而且对于"以昆山昆曲写昆山昆曲人"的这一创作本身而言,其意义不言而喻。

不过,当剧本完成后交付排练,我发现自己依旧要面对这一问题——昆曲是中国传统戏曲的集大成者,它的成就不但在剧本文本上,也在音乐上,更在表演上。以这样一种表演程式化程度最高、剧本和音乐结构最严谨的剧种来描写当代生活,我如何能确保自己的创作是一部真正的昆曲?如何确保内容和形式能实现更好的契合?如何能提供给演员可能化用、借用程式的基础和空间?最简单的问题是,由于题材的缘故,剧本中出现了"感冒发烧""酒精""消毒水""高铁"等等只存在于当代生活中的词语,该怎么让演员用韵白这种"非生活化"的方式去自如地处理?

第一次坐排时,这个问题立即出现,即使是非常有经验的演员在用韵白去念这些词语时,都会觉得别扭,自己不舒服,听的人更会觉得好笑。随后就有主演提出能否不用韵白,而加入生活化的语言去处理这些内容。虽然导演坚持不能改念白方式,但那时的我却多少已被说服。

由于只是承担了编剧的职责,兼之教学任务繁重,一个半月的排练,我并不在场。但我时时担忧着这部戏最终的呈现效果,这些担忧一直持续到11月19日首演日。是夜,在南京紫金大戏院,大幕拉开,当两位主演——昆山当代昆剧院和江苏省昆剧院的优秀演员由腾腾、张争耀唱完第一支曲牌【寄生草】之后,我悬着的心落地了。整场演出,我侧耳听观众的反应,发现最初我们所担忧的韵白问题并没有对观众造成影响。这也验证了导演俞鳗文最初的坚持,她说,只要演员入戏了,观众就会跟着入戏,这些台词就不会有违和感,最终人物的状态正是通过昆曲的唱念得以呈现。

2020年是中国戏曲学院建校七十周年,习近平总书记在给国戏老中青少四代师生回信中,郑重提出应"坚定文化自信,弘扬优良传统,坚持守正创新"。"守正创新"无疑确定了戏曲当代发展的一个基本原则。回溯《春·晓》从文本到舞台的整个创作历程,再回看"守正创新"这四个字,我想,其实我应该重新思考两个最基本的问题,即什么是中国传统戏曲之"正"、什么是中国当代戏曲之"新"。

面对第一个问题,必须回溯中国戏曲的发展历程。中国传统戏剧以"戏曲"为名,当然有它的必然性。从其最早的成熟形式——宋南戏和宋杂剧来看,前者的来源是文人阶层以词入戏,后者的来源是民间的说唱艺术"诸宫调"。词不只是可看可读的书面文学样式,它自然带有音乐旋律,是可歌咏的文字。诸宫调更是以"曲牌联套"为其基本结构。从这里,我们可以看到中国传统戏剧从最初形成始,最本质的特征其实是"曲",是"曲"的结构——音乐体制和声腔系统影响中国传统戏剧的形成。

中国戏曲是一个笼统的概念,可细分为不同的剧种。我们将如何区分各剧种呢?譬如京剧和昆曲,二者表演程式化程度都非常高,如果拿掉唱腔的部分,我们是否能从身段程式中发现二者的差异?就表演而言,许多地方小剧种身段程式化程度相当低,在进行剧种的区别时,结论是不言而喻的。即使不看舞台表演,单听唱腔,戏曲剧种都能被区别开来,也就是说,唱腔其实可以成为区分剧种最直接的手段。从最终呈现来看,《春·晓》之所以是"纯正昆曲",最根本的原因在于剧本以传统昆曲的音乐结构为基础,舞台表演严格遵循传统昆曲声腔要求。由此我们也许可以认为,音乐体制和声腔系统才是更能决定剧种本质性特征的艺术成分,戏曲之"正"恰在于此。

对于何为戏曲之"正",一个普遍看法是在于戏曲的程式,我们在讨论传统戏曲演绎当代生活的困难时,也多停留在此。谭霈生先生认为,戏曲程式就是戏曲的本体。但是戏曲程式究竟应该包含哪些内容?这些内容里,哪些是戏曲的本质特征,哪些是非本质特征呢?

由此,我们需要厘清一下戏曲程式的概念。程式是一个内涵丰富的概念,它并不特指或仅仅指"唱念做打"的表演程式,而是包含了戏曲从剧本到舞台呈现各个环节中的具有规定性和规律性的范式。戏曲剧本的写作要按照音乐体制的要求进行,这也是戏曲程式的一种,并且从戏曲的发展来看,这应该是最早被确立下来的戏曲程式。作为舞台演出的中国戏曲,在北宋初期出现的成熟样式是宋南戏。关于宋南戏和此后的宋元杂剧,我们无法看到最后舞台呈现的样式,但是从留存的剧本和相关的一些记载看,这些戏剧样式的确定和划分是在于剧本"曲"的规律的变化。而从戏曲创作的一般规律去推断,应该先有剧本(曲)再有舞台演出(表演),因此我们应该可以认定,表演程式必然后于剧本程式,表演程式必然是从剧本所提供的可能性中、在不断的舞台实践中最终形成和确定的。表演程式可分为声腔系统和动作系统,声腔系统和剧本"曲"的关系最为密切和直接,因此,声腔系统的程式应该先于动作表演的程式,而这也符合形式和内容的关系的规律。

结合以上两点以及《春·晓》的全部创作过程,我有一个大胆的想法——中国戏曲最本质的特征,也许并不在动作程式,而在其剧本所遵循的音乐体制和表演所遵循的声腔系统。如果中国戏曲之"正"是在音乐体制和声腔系统,中国戏曲之"新"必然得在这一部分下工夫。此前现代戏创作一次最重要的创新尝试是京剧样板戏。样板戏的成就恰恰主要表现在音乐上,我认为这不是偶然和巧合。

比之创造新的表演程式(尤其是动作程式)——这其实非常难,也许在新的戏曲创作中,我们可以把继承戏曲传统的重点和核心,从普遍的程式转为集中到音乐体制和声腔系统上。至于动作程式,诚如阿甲所言,旧的动作程式明显是从旧的内容中得来,很难被运用到新的内容表达中。也许创作者大可以不必拘泥于"表演程式是戏曲最宝贵的财富"这样的说法,在不必或不能运用动作程式的部分弃用它,在可以借用动作程式的部分谨慎使用它,在非它不可表现的部分(尤其是呈现内心世界的情感内容时)巧妙地化用它。只要在新的创作中守住戏曲之"正"——音乐体制和声腔系统,那么,我们就能理直气壮地说,京剧还是京剧,昆曲还是昆曲,我们守住了戏曲最宝贵的传统。

事实上,在文学艺术的发展进程中,我们能看到,词为诗余,曲为词余,是内容在推动形式的变化。从戏曲自身的发展来看,每一种艺术成分,都是从简单到复杂,再到更复杂,然后逐渐形成定律。只要这一门艺术自身还有生命力,它必然会不断地往它当下所处的时代去借用和吸取有效的表现手段。只要昆曲还以"昆山腔"唱"曲牌",只要京剧还以"皮黄腔"唱"板腔体",那么不管"手眼声法步"如何变化,昆曲还是昆曲,京剧还是京剧。只有确立了戏曲艺术真正的本体,才能真正做到"守正创新"。只要认为戏曲是一门独立的艺术,就不应该断然要求它放弃生长和发展。

传统戏曲进入当代社会后,只要人们还能有以戏曲为自我表达的载体,只要人们还能以戏曲最根本的手段去实现自己的表达,它必然会借此脱胎换骨而成为当代艺术。传统戏曲和当代生活之间没有任何隔膜,如果有,这种隔膜必然是人为的,而非艺术自身所产生的。

和其他传统艺术样式相比,戏曲在进入当代后有一种独特的"尴尬"处境。或许是被视作"国粹"的缘故,戏曲(尤其是京昆)的发展受到了诸多束缚。戏曲界在几十年的探索和反思中,一种态度已经成为主流:戏曲艺术既需要传承,也需要创新。但也依旧有许多声音,尤其是来自戏曲界之外的声音,反对戏曲自足创新发展。譬如在2020年由北京文联主办的"文化自觉与中国叙事:2020北京文艺论坛"上,有文学界的前辈公开提出,像京剧和昆曲这样的艺术,就不应该继续创新,而应该让它们保持旧有的状态,继承和保护才是正确的态度。这样的发言令在场的我觉得惊愕。反观这次会议,与会的艺术家和艺术研究者涉及艺术的各个门类,除了电视和电影是非传统艺术,其他诸如文学、美术、音乐、舞蹈等都曾在古代达到自己的艺术巅峰,它们的当代发展都很难和自己的艺术传统划清界限,都不能否认和自身旧传统的关联,为什么我们在这些艺术领域很难听到要求它们停留在自己曾达到的高度,固守传统,以传承为己任的讨论,而唯独对戏曲有这样一种理直气壮的要求?!

最后,从更广泛的意义上谈戏曲的传统时,我想我们不能忽略"剧作家传统"。中国戏曲的辉煌,不只是由"同光十三绝""前后四大须生""四大名旦"等表演艺术家铸就,更在于那些超越了时代局限的杰出剧作家:"关汉卿在他的年代,敢于用作品为弱小者呼告,直面社会的黑暗、吏治的腐败;汤显祖在他的年代,敢于去塑造杜丽娘这样一个绝不合于道德规范的人物,去肯定人的存在的价值,肯定青春和爱情的美好;洪昇在他的年代,敢于去书写一个帝王在选择时刻的'自欺',并让他在余生中去'自省'……艺术家是社会的良心,是善与美的维护者,是丑与恶的批判者;同时,他们也用他们的戏曲作品,给人类艺术史留下了一个个独特而鲜明的人物形象。"①

也许当代戏曲所最缺乏的,正在于此。

胡　叠　北京文艺评论家协会理事,中国戏曲学院戏文系副教授。

---

① 胡叠:《七年之思——小剧场戏曲的传统和当代》,《广东艺术》2020 年第 6 期。

文学和城市之间

石一枫

文学：从乡村到城市

文学与城市的关系，这个题目如果搁在二十世纪八十年代会是一个小题目。因为那时中国有一半多的人生活在乡村，跟城市绝缘。但是经过几十年的发展，现在我们走在街上基本看不到一个纯粹的生活在乡村的人。很多人的户口是农村户口，但是他的生活轨迹和生活方式已经和我们传统意义上的乡村生活没有关系了。

中国社科院发布的《中国社会和经济发展报告白皮书》指出，今天中国的城市化率已经越来越接近于欧美国家，城市生活已经成为中国人生活的主流。那么，我个人认为城市写作也会逐渐成为未来中国人写作的主流。

乡土文学曾经是中国当代文学中一个相当重要的范畴，甚至可以说，它在很长一段时间里被认为是文学正宗，但是这种情况未来不太可能发生了。我们可以更进一步发问，一二十年之后我们还能看到纯粹的传统意义上的乡土文学吗?

这不仅是一个文学问题,也是一个社会发展问题。

文学的发展不是靠几个作家推动的,文学更不可能自发地进行文体流变,它不是孤立的,甚至不是一个完全独立自主的学科,文学从来就是附在社会变化上的学科。文学的发展变化是跟随社会的发展变化而形成的。"文变染乎世情",文学的变化就是世道人心变化的结果。当我们谈到一个文学命题、一些关于文学的看法时,其实都不止在谈文学,而是在讨论我们对生活、对社会、对世界的看法。

我出生并成长于二十世纪八十年代,如果把我空投到世界上任何一个大城市,纽约、东京、首尔,我都不会觉得陌生,可是如果把我扔在从北京城向外开车五十公里郊区的一个村子里,我可能会觉得特别陌生。这种情况不是好,也不是坏,它就是一个客观现实。我们只能是依据生活变化的客观现实来考虑我们的文学问题。这不是谁愿意或者不愿意的问题,这是一个无奈的事情。就像我们中国人一样,几乎所有中国人都在变成城市人口,可是谁又能阻止呢?在八十年代的小说中,主人公想要办个"农转非"的户口还要行贿,还要走后门,到今天,在一些地区已经完全反过来,得费尽周章才能办"非转农"。

我们今天的农村生活、农村户口和纯粹的农村人已经变成一种"稀缺资源",十四亿人口中的绝大多数都在主动或被动地变成或正在变成城市人口。八十年代,在北京,谁家住楼房就很了不起,因为他家是干部,老百姓才住平房;今天再到北京市区去问,谁家不住楼房啊?顶有钱的主儿才住得起平房。这就是时代的变化,这就叫"文变染乎世情"。

随着中国城市化发展,中国的文学写作也逐渐地变成城市写作。那些真正有乡村经历的作家正在逐渐老去,以后乡村写作也会越来越少。与我同龄的作家中,几乎看不到谁在写乡村小说,"九〇后"的作者中就更少了。

从某种意义上讲,中国人的生活变得越来越单调、越来越没劲。二十岁是校园生活,三十岁是打工生活,四十岁是单位、家庭生活,绝大多数人一辈子可能就这么三四种生活。对于大多数的作家来说,这是先天的局限、是巨大的困难。绝大多数人只有一种生活,大家都去写一个题材,这个题材得有多难写,这个题材得有多没劲?就像一块口香糖已经被十个人嚼过,第十一个人还要嚼的时候真是会嚼吐了。

这背后有两方面问题:一是作家发掘生活的能力太低,很难从寻常生活中看出不寻常的东西;二是我们的生活的确太雷同。

回头去看二十世纪八十年代和五十年代。

八十年代,很多曾经不能书写的禁区可以触碰了,但是有权利写不等于有能力写,实际上,中国人能写的东西变得越来越窄了。

再看五十年代,那个时代作家的生活经历特别丰富,里面有种过地的、有做过工的、有打过仗的,等等。我特别羡慕那些老作家,早年觉得"十七年文学"没劲,"十七年文学"不好看,说"十七年文学"都是禁锢思想,其实认真地做一下对比,反而是今天的文学在故步自封。

也许,今天的生活真的不适合写作。

如今的某些文艺青年动不动就笑话《红旗谱》,瞧不起《暴风骤雨》,看不上《创业史》,其实那些老作家都是打过仗,练过武的。柳青在农村和农民兄弟同吃同睡同劳动,写《红岩》的罗广斌真坐过渣滓洞的牢。

回到城市生活的话题,在曾经乡下人看城里人的语境中,城市是可怕的、丰富的、繁荣的,是欲望横流的。五十年代有一个特别有名的小说《我们夫妇之间》,讲一对革命夫妻在革命成功之后从农村来到城市干事业,丈夫因为资产阶级思想作祟看不上老婆了,可后来老婆和领导一块挽救了这个丈夫。

今天的城市生活是什么样子呢？我在北京过着单调无聊的生活：早上工作，中午吃饭，下午打卡，下班回家吃饭、看书、睡觉，每天都这样。恰恰是现代生活把我们给规矩死了，让我们变得极其无聊、乏味，说到底是我们的精神世界萎缩干瘪了。

我们写作时千万不要认为自己所感兴趣的东西别人也会感兴趣，不要认为自己拥有多么值得写的东西，不要认为自己那点小感慨就是有意义和值得抒发的，十四亿人过的日子都跟你一样，你所写出的东西就是别人嚼过十遍的口香糖。

城市与城市：从来都是不平等的

我在杂志社看稿子时经常会发现一个状况。投稿的作者明明来自四面八方，但他们所写的城市质感却一模一样。

为什么这些小说里的城市那么千篇一律，那么缺乏变化，那么缺乏特色？

比如，河北省某市就在北京和天津之间，我往返两地时经常从那路过。这些城市的介绍里一定会说，"这是一座有着悠久历史、光荣传统的城市，同时也是人口众多、物产丰富的现代化大都市"。可咱们中国的每一座三、四线城市都是这么介绍的，它有什么特别吗？它的历史传统、人文底蕴大家有兴趣去了解吗？假如你不是一个当地人，多半可能没兴趣，如果不是路过，我也可能没兴趣，这就是中国城市残酷的地方。

中国五千年的历史，哪块黄土不埋人？哪里的历史不悠久？哪里的底蕴不丰厚？

今天中国的大部分城市都是大家不想去了解的城市，这是一个残酷却客观的事实,而且城市正在变得千篇一律。其实,中国任何一个中小城市都比世界上大多数国家的城市要舒适繁荣,可它在文学意义上就是写不出什么意思。

但是,有些城市不一样,比如北京、广州、天津、苏州、南京、武汉。不过,很遗憾,这样本身就能赋予作者非常多写作资源的城市并不多。假如一个作者生活在资源丰富的城市,那就偷着乐吧。万一没有生活在这样的城市,不是说你不能写作了,只是你不能像陆文夫、叶兆言、老舍这样地去写作,你得想别的办法。

并不是说城市越大或者城市越繁荣、越有钱就越有写作价值,还要看一座城市的历史传承和文化积淀。比如石家庄比保定大,但保定更像小说里的城市,更适合出作家;再比如深圳和广州,发展水平差不多,但是广州更像文学城市,深圳不像。

当然,还有一些城市本来就是特殊的,像北京和上海,全国人都在盯着它们看,这里的日常生活就是中国人日常生活的聚焦点。所以在北京或者上海的作家,天生占有更多文学资源。不过,先天上的优势往往也意味着先天上的难度。所有人都看得见北京,更多的人了解北京。如果写北京写得不够真、功力不够,全国人民都会给你挑错。北京不是某个作家的地盘,北京是全国人民的北京。

说到底,文学资源是相对公平的,如果能得便宜,也就得付出代价。

虽然城市之间有不同,但作家不论生活在什么地方都可以从个人的角度来看待自己的生活,应该写什么、不应该写什么,应该怎样写、不应该怎样写,或者说根本不屑于写。

现在有很多"九〇后"的北京青年作家就不再写北京特殊的东西,转而专门去写北京普遍化的东西。不管这样写对不对、该不该,至少他们想从前人写作的套路里跳出来。

为什么要跳出来,按部就班不好吗?

一个地方出了大作家之后,这个地方当然会以此为荣,但是之后就会陷入漫长的焦虑——谁也不知道第二个大作家在哪儿。比如大部分的北京作家永远面临着和老舍比较的问题，但是大多数作家不可能沿着老舍的路径达到老舍的高度。

这有两个原因：首先，谁在前面，谁就永远是标杆；其次，老舍之后的北京作家的境界真的不如老舍。老舍除了关心北京之外，还关心整个国家、整个时代、整个民族最焦点的问题。老舍之所以是老舍，是因为他写胡同生活？是因为他写拉洋车？是因为他写虎妞？不是，都不是。老舍之所以是老舍，是因为他写的东西是当时中国人最感兴趣、最关切和最贴心、贴肉的痛苦，老舍是通过一个城市写一个国家、一个时代。

有个说法叫"小处入手，大处着眼"。什么叫"小处入手，大处着眼"？老舍就叫"小处入手，大处着眼"。《骆驼祥子》写的是阶级问题，当时中国最大的矛盾就是阶级矛盾；《四世同堂》写的是亡国灭种之恨，当时中国最大的焦虑就是国家会不会灭亡；《离婚》写的是民族的劣根性，当时有点见识的中国人都会深恨自己的劣根性。老舍把北京这座城市写尽了，但他又没有止步于北京，他写的是这个国家和这个民族在那个时代的焦点问题。

再比如后来的北京作家王朔，他写的东西和老舍完全不同，一眼看去，作品全是写大院子弟打架、泡妞，好像不入流的青春小说，可在这些东西背后，王朔所写的是"世道变了"，中国从一个革命政治的社会进入到市场经济的社会，而两个社会之间的断裂转换在北京体现得最明显，因为北京是政治中心，后来又变成了经济中心。在我个人看来，王朔的视野真的跟老舍差不多，作品跟老舍异曲同工，都是用一个时代的城市写出一个国家的风口浪尖。他们的写作都带有明显的社会性。

从个人角度，我可以明确地说，相对于个人性的写作，我更喜欢社会性的写作。一个作家的写作视野应该是社会性的，他不能只是关心自己心里的那点小犹豫、小苦恼、小卖弄,他同时得操心点不着边的事。

有时候,操心点不着边的事儿还真就是个挺可贵的品质。

石一枫　北京作家协会理事,签约作家,《当代》杂志编辑。

文化自觉与"中国叙事"

张清华

"与谈人"角色,显然就是要对前面几位的谈话有回应,主要不是说自己的话,要回应他们的话。我刚才听了三位的发言,觉得都讲得很好。讲了很多有新意的东西,我都很认同。我一边回应一下他们几位的说法,一边也多多少少辨析一下"中国叙事"这个概念。

我想先从辨析概念开始。最近这些年都在谈"中国故事",或者"中国叙事",但各界谈论的范畴是很不一样的。领导人是从中华文化的崛起,国家力量的展现,中国信息在世界上的拥有和传播的量(或者叫"流量")这个角度来谈的,希望把中国的经验、中国的现实、中国的文化,用生动的方式推行到世界上去,这是从国家政治的范畴谈论的。从文化的意义上来讲,它就更宽泛一些,是把更多的中国经验,当下中国经验的丰富性和特殊性讲述出去。这实际上是一个要在整个世界的话语场当中占据"流量"的问题,或者说,中国在世界范围内的崛起,其信息量必须是相匹配的,否则,你怎么体现崛起,这也可以叫文化的话语权。

我是搞文学研究的,在文学研究里面,也有一个"中国故事"的问题,这个相对来说更狭义一点。"广义的中国故事"和"狭义的中国故事"之间所指不太一样。刚才的发言人中有两位是文学中人,李云雷和石一枫,他们都是出色的青年作家和批评家,他们所谈的我大概都认同。一个是对西方文化,特别是那些个人主义的东西保有一些警惕;一个是要把"国家故事"和"个体经验"之间实现一些结合,都是很好的想法。这也让我想起后现代主义理论家弗雷德里克·杰姆逊所说的,第三世界的写作者们喜欢把个人的故事改造成一种"国家寓言"。过去我们是喜欢改造成悲剧性的国家寓言,比如郁达夫的小说《沉沦》,《沉沦》里那个在日本留学的主人公投海自杀了,自杀的原因是他对自己所做的事情非常后悔,对自己卑微的人格深表厌恶。实际上从病理性的角度看,也可以说他得了忧郁症。他在最后的一晚去了日本的妓院,似乎也没有做成什么事,但是自觉很不光彩,一夜大醉,早上醒来之后投海了,投海前他说,"祖国啊,你快强大起来吧"。我想这个就是杰姆逊所说的,把国家的故事变成个人寓言。这里面有一个问题,个人的不成器,是否一定能归罪于国家的"不强大"呢? 这仿佛是一个强行的联系,但是我们又喜欢用很大的寓意去阐释它,把它变成了中华民族必须崛起的原因——只要落后,年轻人就没有出路。这是过去式的"中国故事"的经典版本了。

　　现在我们经常面对这样的问题:什么样的故事才算是合格的"中国故事"? 中国作家也希望能够写出好的、具备"中国性"的故事。我和发言人的观点有点不太一致,不一致的是什么? 首先,不要过度否定外来文化。我们这个国家和民族,包括政治的事业、党的事业,都是因为吸收了人类文明的优秀成果。想一想,没有近代仁人志士的"睁了眼睛看世界",没有新文化运动,怎么可能找到马克思列宁主义? 没有改革开放,怎么可能有今天中国的实力? 今天讲的中国在世界上的地位,是怎么来的? 不就是改革开放带来的嘛。现在我觉得有一些年轻人,他们的观点可能又有一点点偏激,走到了另一个极端,简单地去否定外来的文化。我觉得这可能也不足取,如同一个人在没有镜子之前,是不可能知道自己长什么样子的。在没有一个世界视野出现之前,也没有真正的中国故事。虽然《红楼梦》、"四大奇书"早就有了,唐诗宋词早就有了,但是我们并不知道那就是"中国故事"。什么时候有了中国故事呢?就是歌德看到了中国的小说——当时只有两本中国小说翻译到欧洲,《好逑传》和《玉娇梨》,歌德看到了其中的《好逑传》,才大为惊叹,因此提出了"世界文学"的概念,之所以有了这样一种总体性的想象,他认为,中国的文学和德国的文学实际上非常接近,中国人的情感方式和德国人的情感方式非常接近。当然,他是以非常低的期许来看待这些作品的,如果他看了《红楼梦》,定然不会认为《好逑传》是个了不起的作品。这些作品其实都写得很俗,水平很一般,可惜歌德只看到了这样的小说。但即使是这种非常一般的小说,他以"他者"的眼光来看,都有惊奇的新发现,认为这是遥远的东方出现的非常值得德国人注意的文学作品。所以他就近批评了法国的文学,然后夸奖了遥远中国的文学,得出"世界文学的时代已经到来"的结论。这说明中国故事是在遇到他者之后才彰显了其特殊性的。它的特殊性和它在世界范围内的公共性、共通性是一致的。我们再反过来说,有了世界视野之后,中国人更加知道自己民族文化的优点在哪,问题在哪。比如你说西方文化中的个人主义如何如何,我就不完全赞成,个人主义在有条件限制的情况下,也不见得就是完全不好的。

举个例子,2020 年的疫情,从政府的角度提出了最宝贵的是生命的观点,这就是强调了个体,关注了个人。这是巨大的进步。过去我们总说"人民是我们的母亲",但是突然有一天,一个"人民"在大街上跌倒了,却没有人管,什么原因呢?这很复杂,与我们长期以来喜欢将"人民"看作是一个"空心化"的词语有关。看起来是一个大词,却是没有具体的所指,所以"具体的人民"反而没有人管。

今天我们的价值观,我们的公共伦理,都有了很大的提高,人们开始意识到个体生命的重要性。确乎,我们只有尊重了每个个体的人民,才叫真正把人民当成了我们的母亲。我觉得,我们这个认知也是经过了很长时间的探索,终于得以确认,这就是进步。

还有一个,文学范畴的"中国故事"到底应该怎么讲?如狭义地来看,中国当代文学在最近这些年有一个很大的变化,我以为是"中国讲法"的自觉。今天的主题是"文化自觉与中国叙事",文化怎么自觉?那就是要找到我们中国人最独特的讲述方式。最独特的讲述方式是什么?我觉得是《红楼梦》的讲法,它是在全世界范围内被公认的中国讲法。我们要好好研究一下《红楼梦》。

现在已经有中国作家有了这种自觉——以写出"当代版的《红楼梦》"为骄傲,这是非常值得我们关注和研究的。中国文学要想真正成为成熟的文学,伟大的文学,和世界上其他伟大文学并驾齐驱,还必须要重新研究中国故事的讲法。所以,并非说现在我们随便讲一个故事就一定是"中国故事",还必须要回到"中国经验"、中国美学、中国讲法。但是这个东西必须完成现代性的改造,这是我认为最艰难的。因为《红楼梦》用的讲法是轮回说,宝玉的故事是一世一劫,几世几劫,用的是佛家那一套,我们如何把它改造成今天的一种认知?我觉得难度在这儿。因为进步论也不是我们发明的,进步论是黑格尔发明的,循环论才是我们原创的。我这样说当然不是排斥进步论,而是说,一维的进步论并不能完全解决问题,进步论和中国传统文学叙事中的循环论之间,是不是可以有一种互补?比如进步论可以展现我们对未来的期许,而中国式的这种观照方式也可以作为"对现代性的反思"。如今现代性的后果有很多都显现出来了,比如"全球化"和疫情的传播是不是共生的?如果没有全球化,会有这样一个全球大流行的疫情吗?用中国的方法、中国的方式,有可能就对现代性的后果作出一种反思。但是如何把这个东西做一个现代性改造,我现在没有方案。希望我们保持开放的心态,同时来寻找我们的文化自觉。

这是我的一个并没有完全明晰的想法,谢谢各位。

张清华 北京师范大学文学院教授,国际写作中心执行主任。

创造"中国人用中国材料去演给世界人看的中国戏曲"

罗　琦

在当今全球化的语境下,传统戏曲形态如何符合当代人的审美意识,从而被更多中国青少年乃至世界人民接受和喜欢、理解和欣赏?拥有古老艺术手段的戏曲如何利用现代舞台技术手段,反映当代人的生活,创作出更能贴近人心的作品? 这些都是戏曲自身在不断发展中所要解决的问题。这些问题,也并非新问题。

回首一百余年前的新文化运动,一批激进的知识分子如陈独秀、钱玄同、刘半农、胡适、周作人、傅斯年等人认为,戏曲已死,只余僵化的空壳,因此纷纷在《新青年》杂志上发表通信、文章等,批判旧剧的各种弊端,主张废除旧剧、创造新剧。譬如傅斯年在《戏剧改良各面观》说道:"当今之时,总要有创造新社会的戏剧,不当保持旧社会创造的戏剧……使得中国人有贯彻的觉悟,总要借重戏剧的力量;所以旧戏不能不推翻,新戏不能不创造。换一句话来说,旧社会的教育机关,不能不推翻;新社会的急先锋,不能不创造。"①

---

① 黄仁霖:《蒋介石特勤总管回忆录》,台北:传记文学出版社1984年版,第33页。

1924年冬,留学美国的梁实秋、余上沅、赵太侔、洪深、闻一多等人,先后根据中国古典戏曲和神话素材,以英文改编演出了话剧《琵琶记》《牛郎织女》,以及《杨贵妃》等剧。尤其是参加展演活动的五幕英语话剧《杨贵妃》受到了观众欢迎,还获得了洛克菲勒家族的赞赏。①这几位学子也观察到,当时西方戏剧界正涌起一股潮流,在表演形态上不满足以往追求逼真"写实性"的传统,要向"写意的"东方戏剧学习。这些情况给当时倾心西学的中国学子以强烈的民族文化自信心,他们也受到当时爱尔兰民族文艺复兴运动的启发,开始重新审视中国戏曲的本体特点,并与话剧特性进行对比,决心要创造一种中国的新戏剧。

1925年,上述留美学子相继回国,发起了一场"国剧运动"。"国剧"意为"中国人用中国材料去演给中国人看的中国戏"②,以表现中国人民的生活,反映中华民族的精神,从而提高民族自信心,重建民族意识。他们认为这种理想的"国剧",要兼具民族性和世界性,要同时具有中华民族的个性,以及人类所具有的共通性。赵太侔在《国剧》一文开篇第一句便称:"我们承认艺术是具有民族性的,并同时具有世界性。同人类一样,具有个性,同时也具有通性。没有前者,便不能发生特出的艺术;没有后者,便不能得到普遍的了解与鉴赏。"③其中,"通性"意味着在人类艺术创作与欣赏过程中,普遍需要让作品艺术形式满足与情感相合的规律性。应当说,赵太侔这个认识是具有艺术原理性质的,因此,它在今天也依然适用。

"国剧运动"的艺术理念,对1939年张庚在延安发表的文章《话剧的民族化与旧剧的现代化》,尤其是二十世纪五六十年代焦菊隐在北京人民艺术剧院所进行的"话剧民族化"实践都有着直接的影响。

---

① 黄仁霖:《蒋介石特勤总管回忆录》,第33页。
② 余上沅:《国剧运动·序》,《国剧运动》,余上沅编,上海:上海书店1992年12月影印版,第1页。
③ 赵太侔:《国剧》,《国剧运动》,第7页。

焦菊隐意识到戏曲和话剧各有自己独特的优势,1963 年 12 月,他在中国戏剧家协会第三届常务理事会扩大会议上的发言中明确指出:"如果话剧和戏曲的导演要建立具有中国气派、中国风格的演剧学派的话,那么话剧和戏曲就要互相学习,互相借鉴。"①

在当今世界,戏曲作为中国文化中最具典型性的艺术,在全球一体化的进程中,其创作就不仅是为了给中国人看,还要给世界人看,这正是我国文化自信的体现。因此,当代戏曲不管是想要创造"中国人用古代中国材料去演给世界人看的中国戏曲",还是"中国人用当代中国材料去演给世界人看的中国戏曲",都属于戏曲现代化中的重要内容,都必须兼顾"民族性"与"世界性"。

作为戏曲个性的"民族性",不仅意味着包含中国古今材料的"民族内容",即表现各历史时期中国各族人民生活的具体内容,尤其是中国人民独特的、具体的个性,还意味着包含具有中华民族传统美学精神的"民族形式"——具体到戏曲各剧种,即每个剧种的音乐和剧本体制所依赖生成的方言、音律、唱腔等方面,以及扮演体系,它们共同构成了戏曲的本体特征——"程式"。

戏曲的"世界性",在形式方面体现为,能够以具有民族特性的戏曲动作,以更加鲜明和富有强烈艺术感染力的方式,对人的思想与情感进行表现与揭示,最终能够用具有民族个性的手段去塑造典型人物形象;在内容方面则体现为,虽然环境和所发生的事件是在中国特定历史时期形成的,是具有民族特色的,但由此对人物关系、内心情感所造成的影响,以及导致人物采取行动的动机,是具有人类共通性的。这也是戏曲创作现代性的一个重要体现。因此,自中国进入现代时期以来,如何运用具有民族性的艺术形式与内容,构建具有民族性的戏剧情境,表

①　焦菊隐:《话剧和戏曲要互相借鉴》,蒋瑞整理:《焦菊隐文集·第三卷(理论)》,北京:文化艺术出版社 2005 年 7 月版,第 405 页。

现中国人独特的个体生命与丰富情感,展现时代精神,成为中国戏曲与
话剧创作现代化的追求方向。

一、戏曲动作程式的美学精神及其当代化用

　　赵太侔曾指出,戏曲舞台动作的"程式化"(conventionalization),往
往表现为舞台外部动作和布景的表现规则,譬如"挥鞭如乘马,推敲似
有门,叠椅为山,方布作车,四个兵可代一支人马,一回旋算行数千里
路,等等都是"。① 这也是戏曲艺术与观众之间的审美约定,逐渐沉淀
成为戏曲的本体特征之一,是其民族性的具体体现。但动作程式主要
集中存在于戏曲的主要大剧种中,在地方小剧种中较少直接运用。

　　戏曲的程式化动作有些是虚拟的模仿性动作,即,将动作的对象置
于想象空间,通过演员的神情、肢体动作,或再配合以相应的音效来表
现动作对象。如京剧《拾玉镯》中孙玉娇事女红所穿的"针与线",《贵
妃醉酒》中杨贵妃酒后所摘所闻的"鲜花",《秋江》《打渔杀家》中角色
所乘的一叶"小舟"与涛涛"江水";如昆曲《牡丹亭》中杜丽娘所看到
的"良辰美景"与"断井残垣";等等。这类虚拟性动作程式与话剧中的
无实物动作是相似的,激发观众在观赏活动中的主动想象力,体现了表
演艺术中的共性,因此也就有了能够为人类所理解和欣赏的"世界性"。

　　也有不少经典戏曲动作程式的生成与历史时期的服饰、用具等有
着极大的关系,并最终成为戏曲精湛技艺的展示,譬如甩发、要髯口、起
霸、打出手,等等。这类程式往往用于古装戏曲中,在反映现当代生活

――――――――
　　① 焦菊隐:《话剧和戏曲要互相借鉴》,蒋瑞整理:《焦菊隐文集·第三卷(理论)》,
第14页。

的剧情中,尤其是当代题材的戏曲中,无法直接利用。这就需要从剧作家的剧本创作,到导演、演员的二度创作,都要建立在对戏曲表演美学的精神及具体表现手法透彻了解的基础之上。只有这样才能够充分利用当代生活的材料,化用传统的动作程式,甚至要借鉴舞蹈、话剧中关于动作生成和发展的相关原理,去创造新的动作程式。

焦菊隐曾指出,戏曲艺术中存在"以少胜多""以多胜少"等美学精神。确实,戏曲演员在舞台上走几个圆场,就可以表示角色已行过了千里路,这种程式极大地节约了交代性叙事的时间与空间,为集中表现人物形象留下了更多余地;而演员为了丰富细腻地呈现人物的内心世界,则会以精湛的唱工、做工程式,层层剥笋般,将人物在实际生活中转瞬即逝的心理活动,以内心独白般的唱词、具有舞蹈性的身段动作直观外现,而且动作表现时间延长,具体内容放大,从而呈现出极强的表现力。戏曲中这种具有民族美学特性的表现精神,是具有世界性的,是追求想象与写意风格的戏剧可共同遵循的。

有些古装话剧为体现自己独特的民族美学风格,借鉴戏曲的虚拟性表演,采用无实物动作的方式进行演绎。譬如在北京人艺演出的话剧《吴王金戈越王剑》中,西施浣纱遇到范蠡的一场戏里,导演蓝天野即通过"实"的野渡布景与演员一系列因果相承、富有逻辑与顺序的外部动作,暗示、衬托出"虚"的小船缆绳、溪水与轻纱,以及溪水中范蠡的倒影,使得观众接受了演员艺术性的表演,在不知不觉中也就"相信"眼前这位女子就是中国四大美女之一的西施;而西施与范蠡的初次见面也是那么含蓄动人,与周围的景色一起,令人心旷神怡,显得那么清纯美好,从而呈现出既是话剧的,又融合了戏曲的表现方式,且兼具民族性与世界性的舞台表演艺术。

在当代原创评剧《母亲》的高潮部分,村民为躲避日军藏在山洞里,母亲怕襁褓中的婴儿啼哭招来日寇,为了保护全村人,已在战争中牺牲了丈夫和四个儿子的她,狠心闷死了自己唯一的亲人。

剧作家刘锦云和导演张曼君为了使这个高潮段落情感饱满,运用了表现主义的戏剧手法和慢镜头式的电影手法,并在表演中化用了传统戏曲程式。为表现婴儿的思想情感,由一位成年男演员饰演婴儿灵魂,在唱段中表现自己的恐惧之情,并强化运用了褪褓包裹的层层折叠的红绸带,以象征婴儿的血脉。当母亲越来越紧地闷捂婴儿时,婴儿灵魂同时在她身后以唱、做表示痛苦,并俯身将红绸带抽出,以舞蹈化的动作将之如脐带般缠绕在自己脖子上;当母亲在唱段中诉说自己不得不这样做的苦衷时,婴儿灵魂进一步挥舞红绸带,表现自己的窒息挣扎——这些动作中,很明显化用了水袖和甩发的功法;在母亲和婴儿灵魂同时做出一个用力的停顿之后,婴儿灵魂拖着红绸带一走三停地缓缓下场,象征着婴儿彻底离世。这一段演出艺术性地表现了母亲被迫杀死婴儿的过程,成功地唤起了观众的同情与悲伤,并为接下来在一段静音慢动作过场戏表现抗战胜利、人民欢腾的景象后,母亲由呆怔到半疯癫状态的大段念白,由念白又到唱,表现几年后迎来抗战胜利,自己却送走了丈夫和儿子共六位亲人,于狂喜中更带悲愤的情感宣泄,紧接着一个大唱段倾诉自己的性情和家世,又由平静到充满激情的大唱段提供了充分的戏剧情境,掀起了层层迭起的情感高潮。最终在尾声"望儿归"而不得的追寻怅然中结束全剧,体现了全剧誓死抗敌、祈盼和平生活与家庭团圆的主题。

因此,动作程式的作用是表现,凡是真正优秀的戏曲剧目,其中所包含的精彩技艺,一定不是单纯的炫技,而是用以表现人物思想情感状态与个性特点——从动作是心灵的直观表现这一点来说,这种类型的动作程式具有艺术共通性,能够为世界各族人民所理解和欣赏。

但是戏曲的程式不仅体现在身体动作上,还体现在音乐结构与剧本结构上。尤其是音乐结构,是区分不同戏曲剧种的标志。当代题材的戏曲创作,尤其需要注重这方面的本体特征。

二、戏曲音乐结构与剧本结构的现代化
——以胡叠昆曲创作为例

戏曲的音乐结构主要指曲牌体(牌子体)和板腔体两大体式。因篇幅所限,这里略谈最古老的曲牌体的昆剧,并以胡叠昆曲创作为例,谈谈当代昆曲发展现代化的两条主要路径。

(一)古曲牌新用与古体结构

昆剧作为中国古典戏曲最成熟、高雅的艺术典范,其曲调包括南曲、北曲。昆曲曲牌分别从音乐和唱词上对应着一定的器乐格律和文词格式,每个曲牌名称都代表着历史上保留下来的一支动听曲调,也代表了一定地域流派的音乐风格;每个曲牌在文词上,都要求剧本作者在熟悉不同宫调、曲牌的调性色彩与表现功能的基础上,遵循曲牌所要求的字句、用韵、平仄等格律规范,这是其民族性的充分表现。同时,其词曲音乐所使用的每个宫调都有自己对应表达的声情,每支曲牌又都从属于一定的宫调,也相应有自己适宜表现的情调与情感,即,曲牌文词自身的韵位、平仄、含义与宫调所表达的情调内涵是相一致的,如果规范运用,就能表现具有人类共性的思想情感。因此,剧作家对曲词思想情感内容的规范性表达,以及对全剧戏剧情境结构的设置,就成为关系到昆剧能否具有世界性的重要方面。

胡叠昆曲创作始于对洪昇《长生殿》的改编整理。其小全本《长生殿》从原著传奇中,选取了舞台上不常演的后二十五出中的八出,重新编排结构,改编为六折戏。其中,序从原第廿五出【埋玉】改编,第一折

【冥追】从原第廿七出、第二折【闻铃】从原第廿九出、第三折【情悔】从原第三十出、第四折【哭像】从原第卅二出,第五折【尸解】从原第卅七出改编,第六折【雨梦】是将原第卅五出【雨梦】与第五十出【重圆】部分情节"捏"在了一起。

该剧根据当下观众的欣赏习惯,在有限的演出时长里重点表现唐明皇在"安史之乱"中,值"六军不发且奈何"之际,选择杀死杨贵妃以平军愤,予以自保,采取了一种自欺的态度,但此后的余生,他都在怀念和自悔中度过。剧中将杨贵妃死后痴情不改,魂魄一路追寻唐明皇的情节作为另一条发展脉络,从原著中挖掘出三折以旦角"独挑"的冷门戏,穿插其中,形成杨、唐、杨、唐、杨、杨唐的折子结构,从而使两条情节线索形成互文关系,两位主人公的情感状态也形成对比,颇耐人寻味。

在全剧结尾,杨贵妃终于在唐明皇垂垂老矣之时,入他梦中,二人互诉衷肠。可惜瞬间梦醒,斯人永不再见,唯留一盏孤灯相伴,唐明皇只能孤独地走向命运终点。当他背影蹒跚地向着舞台深处逆光而行时,眼前一丈白绫凌空垂落,留给观众无限唏嘘与感慨。可谓谱写了一部昆曲的"长恨歌"。

此剧裁自中国古典优秀戏曲,剧情发生在一千二百多年前,人物是距离当下观众甚远的帝王妃嫔,其唱词和曲谱均来自原著和典籍记载,因而保证了昆曲的本真质感,其民族性自不待说。其情节中所揭示的自欺人性,所抒发的怀念与悔恨之情,以及当代舞美灯光设计,都能够引起当下观众的共情,符合当代审美,具有强烈的现代性。

胡叠第二部创作演出的昆曲剧目,是小剧场昆曲《流光歌阕》。这也是一部整理改编之作,仍为"戴着镣铐的舞蹈"。先有清代黄燮清之《帝女花》,原著文辞典雅绮丽,继有现代唐涤生同名作品,其"香夭"一折深入人心,"主要人物的命运已定,情节主线无法翻新",可谓缺乏悬念。虽珠玉在前,但编剧仍努力构建现代之"骨",但借前人之"肉",最终赋予作品新的灵魂与生命。

　　《流光歌阕》中几乎所有的曲牌,都是从黄燮清原作中撷取,只对少数不适合的字词做了改动,然后在尾声《良宵》新写了一支【古轮台】。

　　从情节结构来说,该剧共一序四折一尾声。序为倒叙,写前明驸马周世显正面临人生的最后选择:是否与妻子长平公主共同殉国。四折分别为《香劫》《回生》《舟遇》《魂聚》,前两折情节基本沿用旧故事,因舞台时长所限(约100分钟),采用类似蒙太奇的时空转换手段,大幅浓缩了原有情节,"如第一折'香劫',不到25分钟的戏,却提炼和裁剪出了黄燮清本的'宫叹''伤乱''割慈'三折的内容,以在完成故事情节的交代和'一波三折'的层层推进之外,更为'唱情'留出了足够的空间"。① 尾声为高潮,主要借唐涤生"香夭"的情节,写长平公主和驸马在拜堂之际,双双服毒殉国。

　　剧作家此次新编了《舟遇》《魂聚》两折,其中最为重点又具现代特色的,当为第三折《舟遇》。此折写周世显去南京寻觅公主尸骸,途中,于茫茫江上,偶遇也要去往南京的侯方域,两人由此产生"生命的交集"——《桃花扇》中的主角侯方域,在此剧中成为剧情的推动者,他帮助周世显找到了尚在人间的公主,并最后找来了毒药协助二人殉国。这一组人物关系里面最深的戏剧性在于,这番人生的际遇能够使观众看到两个做出不同选择的人,其精神样貌的对比——选择殉国的坦然、沉着,选择归顺的则沉郁、自责。

　　该剧尤其突出长平公主和驸马周世显行动的主动性。公主为了礼葬、祭拜父母尸骸,佯投清廷,选择在心愿达成时便服毒自尽;周世显在国破家亡之际,也选择不侍清廷,甘愿与妻子共赴黄泉,以身殉国。这些行动都彰显了人物的深情与自由意志。新编的第四折《魂聚》情节,

---

　　① 罗琦:《旧传统里的新格局——小剧场昆曲〈流光歌阕〉漫谈》,《新剧本》2018年第5期。

写公主在求死前夜因惦念驸马竟魂入周郎梦中,依依告别,尽显戏曲的浪漫主义特性。因此,如果说改编《长生殿》还属于挖掘、强调原作中固有的现代性因素,那么在改编《帝女花》时,编剧已经完成了"借笔重生"——主人公"对死亡的主动选择,以及动机中的情感性因素,使得这两个人物的个性超越了传统的忠孝节义道德层面,获得其自满自足。这种对个体生命的完整揭示,正是戏曲现代性革新的重要方面"①,也是戏曲具有世界性的根本原因。

从以上两剧的剧本结构来看,皆使用戏曲传统的"折"式结构,又借鉴了话剧的分场(幕)方法,从而呈现出古意盎然又充满现代气息的古风新貌。

(二)话剧结构与传统曲牌连套

以昆剧来反映当代生活时,人物的语言、服饰和生活方式,使得传统"折"的结构有些捉襟见肘,这时以话剧的场幕方式来结构可能更为灵活。但若想使作品仍然是昆剧,便不能离开其本体的曲牌体音乐结构。

胡叠第三部公演的昆曲剧目,为当代题材的《峥嵘》(又名《春·晓》)。这部讲述 2020 年疫情期间普通人生活的昆曲作品是一个全新的创作。因为反映的是当下生活,从作品的戏剧容量与内涵来看,该剧需要思考解决的是"快与慢""念与唱"的问题。"快"是为了解决作品中的叙事性与戏剧性成分的表达,在文词上不可能与现实生活距离太远,人物关系也要展开、深化,因此有必要以念白方式来解决。"慢"是指戏曲中特有的抒情性成分。昆曲以其细腻婉转的"水磨调"而著称,

① 罗琦:《旧传统里的新格局——小剧场昆曲〈流光歌阕〉漫谈》,《新剧本》2018 年第 5 期。

若要经济地安排曲牌,在拓展戏剧容量的情况下发挥其独有功能,剧作家定然只能在人物处于特定的矛盾冲突之下,必须向观众一吐襟怀、抒发情感之时,才为其选择适合的宫调曲牌,这一点与歌剧中的咏叹调异曲同工。

全剧一序四场,严格按照套数与整段曲牌的方式来创作当代题材,基本运用了昆曲非常典型和经典的套曲,涉及南曲、北曲,以及南北合套。

明末清初昆腔衰败的主要原因,在于当时的作家只把它当作一种高雅文体,"声调尽管柔曼,字句却难听懂"①,因而只能成为远离舞台的案头之作。

当代题材的昆剧创作,要想能够成为具有现代性的场上之作,必然还要注重曲词的"真挚"与"动作性"。真挚意味着表达人物的真情实感,而动作性则意味着人物的言辞(以念或唱的形式)能够对其他人物造成心理影响。

该剧在第一场铺陈戏剧情境时,使用了集曲。集曲是南曲常用的一种创作方式,从原曲及其他若干情调相近的曲牌中摘取乐句,重新组织成新的曲牌套数,为戏曲音乐提供了一种创作和发展曲调的新方法。第二场表现男主人公居家隔离时,男女主人公隔墙对话,吐露心声,构成了旦、生对唱,因而使用了南北合套。因旦角更为主要,所以旦唱北曲,生唱南曲,充分发挥了南北合套的艺术功能,在抒情当中突出了人物性格,又加深了人物之间的情感。第三场是最经典的【南中吕】【懒画眉】套曲,与《玉簪记》【琴挑】一折使用的套曲相同;第四场是【北正宫】最经典的【端正好】套曲,与《长生殿》【哭像】一折的套曲相同,并且在情节高潮的尾声使用了同场曲。同场曲是昆曲的一个特点,但是新编昆曲不大容易注意到。编剧借用了梁辰鱼《浣纱记》中的【醉太

---

① 周贻白:《中国戏剧史长编》,上海:上海书店出版社 2004 年 3 月版,第 345 页。

平】,这是所有昆曲人学唱的入门曲。梁辰鱼是明朝昆山人氏,《浣纱记》是昆剧发展史上里程碑式的作品,因而这支【醉太平】对昆山和昆曲都有非同一般的意义。【醉太平】是出征围猎前的行进曲,有股一往无前的气势,本剧用于为主人公抗疫送行,可谓同仇敌忾,表现出直捣黄龙的决心。

该剧以音乐体制保证了当代题材创作的昆曲本体特性,又从剧本情境上选择了女主人公正值事业发展出现困惑与瓶颈,其丈夫又从高风险地区回来居家隔离的具体处境,表现当前所未有的疫情降临时,普通人该如何生活,以及中国人民在面临灾难时的团结互助。戏剧也借此特殊情境,促使人物袒露内心最深处的恐惧,打开深藏的心结,获得心灵的成长,因而使该剧获得了具有世界性的可能性。

综上所述,戏曲的现代化意味着必须兼顾"民族性"与"世界性"。因此,以戏曲所特有的艺术手段,在反映具有中华民族特色的生活与故事的过程中,对人物动机进行揭示,其深度与广度决定了当代戏曲剧作艺术成就的高度。中国当代戏曲创作要攀上更高的山峰,这是一条无法回避之途。

罗 琦 北京联合大学艺术学院副教授,导演。

近年中国电影叙事的文化彰显

张 卫

党的十九大以来,主流意识形态不断深化对中华优秀传统文化重要性的认识,不断强调文化自觉和文化自信。广大电影工作者以此为遵循在电影创作中不断深入挖掘中华优秀传统的文化价值,在电影作品里深刻表达其文化精神和主题,生动展现中国文化的生机与活力;在创作方法上运用中国传统美学的理念和方法,表现出中国文化的主体性,为当下电影创作带来丰厚的内涵和博大的气象。

一、在取材于中国重大历史事件的电影故事中
彰显中国文化精神

电影创作者的文化自觉首先表现在取材于现当代中国重大历史事件。《1921》《八佰》《金刚川》《中国医生》《我和我的祖国》等一系列电影作品无不体现着中国人天下兴亡匹夫有责的担当意识和精忠报国、振兴中华的爱国情怀:《1921》里塑造的陈独秀、李大钊、毛泽东、李达

等一批早期中国共产党人是一批为了国家兴亡寻找真理、寻找马克思主义的青年知识分子,"天下者,我们的天下;国家者,我们的国家",这种振聋发聩的呼喊和表述,正是来源于"匹夫有责"的传统文化精神,影片中青年书生们为真理而真诚辩论的热烈场面,体现的正是中国文化"求同存异、和而不同"的学术理念。

《八佰》把"匹夫有责"的文化精神推向了抗日战争上海四行仓库里八佰壮士的浴血奋战之中,片中操着各地口音的将士中,有内在坚毅、外在严谨的老葫芦(黄志忠饰演),有饱经沧桑、胸有成竹的老兵羊拐(王千源饰演),有先"懦弱"后强悍的农民端午(欧豪饰演),有似乎弱不禁风的长发会计老算盘(张译饰演),有姜武饰演的老铁,有杜淳饰演的团长谢晋元,有魏晨饰演的近乎疯狂的陕西兵朱胜忠,有李晨饰演的随时能射杀逃兵的山东老兵,有郑凯饰演的殉国壮士陈树生,有唐艺昕饰演的冒死游过河向北岸仓库送旗的女生杨慧敏,有侯勇饰演的在阳台上拿出猎枪向日军方向射击的大学教授,有姚晨饰演的何香凝,有刘晓庆饰演的赌场老板蓉姐……他们一个个活灵活现,共同构成烽火连天中"匹夫有责"的人物群像,尽管他们具有"人性的弱点",但是在民族危亡面前,他们能一步一步克服自身的怯懦和局限,完成个人脱胎换骨式的升华和转变。"舍生取义"的文化精神成为他们中许多人生命中最后的闪光:只见敢死队员们一个个怀抱集束手雷,高呼自己的名号从高楼跃出,跳入敌群;护旗班的勇士们,在敌机的扫射下集体中弹,挣扎着也不让旗帜倒下;有老兵昂首阔步登上楼顶平台,举起大刀引吭高歌《定军山》,吸引敌军的火力向自己聚焦;也有战士带着区区几个战友,主动进攻强大的敌军阵地,他们要以自己的赴死前进转移日军的注意力掩护团队后撤,听到敌军惊恐万状地大呼小叫,面庞露出灿然微笑;农民端午端着步枪与敌机的机枪对射,右肋下方被打出一个血窟窿,血流如注,肠子全数流出……"时势造英雄"成为这部平民战争史诗最为惊心动魄的精神图景。值得注意的是,所有走向英雄的升华,都驻足于传统文化中忠孝节义的伦理精神及其外在表象之上:怀抱集束手雷的壮士跳向敌群的一刹那高喊的是:"娘,我走了,孩儿不能尽孝了!"有的壮士留给母亲的遗书是八个血写的大字:"舍生取义,儿所愿也!"童子军小湖北的精神想象是:端午成为赵子龙,身披盔甲,手持长枪,骑着白马,屹立山顶,冲向曹营。四行仓库对面的戏台上,武生演员手持刀枪威武亮相,唱的是"七进七出长坂坡",马精武作为戏班头领神色悲壮,高举棒槌为对岸的将士擂鼓助威……

《金刚川》里张译饰演的志愿军高射炮炮长作为匹夫战到只剩一个人、一门炮,也要和强大的美国空军死拼到底;《我和我的祖国》里每一个个体都在为升旗、为两弹、为奥运、为香港回归、为神舟飞船着陆这些壮举贡献着自己的匹夫之力;《中国医生》里每一位医护人员都冲上抗疫前线,因为他们心中有着传统文化的坚定信念:救助众生,匹夫有责!而组织抗疫的各级领导身上流淌着"以民为本"的传统文化血液,他们殚精竭虑地要把死亡率降到最低!

二、在中国类型电影中彰显中国文化精神

类型叙事是中国电影工业的主流产品,在类型叙事中彰显中国文化精神成为当下电影创作的文化自觉之一。集体主义是中国人民在数千年集体治水、兴修水利过程中形成的文化理念,这个理念鲜明地体现在 2021 年的谍战片《悬崖之上》的创作之中,这与西方谍战片中的孤胆英雄拉开了距离。《悬崖之上》采用了群像的塑造,主人公不再是一个人单打独斗,而是八仙过海各显神通:张译饰演的张宪臣坚毅刚强,出手迅猛,行动果决;刘浩存饰演的小兰作为特工新兵,虽然稚嫩、缺乏经验,但紧跟战友,憧憬未来,勇往直前;秦海璐饰演的王郁经验丰富,

指挥沉着,外冷内热;朱亚文饰演的楚良为救战友舍生忘死,奋不顾身;于和伟饰演的周乙面临危局波澜不惊,不露声色但反应灵敏,外表忠厚而内里机智,表情木讷但满腹心机……五位主人公虽然特色各异,但有一个共同点,那就是信仰坚定。张宪臣在严刑拷打下遍体鳞伤,面目全非,但还是能靠最后的力气搏杀狱警,逃出监牢,迎着枪林弹雨开车撞向敌群;小兰在张宪臣反复叮嘱她不要外出、等待组织之后,依然冒着危险前往影院,想法与组织接头;王郁得知丈夫被捕,强忍悲痛,组织突围,面临追兵,执意要开车带走战友;楚良把敌人引开让王郁开车逃脱,为保护周乙,他顽强吞下毒药……所有的党员在危机中都自觉地从组织和集体出发,顾及战友,义无反顾,慷慨赴死,群像的集体信仰具有统一的红色,红色的信仰血染红色的人生,这是本片最为壮丽、让观众热泪长洒的人物群像。

中国文化注重人伦亲情,这部谍战片将此作为影片的重心加以抒写,我们得以看到父子情、母子情、夫妻情、战友情的细腻铺陈。张宪臣因寻子被捕,牺牲之前的最后一句话是委托战友找到自己的儿子;王郁得知丈夫被捕痛不欲生,强忍泪水继续战斗;在那个永世难忘的漫漫长夜,周乙告诉小兰俄语"乌特拉"的意思是黎明,他意味深长地收走了小兰作为特工留给自己的氰化钾,希望她能看到黎明,这表达了对下一代战友深深的寄托和爱意,他知道黎明只属于青年人,自己却抱定了赴死的决心……在情感表达方面,在捷克使馆如同安娜·卡列尼娜般优雅的王郁,已经变成了失去双腿的东北农村大妈,她头裹围巾双手插入袖筒伫立于漫天飞舞的大雪之中,当儿子扑向她这位失散多年的亲生母亲时,她迟迟没有张开双臂,此时此刻她在想什么?是孩子已经失去父亲?是一家永远不能团圆?情感的克制激发了悲伤的深度和烈度,当我们泪如泉涌时,她才伸手抱住孩子,将积压已久的情感瞬间释放。王郁的饰演者秦海璐用哽咽落泪的表演形式代替锥心刺骨的抱头式号啕大哭,自然而然地打破了观众的心理防线。秦海璐在影片中的哭戏是一种使尽浑身力气压抑情绪的克制表演：拼命抿紧的嘴唇，不断抽搐的面部，陆续滑落的泪珠，这种处理比宣泄大哭更具有表演的张力，更适合中国文化中个体为整体做出牺牲时才有的情感隐忍方式，表现出坚毅无比的文化人格。

不仅《悬崖之上》，《中国机长》《中国医生》《烈火英雄》等主流类型大片都强烈地彰显了群体主人公在面临大灾大难时体现出的中国文化的集体主义精神和亲情伦理。

这些主流类型大片继承了中国传统美学的叙事传统：选择典型情节，注重戏剧冲突。2021年春节档上映的《唐人街探案3》专注于悬念的营造和层层剥笋，情节起承转合，跌宕起伏，当下的电影类型叙事已经成为中国传统叙事美学的故事特征。近年来的中国科幻大片更是将中国文化精神凸显到极致：以往国际上涉及太空题材的科幻电影都是以美国为中心，拯救地球的主体是美国，而《流浪地球》在世界科幻电影史上首次将中国作为拯救地球的主体，以此为中心讲述故事、结构叙事，呈现了中国人历久弥新的家园情感。西方人在地球荒芜时，描写主人公如何逃离地球，而中国文化中的家园意识使中国科幻片主创营造了带着地球去流浪的科幻故事构思，表达了中国历史传说中精卫填海、后羿射日的不屈意志，以及集体主义努力行动的中国文化理念。

三、在中国现实家庭生活题材的电影叙事中彰显中国文化精神

家是中国文化的核心概念，齐家才能治国平天下，家庭伦理、孝老爱亲是中国文化的核心伦理。2021年现象级电影《你好，李焕英》获得巨大的票房成功，其凸显了中国文化中的家庭伦理是关键原因之一。

孝道是中国文化的核心概念之一,中国文化认为"百善孝为先",孝是家庭稳定和谐的基础,家是国家长治久安的根基。孝道是中国文化的重要内核,孝悌作为伦理道德的千年传承,已经内化为中国子女对父母的基本情感。电影《你好,李焕英》正是这种情感的内心萦绕和不断深化,主创者贾玲遵循孝悌伦理中"父母在不远游"的规约,弥补自己在母亲弥留之际未能守在身边的永久遗憾。主创在电影中营造与母亲重新相遇的场景,借以表达自己心底里越来越强烈的愧疚感和思念之情。正是在这种情感的驱使下,创作者不断用影像回忆着"我没有让妈妈高兴过一次"的事实:上学时因成绩下降不断被老师叫家长,制造假的高考录取通知书,各种失败让母亲不断丢脸,于是为了弥补自己少女时期的过失,她要通过这部电影让妈妈高兴一次。能让母亲重归愉悦的方式,就是改写她的过去,贾玲在电影中首先将自己变为母亲的闺蜜,穿越回八十年代,与母亲重聚,她要在重聚中为母亲做些事情。为了让妈妈高兴一次,贾玲设置沈光林这一形象,将他安排在母亲身边,对妈妈开始了坚持不懈的追求,这种追求又带来了各种阴差阳错造成的喜剧快乐。为了逝去的妈妈而打造的含泪的喜剧,表现出主创深切而温暖的孝心。

在电影《我的姐姐》中,主人公安然突遇父母车祸双亡,给她留下了弟弟,也留下了父母长期重男轻女的记忆:弟弟的出生,使姐姐备受冷遇甚至欺凌,面对她家的灾难,舅舅和姑姑都没有抚养弟弟的意愿和义务,这个责任重新落到几乎还未成年的姐姐身上。姐姐本想去北京求学,加上父母重男轻女给她心灵造成的长期伤害,本可以将弟弟送养他人,但是"长女如母"的无意识文化积淀和弟弟对她如依赖母亲般的跟随,唤醒了她的母爱意识,姐弟关系渐渐转化为"父慈子孝"的中国家庭文化的伦理关系。姐姐以自己在文化中规定的角色做出了自我牺牲,放弃北京求学的愿望,自觉地承担其养育弟弟的责任,因而感动了无数观众。

四、在动漫电影叙事中彰显中国文化伦理

近年来的动漫电影叙事也是电影人自觉彰显中国文化的重要阵地，获得 50.36 亿元高票房的《哪吒之魔童降世》之所以获得广大观众的点赞，是因为它深情地描述了哪吒父母与哪吒之间父慈子孝的家庭情感关系。

尽管当众人把哪吒当成妖怪时，哪吒表现出孩子的顽劣、孤独、暴怒，表现出对现有秩序的不从和反抗，甚至高喊"我命由我不由天"，但哪吒的父母始终爱着自己的孩子，村民们要哪吒死，哪吒的妈妈将他紧紧抱在怀里大喊："谁也不许伤害我的孩儿！"他们甚至为了哪吒甘愿放弃自己的生命，为了让哪吒获得被公众承认的尊严感，哪吒的父母逐一敲开每一家的大门，拱手作揖恳求乡亲们出席哪吒三岁的生日大会。为了救哪吒，心甘情愿将天雷劫引到自己身上也在所不辞。太乙真人看了不解，惊奇追问，何以如此？夫妇俩毫不迟疑地回答："他是我儿！"这种对父母慈爱的描述已达极致，不由得让人潸然泪下。影片接着描述了哪吒在"父慈"的感召下，"子孝"被唤起，父母的深爱激发了他向善的动力，为了保护父母，为了拯救陈塘关，他甚至自愿接受天劫。动画片《大头儿子和小头爸爸》同样描述了父慈子孝的父子关系：一开始儿子对爸爸的书生气和单调枯燥极为不满，因而在虚拟空间中找到一个假爸爸——完美爸爸获得了快乐，当"完美爸爸"要把大头儿子囚禁在虚拟空间阻挡他回家时，大头儿子意识到面临危险，这时候真爸爸不顾生命安危，勇敢地冲进虚拟空间拯救儿子，儿子这才看到了爸爸的勇敢和操纵数字科技的智慧和能力，不由得对真爸爸肃然起敬，于是奋不顾身地与假爸爸搏斗，反过来救助真爸爸脱危解困，父亲与儿子在与

科技怪人恶势力的搏斗中获得了和解和相互尊重。

文化的自觉越来越多地显现在中国电影故事的讲述之中,因此也使这些叙事充满张力和吸引力,满足着观众日益增长的审美文化需求,同时也提升着观众的文化品位!

张　卫　中国电影评论学会常务副会长,CCTV-6《中国电影报道》总策划,中国电影艺术研究中心研究员。

认同传播：国产商业电影的现实感与文化自觉

张慧瑜

经过二十余年的电影产业化改革，中国电影市场已经取得可观的规模效应。凭借着进口配额限制等保护性政策，中国电影在本土市场勉强与好莱坞平分秋色，这一方面使得中国电影工业完成从计划经济体制向市场经济体制的转型，另一方面也使其从现实主义情节剧变成形态各异的商业类型片。二十一世纪以来随着市场化电影体制成型，曾经存在的文化"双轨制"、商业与主旋律的对立等开始弥合，中国商业电影在叙事形态、类型设定上也越来越成熟，一些充满现实感和时代感的类型电影与中国社会产生更多文化互动，发挥着认同传播和社会治理的功能。

一、认同传播与电影的社会治理功能

认同传播指的是借助文化、传媒等中介完成政治、社会和文化认同的过程，是一种柔性的、意识形态的文化治理工作。对于任何国家、社会和时代来说,都需要相对稳定的认同来确立一套合法性论述,认同不是固定不变的,在社会转型时期,认同是一种在冲突、调和中达成的动态平衡。认同传播有两种社会功能,一是塑造政治和社会认同,强调传播在认同形成过程中所扮演的中介角色,二是承担社会治理功能,用文化宣传、思想说服来达成社会共识。

首先,认同传播在政治认同、社会认同里发挥着中介作用。认同是政治学和文化批评领域经常使用的学术概念。在政治学研究中,认同是一种政治认同或认同政治,指的是在现代国家通过建立政治、法律等现代秩序,获得一种民众对政治制度和国家秩序的认可。在后现代视野下,政治认同变成一种认同政治,把文化心理、宗教、大众文化等都看成带有政治性的认同媒介,或者说政治认同主要借助文化认同来实现。在文化批评概念中,认同是指一种文化身份或者说是身份认同,也就是性别、种族、阶层等身份,尤其是在后工业社会中,文化身份成为政治认同的重要方面。① 认同传播属于文化认同,是用文化的方式参与、介入政治和社会治理,是一种抹除差异、达成统一和共识的过程。在西方文化理论中,德国的法兰克福学派认为文化工业是一种社会水泥,是现代社会确立价值观的工具,如好莱坞电影既能创造文化产业的经济价值,又能形塑美国的主流价值观。英国的伯明翰文化研究学派则强调大众文化的双重性,一方面是平民的、大众分享的和消费的文化,另一方面又是文化冲突的战场,是国家意志和社会价值从协商走向整合的过程。

其次,认同传播也是一种社会治理的有效手段。借助文化、传播手段达成一种文化与社会共识,通过政策宣传、思想教育和文化传播来塑造主流价值观。治理作为一个学术概念,与两种学术路径有关。第一

① 汪民安主编:《文化研究关键词》(修订版),南京:江苏人民出版社 2020 年版,第 326-328 页。

种是把治理引入政治、法律等现代性的研究中。在传统政治学研究中，国家、政党、统治、制度、帝国、主权等是核心关键词，而法国哲学家福柯对于西方现代社会的研究，则转向人口、身体、医疗制度、监控、惩戒等生命政治的领域，使现代性的规划深入到微观权力、日常生活的权力中，这些无处不在的权力就是一种现代治理，不只是自上而下的统治，或者外在的法律和律令，而是一种自我监控、自我治理，一种身体性的、主体性的内化，可以说，科学、理性的现代性规训"深入骨髓"。第二种是，国家治理、社会治理的观念来自管理学、组织学等企业管理的概念。二十世纪中期美国兴起管理学革命，研究如何通过管理来提高人力资本和企业运营的效率，衍生出一系列提高企业运营的管理学模型，治理则是把这种技术化的管理应用到政治、社会领域，变成一种政治治理和公共治理等。这样两种研究路径，第一种中福柯对治理的理解，是发现日常生活、非政治领域的政治性，强调知识、文化、观念对主体的建构作用，第二种则恰好完成了对政治、社会领域的去政治化，把政治问题转化为一种技术的和管理的问题。在这样两种治理脉络中，文化、艺术都是治理的重要手段，通过文化消费和艺术分享来实现价值观、社会理念的传播。

　　从认同传播和社会治理的角度可以重新理解电影的社会功能。电影作为大众文化和文化工业体系，是一种表达理念和价值观的传播媒介，也扮演着认同传播和社会治理的职能。在中国电影史中往往把五十年代到七十年代的电影理解为一种政治传播，其实所有电影都承担着传播政治、社会价值观的宣传职能，只是有的电影传播策略比较高明，观众在"润物细无声"中接受电影所表达的理念，有些电影的传播效果相对弱一些，甚至引起观众的逆向解读。从认同传播和社会治理的角度看，商业电影是更好的、更有效的传播手段，在消费、娱乐中不知不觉地实现主流价值观的传递，正如很多成熟的商业电影工业都是社会的文化调节器。而电影本身也是推广公众理念、塑造公共价值观的平台,如国产电影《狼图腾》(2015)传递了一种生态、环境保护的理念，《烈火英雄》(2019)、《紧急救援》(2020)则向公众展示了救火队员、救援队在危急时刻拯救受灾者、受困者的故事,这有助于人们理解逆行的救援英雄们所担负的社会职责,电影本身也会成为一种"招聘"广告。可以说,电影传播就是实现说服、沟通、达成共识的社会治理过程,电影确实不只是具有商品和经济价值,而是具有塑造认同传播和履行社会治理的职能。

二、中国电影的国际视野与全球叙事

随着中国经济崛起以及"一带一路"的推进,电影在国家文化建设中扮演着对内整合民心、对外宣传国策的双重任务。2013年以来中国提出建设"丝绸之路经济带"和"二十一世纪海上丝绸之路"的构想,这种朝向欧亚大陆腹地的国际视野,改变了近代以来积弱积贫的中国和八十年代以来韬光养晦的中国形象,甚至会扭转近代以来以海洋文明为中心的现代历史。2015年由成龙主演的贺岁片《天将雄师》具有重要的文化意义,这部电影讲述了一个发生在古代丝绸之路上的国际题材的故事。成龙饰演汉代西域都护府的大都护霍安,承担着协调西域诸国关系和维护古丝绸之路和平的重任,电影的核心情节是古罗马帝国的小王子(王位继承人)逃难到西域,被在雁门关服刑的霍安所救,小王子的护卫将军卢魁斯帮助霍安修建了古罗马风格的骊靬古城,而霍安则联合西域三十六国替罗马小王子打败了弑君僭位的邪恶兄长,从此沟通欧亚大陆贸易的丝绸之路又恢复了宁静。这座被当下的美国华裔考古学家发现的古城遗址也成为中国与古罗马传统友谊的象征。

2017年上映的《中国推销员》和《战狼Ⅱ》是两部展现中国孤胆

英雄的电影，都以中国人在非洲为剧情，呈现了中国电影的国际视野。相比九十年代初期以电视剧《北京人在纽约》为代表的中国人在西方发达国家实现美国梦的故事，今日的中国人在落后、混乱的非洲成了现代、先进和文明的代表。这些电影都是中国资本投资、以中国男演员为主角，而大部分演员是外籍人士、在非洲取景完成拍摄的，显示了中国电影产业运作国际题材的实力。《中国推销员》讲述了中国电信公司在非洲某国推销电信产品的故事，这一方面显示了中国在电信等高端技术领域的实力，另一方面也传递了中国人的价值观比过去的西方殖民者更能帮助非洲国家完成现代化治理。《战狼Ⅱ》的成功不只是创造了新的国产电影最高票房①，还清晰地展示了新的中国主体和国际视野。《战狼Ⅱ》表现了一个现代化的、强大的、自信的中国。首先，军人冷锋不再是小米加步枪的八路，而是能开飞机、坦克，武艺高强的特种兵，是经过严格的现代军事训练的士兵，是强者和硬汉的形象；其次，冷锋所扮演的角色是拯救者，中国人不需要西方人来提供保护，冷锋凭一己之力来保护中国难民和战火中的弱者；再者，冷锋是个人主义英雄，他来非洲是替爱人报仇，但当他举起国旗穿过战乱区时，他又代表着中国，是中国强盛的象征；最后，从电影开始到结束，冷锋把不同社会阶层的中国人有效地整合起来，这里既有遭遇拆迁的战友亲属，也有到非洲开工厂的富二代，还有援非的中国医生以及在非洲开超市的小老板。从这里可以看出，《战狼Ⅱ》很好地解决了军事题材电影中个人服从于国家、组织的叙述难题，冷锋的行为既是个人主义的，又具有国家身份，这种个人与国家的关系从对立走向新的社会认同。不过，《战狼Ⅱ》中所呈现的"非洲"是一种典型的"非洲"形象，战乱、传染病、贫民

---

① 上海戏剧学院教授、上海电影家协会副主席石川将《战狼Ⅱ》比作一块"探路石"，其最大的意义，在于测出中国电影市场的深度和广度。2017年初，中国银幕数量达到44 000多张，观影人数超过13亿人次。在这样规模的电影市场下，《战狼Ⅱ》的出现回答了关于投资回报理想化的平衡点、增量空间、天花板等诸多问题。

窟等都是西方传媒报道中关于非洲的定型化想象。借助这种想象,冷锋及观看冷锋的中国观众,开始把自己想象为一个已经现代化的主体,中国也尝试学会一种发达国家的叙事视角。只是相比带有"原罪"的西方殖民者,曾经也是落后国家的中国以及对中国怀有"革命友谊"的非洲兄弟,使崛起时代的中国人及中国资本更容易进入非洲大陆。

2019年大年初一公映的科幻大片《流浪地球》也具有多重文化标识意义。其一,这是一部从剧本改编到后期特效,基本是"中国制造"的科幻电影,显示了国产电影在类型化和特效技术上的进步;其二,这部电影的叙事逻辑和文化价值观带有中国特色,是一部有文化自觉和自信的电影;其三,这部电影真正开启了中国的全球叙事,中国人也能够以人类的名义拯救地球,这对于中国来说是一种全新的文化经验和主体状态。恰如影片结尾处,由汉字和书卷组成的变幻莫测的画面以及根据曹操大气磅礴的乐府诗《观沧海》改编的片尾曲,既表现了中华民族悠久绵长的文明,又象征着人类"带着家园流浪蓝天"的决心。在这个意义上,《流浪地球》一方面拉开了中国科幻电影元年的序幕,一方面又尝试在经济崛起的背景下展示中国的世界观和全球想象。

刘慈欣的中篇小说《流浪地球》对"流浪地球计划"有一个详尽的描述,而电影只选取其中一个片段展开。太阳系即将毁灭,人类选择在地球表面建造上万座行星发动机,推动地球逃离太阳系,到比邻星安家。在靠近木星的过程中,地球被木星引力俘获,有撞击木星的危险,儿子刘启和父亲刘培强合力点燃木星,最终拯救地球。从情节和观影效果看,这是一部标准的末日科幻电影,虽然没有出现纽约、芝加哥、旧金山等美国超级都市,但也能看出对好莱坞的借鉴和学习。中国观众第一次在银幕上看到现实中的城市变成了未来的废墟,如被冰封的北京、上海等。青年导演郭帆在接受采访时,多次提到少年时代受到美国导演詹姆斯·卡梅隆的影响,而《流浪地球》的宇宙空间站设计以及操作系统Moss的反叛等都是向经典太空电影《2001太空漫游》致敬。

不过,相比主流科幻电影的反科学主义以及"诺亚方舟"式的世界末日逃生主题,《流浪地球》充满了中国智慧和中国方案,更有中国文化的主体性,这具体体现在三个方面。

首先,"科技是第一生产力"。这部电影有三个空间,分别是地下城、地球表面和太空空间站。这三个空间遵循了好莱坞科幻电影的基本惯例,地下城是拥挤、昏暗、嘈杂的中国城(唐人街),地表空间是大型工地,而牵引地球的国际空间站则是一尘不染、高度现代化的场所。好莱坞科幻片如《机器人总动员》(2008)、《阿童木》(2009)、《逆世界》(2012)、《极乐空间》(2013)等,往往把这三重空间等级化,作为金融危机时代社会阶层分化的隐喻。唐人街是底层人的、非法制的、黑社会化的贫民窟,地球表面或者是垃圾遍地的工业废墟,或者是进行工业生产的、压抑的现代工厂,而外太空的飞船则是没有社会矛盾的、井然有序的后工业空间,如《星际穿越》结尾处幸存者生活的未来桃源。《流浪地球》虽然也借用了这三重空间,却没有把空间等级化,一方面靠亲情把父亲所在的空间站、儿子所在的地下城和姥爷工作的地表空间变成"一家人",另一方面与其他科幻片中被污名化的地表空间不同,《流浪地球》中的地球地表是生产性的工业空间,有大型运输机和巨型行星发动机,救援人员穿的太空服也带有机械骨骼。另外,就在 Moss 向刘培强说出太空船抛弃地球是联合政府的决定并向全球幸存者广播地球不可避免地走向毁灭之时,刘启用中学物理知识,提出借助发动机喷射点燃火星上的氢氧化合物的方案,从而拯救了地球。而《流浪地球》的工业空间很像近些年中国纪录片《超级工程》里的场景,显示了一种对于工业、技术的崇拜。这种工业精神恐怕与这二三十年中国高速现代化的进程有关。

其次,"技术+精神"的中国现代经验。《流浪地球》除了信任科技、工业的力量,更强调一种人类的意志和愚公移山的精神。一是舍生取义的牺牲精神。为了拯救家人和地球,父亲刘培强一直拒绝操作系统 Moss

的休眠指令,最终驾驶太空站撞向火星,这是一种知其不可而为之的勇气和为了崇高目标牺牲自我的革命浪漫主义精神。二是愚公移山的精神。虽然电影只选取了一个极端的危急时刻,但在电影结束时也完整介绍了"流浪地球计划":需要两千五百年才能完成,要靠一代又一代的子子孙孙来跑接力赛,就像姥爷、父亲和儿子三代人"齐上阵"的隐喻。愚公移山不只是来自古典的寓言故事,而是在中国革命的过程中被转化为一种现代精神,尤其是1945年毛泽东在中国共产党七大闭幕式上的报告《愚公移山》,借这则古典寓言来比喻中国革命,就是"全中国的人民大众"像愚公一样挖掉"帝国主义"和"封建主义"两座大山,这是一种人定胜天、百折不挠、人力可以战胜技术不足和物质匮乏的精神。三是集体主义的召唤。尽管整个救援行动主体是刘启和王磊临时组成的小分队,但点燃射向火星的发射器依然需要朵朵发动其他国家救援队的力量,最终依靠人墙组成的集体来助推点火装置。可以说,与《战狼Ⅱ》中的超级英雄不同,《流浪地球》更凸显一种弱小者、普通人联合起来改变人类命运的价值,这本身也是中国革命和现代化的基本经验。

最后,新家园与旧家园的辩证法。《流浪地球》故事的核心是回家和寻找新家园,新家园不是去开拓新的适合人类居住的陌生之地,而是"带着地球去流浪",是把旧家园(地球)带到新的地方,这也是刘培强宁愿牺牲更先进的航天器,也要保护地球的原因。狭窄的地下城和冰封的地球不是要被抛弃的地方,而是建设新家园的基础。这既与农耕文化对于家园、土地的固守有关,又密切联系着现代中国的历史。作为拥有上下五千年文明史的中国,从历史到现在,一次又一次面临内部与外部的巨大挑战,但每次又在挑战中浴火重生,完成文明的蜕变。近代以来,中国遭遇"三千年未有之变局",如何避免变成殖民地、避免亡国灭种的宿命?中国只能主动、被动地进行现代化,在这个过程之中经历"洋为中用、古为今用"的艰苦、彻底的自我改造,这样传统中国才能蜕变为现代化的中国。虽然是在同一片土地,但中国已经发生了翻天覆地的变化。回家，并不是回到过去，回到原有的起点，而是把旧的改造为新的，又不完全抛弃旧的，这就是一种新与旧的辩证法。

如果说电影的内部叙事强调用工业、现代和精神的力量拯救地球，那么电影之外的事实是，这部《流浪地球》之所以能够拍摄完成，也依赖于工业精神和强大的意志力。科幻电影是大投资、大制作，依赖于成熟、高效的电影工业部门的分工协作。导演郭帆去过好莱坞访问，清晰地意识到中美电影产业在工业化水平方面的差异，因此，《流浪地球》团队没有花大价钱请流量明星，反而把大部分制作资金用到道具、布景、特效等环节，拍摄前用 300 人历时 15 个月画了 2 000 张概念图和 5 000 多张分镜头，前后共动用了 7 000 多人参与制作。而导演郭帆从剧本改编到电影上映也花了四年时间，多次面临资金中断的危险，这种精益求精的态度也是一种愚公移山的精神。另外，中影集团的坚持和万达影视的撤资，也显示了国有资本与民营资本的区别，国有文化资本除了追求市场效益外，还肩负着提升民族电影工业化水平的职能。从电影一开始，这个中国人拯救地球的故事就放置在全球视角中，这不是中国的灾难，也不是亚洲的灾难，而是整个地球、人类所面临的灭顶之灾。对于好莱坞来说，美国超级英雄一次又一次从末日、末世中拯救人类和地球司空见惯，但对于中国电影来说，这种全球叙事并不常见，这种中国人以人类的名义挑大梁的故事更是罕见，可以说这是中国经济崛起之后出现的一种崭新的文化经验和主体意识。这就是以《流浪地球》为代表的中国，占据了曾经在好莱坞电影中美国人才拥有的位置，现代的、文明的中国变成具有全球和人类视野的主体。《流浪地球》中不同国家、不同肤色的救援队，体现了以中国为视角的文化多元主义。在这个意义上，中国不只是学会了科幻电影的特效，更学会了在文化心态上完成一次"翻身"。这种新的文化经验，突破了八十年代以来"落后就要挨打"的悲情叙述，也改变了新世纪加入 WTO 之后中国作为世界秩序学习者和模仿者的状态，中国一方面有资格思考"人类命运共同体"的大问题,另一方面也尝试用自己的方案和经验来回应普遍性的问题,这是《流浪地球》所带来的文化启示。

可以说,《流浪地球》整合了三种文化经验:一是几千年的中华文明史;二是《愚公移山》的现代精神;三是自主现代化、工业化的路径。既依靠现代科技又借助人的精神意志,才能创造新的家园。在 2019 年东方卫视的春节晚会上,《流浪地球》核心演员、科幻作家刘慈欣和中国航空航天事业的工程师同时登台,共同演唱歌曲《祖国不会忘记》,在这一刻,《流浪地球》里的中国人拯救地球与正在发生的中国载人登月工程形成了对接和呼应关系。但这种全球叙事与国家身份之间并非没有裂隙,这也使《流浪地球》上映之后在互联网平台引发激烈争议,成为电影文化的舆论战。中国电影的全球叙事能否"全球"开花,恐怕还有很长的路要走。对于这一点,《流浪地球》也给出了自己的答案,那就是需要漫长的、两千五百年的长征,才能找到新家园。

三、重述九十年代与当代中国的历史弥合

近些年,有一批偏现实主义题材的电影,对二十世纪九十年代以来中国社会转型和经济崛起进行新的文化书写,与九十年代的自我想象不同,在三十年后的历史回溯中,九十年代扮演着多重文化角色。简单地说,大致有三种倾向,一是九十年代初期是最后的"美好时代",如电影《少年巴比伦》(2015)、《黑处有什么》(2015)、《八月》(2016)等,描述工厂、事业单位解体之前骚动青年的成长故事,那是一段让人怀旧的年代①;二是九十年代是"创伤"的时代,从电影《钢的琴》(2011)开始,

① 张慧瑜:《〈八月〉:向父亲的九十年代致敬》,《南风窗》2017 年第 9 期,总第 591 期。

到《引爆者》(2017)、《暴雪将至》(2017)、《地久天长》(2019)等,把九十年代书写为工人下岗、命运转折的时刻;三是把九十年代作为当下中国的起始处,九十年代是历史穿越的起点,如喜剧片《夏洛特烦恼》(2015)中"失败者"回到九十年代重新改变命运变成"成功者"。

在主流叙述中,九十年代有两个突出又彼此矛盾的形象,一是锐意进取的时代,二是社会危机的时代。前者主要是把九十年代作为八十年代的延续,经历南方谈话之后的九十年代是改革开放的进一步深化。如果说八十年代在文化、思想领域清算革命路线、在社会经济领域实行计划经济体制内部的调整和初步的商品化改革,那么九十年代则确立有中国特色的社会主义市场经济路线,用激进市场化的方式在社会经济领域取代计划经济体制。因此,九十年代被讲述为深化改革、弄潮儿下海(出国)经商的故事,如《外来妹》(1991)、《北京人在纽约》(1993)等;后者主要是把九十年代作为二十一世纪以来中国崛起的前奏,把新世纪描述为对九十年代社会危机、转型期困境的克服,尤其是在和谐社会、科学发展观以及党的十八大以来反腐倡廉的大背景下,重新反思九十年代市场化改革中所出现的社会问题,如电视剧《下海》(2011)、《大工匠》(2007)、《人民的名义》(2017)等。

与这两种九十年代形象不同的是,上面提到的三部电影讲述的不是作为市场化改革新时代的九十年代,而是改革之前的旧体制。《黑处有什么》处理的是九十年代初期生活在小县城的少女成长故事。相比白衣飘飘的、去历史化的、去空间化的青春片,《黑处有什么》有着清晰的时空标识,空间是发生在中原地区的一个飞机场,时间是1991年夏天。借助中学生曲靖的视角,一方面呈现了少女成长中的各种糗事,一方面又展现了那个特定时代的氛围。《少年巴比伦》讲述工厂二代路小路在父亲的介绍下进入糖精厂工作,与工厂医生白蓝恋爱的故事。对社会主义单位制的怀旧表达得最充沛的是《八月》,这部电影结束后打出一行字"献给我们的父辈",确实,电影中除了小雷之外,最丰满的角色就是父亲了,父亲是承载社会变迁的一代人,面对下岗的压力、妻子的数落,父亲经历了从焦虑、失望、挣扎到认同现实的情感转变。对于儿子小雷来说,"昙花"一般的夏天随着父亲的离开而永远终结,父亲成为那张太姥去世之后的家族合影中缺席的位置,这也象征着那个有尊严的父亲的死亡。

电影《银河补习班》是第三种倾向的九十年代故事。这部由邓超导演、参与编剧及主演的电影,是一部带有现实主义色彩的正剧。它有三个看点:第一,这是一部教育电影,近些年从幼儿园虐童到高考改革,都直戳当代都市家庭的痛点,牵动着移动互联网时代网民的心;第二,这是一部父子电影,飞向太空的儿子回忆父亲对自己的另类教育,父子深情也是一种时代隐喻;第三,这是一部太空电影,从2019年初的《流浪地球》《疯狂外星人》到《银河补习班》《上海堡垒》,太空、星际空间开始密集出现于国产电影的故事背景中,这表达了一种新的中国的自我想象。如果说八十年代的中国在新启蒙话语中有着强大的需要"补课"的文化焦虑,那么《银河补习班》则用从现在回溯过去的方式讲述中国"补课"的过程,从1990年亚运圣火传递到2019年航天员安全返航,这既是马飞这一"八〇后"的个人生命成长史,也是九十年代以来中国社会高速发展和时代变迁的历史。《银河补习班》是一部父子题材或者说带有亲子色彩的电影,"银河补习班"就是父亲给儿子量身定做的一场"亲子补习计划",见证着父子关系从怨恨、隔阂走向和解、认同的过程。

父亲在现代文化中扮演着重要角色,被认为是父权和社会秩序的象征。在现代化的过程中,中国作为被动卷入现代化的国家,出现了五种父子关系。第一种是无父之子模式,即作为传统中国象征的父亲的早亡和缺席,现代化的过程就是无父之子寻找新的文化认同的过程,如"五四"时期鲁迅所叙述的父亲的死亡、在日本遇到精神之父藤野先生的故事以及九十年代第六代电影中长不大的儿子的故事。① 第二种是

---

① 祝东力:《在"父亲"缺席的时代》,《文化纵横》2009年8月(总第六期)。

孤儿寡母模式，现代中国经常讲述母亲含辛茹苦抚养孩子长大成人的故事，母亲成为家庭悲情或悲剧的代表，如早期中国电影《孤儿救祖记》（1923）、《神女》（1934）、《母亲》（1949）等。第三种是孱弱的父亲或者把父亲女性化，如朱自清的《背影》。第四种是父杀子模式，不是子弑父，而是反叛的逆子被主流秩序所惩戒，如张艺谋电影《菊豆》（1990）、张杨电影《昨天》（2001）以及《赵氏孤儿》、神话中的孙悟空、哪吒等原型故事。第五种是把父亲书写为儿子，父亲变成另一种儿子，如管虎电影《杀生》（2012）、《老炮儿》（2015）等。[1] 这些故事都显示了中国遭遇现代文化过程中与西方经验不同的文化情景。与这五种父子模式不同，《银河补习班》的核心主题是爸爸学会做爸爸、儿子学会做儿子。如前半段马皓文说"爸爸也是第一次学着当父亲"，结尾部分马飞说"我也是第一次当儿子"，也就是说，这是一部爸爸像爸爸、儿子像儿子的电影。这种父子的和解，也是一种历史的和解。一方面医治了现代以来中国作为无父之子的焦虑，另一方面也说明经过三十年的社会发展，中国变成和西方相似的现代社会。

　　这部电影中有好几位"爸爸"，马飞的继父开玩笑说，"儿子，不怕，你就是爸爸多"。确实，马飞有一个亲生父亲马皓文，还有一个大款继父孟叔叔，如果把闫主任和吴京扮演的航天指挥中心指挥长也算作父辈，可以说，马飞有四个父亲。首先看马皓文，他是一位桥梁工程师、亚运会火炬手，却在人生巅峰时刻被栽赃陷害入狱，跌进人生低谷，出狱后成为建筑工地上的技术工人，这是一个带有悲剧和苦情色彩的男人。马皓文的悲情色彩来自两类知识分子，一类是被政治运动所打倒的右派，在七八十年代之交重新归来的文化英雄，一类是在"四个现代化"的主流话语中成为社会中坚的科技知识分子，马皓文是这两类知识分子的混合体。他承受冤屈却又特立独行，坚持找寻真相，以至于与"体

---

① 张慧瑜：《父亲的位置与当下中国的文化状态》，《文化纵横》2017年第3期。

制"发生冲突,这些品行都与八十年代的启蒙知识分子相关。其次是马飞的继父孟叔叔,他是九十年代的下海者,通过到南方倒卖物资成为暴发户,没有什么文化,充满江湖气,有足够的钱和关系支持马飞读各种贵族学校。孟叔叔是九十年代市场化改革中先富起来的人,也吻合最早一批下海的群体是八十年代体制外边缘人的历史实际,在电影中带有铜臭味的孟叔叔是喜剧化的、小丑化的角色。第三个"父亲"是闫主任,这是一个严父的形象,认真、负责、不徇私情,是一个监督者和惩罚者,是标准化、工业生产的象征,是工业精神的代表,也是"知识改变命运"的坚持者。第四个是航天中心的指挥长,出场不多,是一个为了马飞的名声而强迫马皓文放弃申诉的维护国家荣誉的形象,是国家和体制的象征。可以说,这几位"爸爸"是八十年代以来中国社会中几种最重要的社会力量,代表着知识分子(个体)、资本(商业、民间)和体制。

如果把马飞的成长作为一种时代隐喻,那么"补习班"就不只是字面意思。八十年代以来社会形成了一种中国需要"补课"的共识,社会主义制度本来是一种比资本主义制度更优越的模式,但是五十到七十年代的实践却带来更多的问题,因此,曾经在社会制度上处于"超前"位置的"社会主义中国"需要重新"补课"。比如在文化层面要"扫除封建意识"、补上"人道主义""人性论"的课,在经济层面要补"商品经济""市场经济"的课等。在这种背景下,改革开放时代的中国被重新定位于社会主义初级阶段。马飞从老师眼中的"一根筋""差学生"到成为万人瞩目的宇航员,也如同中国社会从八九十年代的风雨飘摇到新时代的经济崛起和民族复兴,这种"补课"的过程是四个"爸爸"共同完成的。在电影结束的地方,马飞安全返回地面,四个"爸爸"都热情欢迎马飞的归来。在这个意义上,马飞的成功是"爸爸"们通力合作的结果:用继父的钱上闫主任严格管理的精英学校,在马皓文的情感"补习"下选择做飞行员,又借助国家力量成为宇航员。小镇青年马飞如同意识形态黏合剂一样把九十年代以来处于对抗、对立中的知识分子、资本和体制重新整合起来，变成一曲个人和时代的双重"欢乐颂"，这对中国来说也是一次新鲜的文化经验。只是这种文化蜕变或者说从个人故事变成国家和时代的故事，是通过重返九十年代和借助银河、宇宙飞船、航天员等太空想象来完成的。

　　这是一部带有年代感的电影，从 1990 年到 2019 年，以近三十年为时间跨度，讲述了个人与时代"同步"的故事。这种"同步"感通过两种叙事策略来完成，一种是借助流行歌曲作为背景音乐，如《亚洲雄风》(1990)、《好人一生平安》《渴望》(1990)、《弯弯的月亮》(1997)、《好大一棵树》(1997)、《走四方》(1992)、《晚秋》(1993)、《快乐老家》(1997)、《当年情》(1986)等，唤起观众对不同时代的记忆，流行歌曲在内地兴起本身也是改革开放的产物；一种是让个人遭遇重大历史事件，电影从 1990 年亚运会开始——这是中国第一次举办国际体育赛事，用体育比赛来唤起个人对民族与国家认同，到 1998 年南方大洪水——集国家力量众志成城完成救灾，再到二十一世纪以来神舟飞船多次发射升空。这种个人情感记忆与国家大事结合起来，共同完成一种个人与时代"同呼吸，共命运"的讲述。

　　电影中有一个首尾呼应的感人场景：开头是小马飞用手电筒射向太空，说等着爸爸马皓文做特殊飞行器飞回家，结尾处是老年马皓文拿着发着微光的手电筒照向夜空，说希望能引导外太空的宇航员马飞顺利返航，这样两个仰望星空的动作，就是电影的英文片名"Looking up"。这个细节既表达了一种父子惺惺相惜的情感，也凸显了这部电影所带有的科幻主题。这个太空故事发挥着双重意识形态功能。一是整合历史，把八十年代甚至晚清以来的历史都整合起来。马飞初一期末考试的作文题目是"不可错过的时光"，马飞写了一篇穿越文，把个人"不可错过的时光"上升为一个国家和民族的命运。电影中展示了发生在晚清皇宫里的一段传奇，作为皇帝的小马飞励精图治学习西方科学，把"错过的时光"追了回来，在紫禁城中造了一架火星飞行器。

这种带有工业精神的历史穿越,没有任何违和感,只要晚清以来的皇帝能有意识地补上"科学、科技"的课,中国就可以追上"不可错过的时光",变成与西方平起平坐,甚至比西方更强盛的国家。二是面向未来,中国人也拥有了人类主体的叙事。就像《流浪地球》一样,把中国人从特定的民族国家身份变成普遍的人类,代表人类拯救地球家园。

　　不管是揭开九十年代工人下岗的旧伤疤,还是呈现改革开放所带来的新问题,都是对九十年代激进市场化改革的再反思,呈现被九十年代改革话语所遮蔽、压抑的另一面。之所以能够在回望的视角中重新展现计划经济时代美好的一面,与人们在经历了二十余年市场化的新体制之后开始怀念、回味最后的社会主义单位制的纯洁与稳定有关。八十年代中后期到九十年代中前期处于既没有革命文化的血污,又没有市场经济时代的肮脏的夹缝之间,恰如《八月》结尾处夜晚盛开的"昙花",这个夹缝时光虽然短暂,却灿烂无比。当然,这种对新、旧伤疤的暴露,从侧面印证了2002年之后对九十年代激进改革路线进行了一定的修补和调整,直到2012年在中国崛起和金融危机的背景下再次对中国社会的政治经济结构做出更大的改革。因此,这些对社会现实的反思承担着双重职能,一是真实反映生活在市场经济汪洋大海里的人们对既有现状的不满情绪,二是为下一轮深化改革、结构调整提供合法性论述。

　　近些年,从《战狼Ⅱ》《流浪地球》《银河补习班》等主流商业电影开始,出现了一种既弘扬爱国主义等主旋律价值,又获得市场票房认可的现象,可以说,实现了一种在商业化、娱乐化的基础上建立新的政治性和国家认同的可能性,也是更有效的、更容易接受的把正能量与日常生活相结合的认同传播的方式。从这些不同的类型片中可以看到多元的、并置在平行空间里的中国故事。

　　张慧瑜　北京文艺评论家协会理事,北京大学新闻与传播学院研究员。

在新的人口结构、城市结构下，当代电影理论与批评做错了什么

孙佳山

二十一世纪第二个十年以来，我国内地电影票房突破百亿门槛，不到十年间就站在了 600 亿元的上方——不仅内地的影片产能、院线产能出现了放量式增长，来自三四线城市和广大县级市的新的观众群体，以及视频网站、直播网站等新的观影渠道、新的宣发渠道等也在快速增长，对于内地电影市场而言，全新的行业现象、要素、征候，正在一步步走向舞台的中央。这些具有鲜明时代区隔性的征候，在显著改变中国电影的基本面貌、精神气质的同时，也对我国的电影理论与批评提出了严峻的挑战，即如何阐释中国当代电影在过去十年里所遇到的高密度、高强度的历史周期性变迁。

对此，我国的电影理论界、批评界也做出了一定的努力和尝试，"新主流电影""小镇青年""新主流大片""电影工业美学"等概念的提出就是对过去十年来我国电影市场此起彼伏的新现象、新要素、新征候的基本回应。但由于高校、科研机构的知识生产体制未与社会现实很好地同步，与相关领域的生产实践结合程度不够紧密，知识体系、分析框架相对陈旧且更新缓慢等，我国电影理论界、批评界在阐

释中国当代电影的过程中也存在诸多认知误区。这其中,"新主流电影""小镇青年""新主流大片""电影工业美学"等概念就是最为典型的代表。尽管这一系列话语近年来在理论界和批评界都产生了相当大的影响,但仍存在论点、论据、论证等诸多学理层面的基本问题,在阐释中国当代电影的相关问题时,甚至处于理论、批评与现实严重脱节的无效状态。

因此,从理论建构到批评实践,梳理、反思从"新主流电影"到"电影工业美学"等话语中所存在的一系列结构性问题,对于厘清、辨识当下中国电影所携带的复杂文化经验、文化征候,更好地总结中国经验、讲述中国故事,进而有效引领我国文化产业的整体发展,都具有普遍性的行业示范价值和长期性的现实启示意义。

一、科学评估"三分法"的理论解释力

"新主流电影"概念最早出现在二十世纪与二十一世纪之交。1999年马宁在其《新主流电影:对国产电影的一个建议》中首次提出这一概念,2000年尹鸿在其《1999中国电影备忘》、马宁在其《2000年:新主流电影真正的起点》中都明确提及这一概念,并予以拓展。

尽管马宁等学者宣称"新主流电影理论并不是那种体系严密的理论,它实际只是一群年轻导演和策划人企图改变现状和发现中国电影生机而生发的良好愿望。它的提出不是为了发动中国电影的一种风格革命或者是某种意义的国际化运动",但他还是给出了其明确的边界——"新主流电影试图在中心位置的电影、以政府公益为转移的主旋律电影、主流商业电影、处于边缘位置的电影、以电影节为转移的影

片、以个性原因为转移的影片之间找出一种合适的演变途径"。① 马宁在相关文章的论述中指出了"主旋律"电影、商业类型电影和艺术电影——也就是尹鸿等学者所论述的"长期以来,主旋律、商业片、艺术片的'三分法',是对中国电影创作路线的常态分析框架"。② "在主旋律和商业化的双重诉求中,与好莱坞电影的消费主义和技术主义有着千丝万缕的联系但又具有中国式社会主义文化特点的新主流电影依然在艰难地争取着政治／经济／艺术的规范和定型"。③

从马宁到尹鸿,从 1999 年到 2019 年,相关学者都分享着一个共同的逻辑预设前提:不管是"新主流电影",还是"新主流大片""新主流",都是超脱于"主旋律"电影、商业类型电影和艺术电影"三分法"等电影理论新概念。如果说在马宁等学者所处的世纪之交,这还只是一个不具有严谨学术性的"良好愿望"的话,那么 2010 年之后的中国电影实践,至少在表面上似乎有了更充足的论据来支撑起这样的判断——"尤其是《智取威虎山》《湄公河行动》《战狼Ⅱ》《红海行动》《无问西东》等近年来产生广泛影响力的作品,使得主旋律、商业、艺术这三者人为的分界线变得模糊了"。④

因此,若要从理论上彻底剖析相关概念,我们就必须要直面马宁、尹鸿等学者共同指出的,包含"主旋律"电影、商业类型电影和艺术电影的"三分法"是否过时这一基本问题,这也是直击相关话语痼疾的一个核心着力点。

非常遗憾的是,在触及影响"新主流电影"的"规范和定型"的"主旋律"概念时,"新主流电影"这一概念首先就存在考据等学理性的基

---

① 马宁:《2000 年:新主流电影真正的起点》,《当代电影》2000 年第 1 期,第 16 页。
② 尹鸿、梁君健:《新主流电影论:主流价值与主流市场的合流》,《现代传播(中国传媒大学学报)》2018 年第 7 期,第 82 页。
③ 尹鸿:《1999 中国电影备忘》,《当代电影》2000 年第 1 期,第 10 页。
④ 尹鸿、梁君健:《新主流电影论:主流价值与主流市场的合流》,《现代传播(中国传媒大学学报)》2018 年第 7 期,第 82 页。

本问题。尹鸿等学者在论述"主旋律"概念时,明确将"主旋律"的起源定义在二十世纪九十年代中期。"'主旋律'概念是九十年代被正式作为一种创作口号提出来的。1996 年 10 月 10 日,中共中央十四届六中全会通过了《中共中央关于加强社会主义精神文明建设若干重要问题的决议》。之后,'弘扬主旋律,提倡多样化'作为指导思想,开始在电影领域得到贯彻。……'题材+主题'的先行要求,构成了'主旋律'电影鲜明的政治教育功能,从而使'主旋律电影'从一开始就打上了作为精神文明建设工程的宣传烙印。……这些影片在二十多年的中国电影创作中,形成了一道独特的风景,呈现了中国特色社会主义意识形态的话语特征和思想特征。"①

　　然而历史的实际状况是,"主旋律"并不是直到 1996 年才被提出的,在初始阶段也并不是"精神文明建设"需要的产物,而是作为正面应对二十世纪八十年代末、九十年代初,复杂的国际、国内环境所带来的巨大现实挑战的,一系列文化政策的主要构成而登上历史舞台的。②早在 1987 年,时任广电部电影局局长的滕进贤在全国故事片厂长会议上正式提出了"突出主旋律,坚持多样化"这一"主旋律"的基本理念。其后国家又完善了一系列制度性配套,如同年 7 月成立了"革命历史题材影视创作领导小组",1988 年 1 月设立了摄制重大题材故事片的资助基金,等等。③由此可见,"主旋律"正式登上我国电影、电视领域的历史舞台已然超过了三十年。

　　不难发现,"主旋律"概念的出现,是从二十世纪七十年代末到苏联解体前后,内置于"后冷战"年代的全球文化转型的一个缩影,"精神文明建设"不过是其中的一个乐章。所以,对于"主旋律"的这种考据

---

① 孙佳山:《三十年"主旋律"的历史临界及其未来》,《电影艺术》2017 年第 6 期,第 75 页。
② 同上。
③ 同上,第 75–76 页。

性失误所带来的消极影响，远不止局限在技术层面，其最大问题是直接影响了对"主旋律"问题背后的"三分法"的整体性基本判断——"主旋律"绝不是想象中僵化的、本质化的概念，在其既有的三十余年发展历程中，我国的"主旋律"影视剧也呈现出了清晰的阶段性特征，并且迄今仍在不断向前发展推进。

在"主旋律"影视剧的第一个发展阶段，即在1987年的《巍巍昆仑》《彭大将军》、1989年的《开国大典》《百色起义》、1991年的《大决战》系列的《辽沈战役》《淮海战役》等影片之后，到了1996年的"精神文明建设"阶段，随着外部挑战的解决，"主旋律"影视剧保守的历史讲述方式——官方参与拍摄、制作、发行、传播等，就已经开始逐渐淡化和消退。二十世纪九十年代中期的"精神文明建设"阶段，实则已经是"主旋律"影视剧的第二个发展阶段。"主旋律"影视剧在拍摄、制作、发行、传播等诸多领域，都在初步尝试、摸索市场化、产业化的运作路径，涌现出了一系列"长征"题材的影视剧及《红河谷》《黄河绝恋》《紫日》等一些兼具艺术性与商业性的影片。倡导"新主流电影"的相关学者也将这些影片作为例证，其错觉和错判的一个重要原因，就是对"主旋律"的错误认知。

也就是说，尹鸿等学者认定的"主旋律"影视剧所具有的"中国特色社会主义意识形态的话语特征和思想特征"，并不是僵化的、本质化的概念，然而在几乎所有既往的当代电影理论、批评中，都相当程度地忽视了对"主旋律"影视剧的内在演化逻辑的分析和梳理。因为在包括《集结号》《建国大业》《风声》《十月围城》《唐山大地震》《建党伟业》等"主旋律"影视剧的第三个发展阶段，"主旋律"不仅已经找到了远比前两个阶段更加市场化、产业化的运作模式，在内容制作上也开始在局部大胆调用好莱坞大片的商业类型元素，试图在"主旋律"之中完成好莱坞大片的中国本土化的类型嫁接。最终，从《湄公河大案》《湄公河行动》开始，以《建军大业》《战狼Ⅱ》为代表，包括《人民的名义》

《非凡任务》《空天猎》《红海行动》等在内的"主旋律"影视剧的第四个发展阶段,"主旋律"基本完成了市场化、产业化的有效转型。

显然,"主旋律"电影、商业类型电影和艺术电影的"三分法"及其背后的电影理论、批评的基础概念、范式远未过时,它们只是在其各自路径的中国实践当中不断深入和深化。无论是早先的"新主流电影",还是近来的"新主流大片",都没能超脱以"三分法"为代表的既有电影理论、批评的基础概念、范式的原因,除了对"主旋律"影视剧缺乏有效认知和辨析之外,更在于没能正面、有效地回应诸如商业类型电影所包含的"小镇青年"、院线和档期,以及艺术电影所指涉的中国电影人才培养机制等,中国电影实践在这一发展周期所独有的鲜明结构性问题的更深层次的挑战。

二、"收缩型城市"带来票房增量触顶

无论是尹鸿等学者认定的 2013 年的《中国合伙人》,还是陈旭光等学者认定的 2016 年的《湄公河行动》,中国当代电影的理论建构与批评实践等话语演变的关键节点,正是来自票房。关于"新主流"的相关讨论,也从马宁等学者定义的"新主流电影",翻转为今天似乎默认为常识的"新主流大片"。同样,无论是尹鸿等学者所认为的"一系列被认为体现了'新主流电影'特征的'标杆'影片。这些影片票房都在5 亿元以上……证明了它们都是真正的市场上的主流电影"①,还是陈

---

① 尹鸿、梁君健:《新主流电影论:主流价值与主流市场的合流》,《现代传播(中国传媒大学学报)》2018 年第 7 期,第 84 页。

旭光所分析的"人口'红利'和影院银幕等刚性增长"①,都在共享着一个基本的逻辑预设前提,那就是已经取得的票房佳绩和还会继续高速增长的票房空间预期,是支撑他们各自的理论、批评等话语的合法性来源。

从2010年到2016年中国电影票房持续攀升的高增长周期来看,这确实有着强烈的现实依据,只不过一旦票房增速放缓,就会迅速暴露、放大其背后的结构性痼疾。因为即便是马宁等学者在1999年提出的"良好愿望",也依然承认"商业电影的总的票房取决于它们对影院空间和档期的控制能力。……它们的模式和类型相对比较固定,生产方式也较为严密"。②——其中所论及的"对影院空间和档期的控制能力",也成了我们梳理"新主流电影"的两个重要抓手。

二十世纪末,我国电影在进口大片的持续冲击下,开始初步找到自身节奏的标志,就是以《甲方乙方》《不见不散》等冯氏喜剧为代表的贺岁片模式。广义上由当年11月持续到次年2月的贺岁档,是我国电影领域市场化、产业化改革后的第一个稳定档期。这也是"新主流电影"在1999年浮出历史地表的基本背景。

随着我国的商业地产从2008年开始爆炸性增长,每年商业地产的新开工面积迅速拉升到了以数亿平方米作为计量单位的周期,我国的电影票房也随之突破了百亿门槛,不同规模的电影院线也开始遍布全国,并不断在三、四线城市和广大县级市落地、渗透。正是在这样的时代背景下,过往春节期间周而复始的"大鱼大肉"式的炫耀性、奢侈性消费,开始逐渐向轻松的休闲文化娱乐消费转移。于是从2013年开始,过年看电影开始成为全国范围的"新民俗"。当年周星驰导演的《西游·降魔篇》总票房斩获了12.45亿元,正式拉开了春节档的序

---

① 陈旭光:《新时代　新力量　新美学——当下"新力量"导演群体及其"工业美学"建构》,《当代电影》2018年第1期,第38页。

② 马宁:《新主流电影:对国产电影的一个建议》,《当代电影》1999年第4期,第4页。

幕。春节档的全年票房占比，也从 2012 年的 2.4%①增长到 2018 年的 9.7%②。

春节档在全年档期的核心地位已经确立，"史上最强春节档"这一表述从那时起不断高亢，并一直延续到当下，取代了其所脱胎的贺岁档。

但是，在 2019 年春节档，八部影片在七天时间里看似产生了 58.3 亿元的大额票房，实则只是勉强持平上年同期的 57.7 亿元票房，相较于 2018 年春节档 67% 的涨幅，2019 年春节档的涨幅只有 1% 左右。③在票补大幅减少、票价大幅提高的背景下，2019 年的春节档非常尴尬地维持住了 2012 年以来春节档年年都是"史上最强"的票房纪录，远未达到 70 亿元的票房预期。

无疑，作为全年的风向标，春节档的"横盘"也为我们剖析中国电影的档期结构，从"新主流电影"到"电影工业美学"所无法触及的深层次问题等，提供了有效的切口。2019 年春节档的"横盘"并不是偶然，而是我国档期结构危机的必然结果，因为春节档的火爆首先直接造成了极强的档期"虹吸效应"。在集聚了全年优质影片资源和全年半数以上票补的同时，不仅其原本所依托的贺岁档受到了严重的挤压，而且由于一轮又一轮"史上最强春节档"的提前透支，从 2012 年开始，每年的春节档之后、暑期档之前，也就是当年的 3 月到 6 月，包括清明档、五一档、端午档在内的票房表现都呈现出了规律性的低迷。2016 年清明档《叶问 3》"买票房"的金融欺诈丑闻，正是这一结构性痼疾的具体体现，一旦缺乏票房支撑，我国电影就立即被"拆东墙补西墙"的金融游

---

① 《电影的十年春节档：从 8 000 万到近 20 亿》，腾讯娱乐网，https://ent.qq.com/a/20160207/010667.htm，2016 年 2 月 7 日，原载于微信公众号"中国电影报"。

② 《2018 年中国电影行业重要档期发展趋势分析》，中国产业信息网，http://www.chyxx.com/industry/201902/717188.html，2019 年 2 月 28 日。

③ 《2019 春节档 58.3 亿火爆中有危机》，Mtime 时光网，http://news.mtime.com/2019/02/10/1588937-all.html，2019 年 2 月 11 日。

戏所裹挟。这也是《战狼Ⅱ》《我不是药神》获得了前所未有的赞誉的原因之一,因为在被认定重新"抓取"了"小镇青年"的 2017 年暑期档的《战狼Ⅱ》、2018 年暑期档的《我不是药神》出现之前,连暑期档也没有太多票房上的存在感。可见,重新反思直接关联着档期和院线的"小镇青年"问题,也就是重新科学地正视中国电影的增量问题,在当下有着重要的现实意义。

从 2010 年到 2016 年,在国内电影票房高潮迭起的那七年里,由于增长速度过于迅猛,远远超出了原有的行业预期,于是寻找推动国内电影票房不断攀升的幕后增量,就成了全行业关注的焦点。很快,2013年、2014 年前后,"小镇青年"这个概念,被一步步推到时代的聚光灯下,被认定是内地电影票房的真正增量。只不过随着 2016 年《叶问 3》金融欺诈丑闻的曝光,行业阴暗面被持续披露,加之近年来国产电影品质的不稳定起伏,票房高潮的消退也使得社会各界对"小镇青年"的关注迅速降温,近两三年来学术界和舆论界都几乎没有再真正有效触及中国电影的增量问题。

2019 年前四个月的观影人次为 5.9 亿次,同比 2018 年减少了超过8 000 万人次,降幅超过了 11%。① 无独有偶,2018 年全国观影人次为17. 17 亿,同比增长 5. 86%,较 2017 年 18. 22% 的同比增速明显下滑。2018 年全国总计拥有银幕 60 079 块,新增银幕数总计为 9 303 块,新增数量较 2017 年则同比下降 3%。而且,单块银幕产出继续下滑,2018 年单块银幕产出为 94. 14 万(扣除服务费),同比下降 8. 72%②——与观影人次和院线的增量持续疲软相较而言,2019 年前四个月我国内地票房共

① 毒眸:《如何找回消失的 8 000 万观影人次?》,新浪网,http://k. sina. com. cn/article_6618707265_18a8175 4101900h1ap. html,2019 年 5 月 14 日。
② 康雅雯、朱骏楠:《2018 年电影市场总结:票房、观影人次增速放缓,票价、口碑回暖》,新浪财经网,http://vip. stock. finance. sina. com. cn/q/go. php/vReport_Show/kind/lastest/rptid/4467363/index. phtml,2019 年 1 月 3 日。

计233亿元,同比去年同期的241亿元出现的3.3%的降幅①,甚至显得有些无关痛痒。②

诚然,作为基础设施的影院建设,经过近十年的快速发展,使电影的供给渠道已经基本"下沉"到主要县级城市。但在这背后的真正问题是,随着我国城镇化增速进入阶段性的平台周期,再加上国家房地产调控政策的持续加码,县级市商业地产的高速发展时代已经结束。2019年3月31日,在国家发展改革委发布的《2019年新型城镇化建设重点任务》③中,更是第一次提到了"收缩型城市"的概念。无论是放置在改革开放四十年,还是中华人民共和国成立七十年的视野下审视,"收缩型城市"概念的提出,都具有足够的长周期转折意义。电影也不会例外,"小镇青年",也就是中国电影的有效增量,恐再难以为继。

不仅如此,由于2010年到2016年的过快增长的提前透支,近年来资本市场对于我国电影市场的估值已整体性大幅下调,影院建设所必需的资本投放额度也在逐步收紧——即使我们在未来可以不计成本地继续投资建造新的影院,无论新建影院是否能盈利,在城镇化所带来的观众增量不再有显著增加的情况下,来自院线的增量已不会再对票房总量起到上一轮增长周期曾有过的放量式拉动作用。④ 票房的"人口红利"已经结束,"影院银幕等刚性增长"在突破60 000块⑤的天量之后也已是强弩之末——在经济增长放缓、人口出生率萎缩等大时代背

① 毒眸:《如何找回消失的8 000万观影人次?》,新浪网,http://k.sina.com.cn/article_6618707265_18a8175 4101900h1ap.html,2019年5月14日。

② yvonne:《人次落差近8 000万,四五线城市缩水严重》,艺恩网,www.entgroup.cn/news/Exclusive/1063656.shtml,2019年3月10日。

③ 国家发展改革委:《国家发展改革委关于印发〈2019年新型城镇化建设重点任务〉的通知》,http://www.ndrc.gov.cn/zcfb/zcfbtz/201904/t20190408_932843.html,2019年3月31日。

④ 画外:《中国电影市场专题研究·2017——受众、供需与票房》,2018年,第58-66页,此为网络付费报告。

⑤ 数据来源:中商产业研究院整理《2018年全国电影银幕总数突破6万块稳居世界第一(附图表)》,中商情报网,https://baijiahao.baidu.com/s?id=16239081746378253548wfr=spider&for=pc,2019年1月28日。

景下,在可预见的未来,已经很难再有从 2010 年到 2016 年那样强劲的外部动力。更何况,国家层面提出的"收缩型城市"概念所指涉的未来中国城市格局的基本面,已经为那些从 2010 年到 2016 年在票房高潮阶段曾有过的天真畅想画上了实质性的句号。直接关联着档期和院线的增量空间,正在触及中长周期的天花板,并呈现出了清晰的下行趋势。

不难发现,从"新主流电影"到"新主流大片",其实际表现,距离马宁等学者在 1999 年所论及的"对影院空间和档期的控制能力",既有着漫长的摸索之路,也将面临更为严峻的现实挑战。

三、尴尬的"电影工业美学"

"新主流大片"丝毫不"新"——近年来被引以为傲的"新主流大片",并未开拓出独立的档期,也并没有可持续的票房表现,这是中国当代电影实践的一个基本事实。例如继《战狼Ⅱ》之后,被"电影工业美学"予以反复褒奖的《红海行动》《流浪地球》,其所依托的依然是年年"史上最强"的春节档——《捉妖记》和"西游"题材的相关 IP,这些已经被饱受诟病的国产特效大片在春节档同样可以表现不俗。而在2018 年夏天大放异彩的《我不是药神》,尽管也被所谓的"新主流大片"概念所征用,实际上却并不符合"新主流大片"的投资规模门槛,在"电影工业美学"上也没有过多的阐释空间。同样的例证还有 2019 年春节档的《流浪地球》《疯狂的外星人》。

陈旭光在分析《流浪地球》《疯狂的外星人》的时候,提出了"从工业美学的角度看,'电影工业美学'形态可以按投资规模、制作宣发成本、受众定位等的不同区分为'重工业美学''中度工业美学''轻度工业美学'"的"电影工业美学"分析框架。① 在此基础上,他指出,"作为'重工业美学'的《流浪地球》有巨大的投资、超强的匹配、完整的工业流程,打造了宏大的场面,创造了惊人的票房,其弘扬的'人类命运共同体'的理念,代表了国家主流意识形态的表达和国家文化现象建构的努力。它是近几年中国电影界呼唤和期待已久的体现电影工业化程度的一个高峰,也为'电影工业美学'提供了一个绝好的案例"。② 在分析《疯狂的外星人》时,他认为"宁浩清醒自觉的'中度工业美学原则'意识,使他自觉地不是在画面造型、场面规模、视听效果等方面求胜,而是尽量接上中国当下社会现实的'地气',并在故事叙述、剧作打磨、现实思考与人性考量等方面下工夫,这也使得《疯狂的外星人》这部号称科幻、改编自刘慈欣的电影显得颇为'土气',无论是人物、故事还是装扮、造型、场面设计等"。③

然而,中国当代电影实践的真相却是:"虽然(《疯狂的外星人》)故事上是反好莱坞的,但在特效制作上……整部电影制作投资达到四亿多,其中特效成本占比达到50%-60%。宁浩说,影片实现的特效是难度最高的A类特效——生物表演类特效,这在全世界都是最顶尖的,只能请国外的团队进行制作,包括《少年派》的团队、《侏罗纪公园》的团队都参与了。"④《流浪地球》的制片人龚格尔在一则采访中也明确提及:"向维塔数码的人透露了《流浪地球》预算,对方脸色突变,一头雾水……他们不太明白我们为什么有底气过来聊,这明显和他们平常接活的数字差太远了,这个数不止外界传的5 000万美元那么少,但也确实不高。……就在这个时候,一旁的宁浩赶紧挺直了腰板说'我们预算够',留住了维

① 陈旭光:《中国科幻电影与"想象力消费"时代登临》,《北京青年报》,2019年4月19日,C4版。
② 同上。
③ 同上。
④ 黄柏雪:《〈疯狂的外星人〉导演宁浩:拍美国人拍不了的科幻片》,http://www.sohu.com/a/296706798_247520,2019年2月22日。

塔数码的人继续聊。这里插一嘴,宁浩之所以这么坚持,必须敲下与维塔数码的合作,是因为他挑战了外星人数字生物角色这块'硬骨头',这是视效中最高级别的难度。而《流浪地球》则是在编剧本的阶段,就考虑到预算的关系,把涉及最难最贵的特效部分完全去掉了。"①

显然,对于"电影工业美学"而言最为关键的是视觉特效场景,《流浪地球》不仅在文化工业的技术含量上远远不能和《疯狂的外星人》相比拟,如若没有宁浩的《疯狂的外星人》团队挑战生物表演类特效的巨额投入背书,《流浪地球》甚至没有机会得到来自好莱坞文化工业体系中最上游的新西兰维塔数码的技术介入——如若连构成支撑所谓"重工业美学"论证的最重要论据,和与生物表演类特效相比成本较低廉的太空场景都没有了的话,"电影工业美学"概念的相关讨论则直接无从谈起。何况,《流浪地球》除了在投资规模上明显低于《疯狂的外星人》,在IP授权、拍摄制作等方方面面的具体环节上,都受惠于宁浩《疯狂的外星人》团队。由此可见,"电影工业美学"稍加应用就暴露出如此尴尬的局面,这深刻地折射出中国当代电影理论与批评在一定程度上与创作现实的脱节或不匹配。

至于受众定位,尽管在文本内部,两部影片有着明显的差异,陈旭光指出:"从电影形态、类型上说,《流浪地球》是一种美式科幻大片。在我看来,《疯狂的外星人》才是真正的'中式科幻'。《疯狂的外星人》也许不能称为严格意义上的科幻电影,它是非常中国、非常当下、非常现实的电影,也是宁浩以自己的'作者电影'风格,以对中国现实的体认为准绳,以好莱坞科幻片的剧情模式和宏大场面为反讽对象的黑色幽默喜剧。《疯狂的外星人》具有美式科幻电影中国本土化的重要意义,也许预示了科幻与当下现实,与喜剧结合的可能性,为一种新的喜剧亚类型或科幻

① 科欧米:《揭秘〈流浪地球〉工作法:改造好莱坞流程背后的经验》,http://ent.ifeng.com/a/20190208/43175796_0.shtml,2019年2月8日。

亚类型昭示了一个方向。"①显然,就受众定位而言,两部影片都挤进了千军万马过独木桥般的、对中国电影而言全年唯一有票房保证的春节档,这就使得在受众层面的任何分析都显得太过徒劳。更何况,能够欣赏作为"美式科幻大片"的《流浪地球》的中产阶级观众,和能够欣赏"颇为'土气'"的《疯狂的外星人》的"小镇青年",哪一类观众基本盘更大,在春节档期间对票房的贡献更大,已经无须再作更多辩驳。

　　不仅如此,在春节档和"小镇青年"的背后,还有从"新主流电影"到"电影工业美学"所无法阐释的更为复杂的现实问题。作为中国当代电影最高文化工业水平代表的《疯狂的外星人》,又被安置在了全年唯一有相对票房保证的春节档,同时又看似更为符合"小镇青年"的审美趣味——却在保底发行 28 亿元②,刷新迄今为止最高保底发行记录的情况下,仅仅收获了不到 23 亿元票房③,这对于当下的中国电影实践而言,无疑是不能再辛辣的讽刺。从"新主流电影"到"电影工业美学",不仅无法有效识别具体影片的文化工业水平,也并未对影片的内容逻辑与档期的关系及规律进行基本探讨——对于在过去十年左右的时间里,不断走进影院的来自三、四线城市和广大县级市的中国电影的新观众的分众特征,更是几乎未触及。

　　综上所述,我们可以清晰地发现,从最初的"新主流电影"到后来的"小镇青年""新主流大片""电影工业美学",使相关理论、批评话语不断加速的最主要的"权力"因素,就是从 2010 年到 2016 年票房持续攀升的高增长所带来的强烈"眩晕感""致幻感"。"面临好莱坞电影的直接竞争,我们更应该考虑制作低成本的有新意的国产电影。应该发挥国产电

---

①　陈旭光:《中国科幻电影与"想象力消费"时代登临》,《北京青年报》,2019 年 4 月 19 日,C4 版。

②　《王宝强会栽在史上最高 28 亿保底上?》,搜狐网,https://www.sohu.com/a/240539090_100113360,2018 年 7 月 11 日。

③　数据来源:艺恩网,http://www.cbooo.cn/m/638300。

影的'主场'优势,利用中国本土或者传统的文化'俚语环境',有效地解放电影的创造力。应该在以较低成本赢得较高回报的状态下,恢复电影投资者、制作者和发行者的信心。"①"新主流电影"概念的提出,自然离不开当时的时代语境,其本身正是当时中国电影市场化、产业化改革所面临的种种焦虑的一个缩影。

然而,"'主场'优势""俚语环境""较低成本"等这些"新主流电影"的最初"良好愿望",在后来的"小镇青年""新主流大片""电影工业美学"话语当中逐渐淡化,甚至被翻转,这也使其最终几近丧失了对中国当代电影实践的阐释力,而前者恰恰是中国当代电影在当下最具活力的有机部分。这是因为中国当代电影在历经二十年左右的市场化、产业化改革之后,终于通过一系列电影节、电影展的摸索、淬炼,为在其市场化、产业化的初期曾有着浓墨重彩一笔的艺术电影创作实践,找到了一个相对符合自身国情和特点的,为整体性的产业结构所接受和吸纳的,有中国特色的"好莱坞——圣丹斯国际电影节"式的内部循环机制和人才培养机制,并不断推出了《钢的琴》《万箭穿心》《白日焰火》《推拿》《一个勺子》《烈日灼心》《黑处有什么》《追凶者也》《暴雪将至》《北方一片苍茫》《大三儿》等一批现实主义精品力作,实现了稳定的中小成本的现实题材影片供给。

四、新周期的总体格局及系统性风险

从 1999 年到 2019 年,从"新主流电影"到"电影工业美学",中国当代电影的理论建构与批评实践经过了二十余年的大浪淘沙。今天我

---

① 马宁:《新主流电影:对国产电影的一个建议》,《当代电影》1999 年第 4 期,第 4 页。

们回溯其内在线索的根本目的,旨在通过对其话语累积过程中种种"权力"因素的梳理,寻找对于当下中国电影实践具有阐释力的理论、批评资源。

"三分法"并未过时,这一基本判断的背后是当下的中国电影实践并未超脱以好莱坞电影为代表的世界电影发展的基本规律。以商业类型电影为中心,既可以将艺术电影吸纳为自身的预备队和后备军,也可以兼容国家意志,相对平顺地表达"主旋律"——中国当代电影实践并无任何"意外"发生,不过是沿着世界电影发展的基本规律,完成了各项"规定"动作。作为描述性概念,描述某一阶段的特点和特征时,从"新主流电影"到"电影工业美学"尚具备一定的阐释力,但作为严谨的电影理论、批评概念,则既经不住学术层面的推敲,也无法跟上中国当代电影实践的迅猛步伐。

影片、院线产能的中长周期性触顶和回调,档期、观众的增长乏力和不稳定性,已是中国电影自 2017 年开始面对的总体格局,票房产能还将进一步落后于影片和院线产能,这也将是中国当代电影在下一历史周期所无法逃避的系统性风险。在全球经济处于下行区间的现实语境下,中国当代电影很可能会面临内部影片、院线、档期、观众增量的全线匮乏,外部关注、投资、估值、认可度的全面回调,呈现一方面票房体量过大、一方面几近全产业链亏损的最为被动、难堪的"滞胀"局面。

在这样系统性风险的基本格局下,"小镇青年"所表征的我国新一代来自三、四线城市和广大县级市的、未受过高等教育、没有稳定工作、收入整体偏低的广大青年群体,几乎完全不具备传统影迷文化意义上的影迷特征,也不具有好莱坞电影观众所标识的新兴中产阶级的教育程度、审美趣味、经济收入、社会身份和政治地位。"小镇青年"已在悄然间改变了过去电影观众概念的外延,并开始一步步渗透,改变着我们曾习以为常、天经地义的电影生产及传播逻辑,其对"主旋律"、传统文化等领域已经表现出的令人咋舌的巨大热情和冲击力,早已实质性地溢出了电影的范畴、框架,甚至直接改写了曾被奉为"圣经"的现代主义、后现代主义知识。

在未来,以影片、院线、档期、观众为切口,对于"主旋律"、传统文化等"小镇青年"的文化公约数的再整合和再建构,其所蕴藏的历史势能的蝴蝶效应,对于我国的文化治理、国家治理都将是前所未有的"百年未有之大变局"式的历史挑战。而这其中的中国经验、中国故事,对于世界电影史而言,才真正具有原创性的价值和贡献。

孙佳山 中国艺术研究院文化发展战略研究中心副研究员。

立足当下,讲好中国故事

——创作电视剧《幸福里的故事》的感悟

朵 梅

作为四十二集电视剧《幸福里的故事》的总制片人,我创作感受深刻,收获良多。

这部电视剧开始创作的时候,我国电视剧已经过六十年发展,虽说成就非凡,但是多有曲折,我们撞上了大家都有共识的所谓"严冬时节"。造成这种局面的原因很复杂,比如不良资本恶性追逐不当利益,诱导一些从业人员误入歧途。表现之一就是在现实题材之一的都市生活故事创作中,掉进了"伪现实""悬浮现实"的泥坑。我认同一个说法:在电视剧领域里,从二十世纪九十年代初开始,一波又一波的病态文艺思潮并没有得到认真的清理。我们还没有把这些东西彻底地抛入历史的垃圾堆,它还在影响一些人,一些作品。

我们应该都还记得,这些病态的文艺思潮里,有把电视剧说成是西方后现代主义所界定的,既没有深度也没有未来,只有平面和当下的、玩儿完就算的自来水和游戏机式的东西,不讲深刻意义,不说社会作用,只要满足所谓的当下即刻的感官冲动、游戏人生就可以了;后来鼓吹政治也要娱乐化;再往后,再进一步,竟然大肆宣扬一切都要"轻",

"轻"到不要去关心时代和社会现实里的重大问题；还说这就是所谓"全球化"的必由之路。这就是诱惑我们用西方一些不良的这个主义、那个主义的艺术思想和创作方法来讲中国的故事。

一开始，我们这个项目就理所当然地拒绝了这样的诱惑。我们很清醒地策划，我们将要艺术地演绎的这个"幸福里"的故事，是中华人民共和国成立七十年历史的一部分；演绎这样的历史，我们只能用我们自己新时代现实主义的审美精神、审美原则、创作方法，即真实地演绎、艺术地演绎、向上地演绎；而不是一切不健康的非现实主义的方法，或旧现实主义的方法。

记得三十年前北京电视剧人创作的五十集电视剧《渴望》，镜头对准的就是刘慧芳、宋大成他们那一代——北京城胡同大杂院里的平民百姓——渴望幸福的故事。我们这部电视剧讲的是二十世纪八十年代到 2019 年中华人民共和国七十周年国庆这段时间里，北京西城白塔寺边上一条叫作"幸福里"的胡同里，一个大杂院里名字叫李墙、陈瓦儿的男女主角和他们的同学朋友父辈们，以及后来长大了的儿女辈，怎样追求幸福，也确实寻找到幸福的故事。

环顾我们身边的电视剧创作，以及包括电视剧在内的一些文艺创作领域，如今许多作品更加喜欢冰火两重天，温暖是大家不太愿意涉及的范畴。事实上，温暖的主题貌似很容易创作，时间久了，才知道其实非常有难度。

回想起来，策划了这个项目后，我们的编剧们在北京街巷里弄奔波采风跑了那么多地方，最终之所以把故事的主要场景聚焦到金融街，就是因为我们考虑到，不管是地理还是人文，这里都能够集中地反映中国改革开放四十多年发生的沧桑巨变。金融街这片地区，不仅仅是北京高速发展的一个缩影，又何尝不是对地道传统文化竭尽保护的同时，我们国家跨入世界经济前列、科技前沿的有力体现？于是，从提纲、出剧本，再到后来筹备建组、拍摄制作直至顺利播出，我们每一项工作都是基于这种深刻认识和深切感悟,满怀极其饱满和极其昂扬的热情和干劲去完成的。这其中,主创团队到最基层的居委会体验生活,去老百姓家寻找老物件,和西城大妈聊天,采访派出所民警,目的都是一个——找寻普通老百姓生活的质感,也就是我们常说的普通百姓生活的"烟火气"。我们在北京西城多地完成多个场景的实景拍摄,决定摒弃传统意义上的二十世纪八十年代的灰色胡同感,采用更加明亮的"红墙绿瓦"置景。结果,我们就能够在这部剧中传达出一个新的感觉——这里,有红墙,有绿瓦,有温暖,有感动,蕴藏着北京文化的那种包容的气质、气氛、气度、气概。你看,胡同确实在变迁,但不变的依然是那红墙绿瓦,不变的依旧是我们北京城里普通百姓的朴素情感。我们中国老百姓历来对亲情、友情、爱情的情感需求,一点也不比别的国家别的地区的百姓逊色,这让讲北京故事,讲中国故事有了很好的空间和故事元素。我们的《幸福里的故事》,这样叙事,娓娓道来,情感是慢慢堆积的,直到一起涌上心头,也就让人挥之不去,眷恋不已了。

说真的,这也是我作为女性制片人偏爱的地方。

在拍摄方法上,我们的《幸福里的故事》大胆创新。比如,我们的主创团队摒弃了一般电视剧"跳拍"的便捷方式,为收获最具真情实感的表演,我们选择回归传统,坚持按照故事发展进程的时间顺序拍摄,而不是按场景一次拍摄,这对于制片人是非常大的挑战。比如,开机第一个月的拍摄已经超出预定的拍摄时期,这是我做制片人以来从来没有发生过的现象。怎么办?也无法向投资人交代。我想好了,自己不能把这种负面的消极的情绪带给剧组人员。当时,真是急得我掉眼泪。大家知道,按预定计划把握好拍摄进度,是一个剧组对制片人的基本要求,也就是说,超周期、超预算是做制片人的大忌。怎么办?我与导演等主创协调,把一部分内景放在拍摄基地,用后期特技完成。比如,我们国家的公交车也是变化很大的。我们拍摄室外的镜头放在摄影棚完成,为此,我们与北京公交公司合作,找到二十世纪八九十年代以及新世纪的北京市和公交公司的镜头，因为当时的拍摄设备为模拟信号，我们就在咱们国家最先进的后期设备上重新修复成 4K50 帧，达到今天及未来的播出效果。这部电视剧播出后，有不少热心观众专门反馈，这部戏让他们看到了自己身处其中的北京生活，备感温馨和亲切。我想，这应该跟我们所做的上述尝试达成的效果是有关系的，也就是说，我们的艺术处理是他们有如此观感的很重要的原因之一吧。拍摄过程中，小到音乐中的歌词、拍摄中的灯光，大到环境的置景美术、服装造型，自始至终，我们都努力坚持贴近时代、贴近生活的创作原则。

《幸福里的故事》传递出的主要信息是，时代大潮里人们应有的责任感和使命感，在浓厚的怀旧感和真切的现实感这两种感觉的强烈对比下，要让观众真切看到人民生活里幸福指数的巨大增长，以及幸福对于普通人的意义，凸显时代与命运交织时刻的温暖、美好之光。事实上，世间所有人的关系都围绕一个"爱"字，要用爱去感受沧海桑田。我们这部电视剧的"柴米油盐的小日子有梦想，激情澎湃的大时代有担当"的思想内涵，让故事激荡出历史高度与生活温度。无论是李墙当初的毅然"下海"开启了自己的时代，还是陈瓦儿将情怀做成了自己的"小"事业，《幸福里的故事》镜头就没离开过普通人生活的点滴。"我们以人为本，人在亲情、友情、爱情上的观念变化，是我们想要深入探讨的。""苦辣酸甜搅拌成幸福"，大多数时候生活都不是一帆风顺的，人生不如意十之八九。当我们把这些看作一本书，合上以后，去品尝那种回忆滋味的时候，一种特别温暖的幸福感会蔓延开来。这深刻地映照了贯穿全剧的一句台词"翻开是故事，合上是回忆"所体现的艺术思想，也是导演杨亚洲把镜头瞄准人的情感，深挖生活细节和本质的一种具象化表达。人民群众创造历史。的确，故事中人物过的那些平凡的小日子，那种被时代激荡起来的大情怀下却时常冒出来的小情感，让整部剧自始至终充满着人间的烟火气。而以小人物的生活际遇折射大时代里的社会变迁，以大时代衬托普通人的自强奋斗精神，就让平凡也变得不平凡了。

　　回想我们创作的过程，令人不胜感慨。要是跟着那些病态的文艺思潮跑，这个故事也可以沦落在这些年流行的一些套路里，讲他们是怎么样沦陷在"职场恶斗、情场争风"的泥淖里的，或者是怎么样在胡同大杂院里演出萝莉风潮的小女孩儿跟霸道总裁大叔爱得激情似火的，还有就是老老少少都"三角""四角"地"乱爱"得不亦乐乎的。在艺术形式上，甚至会掉进那种现世和虚无缥缈地死去了的"前生"，时空混搭叙事的泥淖和陷阱里去。

　　创作这部《幸福里的故事》，一路走来，我坚定不移地确信了，我们必须与那些乱七八糟的东西划清一条界线，走新时代现实主义的创作之路，用中国自己的成功的电视剧艺术，讲好北京胡同大杂院里这些普通百姓的故事。这也是《渴望》的现实主义道路最好的延伸，及进一步夯实、拓宽和发展。

　　我想说明的是，我们这部电视剧，镜头是聚焦在中华人民共和国历史上最勤奋的一群人身上的。曾看到一篇文章叫《世界上最勤奋的人已经老了》，文章说，世界上有群最勤奋的人，他们是中国的下乡知青、回乡青年、恢复高考后的前几届学子、出国留学生、下海闯荡的和进城务工的四〇、五〇、六〇后，短短几十年创造了世界多个奇迹，把一个落后中国变成经济总量世界第二的强国。历史会记住他们，人类会记住他们，以这个历史悠久、人口最多的国家的名义，以这个饱受苦难却毅然崛起的民族的名义，向这群人深深致敬！而我们在《幸福里的故事》当中塑造出的那一群年轻人，就是这些"最勤奋的人"里的一部分。他们是六〇后，正当年，二十世纪八十年代伊始，他们要考大学了。只是，不幸得很，像一位前辈点评的那样，他们的小学和中学，是戴着"红小兵"和"红卫兵"的小袖章在"造反"的乱世里混日子混过来的。一旦赶上国家拨乱反正恢复高考，他们比起那些"老三届"的回城知青，七七、七八、七九级，甚至再往后的一些考生，里里外外，彻底一身的劣势，根本不是在同一条起跑线上竞争。结果，复读，补课，玩儿命地背书做题，高考的考场上也还是先天不足，难于应对。上不成大学，就像是命里注定，他们脸上写了"低学历"三个字，也成了"无职业"的人。我们剧中的女主角做过公交车售票员、司机，男主角挖过煤窑，闯荡深圳也不成功，于是，照顾老人和结婚后生的孩子，做家务，疲于奔命，但是，这都没有让他们放弃对于幸福的追求。等到年过半百了，终于历经了坎坷，追求到了幸福。他们的几个同学和朋友也都经历了相似的人生。

我们讲述剧中人物是怎样身处种种的生活困境，经历了物质生活困难，精神生活困窘，特别是爱情婚姻生活困惑，好像整个人生显得困顿，虽说十分艰难，却用坚强的意志和百折不挠的毅力，不停地追求幸福，而后，一个个走向幸福。这显得真实可信，也很感人，同样使全剧能够做到社会价值判断正确，艺术审美功用积极，不缺少故事演绎，不缺少艺术表达；同样能够让人觉得思想震撼，受到艺术感染。

作为总制片人，这部剧如同我自己的孩子，所有付出的心血都是为了得到观众的认可，为了让世界人民了解今天的中国，看到飞速发展的中国，给全世界讲述中国故事。从播出到现在可以问心无愧地说，这样给这一群人做艺术造型，给这一群人的故事做铺陈，客观地真实地写就是在记录新时代，审美地艺术地写就是在书写新时代，积极地向上地写就是在讴歌新时代！电视剧理论与评论家曾庆瑞老师评价我们这部戏说：正好就是对于新时代，或者新的革命的现实主义，现在可以叫作新时代现实主义所进行的一种审美观照、审美体验和审美把握、审美呈现。这个评价其实太高了，我们难以承受，但有一点，我们敢说，我们用气正风清的总体态势把自己和眼下流行一时的"伪现实""悬浮现实"的电视剧严格区别了开来，自觉地践行了我们电视剧人的责任与担当。

朵　梅　《幸福里的故事》制片人。

影视创作的文化自觉与中国叙事风格

高小立

文化自信与文化自觉是当下较为热门的话题。文化自信在笔者看来是由上而下的一种文化思潮,而文化自觉是在文化自信基础上全民族文化的普遍觉醒的意识。有文化自信方有文化自觉,文化自觉意识全面觉醒又拓展了文化自信内涵与外延的广度和深度。

习近平在党的十九大报告中提出,要坚定文化自信,推动社会主义文化繁荣兴盛。他说,没有高度的文化自信,没有文化的繁荣兴盛,就没有中华民族伟大复兴。要坚持中国特色社会主义文化发展道路,激发全民族文化创新创造活力,建设社会主义文化强国。习近平指出,中国特色社会主义文化,源自中华民族五千多年文明历史所孕育的中华优秀传统文化,熔铸于党领导人民在革命、建设、改革中创造的革命文化和社会主义先进文化,植根于中国特色社会主义伟大实践。总书记明确指出了文化自信的源头是中华优秀传统文化,文化自信的内涵是核心价值观引领下的中国特色社会主义文化。

从康梁变法到五四新文化运动,再到中华人民共和国成立,积贫积弱的中国难以确立基于民族文化基因传承的自信。从中华人民共和国成立至改革开放,国家的政治、军事、经济逐渐强大起来。在国富民强的时代背景下,国学复兴,孔子学院遍布海外,从单方面的文化引入,到文化输出,我们的影视作品由制作大国迈向制作强国,都证明了我们在不断重拾民族文化自信。这种民族文化的自信心还体现为琴棋书画等传统中华民族优秀文化的复兴热潮,中国艺术品市场出现的盛世之景象。这种民族文化自信从党和政府的政治引领到全民的广泛接纳,直接触发了民族文化自觉意识的深度觉醒。正如费孝通先生所说:"文化自觉是一个艰巨的过程,只有在认识自己的文化,理解并接触到多种文化的基础上,才有条件在这个正在形成的多元文化的世界里,确立自己的位置。"作为金字塔顶端的文化必然需要国富民强作为强大的基座,方能展现我们五千年灿烂文明下的雄伟英姿。与此同时,在当今多元文化并存的世界,在西方依然掌握强大话语权和文化强势输出的时空背景下,只有做到文化自觉,才能在不同文化的对比和互动中稳住根基,获得文化选择的能力和地位。有了文化自信、文化自觉方能文化自强,只有文化自强,才能增强民族自豪感和凝聚力,才能真正建立起社会主义文化强国。

一、"红色文化"的中国影视叙事风格

回到当下中国影视作品创作,在文化自觉的意识觉醒和文化自信引领下,影视创作刮起的"中国风"叙事风格作品风起云涌、代领风骚。当下中国影视作品所蕴含的中国叙事风格,其中"红色文化"体现的是秉承"延安精神"与当下社会主义核心价值观一脉相承的创作导向。从热播的《外交风云》《跨过鸭绿江》《觉醒年代》等重大革命历史题材影视剧可以看出,这种典型中国特色"红色文化"的叙事风格,其核心传递的是中华民族在伟大民族复兴道路上不屈不挠的革命精神,是中

国对于共产主义道路和共产党领导的历史必然选择，是站起来的中华民族不畏强权的勇气，是强大起来的中国在和平共处五项原则基础下对于重构世界和平发展新秩序的大国担当。而这种"红色文化"的中国影视叙事风格是在世界范围内独树一帜的。而重大革命历史题材的中国叙事风格也在历史真实再现和艺术本体呈现中不断创新发展。比如《觉醒年代》中从"红楼"到"红船"的中国影视叙事风格的真实描述，填补了共产党成立的源头——"红船"是从"红楼"驶来的影视作品创作空白。其中大量极具象征意义的镜头语言和蒙太奇手法运用，将重大革命历史题材的影视作品在剧情内容、人物塑造、艺术呈现上进行了创新表达。而这背后就是我们对于此类题材的艺术创作在文化自觉意识觉醒下有了更强的自信心。

二、中国叙事的人文情怀高度

如果说重大革命历史题材影视剧的创作依然带有强烈政治引领下的官宣色彩，那么，《战狼》系列和《湄公河行动》《红海行动》等主流电影从商业层面和口碑评价取得的空前成功，则昭示这种文化自觉意识在普通大众层面的普遍觉醒。民族意识觉醒下的家国情怀叙事、爱国主义引领下的浪漫主义和英雄主义艺术呈现、强悍重工业大制作下的电影美学特质，全面地使高扬主旋律的电影作品与商业化类型片产生了共振。传统重大题材影视创作在现实语境下，在地缘政治和大国崛起的时空背景下，使大众的民族认同、国家自豪感、爱国主义情怀得以全面释放，从而将此类影视剧中国叙事的外延进行了拓展。《流浪地球》更是将这种拓展以科幻片的艺术表现，提升到人类命运共同体的人文情怀高度。如果说传统革命历史题材影视剧中国叙事元素更多以内省的姿态出现,那么后者则是以中国叙事的姿态站位于全球视角。前者更多是对本国本民族历史发展脉络的展现,后者则是将目光聚焦全人类未来发展的走向。这种中国叙事风格的递进发展,其背后是拥有五千年文明的中国传统东方哲学思潮的再次崛起。在西方政治文明体系无法解决问题的背景下,在文化自觉意识的觉醒下,崛起的中国向世界发出"有所作为"的强烈信号。

三、历史剧在中华美学上的寻幽探源

如果说,基于文化自觉意识的中国叙事风格在重大题材影视剧创作上,从"自省"的自我叙事逐渐拓展至关注全人类命运的话,那么,中国最为擅长的历史剧则反而向中华民族悠久历史的长河深处寻幽探源。无论是四大名著的翻拍还是历史正剧、历史故事剧、古装偶像剧等类型化影视创作,从文学剧本、人物塑造、剧情设置、演员表演、服化道,到视听效果、特效制作、意境营造、审美趣味,都在最具东方哲学思想和美学特质的"中国风"基础上,有了突破和创新。现象级国产动漫影片《哪吒之魔童降世》的诞生,标志着强烈文化自觉意识下中国叙事风格影视作品在艺术和商业化上正迎来繁荣崭新的一页。回首83版《西游记》,当年席卷深受儒家文化影响的日本、韩国、新加坡及中国港台地区,《三国演义》《红楼梦》《聊斋》等传统中国古典文学名著改编影视剧也都热播海内外,这种带有强烈中国历史传统文化基因的影视作品,是最容易向世界输出中国文化的艺术承载方式。

以好莱坞为代表的西方影视剧,其思想内核是古希腊文明,强调的是理性思维、逻辑推演,其表演风格是外向的"以我为主"的线性推进,无论是男女爱情的大胆直白,还是战争戏"胜者为王"的剧情演绎,都体现了一种强势文化特质。当然,基督教的终极人文关怀和宗教悲悯色彩,对这种强势的扩张文化起了适当的调和平衡作用。当西方文化借助其强大的政治、军事、经济影响力强力输出世界之时,人们忽然从以四大名著改编为主的中国影视剧中,看到不同于西方文化的东西,那就是以儒家"和天下"文化为核心,以老庄"天人合一"哲学思想为内涵的中国传统文化历久弥新的别样意味。

中华文化的"内敛"与西方文化的"张扬"不同,中华文化更加强调国与国、人与人、人与自然的和谐共生,这恰恰关照了全球化浪潮下,地球村居民对于和平发展,追求和谐幸福的渴望。同时,展现中国传统文化的历史题材类型剧,在人物塑造、服化道和意境营造上对于泱泱大国君子之风的刻画,又极具东方神秘主义看点和典雅精致的艺术享受,"留白"的镜头语言给观众留下意犹未尽的品味空间。中国古装剧的服化道从借鉴戏曲艺术,到色彩饱和的影楼风,再到现在的水墨风、阿宝色,魏晋风流和中国古典美学巅峰宋代的典雅隐逸越来越成为潮流。符合现代审美趣味大 IP 加持顶流的古装青偶剧,尽管在剧本打磨、剧情推进、内在逻辑等方面有所不足,但是其唯美浪漫的东方美学基色,依然收获大量海内外青年观众的热捧,这点从《甄嬛传》《芈月传》等影视剧海外版权热卖可见一斑。而反过来看,大制作电影《封神》遭遇滑铁卢的现象,恰恰说明已经拥有文化自觉意识的观众,对于套着中国文化元素外壳,却在人物造型、剧情叙事、场面营造、特效镜头等诸多方面照搬好莱坞风格的伪"中国风",已经开始用脚投票。

四、现实题材的正向价值观

中国现实主义都市题材影视剧越来越受到人们的喜爱和关注。以北京、上海、广州、深圳为代表的中国现代大都市的繁荣鼎盛,不亚于任何一个世界性都市。高度发达文明背景下的现实主义都市题材影视剧,在描述个体的自然人与都市文明之间的爱恨情仇和悲欢离合之余,在反思人类文明的高度发达与现实中诸如贫富差距、代际鸿沟、阶层固化、物质追求与心灵满足的取舍、后工业文明时代的人性反思等方面,都有着中国特色的对人类普遍情怀的追问和思考。比如《我不是药神》对于刻板冷漠的医疗法规与生命至上之间冲突矛盾的灵魂拷问;比如《贫嘴张大民的幸福生活》中底层百姓面对生活压力,依然积极乐观向上的生活态度。这些优秀的现实主义都市影视剧中,其强烈的中国叙事风格,反映了发展进程中个人与国家与环境之间的相互包容,以及以圆融天下的姿态去逐渐解决现实矛盾。医疗制度的改革推进、棚户区改造、幼儿入托国家补贴等,都在不断解决《我不是药神》《贫嘴张大民的幸福生活》中所反映的现实问题。中国都市题材影视剧在核心叙事思想上,高扬"老吾老及人之老,幼吾幼及人之幼""一方有难八方支援"等中华民族传统美德,强调人与人之间的礼让谦逊等处世之道,在经济社会中讲究诚信、遵守法规和"君子爱财取之有道",在家庭生活中夫妻和睦、长幼有序、男女平等。这种中国叙事风格中的正向价值观和中华文化的输出,正越来越受到世界范围内人们的关注和喜爱。据悉,国家广播电视总局近日发布《关于遴选优秀电视作品进行译制资助有关事项的通知》,将在全国范围内遴选优秀电视作品进行译制资助,推动中国电视作品走出去,讲好中国故事,展示中国魅力。

高小立　北京文艺评论家协会理事,《文艺报》艺术评论部主任,编审。

故事的权威性及其中国形态

张　柠

　　本文缘起于一个问题："如何讲述中国故事？"这是一个很大的话题。我打算把这个话题局限在文学评论的范畴，并将提问的角度略作转换：谁有资格讲故事（故事的权威性），以及中国故事的历史演变（故事的形态史）。在进入正题之前，还有一个问题要交代，就是关于故事这个概念。它意指什么？跟小说的关系如何？

　　首先，本文的故事概念，是常识层面的用法，也就是按字面的意思使用。它包含两层意思，第一是"遥远的过去发生的事情"，但我必须放弃这种用法，因为在没有人讲述之前，谁也不知道过去发生过什么。第二是"被人讲述出来的故事"。讲述者有"无名"和"有名"之分。民间故事讲述者是"无名"的，属于民俗学（或社会学和人类学）研究范畴；文人故事讲述者是"有名"的，属于文学研究范畴。

　　俄国理论家普罗普，在《故事形态学》《神奇故事的历史根源》《神奇故事的演化》等著作里，对民间故事和传说进行了深入研究。普罗普要做的，是对世界范围内的"神奇内容故事"（而非"日常生活故事"）进行"形态学"研究。因此，他首先就要解决故事分类学问题。他试图用林奈的动物和植物分类学方法对神奇故事进行分类。那么，分类学的依据是什么？普罗普找到了故事中的一个不变的要素，他称之为"故事角色的行动或者功能"，全世界故事的结构，都是由他所说的三十一种不变的"角色功能"增删组合而成的。也就是说，他要为"神奇故事"这种不稳定的形态——同一类型的故事，在不同的地域或不同的时间，有不同的讲法——寻找稳定的要素，进而发现故事形态的历史演变规律。

本文不打算讨论那种一般意义上的"故事"，而是要讨论特殊类型的"故事"，即文人讲述出来的"故事"，也就是"小说"。从这个角度看，故事概念似乎大于小说概念。可是鲁迅讲"中国小说史"，开篇就是"神话与传说"，《中国小说的历史的变迁》的第一讲，也是"从神话到神仙传"。小说概念似乎又涵盖了故事概念。但我认为，鲁迅讲的"神话与传说"，应该是属于"文献学"意义上的，也就是由史官文士编纂出来的文献；而不属于"叙述学"意义上的，即由某一个体讲述或写作出来的作品。

个人讲述的故事，是指某个人的"叙述行为"得出的结果——"叙事作品"。这种叙事作品又有"实录"和"虚构"之分。古典故事重心在"实录"（历史），现代故事重心在"虚构"（艺术）。而且这种"虚构"出来的故事（艺术作品），不仅仅局限于"遥远的过去的事情"，它可以是"已经发生过的事情"，也可以是"正在发生着的事情"，还可以是"将要（希望）发生的事情"，甚至是这三者的有机交织。这就是所谓艺术性的"小说"——它是因某个具体作者的讲述行为而产生的"故事"，即"叙事虚构作品"。它是一个经验与幻想、时间与空间有机结合的艺术整体。因此，我们也可以将小说这种文体通俗地称为"故事"，将小说作者通俗地称为"讲故事的人"。

接下来是"如何讲述中国故事"这句话的主语，它被省略了。"谁在讲述？"我们不知道谁在"讲故事"，讲故事的主体缺席。谁可以讲故事呢？只有作家或者某种专业人士才能讲吗？毫无疑问不是。我和你都可以讲,所有人都可以讲。只要你愿意,并且有讲故事的冲动,那么你就可能是"讲故事的人"。请注意,我说的是"可能",也就是说还有例外。那就是你讲的故事不好听,陈腐老旧,老调重弹,没有趣味,没人爱听,都跑掉了。你缺乏讲述的权威性,你就不能成为"讲故事的人",只能是一个自言自语者。所以,要成为一个"讲故事的人",除了有讲述的冲动,你还需要有讲故事的才能,要讲得动听,吸引人,最好能产生艺术效果。也就是说,你必须具有讲述的权威性。什么样的讲述者具有权威性呢? 我认为有三种类型的权威。

(一)"时间的权威",我称之为"**年长者叙事**"。这种讲述者的权威性,来自他活得很久。他可能是一位部族首领,或者村里的老爷爷,年纪大,活在世上的时间比别人都长,知道遥远的过去的事情。他们的故事一般都这样开头:"在很久很久以前""在你父亲还没出生的时候""那时你还很小"。总之,他的故事和见闻,都发生在很久远的从前,都是当下的听众不曾经历过的。这种"年长者叙事"的权威性,属于"时间的权威"。这是一种最古老的讲故事的方式。我们从小就见识过这种来自爷爷奶奶、爸爸妈妈的讲述权威。我们没有资格去怀疑,只能洗耳恭听。

(二)"空间的权威",我称之为"**远行者叙事**"。这种讲述者的权威性,来自他走得很远。他可能是一位探险家、旅行者、商人、水手。他离开故土去过很遥远的地方,遇到过别人不曾遇见的事情。故事一般都这样开头:"在遥远的地方有一座仙山""在高山西边的山上有一个山洞""在大海尽头有一座岛屿""那是人迹罕至的地方"。总之,他们的故事和见闻,都发生在空间上很远的地方,也是当下的听众不曾经历过的。这是另一种古老故事的讲述方式。跟老人是一种时间上的权威相似,探险家和旅行者的权威,是一种空间上的权威。那些没有远行的人,同样没有资格去怀疑,也只能洗耳恭听。

上面两种叙事方式,它们的共同之处在于,首先诉诸直接经验。

作为时间权威的年长者和作为空间权威的远行者,他们讲故事的过程,其实就是将那种直接的经验呈现出来的过程,仿佛一头老牛,将储存在胃里的食物,在事后某个时间里,再重新调出来咀嚼一遍,相当于经历了两回吃草体验。所以又可以将这一类因"**经验的权威**"产生的叙事,形象地称为"**反刍者叙事**"。

如果一个人既不是年长者,他是个年轻人,又没有远行经验,只知道村里的和周边那点事儿,那么,他就不可能具备"时间权威"和"空间权威",一般而言,他也就没有资格讲述"很久很久以前"和"很远很远地方"的故事。如果他继续执意要做一位讲述者,那就只能另辟蹊径,获取另外一种权威者的身份。于是就产生了第三种讲述者的权威。

(三)"**创造的权威**",我称之为"**幻想家叙事**"。"文学幻想"不仅是一种摆脱"时空经验"束缚的回忆和感官反应,而且又是能够创造性地将世界和事物想象成有机的整体的高级心理活动。这种与文学创作相关的"幻想",才是我们在讨论文学时最关注、最重视的那个部分,因而需要进一步详细讨论。"幻想家叙事"的权威性,不依赖于时间和空间上的直接经验,恰恰相反,它要瓦解那种时间和空间上的简单权威,进而建立"创造的权威"。瓦解的方法或途径有两种,一种是增加记忆长度以瓦解时间权威,一种是增加感知的广度以瓦解空间权威。

下面将分三个层面,对"幻想家叙事"这种新的权威叙事模式,进行必要的辨析。

第一,面对时间,"年长者叙事"对经验的"反刍"过程,局限于生物学意义上的生命时间。"幻想家叙事"对时间的记忆,则可以超越今生而抵达前世,或者穿越现在而重返过去的时光,因此"幻想家叙事"的时间长度远远超过了"年长者叙事",从而瓦解了"年长者叙事"的时间权威。"远行者叙事"对直接的空间经验的"反刍",同样也是局限于生物学意义上的感官刺激和见闻,比如眼睛的可视空间,耳朵的可听空间,及其他感觉器官可能触及的空间。此外,它还受制于外部世界事物的物理性能,比如,主人公受制于气体(云雾和空气)、液体(江河湖海)、固体(岩石泥土)等性质的限制。"幻想家叙事"中的主人公,则可以突破这种空间的限制,以及事物相应的物理性能的限制,从而瓦解了"远行者叙事"的空间权威。比如想象中的"顺风耳"和"千里眼"对感觉器官空间局限的突破;幻想故事中的主角像鸟一样腾云驾雾、像鱼一样穿江入海、像穿山甲一样遁土穿山的能力对事物的物理性能限制的突破;更加神奇的变化能力是对人本身局限性的突破。这些都远远超出了"远行者叙事"的空间范围。这些都属于"幻想家叙事"的常见模式。这个过程,可以视之为"直接经验"转化为"间接经验"的过程,同时也是瓦尔特·本雅明所说的"经验贬损"过程。然而问题并不止于此。

第二,随着人类文明进步,幻想经验有一部分可以变成日常经验。比如,通过文字、书写和印刷的发明,以及相应的识字和阅读行为,将时空经验由直接变成了间接,把感官的直接感知变成了对那些感知的想象。尽管他不能替代传统的时空体验,但他瓦解了传统时空体验的神秘感进而瓦解了它的权威性。随着传播技术的变革,影像、声音、动作都成为传播的内容:从图画到摄影到电影和电视。随着新技术领域的革命性变化,即电子媒介和互联网的兴起,幻想经验中的"千里眼"和"顺风耳"变成了现实。交通技术的进步也使飞翔的幻想经验变成了直接经验。我们坐在房间里,就可以看到很遥远的地方。高科技把过去的权威瓦解了,"很久很久以前"或者"很远很远地方"的事情,我们也可以经验到,因此,年长者的权威性和远行者的权威性,统统贬值了,新时代的人们在高科技的支持下,通过手机和互联网,就可以获得那种时间和空间的权威。这个过程,既是一个"幻想经验"转化为"日常经验"的过程,同时又是对"被贬损的经验"的逆转和再度激活。由此,悲观主义者的"经验贬损",就变成了乐观主义者的"经验增益"。它使得一种新的叙事模式的出现成为可能。相对于理论家而言,这一点对从事小说创作实践的人而言,显得尤为重要,因为小说家无法依赖概念,而必须依赖经验。

　　第三，幻想经验中还有更加重要的部分，就是没有或尚未变成"经验"的部分，也就是人们没有直接经验过的部分，甚至也没有间接经验过的部分。这在传统诗学中，属于"灵魂回忆"的范畴。古希腊大理论家柏拉图就认为，广义的"诗"就是一种"灵魂的回忆"，由此，只有"诗"（艺术）才能够呈现"最高的真实"，而不是一般经验层面的事物。这个"最高的真实"就是我们身边的一个"无穷大"，它甚至不是"经验的"，而是"超验的"。对于"幻想家叙事"而言，它可能是用现实经验材料建筑起来的"超经验的世界"。它是柏拉图的"灵魂的回忆"，是柯勒律治的"幻想"，是弗洛伊德的"潜意识"和"白日梦"，是荣格的"集体无意识"，甚至是王尔德所提倡的"谎言"（其目的在于恢复被年长者和远行者毁掉的想象力，同时摆脱对"事实"畸形崇拜的惯性）。这就是为什么"幻想家叙事"能够超越"反刍者叙事"。从艺术虚构的角度（而不是历史真实的角度）而言，"幻想家叙事"可以替代依赖于经验的"反刍者叙事"。

　　讲故事者的"幻想家叙事"或者"创造的权威"，摆脱了"年长者叙事"和"时间权威"的束缚，也摆脱了"远行者叙事"和"空间权威"的羁绊。这种叙事模式借助于"自由的想象"和"灵魂的回忆"，而建构了一个全新的世界。这个因创造而产生的世界，既是过去的又是未来的；既是现实的又是梦幻的；既是经验的又是超验的。因此，它与其说是一个"实然的世界"，不如说是一个"应然的世界"。它以"经验"为材料，创造一个梦幻般的"超验"世界，一个"有意味"的世界。这个世界，是属于文学的、属于诗的世界。一种相对于传统的"时-空"权威的新权威叙事由此诞生，它就是建立在"创造性权威"基础上的"幻想家叙事"。

　　我们发现，经验不但没有贬损，反而在变革中不断增益。旧叙事权威的消失，跟新叙事权威的诞生，几乎是同步的。所谓"讲故事的艺术衰落"的说法，不过是悲观主义者的叹气而已。接下来的问题就是：我们需要讲什么故事？答案自然是"中国故事"。像乔叟讲英国故事、薄伽丘讲意大利故事、拉伯雷讲法国故事、普希金讲俄国故事那样，我们讲"中国故事"。问题在于，这个"中国故事"的形态也是复杂多样的。何为"中国故事"，我们期待何种"故事"，依然需要讨论。

中国古代史官和文士所说的"小说"，指的是汉魏六朝的志人和志怪，唐宋时代的传奇和异闻，宋明以降的琐记和杂录。他们把这些文字称为"小说"，收入四部中的"子"部或者"史"部之中，作为辅助材料，也就是"正史料"之补充的"野史料"。它并不包括宋明以来的市民社会中出现的话本讲史、说经宣教、公案侠义一类的通俗小说。

施蛰存在《小说的分类》一文中，根据不同历史时期史官文士对"小说"这种文体的不同认知和理解，将中国小说分为四个阶段和四种类型。

第一是汉魏六朝的志人小说（如《世说新语》）和志怪小说（如《搜神记》）。这些不受正统史家重视的"小说家言"，这些"街谈巷语""道听途说"的琐言碎语，这些"百无一真""不可征信"的怪话，之所以能够进入史官或者士大夫阶层的视野，是因为孔子说它"虽小道必有可观者"。更重要的是，这些由文人搜集、编撰、改写，并且由文人阅读和传播的故事，并没有普及到民间（民间流传的故事也没有引起重视），主要在士大夫阶层或者官僚阶层内部流转。这种"小说"概念，与作为"虚构叙事文体"的"小说"概念相距甚远。

第二是唐宋人的传奇小说。这跟我们理解的"小说"概念稍近了一步，因为增加了更多的人物描写，以及日常生活细节。但它不像第一类"小说"那样，被编入官方文集，它既不被编入史书中的"艺文志"，也不单独行世，而是"自来未有著录"（后世所见传奇，多出自宋代类书《太平广记》，乃两汉至宋初的小说结集，凡五百卷，鲁迅称之为"小说的林薮"）。不过，传奇故事虽然也是文人的著述，但欣赏者已经不限于文士，而是普及到民间社会。一则是欣赏者的文化程度已经有所提高;二则是写作者的语言文字也更为通俗易懂,跟"志人志怪"文体的典雅古奥相比,它就只能叫"传奇体"了。

第三是宋明以降至清代,人们的注意力由史官所修"艺文志"中的小说,转向罕见著录而盛行于民间市井的通俗小说。比如:话本(《五代史平话》,以及明末的拟话本《全像古今小说》),讲史(《三国演义》《水浒传》),神魔(《西游记》《封神传》),人情(《金瓶梅》《红楼梦》),公案侠义(《施公案》《儿女英雄传》)以及清代中后期的讽刺小说(《官场现形记》《孽海花》)等。

第四是近现代西洋小说传入之后的中国小说。这类小说指的是"五四"新文学运动以来一直延续至今的现代小说,比如鲁迅、茅盾、老舍、巴金、废名、沈从文等人的小说。它用的材料是现代白话汉语,它的内容是中国进入现代社会,开始告别古代的传统,融入全球秩序之后发生的事情,跟现代西方文学之间有较多的关联性。

这样,我们面对的"中国故事"就有三种基本形态,第一种是史官文士收入官修史书的所谓"小说";第二种是根据民间流传的传奇异闻和话本讲史演化而来的白话"小说";第三种是现代白话汉语小说。前两种属于古典小说,后面的是现代小说。

古典小说的思维根基,在于"可以征信"的真实性。所谓的"虽小道必有可观者",它所"观"的,也是可征信的"真"的部分,以及对"不可征信"之"假"的部分的批评。志怪"小说"中,却充斥着大量"巫"的成分,或者"万物有灵论"之遗迹。其基本叙事模式是(以《夷坚志》中某篇为例):某某(孙九鼎),籍贯(忻州人),身份(太学生),时间(政和癸巳七夕下午),地点(东京汴河北岸),遇见神鬼精怪(跟死去多年的姐夫一起吃饭喝酒聊天)。志怪小说细节多荒诞不经,但结构是稳固的,时间感和空间感也是确定无疑的,有经验上直观的可感性,符合叙事的"时间权威"和"空间权威",也就是历史叙事的权威。这就好比一个真实的箩筐,其中装满了子虚乌有的东西。六朝志怪小说中的细节和情节,与其说是指向人和日常生活,不如说是对人和日常生活的颠覆,它让日常生活成为疑问,让生命的运程出现偏差,最后,除了超级稳定的历史逻辑之外,一无所有。

与志怪小说相比,唐宋传奇则恰恰相反,它的细节和情节,与其说是指向神鬼精怪,不如说是对神鬼精怪世界的颠覆,它用人性的力量和人情的力量,去化解神鬼精怪的力量,让神秘不可知的世界成为疑问,让人性的光芒和人情的魅力得以张扬。比如,沈既济的《任氏传》,讲述了一个"人妖恋"的故事。开篇:"任氏女妖也",结尾:"发瘗视之,长恸而归"。故事以人妖相遇开头,以妖狐为猎犬所害结束。中间是普通市民的具体真实的日常生活。细节极端写实且可信,但结构却属于幻想的或梦境的,这就好比一个假箩筐,其中装满了真材实料。沈既济感叹:"异物之情也有人道焉!遇暴不失节,殉人以至死",并说故事可供人"揉变化之理,察神人之际,传要妙之情"。《古镜记》由多个神奇故事平行排列而成,其中的第一个故事也是如此,照妖镜前的狐狸,要求终止"照妖"程序而回到日常生活中。它们都是对历史叙事所追求的"真实观"的颠倒。

上述两种叙事:志怪叙事和传奇叙事,其差别十分明显。志怪叙事,是真箩筐装着子虚乌有的材料。传奇叙事,是假箩筐装着真材实料。志怪叙事是人遇见鬼,传奇叙事是鬼遇见人。志怪叙事的世界,是神鬼精怪充斥的变化莫测的人间世界。传奇叙事的世界,是日常生活包裹着的异闻诡识的梦幻世界。志怪叙事是整体的真实和局部的荒诞,整体的无疑问和局部的有疑问,历史的无疑问和人生的有疑问。传奇叙事,是整体的荒诞和局部的真实,整体的有疑问和局部的无疑问,历史的有疑问和人生的无疑问。无论它们的叙事重心在哪里,人和日常生活都或多或少存在疑问。

这就是王国维所说的,中国的叙事文学"尚在幼稚之时代"的重要原因(《红楼梦》的艺术性除外。《红楼梦》当然也是一个"传奇"叙事,一个"木石奇缘"的传奇，一个"太虚幻境"式的梦幻）。王国维还认为，诗歌和小说，之所以能够成为艺术之顶点，就是因为它们以描写人生为目的，而不是与神鬼精怪相关的奇闻逸事。尽管突破气体（腾云驾雾和飞行术）、液体（在江海湖波上出入自由）、固体（遁地术）的限制，克服时空限制（顺风耳和千里眼），以及克服地球引力的限制，克服物种的限制而产生各种变化等，都是用幻想的方式获得自由的一种方式，但这种做梦的方式，并不能使人类认识和改造世界。人类从"必然王国"向"自由王国"的飞跃，首先建立在对"必然王国"的认知基础上，也就是科学分析基础上。中国人叫"格物致知"或"格物穷理"，这是他们成圣的基本起点。梦想成为圣人的王阳明，也深知格物的重要性。有一次，他叫徒弟钱德洪去"穷格"亭前之竹的道理，钱德洪格了三天三夜，竭其心思，劳神成疾。王阳明认为钱德洪的方法不对，便决定亲自出马去"格"。师父就是师父，更有耐力，面对着竹子，比徒弟多"格"了四天，可惜的是"早夜不得其理，到七日，亦以劳思致疾"。他最后结论是："天下之物本无可格者。其格物之功，只在身心上做。"最后就是把科学问题转化为道德问题。

摆脱自然的束缚和奴役，不能只靠道德，而应该依赖科学。人成为自然之主宰，靠的是从自然中分离出来的能力。对周围任何事物的分类，都必须是根据实物的形态、性质、功能、本质来进行分类，包括对动物和植物的认知和分类。这种分类是建立在科学观察和研究基础上的，而不是对它的"凶吉""利弊""得失"的揣摩。比如，水壶的盖子在火炉上跳跃的原因，不是因为鬼怪和凶吉，而是热能转化成了动能的结果，也就是液体加热膨胀之后变成了气体，蒸汽机因此而发明，用不着请巫师来驱鬼辟邪。日常生活也由此而展开，人生的细节也由此而展开。王国维所说的那种"所需时日长，所需材料富"的"叙事文学"，也由此而成为可能。

王国维认为，现代小说（还有诗歌）之所以能够成为艺术的顶点，是因为它以描写人生为目的。也就是说它不以描写神鬼精怪的变异世界，以及这个变异世界对人世间的侵蚀和否定为目的。如果它只关注那些骇人听闻的消息，那些感官刺激的情节和细节，而不是以描写人生为目的，那么它就只能是王国维所说的"餔餟的文学"，也就是一种低级"吃饭的文学"。王国维进而嗟叹："吾宁闻征夫思妇之声，而不屑使此等文学嚣然污吾耳也。"

关于"为人生的文学"的讨论，是"五四"新文学运动中的一个老生常谈的话题。这个话题的讨论，其实并没有结束。随着互联网的兴起，那些原本被"五四"新文学运动抑制住的"餔餟的文学"又开始沉渣泛起，甚嚣尘上，大有将以鲁迅为代表的"为人生的文学"打压下去的势头。鲁迅曾在北京和南方多所大学讲授"中国小说史"课程。其目的并不是让我们回到汉魏六朝的志怪、唐宋的传奇、明清的说话讲史、清末民初的黑幕小说那里去，而是要从那个幽暗的传统之中走出来。因此，重温一下《中国小说的历史的变迁》一文的"前言"很有必要：

> 我所讲的是"中国小说的历史的变迁"。许多历史家说，人类历史是进化的，那么，中国当然不会在例外。但看中国进化的情形，却有两种很特别的现象：一种是新的来了好久之后而旧的又回复过来，即是"反复"；一种是新的来了好久之后而旧的并不废去，即是"羼杂"。然而就并不进化么？那也不然，只是比较的慢，使我们性急的人，有一日三秋之感罢了。文艺，文艺之一的小说，自然也如此。例如，虽至今日，而许多作品里面，唐宋的，甚而至于原始人民的思想手段的糟粕都还在。今天所讲，就想不理会这些糟粕——虽然它还很受社会欢迎——而从倒行的杂乱的作品里寻出一条进行的线索来。

文字写于 1925 年，思路跟他 1907 年的《摩罗诗力说》开篇"题记"

所引尼采《苏鲁支语录》中的话一脉相承："求古源尽者，将求方来之泉，将求新源，嗟我昆弟，新生之作，新泉之涌于渊深，其非远矣！"他把希望寄托于进化和创新。

鲁迅创作初期，就是想呈现中国的"日常生活"，中国的"人生文学"，中国"人的故事"。然而他看到的全是"讽刺"。他的第一篇小说《怀旧》就是"讽刺小说"。鲁迅的确试图讲述中国"人的故事""好的故事"。他不想跟古代士大夫一起，去讲那些神鬼精怪和奇闻逸事的故事，他不想写"传奇""说话""演义"。可是，他睁眼一看，见到的却是"狂人""赵太爷""孔乙己""华老栓""蓝皮阿五""祥林嫂""闰土""魏连殳""吕纬甫""小 D""王胡""阿 Q"，把他们排在那里逐一审视，发现他们全是非正常的人、变态的人、悲剧的人。《呐喊》和《彷徨》里几乎全是疯子和傻子。为什么？鲁迅似乎在说，这不能怪我，因为你们提供给我的就是这么一些人。罪责归咎于谁？应该归咎于封建主义。封建主义文化这棵老歪脖子树上，生长出这样一批非正常的形象，鲁迅通过写这些人物的中国故事，来批判封建主义对人的戕害。鲁迅的目的就是引出一大批正常的人，要变"沙聚之邦"为"人国"，这就是鲁迅先生的希望和未竟事业。

整个二十世纪，中国作家都在寻找日常生活和正常人的故事。如何讲述这个正常的中国故事？这是中国作家所面临的前所未有的难题。经过了抗日战争，经过了四十、五十、六十年代的战争和"英雄"年代，一直到八十年代，日常生活的空间才逐步展开，才开始有正常人的"日常生活"。中国作家原本最擅长的，恰恰就是孔子所反对的"怪力乱神"，还有英雄和传奇。他们欠缺讲日常生活中普通人的故事的能力。我们从鲁迅那一代作家那里开始学习，学了大半个世纪，直到八十年代，才开始有能力去讲普通人民的日常生活的故事，并且开始变着花样讲，现实主义讲法，浪漫主义讲法，先锋探索讲法，一直讲到现在。

今天为什么还要重提"如何讲述中国故事"这样的话题呢？无疑

是因为我们讲得还不够好。今天要讲好"中国故事",完全依赖中国古代讲法,这条路已经行不通,还要学习世界各国的先进经验,学习文艺复兴以来的讲故事的方法。我们原来以为自己已经学到了,但我们同时又发现,外国讲故事的方法,跟今天中国的现实也不能完全贴合。是否需要寻找一种既有中国叙事传统,又有文艺复兴以来的叙事传统,同时又属于今天的中国和世界的叙事方法?"中国故事"应该是什么样子? 这对中国作家构成巨大挑战。除了创造一种叙事方式之外,还要发现属于当代中国文学的典型人物或典型形象。这种典型既不是贾宝玉,也不是鲁智深,既不是安娜·卡列尼娜,也不是拉斯蒂涅,他一定是属于当下的"典型环境中的典型人物"。这个话题看起来好像很轻巧,实际上很困难。它不是一个能够直截了当地给出答案的话题,而是触动、引诱、激发我们去实践的话题。

本文主要参考文献,除小说作品之外,还有王国维的《静庵文集》和《东山杂记》,鲁迅的《中国小说的历史的变迁》和《中国小说史略》,施蛰存的《北山诗文丛编》,宁宗一的《中国小说学通论》,石昌渝的《中国小说源流论》等,没有一一标注,特此说明并致谢。

张　柠　北京文艺评论家协会理事,北京师范大学文学院教授,文学创作研究所所长。

用变革的中国画讲好中国故事[*]

王鹏澂

　　五年一届的全国美展是名副其实的"国家策展",党和国家历来重视美术创作,一方面美术作品可以记录和反映社会生活的变化,成为时代发展变革的图像样本,另一方面,好的作品具有感染人的力量和传播功能,可以在弘扬良好社会风气、凝聚人心、移风易俗、提高国民文化艺术素养方面起到积极的作用。全国美展一般由文化和旅游部(原文化部)、中国文学艺术界联合会以及中国美术家协会联合主办,作品由各省、市、地级美协层层筛选,按名额提交组委会终评,最终确定入选作品及获奖作品,影响力大,动员范围广,评选竞争激烈,是国内级别最高,也是对画家最有吸引力的美术展览赛事。对于画家们来说,全国美展则是"命题作业",在总体上坚持现实主义创作原则、弘扬社会主旋律的前提下,在绘画材料选择、展览形式、作品尺幅空间都有一定限制的情况下,实现选题与艺术手法的协调统一,最大限度地争取艺术突破,最终在多重选拔竞争中入选或获奖,实非易事。中国画作为土生土长的民族绘画样式,历届全国美展的中国画展一般可以视为展示中国画

---

　　* 此文为第十三届全国美展中国画作品展评论。

当时创作的最高平台,既浓缩其与传统文化传承的内在关联,反映出画家如何用地道的民族艺术语言讲好中国故事的尝试与努力,也是中国画艺术随时代发展而发展的阶段性检阅,所以往往会受到更多的关注。刚刚举办的第十三届全国美展正值中华人民共和国成立七十周年,所以此次展览是对七十年国庆的献礼,是对全国美展制度建立七十周年的纪念,也是近五年中国美术创作状况的集中展示。

一、发掘生活日常,做有温度表达

中华人民共和国成立之初的中国画创作秉承"革命现实主义与革命浪漫主义相结合"的路线,面向工农兵大众,通过"新年画运动""新中国画改造"等运动,在主流意识形态授意下推进自身形态变革,这种变革在艺术语言上的表现就是将受过西方写实主义绘画影响的造型与传统中国画笔墨、色彩材料融合,这种形态长于叙事使得中国画能够描绘中华人民共和国重大的政治、经济、文化、军事事件,同时具有视觉的通俗性,能够被广大群众看懂接受。此后讴歌社会主义中国、讴歌劳动和建设、讴歌英雄和劳动模范、讴歌新的政策和人民的幸福生活就是中国画创作的主要选题。1978 年以后的中国社会由政治化社会渐渐转型为多元的、承认冲突和分化的社会,政治一定程度上在经济、文化、日常生活等场阈收缩,不同的社会主体的利益得以承认,国家层面以建立协调机制、改革的方式解决冲突。社会市场化发展、传媒的发展、城市化进程加快、政府改革和建构协调保障机制,这时候人们虽然不用再关心民族独立解放、阶级斗争等话语,但是仍然会关心国家与民族、国家建设、人道主义等内容,这些内容仍然切实关系着每个人的幸福、权利、利益、公平、安全和日常生活。文艺作品的"主旋律"即是在这种形势下提出的,引申为文艺作品的主要精神基调是为建立公民对自己国家民族的荣誉感和归属感,并宣传公平、友爱、法制、和谐的社会风气,以此凝聚力量。主旋律作品仍然是国家倡导之下的创作,体现集体主义的价值观,其提炼的公平、正义、友爱、善良、奉献、和谐等是基于国家和民族整体的利益和基础价值。

在历届全国美展的中国画展上,高扬主旋律内容的作品仍然占据主要位置,我们能够发现这些作品从立意到表现还是越来越贴近人心、越来越贴近观众的情感共鸣,更具有时代气息,由此联系着大众对主流文化的认识和接受。如第六届美展中国画的金奖王迎春、杨立舟合作的《太行铁壁》;第七届美展金奖邢庆仁的《玫瑰色回忆》;第八届美展赵奇的《京张铁路:詹天佑和修筑它的人们》;第九届美展吴涛毅、于长江、陈嵘、钱宗飞合作的《民兵史话长卷》,韩硕的《热血》,李翔的《画兵》;第十届美展何晓云的《嫩绿轻红》、袁武的《东北抗联》;第十一届美展苗再新的《雪狼突击队》、孙震生的《回信》;第十二届美展陈治、武欣合作的《儿女情长》等。从这些获奖作品的选题就能感受到,画面的主人公由伟人、革命领袖和战斗英雄扩展为平凡的劳动者、无名英雄,叙事的主题由革命历史大事件渐渐变为普通百姓由于社会发展进步而产生的幸福感,更深入发掘现实生活中蕴含的力量。

第十三届美展刚刚评出的金奖李玉旺的《使命》,描绘了普通消防员的群像,画面没有激烈的戏剧冲突和文学化情节,五个年轻的消防员也并没有很大的动态,他们身着厚厚的消防服,造型在写实基础上略作夸张,使人物形象更为饱满、伟岸、挺拔,消防器材的准确描绘和服装上的装饰图案在比较概括的大形体中穿插了小的造型分割,揉纸、堆粉、脱落等技法也增加了色彩材料上的厚度,中正敦厚是这件作品整体的气质,用作者自己的话说是"尽可能去掉那种史诗、传奇般的情绪渲染,着力体现真实的、未经过度美化的生命个体"。王珂的《都是热血儿郎》,画家没有直接表现子弟兵的飒爽英姿,而是画他们在执行任务过程中在山石边就地休息的场景,由于过度劳累,他们完全不顾环境的艰苦沉沉睡去,把"热血儿郎"沉默坚忍、疲惫的一面展现出来,这丝毫不影响观众对他们的敬意,反而会感同身受,将心比心。还有陈三石的《大国工匠》表现的是修筑沪通大桥从事高空作业的工人,画家称他们为"大国工匠"。侯媛媛、韩正法合作的《护航归来》选择的是海军战士护航归来,妻女相迎,一家人欢聚的温馨场面。在这些作品中画家所塑造的人物没有真名实姓,只是千千万万在工作一线默默付出的劳动者的缩影,正是他们坚守岗位、牢记使命,才有了人民安全的保障和生活的便利,而英雄铁血也柔情,画家表现他们的辛苦疲惫,儿女情长不会弱化他们的英雄气,反而让观众感受到他们是我们身边的"人",这样作品才更真实,更有人情味。此类作品还有郑迪的《都市晨装》、钟泽畅的《清水洗尘》、李金轩的《海潮有信》、卢万华的《环卫日记》、范敬伟的《光明使者》等。

获得铜奖的陈治、武欣合作的《尖峰食刻》则体现了画家挖掘新题材的本领,之前极少有画家会把厨师烹饪画到中国画中,那种烟熏火燎、热闹嘈杂的环境和膀大腰圆、油光满面的厨师形象与传统意义上中国画的选材似乎相去甚远。《尖峰食刻》的作者精细地勾线平染,色彩也归纳为墨、白、灰、绿,用最为传统的绢本工笔形式和美感过滤了现实场景中的嘈杂沉闷、热火朝天,是对现实的提炼。首先它是一张耐看的、耐推敲的画作,再由观众去连接起生活的真实状态,从而引发触动:平凡的劳作场景也具有感人的美。周乐的《啾啾》画的是一个无人陪伴的退休老人在打盹儿的坐像,他养的数只雀鸟是日常生活的陪伴,机灵好动的雀鸟和因衰老容易困倦的老人形成动静对比,无声中使观众走进老人晚年的境遇,对衰老、孤独的生命体验有更多的感触,比真人还大的人物形象也带来较强的视觉冲击力。车敏的《江山·阅》表现了近年的一次文化热点事件,北京故宫博物院展出《千里江山图》真迹与历代青绿山水画,热情的观众排长队参观,数月热情不减。此画中排

图 1　李玉旺　《使命》　中国画　金奖作品

图 2 　陈治、武欣 《尖峰食刻》 中国画 　铜奖作品

队等候参观的密集的观众群呈横式，和保安直立的身姿交叉形成画面主结构，景物事物皆惨淡经营。从前帝王贵胄才能赏此名画，如今平民百姓都可阅"江山"，反映了社会的进步和大众对经典艺术作品的热情。赵峰、马丽的《走过40年》描画的是共享单车，范奕彬的《数码世界》描绘的是VR、动漫等数据时代年轻人的关注点，何邦辉的《盛况空前》表现的是大型活动开始时记者媒体争相报道的热闹场景，从侧面反映了社会发生的热闹事情多，社会近年的许多热点事件都在这次美展的作品里有所反映。少数民族题材作品仍然占有相当比重，反映了统一的多民族国家民族平等、友好、共同发展的生态，少数民族独特的风土人情和服装衣饰能够引发特别的审美意义，便于画家们发挥，如孙震生的《雪域欢歌》、王关棣的《远古的祈祷》、王万成的《铃声摇响丰收歌》等。李连志的《阳光洒满大地·奔跑》、陈思瑜和于淼的《烈火淬钢》等是军旅题材，用墨用色较为浓厚，用笔和线条较为概括刚劲，适合塑造勇武耐劳、果敢坚毅的子弟兵形象和如火青春。像王顾宇、王艺的《匠心筑梦——建设中的天眼》，倪巍的《高城百尺楼》，孙春龙和张园园的《逐梦太空》等描绘天眼、宇航员飞天、高铁、高峡水坝等科技建设方面成就的作品也不在少数。陈永金的《小隐于市》、杨可和张琳的《早上好》、姜永安的《我们走在大路上》、陈川的《春风十里》等作品从不同角度表现了百姓安定的生活。黄荣波的《梁思成和林徽因》、刘西洁的《蔡元培》以及吴玥、吴一箫、吴绪经合作的《科举沉浮录》在表现形式和人物塑造语言上有更多的探索尝试。

二、开眼画世界，世界看中国

中国的发展离不开世界，发展的中国也可以为世界作贡献，随着世界逐渐变成一个命运共同体,国家、地区、民族之间的交流越来越频繁和深入。此次美展的一大特色是中国画中出现了更多的外国人形象,这体现了创作题材和视角的拓展。孙娟娟的《对话》表现的是人们围在放置着出土青铜器文物的玻璃展柜周围争相观赏、研究、拍摄的场面,人群中就有来自欧美、印度等地的观众,"对话"既是古与今的对话,也是中华文明与世界人民的对话。此画取消了线条勾勒立形,靠淡灰色烘染出形体和虚实变化,人物之间还有叠影斑驳,虚虚实实间带来新鲜的视觉体验。与此立意相近的有袁玲玲的《开放的中国——文明·互鉴》、张艺的《文明之约》等。王聪的《中国行》表现的是一对外国老夫妻到中国旅游,用相机记录感兴趣的事物,背景是古代中国的地图;张妍的《命运的聚焦》表现中国的少数民族,来自各大洲国家的几十个人物形象都在导游指挥下拍摄下美好瞬间。这些作品共同表现的是外国人对中国风物的惊艳、流连和赞美,以"看中国"主题表达现代中国的开放。表现"一带一路"中非友好关系的作品就有好几件,比如詹勇的《非洲在路上》、安佳的《和谐·共生》等,张小磊的《援非医疗队》和王墒的《援非日记——中国医疗队在非洲》选材一致,两件工笔作品经营得都较为完善,技法成熟。首先中国画中出现如此多外国人的形象是近年来中国推动文化"走出去"的反映,越来越多的画家到国外去采风写生、展览交流,中国画中也更多地出现外国的景色建筑、风物人情。其次这些新内容元素会带来新的视觉形式和审美意趣,也考验画家们用新的眼光、新的审美表现这些内容,这就要与原有中国画程式技法相协调,由此还要带来画面意趣的调整变化,从而改变观众对中国画原有的审美习惯——看惯了文人高士、仕女仙佛,观众要带着怎样的心态意境去欣赏出现在中国画里的高鼻深目、金色头发的欧美人物和黑色皮肤的非洲人物呢?中国画山水的披麻皴、斧劈皴、重彩青绿又该怎样表现国外的高山峡谷公路教堂呢?

图 3　孙娟娟　《对话》　中国画　获奖提名作品

图 4　詹勇　《非洲在路上》　中国画　获奖提名作品

三、在规矩中求多元，多元中求发展

本次中国画展的评选分为人物组和花鸟山水组，相对于人物画庞大的入选数量，花鸟画显得较为单薄，而且与以往展览大景致、满构图的样式相近似，在此情况下李恩成的《芳华》获得银奖就较为突出。《芳华》表现了一组野生的杂花卉，与其他花鸟画反复勾染、施重彩、做肌理不同，此画看似"繁"实则"简"，繁密的花草都用没骨法一次画成，杂草还是随意勾写，显得率性。此画灰绿色调，绿色与白粉点缀其中，显得温润透亮，在原画前颇能感受到传统绢本绘画薄中有厚、滋润自然之感。笔者由此联想到第十届美展时，入选的作品颇多使用新矿物岩彩颜料和金属箔的"重彩"作品，而获金奖的何晓云的《嫩绿轻红》是为数不多的绢本淡彩，用普通的勾线渲染，无任何炫技，同时获得金奖的刘文洁的《物华》也是清新自然的作品，打破了评委和观众的审美疲劳，突围而出。第十三届美展的花鸟画作品罗喜东的《仙湖之歌》、刘洋初的《花影扶疏自满庭》、张晓彦的《阿里之秋》、杨娜的《蔷薇风细一帘香》、李凤龙的《家园新韵》等都获得进京展览的资格，总体上都以清新雅正的色彩让观众领略到具有传统没骨、工笔意味的花鸟画的美感。

在当前全国美展的语境下，"山水"这一画科的内涵与外延与传统山水画业已稳定的图式差距是非常大的。二十世纪五六十年代，随着中国画的改造，山水画也要反映现实、为工农兵大众服务，山水画的题材转向革命领袖的诗意图和修建高峡大坝、劳动者战风斗雪的建设内容，格调也走出林泉高致，远离不食人间烟火的超逸清冷，转为绿水青山、明朗热情、气势磅礴，从章法布局到笔墨应用都有相当的调整。

图 5　李恩成　《芳华》　中国画　银奖作品

图6 刘洋初 《花影扶疏自满庭》 中国画 获奖提名作品

进入2000年之后,美展的山水画和之前也不同,尽管仍然是山水树石的景物,也多少还有"三远"的影子,但是以形体密集、减少留白、追求更丰富的色彩效应和平面构成感为特点。比如第十三届美展的欧阳波的《磐陀——米脂红》、王保安的《中国声音》、马明耀的《浴尘》、魏广的《春天的列车》等。邱佳铭的《八君子图》、李弘林的《绝壁有路》、石劲松的《春意正当时》、张一心和周祥合作的《邙原清逸图》等虽然保留了较多的传统勾皴点染和水墨氤氲效果,但在整体图式上也体现上述整体特点。而像张静的表现高铁的《中国速度》、王顾宇和王艺的《匠心筑梦——建设中的天眼》、沈小虞的表现都市高楼大厦的《晨曦》、李建锋的《粤港早晨·精工筑梦》、谢文霞表现老屋民居的《十里红妆》、黄涛的《天堑变通途》、张云龙的《远航之泊》,此类作品恐怕就不能用"山水"一词限定,就如陈履生所说,"中国画发展的相对恒定性,也表现出了在传统延续方面润物细无声的渐进变化"(陈履生《从十三届全国美展看中国画走过的70年》),总会有新的内容丰富进来。总体说来全国美展的山水类作品已经扩展为与生产建设、人民生活相关或相融的自然景观和人文景观,其画法已经远不止勾皴点染的笔墨程式,也不限于工笔写意,像郝世明、傅云的《繁生》就用类似油画堆色笔触堆成的繁密线条形成比较有表现性的画面,在笔触和色彩中依稀可辨是一幅类似古代山水画的作品。

在表现题材上,对传统人物、花鸟、山水的拓展体现的是画家在主旋律创作的大框架下表现视角的多元、立意构思的多元,相应的艺术语言也随之多元起来。而一直以来探讨中国画多元发展问题一直离不开两方面讨论:一是对于外来艺术(主要是西方艺术)的借鉴问题,即处理好"中"与"西"的关系问题;另一是写意画与工笔画彼此消长问题,即中国画内部结构的调整互动。第十三届美展中国画所表现的状态其实也是现阶段中国画这两个方面讨论的实践呈现。对于与外来艺术的关系问题,比较集中的是鸦片战争以来打破清政府闭关锁国的状态,西法东渐,经由五四运动推波助澜,中华人民共和国成立之后对苏联艺术的学习其实与欧美艺术的东渐是不期而遇不谋而合的,其结果就是共同熔铸形成中国画现代美术学院教育的框架,用中国的笔墨表现西方式的写实造型,强化表现客观现实的功能和入世情怀。改革开放之后中国画更多受到西方现代艺术样式启发,形式探索较为多样,在材料、色彩、画面结构甚至观念等方面多有尝试,追求丰富形式的表象下其实是画家个人对现实感受的多样化,"新文人画"和呼唤"回归传统"的提法也是在多元语境下画家的一种个性化选择态度。然而时至今日,在目前的全国美展作品里已不见早先"中西合璧"的谨小慎微或是剑拔弩张,因为现在的画家所受的美术教育早已经是中西融合而成的中国画学院教育,他们所继承的传统,笔者将之称为"新写实传统"(见拙作《新中国工笔画中女性形象研究 1949-2010》)而非古代中国画传统。而且由于全球化进程的加快、传媒的发达和信息的共享,当代中国画家的视野已能涵盖到西方艺术的传统与当代,而且也不局限于西方艺术,全世界的艺术样式都可以使他们受到启发,不会顾忌太多。比如我们看到现在美展的中国画作品,除了总体上还保留着线性结构和较为平面化的空间,沿用了一些勾染等传统技法外,很难说与古代中国画有太多的联系,所以现在中国画家的创作问题不在于借鉴什么或怎样借鉴西方艺术,而是怎样让变化的中国画更"中国",更具有审美品性和更高的艺术价值。而关于工笔画在美展上的数量远超过写意画的现象,就如尚辉所说"并不是全国美展参评作品以及评审标准的问题,而是以写实美术教育为主导的现代中国美术教育的必然"(尚辉《在文化自信中凸显中国画艺术变革——在第十三届全国美展中国画作品展学术研讨会上的发言》),当然笔者认为也还有全国美展这种展览机制的要求使然,评选作品往往要求在 2.4 米×2 米的规定尺幅内体现画家较大的工作量和较强的把控画面多元素的能力,所以制作性强、密集、满、重、厚的,兼工带写的画作形成投稿的主流,这与"逸笔草草"的大写意自然有较大差别。

四、深入调整,蓄势求发

正如前文所说,全国美展对于画家来说是"命题作业",其中展出的中国画代表着能够在规定条件下尽量争取多元探索的中国画样式。近些年来由国家有关部门策划推动的多项大型美术创作工程如"国家重大历史题材美术创作工程""中华文明五千年""纪念马克思诞辰200周年"等,其中的中国画作品和全国美展的中国画作品一起反映了主旋律中国画创作的整体形象和水准。虽然这不能代表当下中国画求变、探索的全部样貌,但也具有相当的说服力。纵观第十三届全国美展中国画作品,在讴歌生活、弘扬正气、开放兼容、多元求变方面有成绩和突破,维持了较高的水准,体现了一定的现实关怀,使中国画面向大众,可以说较好地承担了全国美展应有的导向任务和展示功能,但是仍然存在一些关于中国画发展的令人反思的问题:比如在宏大的场面和精致的刻画下能让观众感同身受、唤起同理心的作品还是太少;比如能对形象做深刻表现的作品还太少,画中人物多像图像时代单薄的可简单复制的符号,缺乏足够精神高度;比如在多元的视觉样式中能让人产生回味的真正属于中国画的意蕴太少。多元化固然是一种海纳百川的开放态度,而目前中国画的多元化只体现了多元的借鉴融合而非多元的价值取向、多元的创造性。当然这些问题往届美展就出现过。所以对于中国画的发展,画家们还有很多工作要做,这涉及文化心态的调整。要以开放的视野面向时代变化和自身内心变化。静水流深,要在纷繁的表象中找到现实的文化支点,激发创造的原动力。第十三届全国美展的中国画展,既是用中国画语言对当下发展中的国家和社会阶段性变化、时代精神的宏观考察和记录,图像化地讲述人民身边发生的故事,也留下了中国画自身探索变革的点滴痕迹,有成绩,有思考,成为此段历史时期中国画发展的样本个案。我们仍可期待今后中国画家的创作会是更有温度、更有情怀的叙述。

王鹏澂 北京美术家协理事,北京师范大学副教授。

论"后新潮音乐"分期及其发生逻辑

丁旭东

在"2020 北京文艺论坛"上笔者提出"后新潮音乐"的概念,认为其具有两个层面的内涵:一,时间层面,指的是从二十世纪九十年代中后期至今的中国现代音乐发展新时期;二,现象层面,指的是这段时期在中国现代音乐创作中体现出的"平视"与"包容"西方的文化心态,走向国际、扎根中华文化的创作理念、个人风格化写作追求,等等。①

这一概念经过论述发表后,曾一度引起学界关注,给出了或肯定或商榷的意见。② 为进一步廓清观点,本文将于此探讨一下"后新潮音乐"的发生逻辑。

---

① 丁旭东:《论中国"后新潮"音乐——基于对"中国民族交响乐协奏曲纽约展演"的专家研讨》,《中央音乐学院学报》2020 年第 4 期,第 17–27 页。

② 比如作曲家高为杰认为,中国音乐的"新潮"和"后新潮"可以与西方的"现代"和"后现代"相应,但内涵和范围不同,前者是中国化的,后者更具有普遍性。音乐批评家王安国认为,"后新潮"音乐的提出很好,它可以理解为中国艺术音乐复调化发展的新阶段,等等。

一、"后新潮音乐"的发展阶段

"后新潮音乐"正式成潮,主体分为两阶段,如果加上成潮前的先声,可分为三段。

(一)先声:鲍元恺的"逆潮"创作为"后新潮"探出新路

二十世纪八十年代末"新潮"落潮之时,中国以交响乐、室内乐为代表的艺术音乐发展走向低谷。这一时期"国家队"代表中国交响乐团被迫改革,举办长城饭店通俗音乐会(1988)、华都饭店星期音乐会(1989)、pop 音乐会、搞录音、舞厅伴奏,等等,甚至两度停摆(两至数月乐团没有交响音乐演出)。① 在全国严肃音乐市场上绽放光彩的是成立于 1989 年的中国第一个女子室内乐团——"爱乐女"室内(交响)乐团,其为指挥家郑小瑛和大提琴家司徒志文等联合创办的一个民间文艺演出团体,就是这个规模不大的乐团被作曲家瞿希贤誉为"低谷中的鲜花"。② 国家职业乐团演出通俗音乐,小规模的民间乐团独放光彩,此时的中国艺术音乐市场的萧条落寞情况可见一斑。

这一时期,即二十世纪九十年代初,原不见声名的鲍元恺突然以其"中国风"系列交响音乐创作打破了这一萧瑟的沉寂,其创作的管弦乐曲《炎黄风情——中国民歌主题 24 首管弦乐曲》成为这时热捧之作,

---

① 内容引自丁旭东编撰《中国现当代音乐口述史·中国现当代音乐演艺口述史》,该书定于 2022 年由湖南文艺出版社出版发行。

② 同上。

当然其几乎一音不动地引用民间音乐旋律的做法也引发热议。有评论家指出"其坚守传统,与'新潮音乐'奏的完全是反调""是一股'逆流'"。① 可就是这股"逆流"为"新潮"后的音乐发展探明了发展方向,成为"后新潮"的先声。

随着1993年张小夫回国,1994年叶小纲回国等原"新潮音乐家"相继回来,中国的艺术音乐又蓄积好了能量,在"先声"中即将开始一段新的艺术音乐发展潮流。

(二) 回归:"后新潮音乐"第一阶段的主基调

"后新潮音乐"中的"后"的直义是一种辩证的"反",质义是一种与前者"不同"甚至"颠覆"的思维与行为方式。它和以否定性、非中心化、破坏性、反正统性、不确定性、非连续性以及多元性为特征的后现代主义对肯定、建设等现代主义思维的"反"是同样的道理。② "后新潮音乐"的第一阶段大致是从二十世纪九十年代中后期至2013年。这一阶段以"文化平视""个性化风格构建""扎根中华民族文化"等为特征的"后新潮音乐"是对"借鉴使用西方技术""先锋实验"的"新潮音乐"的"反"。其反的最典型特质是回归,主要有两重含义。

一是从探索的、开拓性的"前卫"语言回归到有选择的"中卫"或"后卫"式音乐语言。举例来说,叶小纲从1998年至2013年共创作了36部作品,这些作品在"现代"技法的使用上,几乎没有超出"后浪漫派"的范畴,几乎全部是有着流畅旋律的调性音乐作品,像"新潮"时期的《西江月》那种全篇采用新维也纳乐派"点描技法"的作品几乎没出现过。对此,他曾对音乐理论家李西安言:"自己这么多年一直在追求

① 梁茂春:《"鲍元恺现象"漫论》,《艺术评论》2014年第3期,第110-115页。
② 张治江、李玉艳:《网络语言的后现代化解读》,《新闻传播》2004年第10期,第67-69页。

一种既不前卫又不保守;听上去不刺耳,但实际很复杂;最新技术和传统基本功相结合的手段。"①他的这一现身说法,印证了我们的判断。再有,中国作曲家中最具"先锋"特质的是被誉为"东方凯奇"的谭盾,2001年10月27日北京电视台访谈类节目"国际双行线"中的"谭卞之争",一度在音乐学界成为关于西方传统音乐美学观和西方先锋音乐美学观交锋的热议话题。令人未曾想到的是,谭盾也不那么前卫了,李西安在听完他的景观音乐《地图》(2002)后说:"的确,谭盾在回归。一方面,从音乐的题材、元素、写法上向中国传统回归,'寻根'的意识在进一步强化;另一方面,从音乐的可听性上,向大众回归,也可以说是向调性、旋律的回归。这是中国现代音乐创作中一个值得重视的现象。"②由这两位原"新潮音乐""急先锋"的创作显著可见其音乐语言"回归"的表现。

二是从向外的对西方音乐文化的崇拜反身回归到对自身母语民族文化的认同。这种认同在观念意识的表现上就已十分突出,如1997年陈其钢在接受记者采访时说"走出西方现代音乐",瞿小松在这一时段更是多次宣讲"(中国创作要)走出西方音乐的阴影"。③ 这不是个例,1998年在武昌召开的"中青年作曲家新作品暨作曲教学经验交流会"上,40位中国作曲家一致认为:技法没有高低之分,(要追求)音乐表达的中国化和中国化的音乐表达。④ 另,在创作技法创新使用上也同样,虽"后新潮"作曲家们有着不同的个性化和个体风格化的音乐创作,整体呈现出"八仙过海""各显其能"的格局,但在技法的底层文化逻辑选择上都不约而同地选择了对母语文化的扎根与给养的吸取。以

---

① 李西安、叶小纲:《关于音乐创作的对话》,《音乐周报》2003年6月13日。
② 丁旭东、谭盾:《在回归——和李西安、梁茂春教授谈谭盾的多媒体景观音乐〈地图〉》,《人民音乐》2005年第3期,第4-6页,第64页。
③ 丁旭东:《论中国"后新潮"音乐——基于对"中国民族交响乐协奏曲纽约展演"的专家研讨》,《中央音乐学院学报》2020年第4期,第17-27页。
④ 同上。

"后新潮"的中国作曲家的创作来说,主要特色技法包括"中国结构"(朱践耳 1998 年创作的《第十交响曲》以及叶小纲 2001 年创作的古筝曲《林泉》等作品中运用了唐代大曲结构①;秦文琛在 1996 年创作的唢呐协奏曲《唤凤》以及叶国辉 2007 年创作的《晚秋》中采用民族多段体结构,等等)、"中国技法"(如杨立青 1998 年创作的《荒漠暮色》在横向音高组织上运用了中国传统音乐的润腔技法,配器中迁移运用中国绘画的点墨、积墨、泼墨技法②)、"中国动机或主题"(如杨立青《荒漠暮色》的创作中使用类古曲《梅花三弄》并糅合西域风情的音乐主题③)、"中国语汇"(如叶小纲的《林泉》采用五声性音列作为音乐组织的核心语汇)、"中国意境或意趣"(如郭文景 1995 年创作的竹笛协奏曲《愁空山》中刻意表现了"愁山""灵山""峻山"三种中国传统诗学意境④;朱践耳在《第十交响曲》或称《江雪》中使用无固定音高记谱法的吟唱与古琴体现中国传统的弹性文化意趣⑤)、"中国性个人化体系"(如高为杰在 1995 年创作的《韶Ⅱ》等作品中使用的个人创建的"非八度周期的人工音阶"⑥;秦文琛在 1996 年创作的唢呐协奏曲《唤凤》等作品中创建的单音技法体系;陈牧声 2007 年创作的《牡丹园之梦》在"洛书"的启发中形成的对称衍展式音乐叙述结构;等等)。由此可见,这一时段中国现代音乐创作无论在观念上还是音乐话语体系的建设上都体现

---

① 李波:《试析朱践耳〈第十(江雪)交响曲〉》,《乐府新声》(沈阳音乐学院学报)2005 年第 3 期,第 27–32 页。

② 龚华华:《积墨·破墨·泼墨——杨立青〈荒漠暮色〉中的几种管弦乐配器技法》,《黄钟》(武汉音乐学院学报)2009 年第 3 期,第 68–77 页。

③ 唐荣:《论杨立青的〈荒漠暮色〉与中国传统音乐的润腔》,《音乐艺术》(上海音乐学院学报)2017 年第 4 期,第 103–116 页。

④ 丁旭东:《论中国"后新潮"音乐——基于对"中国民族交响乐协奏曲纽约展演"的专家研讨》,《中央音乐学院学报》2020 年第 4 期,第 17–27 页。

⑤ 李波:《试析朱践耳〈第十(江雪)交响曲〉》,《乐府新声》(沈阳音乐学院学报)2005 年第 3 期,第 27–32 页。

⑥ 田刚:《"非八度周期人工音阶"探析——以高为杰〈韶Ⅱ〉〈路〉〈暮春〉〈雨思〉为例》,《中国音乐学》2006 年第 2 期,第 127–131 页,第 111 页。

了突出的"回归"的特征。

（三）特色:"后新潮音乐"第二阶段的总品格

从 2013 年中国进入新时代中国特色社会主义至今是"后新潮音乐"发展的第二个正在进行中的阶段。这第二阶段"后新潮"可谓"第一阶段"的迭代升级,用一语概括其总特征为"中国特色",其特色可用"中国乐派""人民音乐"两个语词概括。其"后新潮"相对"新潮"的"后"不仅体现为"回归"中华民族文化,更体现为对社会意识形态观念的艺术关切以及对社会重大现实或时代主题的文化呼应。从个体创作上,我们可以看到这一阶段出现了与前阶段气质气象不同的作品,如张千一的《我的祖国》(2019)、叶小纲的《第五交响曲——鲁迅》(2017)、王丹红的《永远的山丹丹》(2017)、吕其明和陈新光的《使命》(2016)等。

对这一阶段中国艺术音乐的发展特点可以通过 2013 年设立至 2020 年的国家艺术基金资助的 91 部管弦乐作品①的内容比较与类型统计分析予以部分把握。（见下图表）

统计结果表明,约 77% 即近八成的管弦乐作品为中华传统历史文化类(如民族管弦乐《和鸣》、交响乐《东方·译敦煌》、交响乐《山海经》、交响乐《王羲之》等,占总数的 31%)、中国地方民间文化类(民族管弦乐《丝竹里的江南》、交响乐《古格幻想》、民族管弦乐《丝路草原》、交响乐《南海意象》、交响乐《又说山西好风光》、交响乐《彩云之南》等,占总数的 30%)、红色革命与政治文化类(如交响套曲

---

① 作品类型为交响乐与民族管弦乐,资助类型包括国家艺术基金资助一般项目、国家艺术基金滚动资助项目以及国家艺术基金资助的期间创作的交流推广项目,其中三种之中存在叠加资助与跨时期资助(即资助 2013 年之前的项目)以及音乐会等非作品类项目,本文进行了筛选与并项处理。

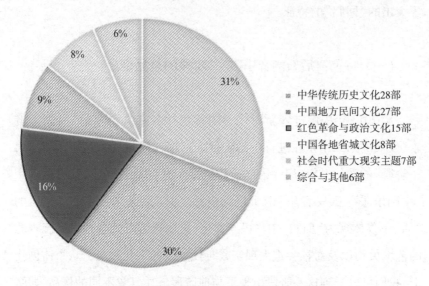

2013-2020 年国家艺术基金资助管弦乐类型与比例

《我的祖国》、交响乐《英雄与梦想》、交响乐《启航》、交响乐《红色丰碑》等),占总数的 16%)。由此,通过大型音乐体裁——管弦乐的作品类型及数量可见第二阶段的"后新潮音乐"呈现"三大文化"(传统历史文化、地方民间文化与红色政治文化)主导的音乐作品生态格局,体现出新的阶段性特征。另外,还要指出的是这一阶段管弦乐创作中关于全国各地省市文化(包括民族管弦乐《钱塘江音画》、交响乐《重庆组曲》、大型音乐史诗《金陵交响》、民族管弦乐《大河之北》等)的有 8 部,关于社会时代重大现实主题的作品虽然仅有 7 部(包括民族管弦乐《大湾情缘》、民族管弦乐《丝路随想》、交响乐《丝路追梦》等),但其具有新质的特征,是前一阶段少有的作品题材类型,由此,可见"后新潮"音乐第二阶段的创作已经呈现出越来越明显的与时代社会发展同频共振的趋势。其也可谓这一阶段重要音乐艺术现象或阶段特征之一。

复言之,新时代以来的中国"后新潮音乐"(第二阶段)的具体特征表现为"三江汇流"①（中华传统历史文化、中国地方民间文化与中国红色革命与政治文化）、"城市文明"和"贴近时代"三大特点，这些特点均体现出民族特色、民间特色、制度特色、城市特色、时代特色，因此，我们又可把这一阶段中国后新潮音乐发展视作"特色"发展阶段。

二、"后新潮音乐"发生的内在逻辑

中国艺术音乐的"后新潮"是如何形成的？在笔者看来，它根本上是因其人文之本性决定的。人类人文发展历史，从宏观上来看，就是一个又一个的潮流在循环往复，不断向前发展的过程。举例来说，西方重要文明源头之一古希腊文明在大约公元前八世纪到前二世纪期间创造的高度发达的哲学、艺术形成一股人类历史上的人文发展的大潮，随后到了中世纪大潮沉落，到了十四世纪至十七世纪随着欧洲资产阶级运动开始，这股艺术哲学的人文大潮又重新回来，且更加高昂，形成了轰轰烈烈、影响深远的欧洲文艺复兴运动。中华文明中的人文发展历史也是如此，先秦两周时代创造了极度繁盛的诗乐文化，到秦代没落，再到汉代复兴并将先秦学问奉之为经，形成高度发展的经学，此后再到六朝骈文注重辞藻形式，先秦的质朴言事的诗乐之潮低落，而到唐之中后期韩愈等人发起"古文运动"，习古文、传古道、复兴儒学，大潮再次归来。故，音乐作为艺术的一个部门，其发展也必然遵循着人类人文大潮的基本规律，由此我们要把握"后新潮"，就可从"潮"入手，或许能找到

---

① "三江"源自话剧剧作家罗怀臻的一个提法，他把新时代话剧中凸显"中华优秀传统文化、革命文化与社会主义先进文化"三大文化题材创作的现象称为"三江汇流"。（见金莹：《"两创"思想，三江汇流，正当时对话罗怀臻谈红色题材创作》，《上海戏剧》第4期，第5页）本文中笔者引用了这一说法，但内涵有所不同。

答案线索。下面我们分成几个方面试探讨之。

（一）本潮："后新潮"作为"新潮"后中国艺术音乐发展的必然

"后新潮音乐"是中国"新潮音乐"退潮后的中国艺术音乐发展的新局面，换言之，其兴起必待"新潮"潮落之后。

事实上，从二十世纪八十年代末开始，"新潮音乐"的作曲家们已从聚起而散，其旗帜性人物如谭盾、叶小纲、陈怡等青年作曲家纷纷西走留学；少数中年作曲家如罗忠镕、朱践耳以及个别青年作曲家如郭文景虽留在国内，但创作之风气也大不如以往，到了九十年代早期，以管弦乐为代表的中国艺术音乐发展已经落至低谷。

这一潮落尤其必然。在"论后新潮音乐"中我们已经谈过，"新潮"的形成是因为对西方现代音乐技术的仰视与迷崇，基于此，"急先锋"们就像唐代高僧玄奘一样，为取得"真经"而选择西行，并蔚然成风。叶小纲曾在自己的公众号文章中回忆道："那时中央音乐学院毕业生，见面第一句话常问'什么时候走？'不出国，好像多丢人似的。"①所以，我们回顾那段历史，会看到在八十年代末到九十年代初，中国音乐界兴起了留学潮，这一留学潮导致了"新潮音乐"的消退，但也为"后新潮"的势起腾挪了文化空间。

"潮"起源于"海归"。逮至二十世纪九十年代中期，阅尽"西方繁华"的诸多中国作曲家相继归来，此时已不再是昨日的那个青年，他们开始平视西方音乐文化，开始正视自己的民族文化，倾听自己的内心的声音，摒弃了出国前可能希望成为韦伯恩第二、卢托斯拉夫斯基第二抑或是乔治・克拉姆第二的想法，开始作属于自己的第一。正如叶小纲所言，"出国前我的主要创作还处于寻找自己的音乐语言和探索音乐

---

① 内容见于 2021 年 8 月 22 日叶小纲发表在自己微信公众号的文章《时间不存在》。

风格手段这状态……这么多年一直在追求一种既不前卫,也不保守;听上去不刺耳,但实际很复杂;最新技术和传统基本功相结合的手段,别人的什么风格都影响不了我自己独特风格的(艺术表达)方式。经过这么多作品积累,这种风格已经形成了"。①叶小纲的这段话很好地代表了"后新潮"音乐家的普遍心声。于是乎,中国观众于1998年、1999年在北京举办的《中国唐宋名篇音乐朗诵会》上,通过诗配乐的形式听到了王西麟、叶小纲、瞿小松等人具有中国韵味之美与个性文化性格的约三十部作品。这是"后新潮"音乐的一次集体绽放。此时,中国艺术音乐已悄然步入"后新潮"。另要特别提出的是,随着中国持续深化的改革,在教育方面越来越开放的中国从二十世纪末开始的"国际化"已经成为常态,音乐留学与海归不再视为现象而成为日常,中国音乐与国际音乐艺术的交流从平台到机制建设的完善成为常规化,这时中国艺术音乐的发展无论是学术信息还是人才储备已与"新潮"时不可同日而语,其为"后新潮音乐"从现象到形态的发展提供了知识与人才条件。

(二)底潮:后现代主义与国家民族主义

自1840年中国被西方列强的坚船利炮打开锁国的大门,进入近代以来,包括艺术在内的中国人文、政治、经济等社会各方面的发展就与其他世界各地文明尤其是西方资产阶级创造的西方文明处于一种互通互鉴的状态。因此,中国的近现代音乐艺术始终并必定受到全球文化或人文艺术的发展思潮的影响。就像包括西方现代音乐在内的现代主义影响并形成中国"新潮音乐"一样,"后新潮"也必然或主动或被动接收着西方包括后现代主义艺术在内的后现代主义的影响。

---

① 李西安、叶小纲:《调整创作风格与艺术追求——音乐创作二人谈》,《中央音乐学院学报》2003年第2期,第42-45页。

　　"后现代"一词是1934年由英国历史学家阿诺德·汤因比正式提出的一个概念，二十世纪六十年代中期被人们正式在建筑艺术中使用，后波及文学、艺术与文化领域。1975年，英国建筑评论家查尔斯·詹克斯首次使用"后现代主义"一词，标志着后现代主义艺术的开端。① 后现代主义艺术不是一种艺术风格类型，而是包罗万象的多元风格，且根植于多元复杂理论内涵（后现代主义观念）的艺术创造。它的核心在于对理性的、精英主义的一元论等思想的"反"，即对现代主义艺术观念的反对、否定、解构与重构，其特征表现为"大众化""去中心化"与"网络化"（或协同性）。1978年中国改革开放，以更加敞开的胸怀拥抱世界的时候，在西方现代主义音乐影响下形成了"新潮"。但当二十世纪八十年代后期"新潮音乐家"以朝拜的心情去西方学习现代音乐技术的时候，那时西方的"后现代主义"已经成为艺术的主导思潮。因此，他们的既有观念像淋了倾盆大雨一样受到冲洗。这时，瞿小松、陈其钢等作曲家开始高呼"走出西方"，实际就是走出西方的现代主义。而后现代主义是走不出的，因为，后现代主义和后新潮一样，不规定一个具体的特定类型的艺术风格，它只有阶段性发展特征，它可以说是对精英化、个体化、主体化、理性化的反对，是一个没有边际范畴的文化空间。多元化的思想更是无限丰富，比如提出"后哲学"的罗蒂主张"对话""协同性"，倡导开放、平等；后现代哲学家德勒兹提倡多元论的观念；福柯标举憧憬"好奇心"，唤醒敏感现实；杰姆逊认为"后现代主义'必然是政治的'"②；等等。

　　后现代主义思潮对现代主义原则的解构，让以"海归"作曲家为主导的中国作曲家群体开始思考如何重构并确立新的艺术价值原则，其中回归母语文化、发展个性风格创作成为他们较为普遍的选择，因此，我们看

----

　　① 见廖盖隆、孙连成、陈有进等主编：《马克思主义百科要览》下卷，北京：人民日报出版社1993年版，第1791–1792页。又见章宏伟主编：《西方现代派文学艺术辞典》，北京：社会科学文献出版社1989年版，第3–6页。
　　② 王治河：《论后现代主义的三种形态》，《国外社会科学》1995年第1期，第41–47页。

到中国第一阶段"后新潮音乐"相关的林林总总音乐现象的发生。

　　必须提出的是,虽然后现代主义是在"反"现代主义的理路上发展起来的,但其并不可能彻底,因为其依然也必然保留了一个价值标准并予以继承和延续,那就是"创新"。之所以如此,是因为底层逻辑必然符合更底层逻辑,而"创新"价值体现的就是更为深沉的文化逻辑。简要来说,人类的真正全球化始于十五至十六世纪的大航海时代,从那时起,创新成为第一生产力的原则就被确立起来,具体体现为对先进技科技的掌握,由此,掌握先进科技的民族或国家交替成为影响全球发展的主导力量,先是葡萄牙、西班牙、英国等欧洲列强,接着,尤其是二战后特别是第三次科技浪潮到来之后是 GDP 排名世界第一、先进资本主义的代言者美国。"开拓创新"从十六世纪欧洲列强在北美建立殖民地开始,再到十八世纪(1776 年)国家独立,直至今天,始终是美国的核心立国精神。后现代主义思潮不可能动摇深沉的全球化思潮,全球化思潮中"创新"是坚持不变的价值导向,所以,就像当今中国把创新作为时代精神一样,后新潮音乐也必然秉持艺术的"创新"价值原则。"个人风格"是一种重要的创新表现,所以,后新潮音乐表现为个人风格化创作特征。

　　另外,后现代主义作为对现代主义的解构与否定力量,打破了西方精英主义的现代音乐审美与价值观念一统的格局,让艺术音乐实现了去中心化的多元化发展,间接为"中国特色"的"后新潮"发展提供了合理存在的价值空间。

　　"中国特色"下的"底潮"是中国的国家民族主义思潮。国家民族主义即通过国家形式表现出来的与国家利益相吻合或一致的民族主义,也即民族主义的国际表现。国家意识和公民意识是国家民族主义的主要载体。[①] 可见,国家民族主义是以谋求并保证国家利益为基础

---

　　① 李兴:《论国家民族主义概念》,《北京大学学报(哲学社会科学版)》1995 年第 4 期,第 74-80 页,第 128 页。

或前提的民族主义。"国家利益"作为国家民族主义观念的核心词,分成多个层面,按照摩根索的说法,其主要包括:首要的基本的,是该民族国家的生存与安全;其次,是经济利益,它是国际关系中恒常起作用的物质力量;再次,是国家的权力(即一个国家控制他国的能力、机会和可能性)和国际威望。① 也就是说,国家安全、国家经济与国家国际影响力是国家利益的三大核心。

国家民族主义和文艺思潮的关联在于文化,因为国家安全必然包括文化安全,国家实力必然包括文化软实力,国家影响力更根本地体现为国家文化与意识形态的影响力,故,"国家民族主义也在一定程度上反映了一个国家的历史传统、文化特点和民族性格"。② 因此,文化的重要表现形式与组成——文艺,在这一国家民族主义作用下形成了国家民族主义的文艺发展思潮。

回顾二十世纪九十年代以来的国家领导人关于文化与文艺的重要讲话以及党中央、国家政府相关部门发布的有关文化与文艺的文件政策,可更清楚地看到国家民族主义文艺思潮的运动轨迹:新时期伊始,邓小平同志提出"人民是文艺工作者的母亲,生活是文艺创作的源泉";二十世纪九十年代江泽民同志提倡坚持"两为"方向,"弘扬社会主义主旋律",倡导"四个一切";到二十一世纪始至 2012 年,国家实施"文化强国"战略,胡锦涛同志提出文艺工作者要坚持"两自"(文化自觉、文化自信),做到"三贴近","用社会主义先进文化引领社会进步";2013 年"新时代"以来,习近平同志正式提出"人民文艺",并在文艺座谈会、作协文联大会开幕式等多个重要场合系统论述"文艺价值论""文艺功能论""文艺本体论""文艺创作论"等文艺理论,在全面继承

---

① 汉斯·摩根索:《国家间政治——寻求权力与和平的斗争》,北京:中国人民公安大学出版社 1990 年版。

② 李兴:《论国家民族主义概念》,《北京大学学报(哲学社会科学版)》1995 年第 4 期,第 74-80 页,第 128 页。

马克思主义文艺思想的基础上提出文艺工作要做到"以人民为中心""两扎根""三精""两创""四个讴歌""攀高峰""讲好中国故事""塑造好中华文化形象""文化走出去"等,从而为民族"培根铸魂""书写新史诗",为民族复兴提供磅礴精神力量,为推动构建人类命运共同体谱写新篇章。由此,我们可以明显地看到国家民族主义思潮对中国当代艺术音乐发展的影响,可以清晰地看到从新时期确立"为人民"基本文艺思想到新时代建构完成的"人民文艺"思想与理论体系的发展脉络。因此我们说,"人民文艺"实质就是中国国家民族主义文艺思潮的形态化、具体化。其从指导思想到实践路径到时代任务给予等各方面确立了中国特色的文艺理论,并在中国艺术音乐的发展上,"反"或否定了"小我""崇西"的精英化新潮音乐创作方向,"立"或形成了"大我""自信"的民族化音乐创作理路,成为中国"后新潮音乐"最重要的建构力量。

这一力量的发挥不仅体现在政策上、思想上、理论上、学术上,还体现在基于国家民族主义文艺思潮的新机制上,尤其是新时代以来设立的国家艺术基金以及各省市地方社会的艺术基金,通过自愿申请、资金资助的方式直接改变并重构了中国艺术音乐的作品生产、传播的文化生态。这就是我们看到中国"后新潮音乐"呈现民族管弦乐创作大发展、社会主题创作大聚焦、主流音乐创作大兴盛、民族音乐大发展等时代音乐文化景观的原因所在。

结　语

综上,从"鲍元恺现象"发出先声之后,中国"后新潮音乐"经历了"回归""特色"两个发展阶段。"回归"阶段(二十世纪九十年代中后期至2012年),其特点表现为对中华母语文化的认同与非前卫的个人风格化表达;"特色"阶段(2013年至今)是第一个阶段的继续发展,表现为内容上的"中国故事"表达与形式上的"中国声音"表现,总体上可概括中国特色音乐创作,标识上体现为"人民音乐""中国乐派"的提出。"后新潮音乐"的形成主要肇因于两大逻辑。一是"本潮"逻辑,即艺术音乐发展必然经历的潮起与潮落以及中国音乐创作人才经历的"出海"与"归来";二是"底潮"逻辑,即其成因既有因西方后现代主义思潮对现代主义的解构而形成的艺术评价标准的多元以及由此开拓出的民族个性化音乐发展的文化空间,又有大国崛起、国家民族主义思潮奔涌下形成的民族文化自信与"人民文艺"的理论观念引领,从而形成了中国国家主流文化在场的"后新潮音乐"之时代特色。

如果说以上我们对中国"后新潮音乐"的分析或多或少地解释了当下的中国艺术音乐的发展现象,那说明其中在某种程度上触及其发展逻辑的内在规律。规律是道,道生万物。相信其对于中国当代作曲家个人风格化创作的方向性建构与完善,对于中国特色专业音乐人才培养系统的改进,对于中国乐派或中国特色音乐理论体系的建设,对于国家音乐艺术扶持与评估机制的完善也能有一定的参考价值。

丁旭东　中国音乐学院高精尖音乐研究与创新中心特聘研究员、副教授。

语词、标签、视角与观念
——世界舞蹈的"中国观"和中国舞蹈的"世界观"

王　欣

　　随着国际舞蹈交流的加深,在许多舞蹈语词的翻译中出现了偏差,例如对"民族""古典""当代"等语词并不能够恰切地理解。之所以造成这一现象,往往都是由于语词的形成过程中社会的、历史的、文化的、政治的因素。通过对一些西方编导创作的中国舞蹈和中国编导创作的认为能够具有国际化特点的中国舞蹈作品进行对比,我们发现在语词的差异下,是对彼此视角的想象性创造,而这种想象性创造,实际上根源于长久以来复杂的文化信息传播过程中一些偶然的因素积累成的必然的观念。

　　一个语词是否就是一个标签,一个标签是否就是一个视角,一个视角是否就是一个观念,语词与观念之间究竟是怎样的一种联系?厘清这些问题,不仅可以说明这种彼此想象性创作的原因,也能够发现中国舞蹈审视自我的观念。

一、世界舞蹈的"中国观"

　　基于对中国文化认知和关注的不同角度,西方舞蹈对中国舞蹈的理解,也呈现出不同层面的有趣的错位。接下来的几个作品或许可以从某种程度上表现出这种世界舞蹈(主要指的是西方舞蹈)的"中国观"。意大利芭蕾大师加斯佩罗·安吉奥利尼,曾在 1762 年创作中国题材芭蕾《中国人在欧洲》,1774 年根据当时风靡一时的中国悲剧《赵氏孤儿》创作芭蕾《中国孤儿》。同时代的法国芭蕾大师让·乔治·诺维尔与玛丽·卡马戈编排出了诺维尔自己的第一部大型芭蕾《中国节日》,全剧结尾时,舞台上突然出现了 32 只古色古香的中国花瓶,从花瓶后面冒出 32 名芭蕾舞演员来,使整个舞台成了中国的瓷器和舞蹈世界,轰动了巴黎。圣·莱昂在 1870 年创作的《葛蓓莉亚》和列夫·伊凡诺夫在 1892 年根据佩蒂帕的详细台本编导的《胡桃夹子》,其中都有中国的代表性舞蹈。素来具有东方意味的现代舞大师圣·丹妮丝 1925 年创作的《白玉观音》,也是在中国的文化中摘取了一个片段进行创作。除了对中国舞蹈"异域风情"题材、形式层面的探索,实际上西方舞蹈也在文化层面、哲学层面观看中国,从而试图解决自身在艺术与审美上的瓶颈以求突破。例如默斯·坎宁汉在中国《易经》中找到灵感而发明"机遇编舞法",崔莎·布朗继而在中国道家思想中寻找现代舞人文情怀。荷兰舞蹈剧场保罗·莱福德和索尔·里昂 2001 年的作品《藏身之处》也是受《易经》中的道家思想影响,探讨自然与社会、变与不变、时间和宿命等辩证关系。

　　从以上这些舞蹈作品可以看出,中国舞蹈是一种西方舞蹈家的猎奇和探索的内容,也是借由中国文化突破和超越自身局限与创作的方法。但是，大部分西方舞蹈家的创作并不是基于对中国舞蹈实际情况的掌握，甚至有些舞蹈家都未曾到过中国，而是基于一种对古老、遥远或者理想中的中国舞蹈的想象。这在其他艺术门类中有更为极端的例子，比如从题材到形式都是臆想出来的歌剧《图兰朵》。

二、中国舞蹈的"世界观"

中国舞蹈的"世界观"也是有错位的。中国现代化的进程比西方晚很多年，因此中国舞蹈在建构的过程中，迫切地寻找一种发声和对话的可能，而放眼望去，在世界范围内，系统的舞蹈格局基本上极大地被西方舞蹈所影响，从而自然地把西方舞蹈当成了一种坐标和参照系。似乎中国舞蹈在对西方舞蹈的样板的模仿和建构中，才能与之对话，产生世界性的意义，这就是中国舞蹈的"世界观"。

我们举两个例子。比如中国著名的电影导演张艺谋指导的芭蕾舞剧《大红灯笼高高挂》，把极具中国符号的元素运用到了舞剧之中，在中国戏曲和芭蕾之间试图找到一种结合。而他最近的作品《2047》将中国传统艺术与当今最新科技深度融合，用一个个视觉标签营造穿梭时空的错觉，再度打造视觉的饕餮盛宴。"中国古典舞"的建立者们，从1954年开始在对中国戏曲和武术的研究的同时借鉴芭蕾科学的、现代的训练方法，整理了中国的古典舞，使得古老的中国舞蹈变成了可以与世界对话的、展示中国当代风貌的传统舞蹈或者展示中国传统风貌的当代舞蹈。

中国的现代舞在两个维度上都有所发展。一种是以西方现代舞的语汇和技术突出中国身份与话语（比如林怀民）；另外一种是力求隐去中国文化的标签和身份,以一种国际化的舞蹈语言呼应全球化的节奏和普适性的存在(比如"沈伟艺术"和"陶身体")。

三、一个语词就是一个观念

由此,无论是世界舞蹈的"中国观"还是中国舞蹈的"世界观",都是有一些问题的。一方面,西方舞蹈在想象着中国舞蹈;另一方面,中国舞蹈也在呼应这种想象,甚至是对这种想象的再想象。这种跨文化想象性的创作,是一种"文化重塑形象",这种重塑的主导不一定是基于对方的现实,而是一种想象者的需要。可见,语词冲突的现象背后,不仅是视角的差异,最重要的是"观念"的认知差异。语词的背后,绝不仅仅只是一个语词。一个语词,就是一种观念。早期西方文化中是用"感觉"而不是"视觉"去体会中国的。十三世纪马可·波罗留给后世的,除了他所提供的资料以外,最主要的是被他激发起的好奇心。十六世纪末利玛窦把中国的文学、哲学经典翻译到了欧洲,恰巧其中的一些思想符合了当时法国社会的需要,引发了"中国热"。十八世纪伏尔泰、卢梭、孟德斯鸠等启蒙运动的发起者,从不同角度把他们理解的中国推向高潮。但是,"十九世纪中期大量华工进入美国,聚集而成的'中国城'使得西方对中国的理解急转直下,对于愚昧、粗俗、暴力、魅惑的误解日益加深"。① 而二十世纪战争中对中国的同情与人道主义救援,对中华人民共和国的神秘理解,以及对中国现代化进程中文明遗失的焦虑,直至如今中国的昂然崛起,种种的文化刺激与回应,使得

---

① 史景迁:《大汗之国:西方眼中的中国》,阮叔梅译,桂林:广西师范大学出版社2013年版,第210页。

西方国家把诸多标签贴在了想象的中国身上,造成了西方对中国的"观念"。

四、观念建构下的中国舞蹈自我认知

回到舞蹈的方面。芭蕾的建立已有四百多年,现代舞的建立也有一百多年,西方对于舞蹈的认知,不仅早已成熟,而且在其内部也发生着不断革命及其带来的新生。这些既有的观念不仅是观测自身舞蹈的方式,也是观测其他文化类型的舞蹈的方式。而中国舞蹈也按照这种观测方式来观测自身的舞蹈建设,也就是世界舞蹈的"中国观"影响了中国舞蹈的"世界观"的形成。

有趣的是这种观念不一定是自我赋予的,而是观念建构(也叫认知建构)的结果。观念建构,是认知心理学发明的一个概念,最开始,是瑞士心理学家皮亚杰研究儿童心理的时候发现的一个现象。简单说,就是儿童在学习的时候,先是有一个自己原来的认知结构,外面新来的知识,必须放在这个结构里面才能获得意义,这叫建构。后来很多学者借用这个概念来解释宏观层面的文化现象。其他文化(尤其是强势文化)给你一个观念,最后你自己会按照这个观念来解释自己。由于西方现代化进程的领先,它相比其他文化占据更强大的地位。这种由强大者建构概念,然后封死后来者对自己的想象,固化后来者发展道路的现象,普遍存在。也就是说,西方对于中国的观念,可能影响了中国对于自己的观念。

通过语词、标签、视角、观念来理解不同的舞蹈文化,可以帮助我们节省认知的时间和空间。更重要的是我们应该有着多元的观念来观测他者和认知自我。随着舞蹈国际交流的深入,中国舞蹈的"世界观"不再是单一而唯一的,世界舞蹈的"中国观"也不再是一个想象,双方期待着彼此更深的理解、参与合作,而前提是中国舞蹈解决如何认知自我的问题。在以"全球化"为主题的当前,全球化的观念本身的建构就是以西方文化为中心的。"全球化"表面上追求全球一体的和谐,但其本质依然是围绕中心与边缘的观念进行的,因此"全球化"出现的同时不是弱化了"民族"的概念,而是使之更加突出了。在这种形式下,中国舞蹈要以怎样的形象走向世界? 一个很好的例子就是舞剧《朱鹮》在国外受到极大的肯定和接受,因为该舞剧一改通常"中国符号"的形象,而更关注于现代化进程对生态的破坏,引发人类对于地球家园和环境保护的共同情感。正如习近平总书记提出的"人类命运共同体","超越民族作为想象共同体……超越地区一体化和全球化的矛盾,是对近代以来中心-边缘全球化体系的超越,实现一体化地理、政治、文化的合一"。[1] 中国舞蹈的"在场",使得我们用全新的观念来重新认知"舞蹈",最重要的是如何在"人类命运共同体"的观念建构下重新认知"中国舞蹈"。

王 欣 北京舞蹈学院人文学院副院长,副教授。

---

① 王义桅:《人类命运共同体在新时代下的理论意义》(2018-02-26),http://www.qstheory.cn/wp/2018-02/26/c_1122453621.htm。

《康熙南巡图》第十二卷中的北京中轴线和卤簿

吕　晓

清朝时,一个外国公使来到北京,带着西方人固有的傲慢,想见皇帝,却又不肯按中国的礼仪行三跪九叩礼。礼部官员特地带他从正阳门进入皇城,沿中轴线北行。公使走过大清门,穿过千步廊,单调重复的廊庑并未引起他的注意。来到天安门前,豁然开朗,高大宏伟城楼闯入眼帘:金色的飞檐,绛红的楼身,洁白似玉的小桥,在万里晴空和清幽的流水的映衬下,恍如梦幻。他接连来到端门和午门,巍峨如山的建筑群,释放出无法抗拒的威严和神秘。而空旷无垠的太和殿广场,众多建筑成为遥远的背景,置身其间,犹如汪洋中的一片树叶,渺小且孤独。公使被眼前的景象震撼,为中轴线显现的王者之气所折服。走进太和殿,他情不自禁地跪倒在地。

虽然这是一个无法得到证实的传说,但明清北京中轴线的壮美,不仅见诸史籍,也不断为画家所描绘,比如明人绘《皇都积胜图》(图1)、《宫城图》(图2)、《待漏图》等,但都略显稚拙。第一次完美呈现北京中轴线之壮美的应该是《康熙南巡图》第十二卷。本文通过新发现的《康熙南巡图》第十二卷稿本照片补全了稿本残卷,并与正本进行对比,展现北京中轴线格局与建筑之美,并分析康熙南巡入跸卤簿之盛。

图 1 明人 皇都积胜图（局部） 卷 绢本设色 纵 32 厘米 横 2 182.6 厘米 中国国家博物馆藏

图 2 明人 宫城图 轴 绢本设色 纵 163 厘米 横 97 厘米 中国国家博物馆藏

一、新发现之《康熙南巡图》十二卷稿本照片

　　《康熙南巡图》是表现康熙皇帝1689年第二次南巡盛况的历史图卷,共十二卷,总长超过200米(因第五、八卷已佚,无法确定实际长度,现存的十卷长度已超过200米)。1690年,王翚应宋骏业之邀北上京师,率领弟子历时六年绘成这一鸿篇巨制,名动京师。该画是我国第一套以长卷形式表现皇帝巡游的历史长卷,画中所绘人物万余个,牛、马、犬、羊等各类牲畜数千,江河山川、城池衙署、商铺街巷,应有尽有。

　　《康熙南巡图》如此浩大的绘画工程,必然要先画草图稿本,呈送皇帝审定后,再绘正本。正本绘成后,稿本内廷并不保留。那么稿本的去向如何呢?

　　鞍山市档案馆收藏有一套《康熙南巡图》的照片144张,其中两张为"青冰堂主人"分别于1911年和1926年题写的长跋(图3),虽漫漶不清,但从可释读的文字推断,作者认为正本绘成后,有四卷稿本后来流入怡亲王(康熙帝第十三子允祥)之手,"迨载垣(第五代怡亲王)[①]得罪削爵,其府第即赏予孚郡王,而载垣之子溥彬,字文斋,于同治(1861-1875)末年以白金三千两售与维天石通侯,名维度,善画能诗,

---

[①]　爱新觉罗·载垣(1816-1861),清朝宗室、大臣。清圣祖爱新觉罗·玄烨六世孙,怡贤亲王爱新觉罗·胤祥的五世孙,世袭和硕怡亲王爵位,十二家世袭铁帽子王之一,咸丰帝顾命八大臣之首。曾任御前大臣行走,亲受顾命。清文宗咸丰帝即位后,渐受信用,累官左宗正、宗令、领侍卫内大臣。

咸丰十一年,与爱新觉罗·端华、爱新觉罗·肃顺等八人受顾命为赞襄政务大臣,掌握实权。同年,慈禧太后与恭亲王奕䜣发动"祺祥政变",载垣在北京被捕,赐白绢自尽。年四十六岁。

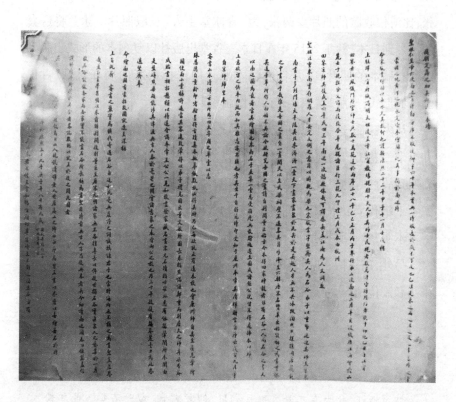

图 3 "青冰堂主人"分别于 1911 年和 1926 年为信勤将军收藏的
《康熙南巡图》题写的长跋照片,现藏鞍山市档案馆

即怀氏将军信勤①之父也"。因稿本破损严重，1926 年，信氏请英国人拍摄成照片，其中一套为溥仪购得。溥仪在逃亡中将其遗落在鞍山汤泉宾馆，后被鞍山市档案馆找到并收藏。另有一套照片由清末学者王树枬收藏，在家族中传递至其孙去世，2011 年由其曾孙女沐兰继承，现存 142 张，比溥仪收藏的照片少两张，为"青冰堂主人"长跋照片。沐兰将这套照片带到日本，并于 2015 年在日本三省堂出版社以复刻本的形式出版了第九卷稿本的照片，又从四卷稿本照片中选择精彩的局部，仿照古代画谱的形式，出版为《康熙帝南巡图画谱》。

从内容看，这些照片拍摄自第九、十、十一、十二卷的稿本。第十卷和第十二卷稿本的前半段中华人民共和国成立后经国家文物局划拨，重新回到故宫博物院收藏，第十一卷的稿本曾经画家惠孝同②收藏，二十世纪六十年代卖给沈阳故宫博物院。但第九卷和第十二卷的后半段则下落不明，幸有照片存世，可与正本对照研究，显得弥足珍贵。

另外，南京博物院收藏了第七卷稿本和三段稿本残卷。关于此卷的来历和流传情况，卷后有宋骏业后裔宋湘作于道光八年（1828）的题跋：

> 先臣骏业受知仁庙，侍值南书房。于康熙庚午岁，奉令恭绘南巡盛典。遂延王石谷诸名手，齐集京邸，斟酌布置，至乙亥岁告成。由京城至浙江，凡十有二卷。进呈御览，仰蒙睿赏，留贮石渠。此其粉本，

---

① 信勤，钮祜禄氏，字怀民，满洲镶黄旗人，清朝大臣。以荫生累至浙江布政使，署巡抚，代贻谷为绥远城将军。督办垦务，踵其遗规。益勤远略，颇礼致贤才，思有所建树，功未竟而遽罢。辛亥后，久病，卒。

② 惠孝同（1902-1979），北京市人。原名惠均，字孝同，号柘湖，别号松溪、晴庐。1920 年入中国画学研究会，拜金城为师，专攻山水。1925 年升为研究会研究员。1924 年与溥雪斋（号松雪）、溥毅斋（号松邻）、关松房（号松房）、溥心畬（号松巢）等创立了近代著名国画团体松风画会，自号"松溪"。1927 年与金荫湖、胡佩衡等共组湖社画会，编辑《湖社月刊》，历任画会干事、评议、教员、副会长，湖社画会天津传习社社长、天津分会会长。曾任职北平艺术专科学校讲师兼图书馆主任。1949 年后，历任北京中国画研究会常委、北京中国画院艺术委员会常委、主任委员，新国画研究会常委、研究组副主任，国子监国画补习学校校长、中国美术家协会会员。五十年代曾出访印度尼西亚，回国后在中央美院举办个展。

亦十二卷,收藏于家。迨后子孙分析,日久散佚。湘留意搜访,仅得无锡至苏州一卷,又散片三幅,谨装潢成轴,藏诸箧衍。按夏士良《图绘宝鉴》云:"古人画稿谓之粉本,前辈多宝蓄之,矧重以时巡。"盛典集当年名手之长,尤非寻常粉本可比。吾子孙其敬守之,永为世宝。道光八年,岁在戊子二月十八日署东乡县事。小臣宋湘谨识。

宋湘说十二卷粉本都"收藏于家",与"青冰堂主人"的记载有出入,如果十二卷都藏于宋家,怎么可能有四卷藏于怡亲王府,而在清末由信氏收藏,除非当时每卷的粉本并非仅有一卷。宋湘认为这些粉本是由先祖宋骏业延请王石谷等高手绘成,因此各类出版物中,都将南京博物院所藏《康熙南巡图》稿本习惯被定为"宋骏业所作"。该卷后还有一段宣统帝师陆润庠①(1841-1915)乙卯(1915)的题跋:

　　圣祖仁皇帝南巡图粉本为声求宋公奉敕图绘,当时有十二卷,此其一也。后幅另有三截,系散佚之后重装者。润庠入直南斋三十余年,获见高宗纯皇帝南巡十二长卷。卷藏乾清宫,每逢抖晾实录时,辄得瞻阅,其中城郭人物与此略同,而精采过之。云皋表弟宝其先代手迹,如护头目,亦贤矣哉!惟原跋称声求公侍直南书房奉命恭绘,查词林典故,南书房一门无声求公名,府志亦,但称善书画,由康熙十四年乙卯副榜,累官至兵部侍郎,不载入直南斋。原跋或有讹误,或当时偶于南斋敕召,亦未可知。时在宣统乙卯三月,陆润庠谨跋。

---

① 陆润庠(1841-1915),字凤石,号云洒、固叟,元和(今江苏苏州)人。同治十三年(1874)状元,历任国子监祭酒、山东学政、国子监祭酒。以母疾归苏州,总办苏州商务。光绪庚子(1900)八国联军入侵,慈禧太后西行途中,代言草制。后任工部尚书、吏部尚书,官至太保、东阁大学士、体仁阁大学士。宣统三年(1911)皇族内阁成立时,任弼德院院长。辛亥后,留清宫,任溥仪老师。民国四年卒,赠太子太傅,谥文端。其书法清华朗润,意近欧、虞,然馆阁气稍重。

陆润庠认可这卷粉本由宋骏业"奉敕图绘",他还回忆了自己在乾清宫见过十二卷《乾隆南巡图》,与此"略同,而精采过之"。但他对宋骏业"入直南斋"表示质疑。不过,《康熙南巡图》并未藏于乾清宫,而是藏于景山的寿皇殿。①

因此,综合来看,现在我们仍可见到的《康熙南巡图》稿本包括第七、十、十一卷和第十二卷的前半部分。第九卷和第十二卷的后半部分只能从照片中一睹真容。因此,即使是照片,仍具有很高的研究价值,极为珍贵。

其中,第十二卷稿本仅剩半段,中华人民共和国成立后由国家文物局划归故宫收藏。现存的半卷稿本描绘从正阳门到太和殿一段,与正本相较,除卤簿仪仗布置位置不同之外,建筑作镜像处理后,几乎可以一一对应,但通过照片复原第十二卷稿本的原貌之后,发现稿本和副本之间,在立意构思上存在极大区别,因此,通过第十二卷稿本的完整照片与十二卷正本的对比,可以分析《康熙南巡图》绘制过程中的反复斟酌修改,以及对北京中轴线的完整描绘。

二、《康熙南巡图》第十二卷中的北京中轴线

在十二卷《康熙南巡图》中,第一卷和第十二卷为南巡的开端和结束,描绘的都是北京,在功能上来说表现的是皇帝的"出警"和"入跸"。(图4,图5)第一卷从永定门开始,至南苑行宫宫墙结束,除了对永定门城楼的表现之外,几乎都在刻画皇帝出行的卤簿。第十二卷表现从

---

① 寿皇殿曾作为明清两代王朝的宫廷祭祀场所,殿内陈设帝、后御影,每年正旦、清明、霜降、中元、冬至、万寿七祭之时,都要举行盛大的祭祀活动。

永定门外入城,直至太和殿,在长卷中完美地展现了北京南北中轴线的主要建筑和入跸的卤簿。这让笔者想到珍藏在中国台北故宫博物院的明代院本《出警图》和《入跸图》,这是该院尺幅最大的画作,高 92.1 厘米,前者长 2 601.3 厘米,后者长 3 003.6 厘米,单卷尺寸均超过《康熙南巡图》。《出警图》描绘皇帝由陆路出京,从西直门送行的文武百官始,至陵园①止,对皇帝出行的队伍、仪驾、卤簿进行了生动的描绘,画卷展开的方向与队伍行进方向相符,队伍行进体现了“出”。《入跸图》表现谒陵队伍从陵园经水路返回,卷首为从紫禁城和西直门开始,至陵园止,画卷展开的方向与队伍行进方向刚好相反,队伍行进体现了“入”。《出警图》和《入跸图》为人物画长卷,画中人物众多,描绘精细,场面宏伟,色彩绚丽,但山水建筑仅为配景,虽也界画工整,绘制水平颇高,但人与景比例略显失度,其布局也是为了人物活动需要,并未按实际方位进行布局。画中对紫禁城的表现也是从南向北远望,又作云雾萦绕之境,加上因透视关系,南北空间压缩,无法展现紫禁城的具体建筑格局。(图 6)《康熙南巡图》第十二卷第一次用长卷的形式表现出北京中轴线的建筑格局、人们的生活与活动,比明代《入跸图》更为完备,体现出画家高超的构思、界画、人物画功力。但正本和稿本在布局和构图上却有明显的差异。

　　首先,方位完全相反。

　　《康熙南巡图》第十二卷的稿本延续了前十一卷以活动的顺序来展开画卷,因此,卷首从永定门外开始,至太和殿结束,画卷沿中轴线自南向北依次展开。因此,视点是从西向东看,且在东西方向延展的视野

---

① 关于此画表现的陵园,有不同的争议,那志良、林莉娜认为是明世宗谒拜十三陵(见林莉娜《明人〈出警入跸图〉之综合研究》),朱鸿《〈明人出警入跸图〉本事之研究》(载《故宫学术季刊》,2004 年,第二十二卷第一期)认为描绘的是明神宗万历十一年闰二月率后妃至天寿山与西山春祭谒陵。

图 4　王翚等　康熙南巡图（第一卷）　卷　绢本设色　纵 67.8 厘米　横 1 555 厘米　北京故宫博物院藏

图 5　王翚等　康熙南巡图（第十二卷）卷　绢本设色　纵 67.8 厘米　横 2612.5 厘米　北京故宫博物院藏

图 6　明人　入跸图·紫禁城　卷　绢本设色　(全卷) 纵 92.1 厘米　横 3 003.6 厘米　台北故宫博物院藏

更广,基本符合北京城从永定门到太和殿的格局,更接近真实。

正本则延续了明代《入跸图》的构图布局方式,卷首从太和殿开始,画卷沿中轴线自北向南依次展开,因此,视点变为从东向西看。为了表现入跸仪仗的整肃,在东西向延展的视野更窄,对主体对象之外的配景表现更为简略,很多地方以云雾掩映。

正本与稿本的布局方位变化,一方面是为了符合"入跸"的方向性,另一方面也是为了在卷尾空地上布置"天子万年"的人群组合字,为此,还将永定门缩小,有某种象征意味,整个表现更理想化和艺术化。

这种方位的变化,打破了《康熙南巡图》按队伍行进方向铺排画面的惯例,也不利于表现北京中轴线建筑布局令人渐入佳境的设计理念。

相较而言,稿本基本还原了清代北京中轴线建筑格局和设计理念。笔者找到1914年的一张北京地图,几乎可以一一对应。(图7)

卷首,一队人马从郊外飞驰而过,应该是南巡队伍的殿后人马,远处是一处宫苑建筑,可能是南苑行宫,第一卷以南苑行宫宫墙作为结尾,第十二卷的稿本又以此作为卷首,可见最初构思是使十二卷首尾相接。骑行的人马经过一处村舍,一群人赶着马车和骆驼,运送着辎重成群结队而行。队伍向前经过一座石桥,来到巍峨的永定门,这是明清北京外城城墙的正门,也是北京中轴线的起点,位于左安门和右安门中间,是北京外城城门中最大的一座,也是从南部出入京城的通衢要道。(图8)

人马从永定门瓮城进入,经过重檐歇山三滴水楼阁式的城楼,便进入城内。城墙内散布着几间屋舍,紧靠城墙有一座类似镖局的建筑,门口立着兵器架。入城后道路变得笔直而宽阔,道路的东侧为天坛,西侧为先农坛。与此同时,人群也变得越来越密集,人马嘈杂,多匹骡马拉着满载包裹行囊的数辆大车居中,旁边还有骑兵护卫,这应该就是南巡的后勤保障队伍,他们或急或缓,人物虽小,却生动传神。队列之外一队驮着货物的驴队正往城外缓行,迎面而来的便是飞驰入城的皇家后勤部队……似乎南巡的队伍并未惊扰百姓的正常生活,他们或在路旁观看,或继续着自己的营生。人物车马的布置生动自然,呈现出生活的真实。(图9)

稿本对天坛的表现也较为写实,虽然因视野所限,无法描绘圜丘坛、皇穹宇、祈年殿等重要建筑,但对天坛西门及坛墙的描绘颇为写实。天坛有坛墙两重,形成内外坛,坛墙南方北圆,象征天圆地方。

天坛之后便是天桥。这座桥是供天子到天坛、先农坛祭祀时使用的,故称之为天桥。据记载,大约在元代建的天桥,南北方向,两边有汉白玉栏杆。桥北边东西各有一个亭子,桥身很高。光绪三十二年,天桥的高桥身被拆掉了,改成了一座低矮的石板桥。后经多次改建,至1934年全部拆除,桥址不复存在,但是天桥作为一个地名保留了下来。稿本没有正面描绘天桥,正本则有明确的桥体描绘。

再往前便是城南最著名的商业街大栅栏。皇家护卫队伍更为密集,队尾尚未排列成整齐的队列,而是骑马簇拥着向前。前方的队列渐渐齐整,或排列成圆弧形,或排列成一字形,簇拥着向前,最前方有一卫兵手擎曲柄黄色华盖,这是稿本的惯例,以此作为康熙皇帝的象征。

前门大街上各种商铺林立,在每个路口都有木板搭建的围挡,前后都有两个手握皮鞭的士兵把守,将民众与皇家卫队分隔开来,防止有人越过禁区。大栅栏南端路边停放了许多板车,拉货的牛马停下来歇息,三五成群地在石槽中悠闲地啃食草料。(图10)大栅栏前排的店铺都已落下门板,关门歇业,但后排的街道中,人们还是正常生活着。其中一个胡同口,人们被围挡阻拦,自然聚集在围挡之后,一边议论着,一边等待解禁之时,一些店家担心回銮队伍经过太久,干脆搬动门板,准备闭店谢客。这些细节让第十二卷的稿本具有类似《清明上河图》般的世俗情趣。绘成正本时,这些细节全部被删减,而改为云雾和更为井然有序的店铺,对居民进行了较多的删减,以便突显回銮队伍的整肃庄严,更没有持鞭守卫路口的细节表现。(图11)

图 7　北京地图　比例尺：1 比 15 850，天津中东石印局，民国三年(1914 年)

图 8 《康熙南巡图》第十二卷稿本中永定门外

图 9 《康熙南巡图》第十二卷稿本中后勤部队

图 10 《康熙南巡图》第十二卷稿本中大栅栏南端

图 11 《康熙南巡图》第十二卷稿本中大栅栏

北京故宫博物院收藏的第十二卷稿本残卷从正阳门一直到太和殿。我们可以借助这卷残卷更清晰地了解稿本的情况。（图12）快到正阳门时,人马渐稀,十个引导侍卫骑一马牵一马正跨过正阳门前的拱桥。奇怪的是,稿本中并未画正阳门前的牌楼。这与此画高度的写实性不符。

正阳门是明清北京内城的正南门,始建于明成祖永乐十七年（1419年）,是老北京"京师九门"之一。它集正阳门城楼、箭楼与瓮城为一体,是一座完整的古代防御性建筑体系。瓮城中有两座庙,稿本表现了东侧的观音庙,正本则表现了西侧的关帝庙。

穿过正阳门城楼下方的门洞,进入较为宽阔的小广场,正阳门到大清门之间是用石栏杆围成的一个方形广场,手持金马杌、金交椅、金大瓶、金小瓶、金盆、金唾盂、金香盒、金提炉的亲兵次等缓行,前后顾盼,保持着队列。（图12）

过了单檐歇山顶的砖石结构的大清门,就是千步廊,左右各有东西向廊房一百一十间,旧时千步廊是中央政府机关的办公之地,主要是六部、五府和军机事务的办公地。进入千步廊,道路显得相对狭窄,开始排列卤簿,从天安门、端门一直排列到午门,这是正本和副本另一个差异较大的地方。在稿本中,卤簿被分段布置在大清门到午门之间。正本除在天安门前布置了四辂之外,其余都集中布置在端门到午门之间,大清门到端门之间只有少量行进的骑兵,且间距均等。

正本对天桥到永定门这一带的表现是一种虚写,永定门成为云雾缭绕中一个小小的城楼,而在楼内的空地上,由士民工商、老弱妇孺组成的"天子万年"四个大字,仪式性更强。稿本则如《清明上河图》一般表现了市井百态,即使庄严的皇家仪仗中也不失轻松活泼的小细节。

与其他存世的稿本相比,第十二卷稿本的制作也更深入,建筑界画工整,人物不仅有具体生动的动态,甚至连表情都有刻画,不同于其他卷稿本只是概略勾勒人形作为示意。很可能作为回銮图,是皇帝重点审查的一卷。另一种可能就是画稿可能分为一稿、二稿,甚至更多。一稿略,越往后越深入,越具体。

《康熙南巡图》第十二卷的正本和稿本对于中轴线的建筑的描绘,无论是正本从北往南展开,从东往西观看,还是从南向北展开,从西往东观看,都利用了长卷的长度,建筑采用37度左右的平行透视,既完整展现北京中轴线整体布局和建筑格局,又完美展现了单体建筑的细节。比较而言,《皇都积胜图》和明代的《宫城图》失之简率,明人《入跸图》和乾隆年间徐扬所绘《京师生春诗意图》(图13)虽绘画水平高超,但限于尺幅及构图,南北方向压缩严重,无法展现北京中轴之美。

三、《康熙南巡图》中的大驾卤簿

虽然第十二卷的稿本基本还原了清代北京中轴线建筑格局和设计理念,但稿本的设色浅淡,人物几乎为白描,画中对于卤簿的刻画尤其简略,要真正领略清初卤簿之盛,还是要欣赏正本。

卤簿是中国古代帝王出外时扈从的仪仗队,最早由仪卫扈从演变而来。蔡邕曾记载:“天子出,车驾次第,谓之卤簿。”唐封演《封氏闻见记》卷五:“舆驾行幸,羽仪导从谓之卤簿,自秦汉以来始有其名。”汉代以后,后妃、太子、王公大臣皆有卤簿,各有定制,并非为天子所专用。卤簿一词虽最早见于汉代,其实《周礼》已记载了天子的仪仗队。之后累代相沿,每有增补。到唐宋时期最为繁盛。宋神宗时,皇帝的大驾卤簿,用人多至二万二千二百多名。

图 12 《康熙南巡图》第十二卷稿本残卷（从正阳门到太和殿） 北京故宫博物院藏

图 13　徐扬　京师生春诗意图　轴　绢本设色　纵 256 厘米　横 233.5 厘米
北京故宫博物院藏

　　清朝的卤簿,承袭明制,虽有所削减,但康熙也约用三千多人。清朝前期,卤簿制度有所变动,至乾隆初年才规定下来。据光绪年间编纂的《大清会典》规定,皇帝的仪仗称卤簿,皇后、皇太后的称仪驾,皇贵妃的称仪仗,妃、嫔的称采仗。皇帝的卤簿有几种,如大驾卤簿、銮驾卤簿和骑驾卤簿,用处各不相同。

　　《康熙南巡图》中画的是当时的大驾卤簿,其设置虽与后来的定制有所不同,但大体规模已经具备。万依对《康熙南巡图》第一卷中的卤簿进行了分析。[①] 笔者对比第一卷和第十二卷,发现卤簿的规模相同,只是布置的位置和方式不同,因此借鉴万依之文并参考中国博物馆收藏的乾隆年间的《大驾卤簿图》(图14),对第十二卷的卤簿分布分析如下:

　　第十二卷是"入跸",因此,正本的卤簿从午门开始布置,一直到大栅栏一线,整齐地排列在御道两旁,钟鼓齐鸣,逶迤数里。

　　太和门之前,停放着一座三十二人抬的圆金顶礼轿,等待皇帝的归来。大驾卤簿的主体则布置在午门与端门之间。(图15)

　　第一组为伞20对,包括黄色圆伞8对,红色圆伞2对,白色圆伞2对,青色圆伞2对,黑、紫、红色方伞各2对,每种伞上分绣龙纹和花卉纹。

　　第二组为扇20对,包括黄色圆形伞10对,红色圆形伞8对,彩色方形伞4对。

　　第三组为旛、幢、麾、氅、节等,共23对。

　　第四组为各种旗、纛共109面,每旗各有名目。

　　第五组为金钺、星、卧瓜、立瓜、吾杖各3对,御杖4对。

　　第六组为乐队,依次为鼓24面、杖鼓4面、板4串、龙头笛12枝、鼓24面、画角24枝、金钲4面、小铜号8枝、大铜号8枝。中间有四人

　　① 　万依:《〈康熙南巡图〉中的卤簿》,《紫禁城》1980年第4期,第21页。

俯身敲金。

第一组和第二组之间,第二组和第三组之间及乐队之尾各有一对引仗,乐队中穿插了三对红灯。

午门东西雁翅楼下布置有导象4头,宝象5头。导象不加羁饰,宝象则装饰华丽金装络首,饰以杂宝,画草为鞯,各负金宝瓶一。象旁为驯象的校尉。

午门和端门之间,仪仗队后排整齐站立文武百官,静穆地迎候圣驾归来。

皇帝的随行队伍进入端门,从端门依次展开,一直排列到正阳门外。

前导部分是骑马的亲军,分别执擎和佩戴方天戟2对、豹尾枪20杆、弓箭20幅、大刀20把。后面紧跟着皇帝使用的金八件,分别是:金马杌,金交椅,金大瓶,金小瓶,金盆,金唾盂,金香盒(1对),金提炉(1对),拂尘(1对)的亲兵,随后10个亲兵牵着10匹白色御马。(图16)

这部分人马以一定间隔依次缓缓行进,布置极为疏朗,唯有天安门前人马稍多,陈列大辂一乘、玉辂一乘,旁各有驾辇象一头及驯象的校尉数名。另有大马辇一乘、小马辇一乘,旁有驾辇白马各八匹及校尉数名。

跨过正阳门护城河上的石桥,一座华美的木牌坊立于御道之上,十个穿黄马褂的亲兵带着弓箭策马而来,他们相互顾盼着,保持队形。一个红衣校尉手擎九龙曲柄黄华盖走在队伍中间,二十人的乐队鼓乐齐鸣(分别为云锣、管、笙、笛,另有三人抬着大鼓,另一列中最后一人手持拍板)。康熙皇帝乘坐八抬玉辇缓缓走来,前面有一亲兵骑马擎曲柄黄华盖引导,身旁身后有十名着黄马褂的亲兵护卫,紧跟着的,是两列成"一"字的亲兵,之后便是众多扈从南巡的亲王、宗室、觉罗、内大臣、侍卫和中央各部、院、府、寺及军队的官员,队伍一直绵延至天桥附近。

图 14　清代宫廷画家　大驾卤簿图(局部)
卷　纸本设色　纵 49.5 厘米　横 1 690 厘米
乾隆十三年(1748)　中国国家博物馆藏

图 15 《康熙南巡图》第十二卷正本中午门前的卤簿

图 16 《康熙南巡图》第十二卷正本中正阳门前

　　稿本中的卤簿排列大致与正本相似，但陈列位置有较大差异。稿本前六组伞、扇、旗、纛、乐队等并不集中在午门和端门之间，而是从午门一直延展到天安门前，甚至连天安门前的金水河上的石桥上都排列有乐队。五辂、导象和宝象则陈列于千步廊之前。究竟正本和稿本谁更符合历史的真实，有待史料的进一步发掘。

　　综上所述，《康熙南巡图》第十二卷稿本和正本存在巨大差异，说明该画在创作过程中经过反复斟酌与调整，其中有皇帝的喜好，也有礼部官员对于皇家礼仪的规范，而描绘这卷体现北京中轴线建筑之美和众多人物的恢宏巨制，也不可能是王翚一己之力，而是众多擅长界画和人物的宫廷画家的共同结晶。

吕　晓　北京画院理论研究部主任，研究员。

文化误读、自我表达和艺术创新

刘晓真

就 2020 年年会主题"文化自觉和中国叙事",笔者认为其内在逻辑在于:有了交流对象的存在,便有了表达主体的自我意识,进而上升到国家的文化自觉。同样,有了交流对象的存在,便有如何交流的问题,即如何进行有效的自我表达来完成文化上的中国叙事。认识到这两层,便有了分析文化现象和提出文化策略的重要前提,那就是跨文化交流。

在跨文化交流当中,无论是交流的个人还是民族群体,都有各自的性格、习惯、偏见、习俗和价值诉求,无论是天生的还是后天习成,这些差异都会自然地成为交流双方产生分歧的客观原因,由此引发的文化误读,是经常发生的事情,是必须面对的常态。在这个基本认识下,笔者试着提出两点:第一,为了不让文化误读加深,为了中国的文化叙事不落入自说自话的尴尬境地,让交流对象更加深入地认识和接纳中国文化,并实现有效对话,就显得尤为重要;第二,正确看待文化误读现象,将其中的思想碰撞视为艺术创新的契机和能量,在跨文化交流的背景中,彰显文化自觉的立场和中国叙事的积极意义。

关于第一点,之所以会有这个年会主题,笔者认为源自文化误读所激发出的内心深层的文化焦虑。这种焦虑来自实际发生的不被理解和要求被理解的愿望。但是,比焦虑更重要的是如何让别人接纳。我将"文化自觉和中国叙事"替换成自己的理解和说法,就是"自我认识和如何交流",或者"自我认识和如何表达"。

创作也好,学术交流也好,交流的目的在于让对方明白自己要表达的内容,但交流的方式和态度往往影响交流的效果。因此不必急于表达要说的内容,心平气和地用对方能够接受的方式,让对方明白自己的文化身份以及背后的立场才是首要的。而很多情况下,文化叙事人往往过于强调自我意识,带着过于强烈的主观情绪,其实容易让交流对象产生某种排斥感。中国传统士子的儒雅风范,能够提供一种沟通的方式和风格。当然传统不仅仅是经史子集,还包括五四以后的传统等等,但是,恰恰经史子集的教育对当下年轻人来说还是很缺乏的,特别缺乏那种人文化成的修养。有了对传统文化的真正回归,积淀出真正的文化自觉和道德修养,便能够在跨文化交流中,水到渠成地实现从容自如的自我表达。

同时,与上述紧密联系的是,如何了解交流对象的思维逻辑和文化积淀,站在对方的角度考察文化误读发生的条件和原因,在此基础上找到真正能够传达意涵的交流方式,进而传达中国文化的价值观,有效实现中国叙事。以舞蹈为例,国外的同行在看过"中国古典舞"训练后,认为它是以芭蕾的训练为基础的,不认为这是中国的古典舞。对于西方人而言,古典舞就是历史上从未断过文脉的舞蹈遗存,不应带有当代人创新的成分;对于中国人而言,在精神上续接古典精神和文化意蕴的舞蹈建构,同样是古典舞。笔者认为这种争论是一种文化价值上的争论。我们所说的中国古典舞符不符合西方人的观念标准,并不重要。阐述中国对于古典精神的活态认识和建构实践,以及背后的价值诉求,让西方人明白它在中国起到的历史作用,才是重要的。重点不在于交流对象是否接受,而在于在交流中是否实现充分表达,这也是慢慢解开误读的基础。

关于第二点，我认为文化误读是激发创作能量的一个自然过程。

笔者曾参加过一次国际舞蹈学术和创作交流活动。这个活动的参与者有来自各国（包括中国）的学者、编导、演员，大家被分成不同的组，组内包括中方外方的学者和编导各一人，总共四人的小组有若干个，不同小组有不同的创作主题。在持续几个月的活动中，我以学者身份参与其中，除了观察组内各个成员的创作，也在观察其他组的国内外学者和编导。国外编导和学者对中国编导的评价，以及国外编导对中国演员的运用，让笔者强烈意识到文化之间的差异性，而恰恰是不同成员间的文化差异，天然带来的文化误读，让创作处处充满了灵感，激发了同质文化中无法产生的奇异效果，充分显示了文化创新的气质。

笔者接触的一位英国编导，创作的作品名为《北京人》。他在英国就是用莎士比亚的文学启发演员的，因为更有画面感，他便用同样的方法，用中国文学来启发中国演员的灵感，让他们在自己熟悉的文化经验里生发动作。英国编导先后用唐代诗人柳宗元的《江雪》、当代作家曹禺的《北京人》片段、宋代词人辛弃疾的《村居》、当代诗人徐志摩的《别拧我，疼》、演员自己创作的诗歌来启发动作，并要求演员只对文学文本中的字做出反应，而不是用动作来图解文学的意思（physical response on the words，not meaning of sentence）。其创作有一个很清晰的程序：第一，演员根据文学文本做出动作；第二，将不同的人的不同舞段打碎重组，出现调度画面；第三，与二同时进行，选择音乐试效果，确定不同舞段的音乐；第四，组合各配乐段落，形成完整作品。文学文本是进入、启发动作的途径，动作的指向性也很明确，但接下来会被赋予另外的环境，比如音乐，这样便产生了其他意义。

这位英国编导要求对文学文本意义进行剥离，之后在动作重组中配上相同质感的音乐，使动作意味发生变化，犹如我们从日本的文字中仍然可以看到中国文字的影子，但它已经承载了另一种文化的意义。

所以,他这种做法隔离了文学文本构成的形象、意义和意境韵味,实际上已经是在技术层面上消解文化的正确解读,以实现形式上的创新。

因为演员表演的现场效果很好,《北京人》在观众中反响很大,但是很多人不明白: 这个名字和作品内容到底联系何在? 既看不到曹禺笔下的人物,也无法辨识所身处的这个城市里的人的特征。因为中国观众对自己的文化很熟悉,也顺从一种认知的惯性,所以舞台上发生的一切带有"陌生化"的效果。但作为局外人,这位英国编导所选择的文学文本,所选择的演员生发出来的动作,所编排制作出的作品就是他笃定的《北京人》,这就是他的表达。

在建立巴别塔而获罪于上帝之后,人类在语言和种族的隔阂中无法沟通,当人们希望通过情感和艺术的形式来抹平交流的鸿沟时,我们依然会发现不同文化背景下的价值判断所产生的错会和误读构建了另外一座巴别塔——这个不同思维方式碰撞后所映射出的镜像,构成了全球化中文化交流中的景观,也为保留多元的文化样式提供了有效机制。在舞蹈创作中也是如此。

当舞蹈编导们穿越文化载体和遗产的时代和地域界限,去寻找创作灵感和材料时,他们把形式的意义发挥到最大。也许没有了西方的、东方的、古典的、现代的界限,但是我们依然能够看到流动于身体的文化印记,它会在文化交流的过程中起到至关重要的作用,标示世界存在的多样性。那么在这个过程中,需要重视的是什么呢? 我曾经接触过一个编导,他对中国舞者有一个非常内在而隐秘的认识,但又非常实在。他说中国舞者对气息的运用好贯通啊,整个身体的表达是西方演员无法实现的。他所说的无法实现的东西,不仅仅是力量、软度、芭蕾训练出来的那种演员所具有的四肢延展性,而是中国文化体现在演员身上的东西。中国古典舞为什么能够把演员训练得那么气息贯通? 因为背后还有太极等这类中国身体文化的内容,但这些内容是隐性的,恰恰又是陌生的眼光能够一下抓住的特点。

　　基于这样一个基础,我们再来看,林怀民、沈伟为什么能够在国际舞台上立足,并获得那么大的跨文化观众群? 就是因为他们背后的那种训练体现的还是中国文化对身体的影响,他们的作品和演员都有对气息的运用和表达,所以才让他们的作品跟西方舞蹈有文化气质的差异性。这种差异性未必是通过学院的训练能够得到的知识性认识,而是隐性的文化体悟。

　　总而言之,由文化误读所带来的一系列深层问题——自我表达方式、自觉意识如何体现、中国叙事如何有效、文化差异中的艺术创新等都是值得剖析和再认识的,这也是"文化自觉和中国叙事"不可回避的前提和基础。

刘晓真　中国艺术研究院舞蹈研究所副研究员。

2020·北京青年文艺评论
人才读书研讨班

3D 版《功夫》：周郎已去，大师归来

包 磊

1998 年，标榜爱情+灾难的史诗巨制《泰坦尼克号》仰仗政策导引和商业谋略，不失机缘地创造了 3.6 亿元的国内票房神话（占当年总票房的 25%）。十几年后，当卡梅隆把这一国人心中的永恒经典转制为 3D 版本上映时，习惯了"才子佳人有缘无分"的中国观众仍然按捺不住重温经典的心情，欢畅淋漓地掏出了 10 亿元的红包以奉"卡神"。与之相应，2004 年，周星驰导演的《功夫》凭借大陆贺岁档的振荡重生以及铁杆"星粉儿"的慷慨解囊，以 1.7 亿元的市场表现急速拉升了当年国产电影的平均成绩。而在十几年之后的今天，号称中国首部裸眼 3D 的《功夫》再次映入观众眼帘，虽然目前预判其能否再续票房神话为时尚早，但从影院的人头攒动和朋友圈的催泪推送来看，周郎还是傲视群雄，星爷依旧是"喜剧之王"。

就《功夫》本身来讲，它表面上似乎脱离了周星驰电影的原有叙事轨道与影像达成机制。在以往，不管是周星驰主演还是导演的作品中，鲜明的个人印痕无处不在，尤以所谓的"无厘头"的癫狂搞怪最为突出。但是在《功夫》中，这种惯用的手法似已销声匿迹："阿星"的人物设定让位于颇具正剧特征的沉稳风格，内敛之中的张狂反而让人耳目

一新,"无厘头"的言语机制业已转变成卓别林式的肢体动作,而根源则在于对许冠文兄弟喜剧的模仿。但从另一个层面上讲,这部电影也仅仅是角色"阿星"不再"无厘头"而已,其他角色却时时处于"无厘头"的势能之中。斧头帮琛哥的乖张暴戾、师爷的投机取巧、包租婆的飞扬跋扈寓于影像的传移摹写之中,都是这一风格的潜隐与重构,只是替代"金牌绿叶"吴孟达的"跟班"林子聪稍嫌稚嫩。而那些堪称经典的台词"警恶惩奸维护世界和平这个任务就交给你了,好吗?""你们这么多事儿干吗? 下雨了,赶快回家收衣服!""你有没有公德心呢! 街坊们不用睡觉了? 人家明天还要上班呢,滚开!"依旧让观众忍俊不禁,心领神会。所以,《功夫》之于"无厘头",只是周星驰的策略转移,它依然延续了周星驰电影的一贯风格。

但是在一贯风格之外,我们还是能看到周星驰的改变,不单是照顾到大陆观众的审美视界,也基于哥伦比亚资本的全球运作。纵览周星驰的创作历程,不论在投资规模还是制作程度上,《功夫》都应该是他最用心的一部。从影片的叙事动机和情节结构上讲,它似无太多过人之处,无非是在讲述黑帮横行的年代,一个底层青年(抑或小男孩)功夫梦想的达成与唯美爱情的实现,于是功夫梦+爱情戏理所当然成为这部影片的精神内核。但从深层来看,《功夫》的精神内核相较周氏以往的影片,更显理性、成熟与完满。

周星驰从不否认自己心中的功夫梦,并一度将李小龙作为精神偶像,在自己的影片中顶礼膜拜,于戏仿中致敬。从早期的探索之作《一本漫画闯天涯》的星仔、《逃学威龙》的周星星,中期风格稳健的《鹿鼎记2神龙教》的韦小宝、《国产凌凌漆》的阿漆,及至后期广纳百川的《大内密探零零发》中的零零发、《少林足球》的少林队门将,都可以看到李小龙的潜影和武侠功夫的践行。当然,这些作为功夫化身的角色,也仅仅是一个助力影片主题表达的符号能指,他们虽然参与了影片的叙事进程,却从未开掘出"功夫"本身的所指意涵。也就是说,在这些影片中，功夫以及偶像的潜影并不能成为真正的主题意旨自由地抒发，无拘地生长。恰恰是到了《功夫》中，传统功夫以及超越其上的武侠精神成为影片叙事的重心：它采取了一个游戏化的叙事外壳，以都市中隐藏的武林高手的打斗为线索，将侠客间的晋级程式当作紧密的情节链条，层层推进，步步为营，直至推出"万中无一的绝世高手"，顺理成章地结束这个游戏。在这其中，洪家铁线拳、五郎八卦棍、十二路谭腿、六式古筝法与龙爪纤指手、太极八卦掌与狮吼功、蛤蟆功都在如来神掌这一"从天而降的掌法"中败下阵来。而《功夫》的高明之处就在于不仅扣合打怪升级的游戏特征和香港功夫喜剧的类型元素，还将儒家文化的道义承担、道家文化的超脱世外、佛释文化的浮屠转世等理想人格集于一身，让一个生计郁郁误入斧头帮的小混混反转成为世界的拯救者与道义的承担者，配合设计精巧的打斗场面、醒目灼人的人物造型、张弛有度的音乐音响，无疑更能打动观众的心灵深处。

爱情戏从来都是周星驰电影的叙事重心与影片主旨。周星驰在接受采访时曾坦言，这些年自己拍的都是悲剧，只是人们当成喜剧看了。从早期《赌圣》《家有喜事》《唐伯虎点秋香》等对于性感女神的狂热迷恋，到《大话西游》《喜剧之王》中对于一生所爱的执着探寻，再到《功夫》中展开唯美爱情的瑰丽想象，追随周星驰，我们也在似曾相识中体味到人世情爱的阴晴圆缺以及弥漫其间无法释怀的凄凉苦楚。多年之前，网络非线性的碎片化传播将"曾经有一段真挚的爱情摆在我面前……"误读为浪荡青年的癫狂噱头，在一笑而过之后也就遗失了"我的意中人是个盖世英雄，有一天他会踩着七色云彩来娶我，我猜中了前头，可是我猜不着这结局"的真正含义。当周星驰从一个配角、一个笑星、一个导演蜕变成一个作者、一个大师的时候，他逐渐抛开了之前的遮遮掩掩和欲语还休，开始以自己的方式讲述人生感悟，爱情无疑是重中之重。在周星驰执导的电影作品中，几乎每一个漂亮的女演员都被他"化神奇为腐朽"，塑造成活脱脱的近身丑女，即便在《功夫》中，黄圣依饰演的清纯玉女"芳儿"也是一个先天残缺的哑女。这样的角色设定,周星驰从来没有透露过真实的意涵。或许,我们可以借用《倚天屠龙记》中殷素素临终之言"越漂亮的女人越会骗人"来曲解,毕竟抛却这些丑陋表象之后,在每部影片的结尾,这些"无敌的丑女"却也获得有情人的青睐,与之终成眷属。而在时过境迁之后,当内地的京沪广深也置身于香港的后现代都市文化图景之时,面对曾经的搞笑巅峰之作,在明白了香港商业电影的娱乐本体还蕴藉着人事无奈和世间心酸之后,我们却无法再次肆无忌惮地傻笑,至少已是笑中带泪。

从《功夫》的空间维度和身份特征来看,它展现的是二十世纪四十年代上海底层社会和黑帮政治的文化想象。在猪笼城寨、租界大街和废弃危楼这些密闭的空间之内,民国上海与殖民地中国的社会景观一览无余。身处其中,更会让人联想到始终找寻身份认同的港九社群。从文化母题上来讲,《功夫》仍然关涉一个"寻找"的指向,不只是寻找真正的绝世高手,寻找黑暗社会的良善人性,也是在找寻香港迷失的身份,这种寻找的困惑尤其在经历"九七"情结的港人心中弥散。一旦无法将这种郁结排遣心外,拍摄怀旧电影就成了理所当然又行之必要的事情了。怀旧电影看上去是把我们带入了某段过去的"历史之中",然而按照杰姆逊的观点,怀旧电影并不能捕捉社会现实的历史性,取而代之的是一堆色泽鲜明、具昔日之风的图像。也就是说,怀旧电影所提供的仅仅是对于过去的模仿。从这一点上来讲,《功夫》显然深谙怀旧的意味,而3D《功夫》的推出,更是怀旧中的怀旧。这样一来,《功夫》中后殖民地的文化景观与当代中国后现代的社会现实以及双重怀旧的叠合,无疑深契内地观众的审美旨归和精神理想,当观众读懂了周星驰电影,逃离压抑的社会空间,奋不顾身地冲进影院以求得暂时的慰藉和解脱,也就自然而然无可厚非了。

当然,人们对3D《功夫》翘首以待的另一原因,还在于观众对中国电影市场的失望与期待。所谓失望,几乎每个观众都能体会到,处在急剧膨胀和深度调整之中的当下中国电影,鱼龙混杂的情况虽然在所难免,却丝毫不考虑观众的感官认知和审美底线。当观众的智商被一部部《富春XXX》《不X神探》《XX去哪儿》《X时代》所侮辱,除了刨肝弃胆之后的天旋地转、呕心沥血完的仿若升仙外,没有人能先知般地指出下一部好电影在哪儿。这正如《大话西游》中,唐僧无耻地吟唱《Only You》,如果观众是至尊宝,也定会说出"O你妈个头！你有完没完哪？我已经说了不行了,你还O,完全不理人家受得了受不了你,你再O,我一刀捅死你"！现实中,我们却根本无法阻止这些"烂片"的逆生长。而所谓期待,还源于周星驰电影在大陆上映以来,从无败绩,况且2D版《功夫》的超高票房也有力支撑3D版的观影市场。观之3D版本后,其制作水平虽说仁智各见,但最次也能等同于不久前刚上映的3D版《一代宗师》,比之早前转制3D的《2012》更是不知道要好出多少倍。有一瞬间,当影片中的斧头朝观众砍来时,效果的逼真程度不亚于传说中卢米埃尔兄弟放映《火车进站》时观众席误以为真的恐慌与骚动。

从影像本体上来看,3D作为一种技术美学,更多地指涉好莱坞工业体系和科技程式,在习惯了变形金刚式的耳鸣目眩后,观众又会生发出对于电影艺术本体的期待。在中国,观众受制于传统美学与现代文化的割裂,很难找到确切符合自己文化品格的影像产品,但是观看一个感动人心的好故事始终是观众走进电影院的最基本诉求。当然是不是裸眼3D,这并非铁杆星粉们风雪无阻地冲向影院的最大由头,他们更关心的是周星驰以及《功夫》能给他们带来什么。

在中国内地,周星驰的粉丝大多是如今业已成家立业的80后(当然,少数大龄青年除外),他们是中国最为"焦虑的一代"：在度过无忧无虑与回身是梦的童年之后,无论求学还是"混社会",大同小异的成长都被置放在急剧转型的社会阵痛之中。当他们凭借着一无所有的励志勇气和无知无畏的年少轻狂,肆无忌惮地冲撞触手所及的规则和体制,终归头破血流之后,环顾四周,却无人能够捧出真心抚慰他们伤痕累累的内心。在苦闷、迷茫、于无声处哭泣之后,重新找寻自己的身份特征和信仰的价值体系,正是进行自我定位和回到精神家园的无奈选择,而周星驰的一路艰辛却在平行时空中暗合这代人的心路历程,而在十几年后重新开画的 3D《功夫》,以怀旧电影的形式,更能投射出这种梦想与现实的距离。

所以,只有当真正读懂了周星驰,我们才可寻迹所谓雄州雾列,俊采星驰;只有真正读懂了 3D《功夫》,才可探赜何为周郎已去,大师归来。

中国电视喜剧综艺的历史变迁与创新特色

陈　寅

电视喜剧综艺是中国电视较为成熟的综艺节目类型,近年来也涌现出众多"现象级"电视喜剧综艺节目。喜剧综艺节目的类型还进一步细分化、垂直化、融合化,成为电视艺术创新的一支重要力量。

而纵观中国电视喜剧综艺的变迁,不断探索和创新喜剧的电视化呈现形态与表达方式,并在日新月异的媒介环境中,实现喜剧艺术与传媒艺术、技术的深度融合,是一条重要的历史演变线索,也是我们观察和研究中国电视喜剧综艺的一个关键视角。

一、孤立的个案:"笑的晚会"与电视喜剧
综艺的早期探索

回溯中国电视的发展历程,从中国第一家电视台——北京台(现"中央台")试验播出第一天的节目单上,我们便能看到文艺节目的身影。其后,电视台也常播放相声、笑话等喜剧节目。但真正意义上的电视喜剧综艺节目的发展,则要从电视晚会的开办说起。

二十世纪六十年代,中国电视文艺取得新的发展契机。与之背反的是在五十年代末六十年代初,中国遭遇三年经济困难时期。1961年,在困难时期进入尾声之际,党的文艺政策开始必要的调整。1961年6月,中宣部在北京召开全国文艺工作座谈会,其后提出进一步贯彻执行"双百"方针、批判地继承民族遗产和吸收外国文化等八条意见,称作"文艺八条",为文艺界吹来一股清风。

随着党的文艺政策的调整,"严肃"的电视文艺开始出现松动。就在1961年至1962年,北京台连续举办了三次"笑的晚会"。1961年8月,首次"笑的晚会"邀请了来自北京和天津的相声演员表演相声,引发观众的广泛关注和欢迎。次年,又继续推出第二次和第三次《笑的晚会》。纵观三台晚会,节目类型以相声为主,也包括话剧小段、独角戏、洋相和笑话等喜剧类型。

相较以往的文艺晚会,"笑的晚会"鲜明地亮起"笑"和"联欢"的牌子,充分考虑到观众的文艺需求,搭建起"茶座式"的互动对话空间。① 晚会在多重力量的博弈中,选择了用单纯的娱乐、健康的笑声活跃人民群众的精神文化生活;同时,也对喜剧艺术的电视化呈现进行了较早的探索,"它试图突破社会上现有文艺节目的局限,创作适于电视演播的喜剧节目"②;对日后电视晚会的影响深远,"以相声、小品为骨干的春节联欢晚会从内容到形式都脱胎于'笑的晚会'"③。

六十年代困难时期的这珍贵"笑声",在一个特殊的历史阶段,实验性地打破了以政治宣传为指向的文艺演播模式,建立了以艺术规律和电视化呈现为重点的电视文艺节目创作原则,为二十年后真正联欢

---

① 陈寅:《央视春晚"传播仪式观"形成动力研究》,重庆:西南大学,2012年,第28页。
② 赵化勇主编:《中央电视台发展史(1958–1997)》,北京:中国广播电视出版社2008年版。
③ 郭镇之:《中国电视史》,北京:中国人民大学出版社1991年版。

的开始进行了节目预演和心理铺垫。①

二、艺术的融合：综艺晚会时代电视喜剧综艺的成熟

"笑的晚会"所营造的电视文艺民主与轻松氛围并没有维持太久。直到改革开放后，喜剧艺术与电视艺术才共同迎来大有可为的时代。1983 年，央视首届春节联欢晚会开播。为突显"联欢"色彩，导演组邀请相声演员马季、姜昆师徒担任晚会主持人和策划，他们巧妙地将相声技巧和喜剧风格融入节目的串联中，突破了以往的报幕模式，让晚会的喜剧性、互动性、结构性等因素全面增强。同时，整台晚会的喜剧类节目达 12 个，占到节目总数的四分之一，囊括相声、小品、哑剧、独角戏等喜剧形式。这一时期，喜剧艺术在电视综艺晚会中找到了艺术创新发展的媒介平台，喜剧艺术与电视艺术的融合发展和互相影响也成为艺术与传媒界的重要现象。

（一）小品在电视晚会上的创新发展

在诸多喜剧艺术形式中，小品是晚会喜剧节目中数量最多的类型，也是少有的在综艺晚会的舞台上逐步成长成熟的原发节目类型之一。"小品"原多指佛经简本、散文杂文等文艺体裁中的短文等。而晚会中的小品实为微型的戏剧表演。在其后的发展中，小品逐渐等同于喜剧小品，成为名副其实的中国特色的喜剧艺术品类。

作为年轻的喜剧艺术形式，小品天然地从戏剧戏曲等舞台艺术、

---

① 陈寅：《央视春晚"传播仪式观"形成动力研究》，第 28 页。

相声等曲艺艺术和外国幽默艺术中萃取精华,同时适应了现代人快节奏、碎片化的媒介接触习惯及渴望放松休闲的娱乐心态,以其瞬间的爆发力、短时的闪光点与情绪的感染力打开了一扇表现真实生活、传递喜剧魅力之窗,迅速成为中国现代喜剧的标识性艺术。而小品与电视艺术,特别是晚会艺术的相遇,更促成了其彼此融合与相互影响。

央视春晚是喜剧小品孕育成长的重要基地。出现在春晚的首个真正意义上的小品是由斯琴高娃、严顺开表演的《逛厂甸》(1983)。但早期的小品在艺术定位上还不是非常清晰,这首先反映在创作者对小品名称的误用上。哑剧、独角戏等艺术形式,在当时也被主办者称为"小品",比如王景愚的哑剧《吃鸡》、严顺开的独角戏《阿Q的独白》等。在《吃鸡》表演结束后,主持人姜昆向大家解释:"无实物表演,这是话剧演员作为形体训练的基本功。"看来,当时的"小品"实为从戏剧专业练习中挪用的实验性节目类型。[①] 八十年代中后期,陈佩斯和朱时茂在春晚上连续推出《吃面条》《拍电影》《羊肉串》等多部小品作品,助推小品的喜剧性定型和表演风格化,为小品的电视化奠定了重要基础。

此外,喜剧小品的发展还与东北喜剧艺术有着密切关系。自赵本山于1990年以小品《相亲》在春晚舞台上一炮打响后,越来越多的东北籍笑星陆续登上春晚舞台,形成春晚小品的一支强大阵容。除了方言喜感外,浓厚的东北文化也孕育出独特的小品艺术风格,特别是二人转艺术对其影响颇深。[②] 在春晚舞台上,潘长江和阎淑萍主演

---

① 陈寅:《央视春晚"传播仪式观"形成动力研究》,第52—53页。
② 二人转是东北地方戏,基本形式是一男一女,即一丑一旦,身着艳丽服饰,手持扇子、手绢,边说边唱,且歌且舞。虽然二人转归属于走唱类曲艺,但它也融合了"说"的艺术表现形式,当二人转演员化身为人物,其实也是东北民间的一种行为极为简单的戏剧。经过电视化的改造和融合,二人转及其拉场戏逐步演进为具有东北风味的喜剧小品,这也是电视喜剧综艺发展的一个特有现象。

的小品《过河》便是电视小品、二人转、流行音乐等艺术的深度融合之作。

可以说,小品在晚会舞台上的大量实践,使其逐渐适应了晚会的节奏和结构,成为晚会重要的支撑性节目资源。有的晚会甚至以小品情节或人物来组织结构、推进节目进程,如2000年央视春晚便首次打破主持人串联方式,以演员的情节演出来串联几大节目版块,使晚会节目浑然一体,令串联环节也融入了喜剧性。同时,由于小品在各大晚会中的需求量日益剧增,面对大量的节目需求,很多创作者缩短了体验生活、积累创意的过程,追求快速效应,令很多小品作品成为应景之作或是半生不熟之作,缺乏品位和深度。

(二) 相声的电视媒介转化与创新

作为中国传统艺术和非物质文化遗产的代表之一,相声也在与电视的融合中创造性地转化为适应电视综艺发展规律与特点的艺术品类。特别是相声作者与演员在电视综艺晚会创作和表演中,不断探索适合电视演播的表演与呈现方式,形成了诸多艺术创新成果。

相声名家马季较早倡导为适应传媒环境的新变化,按照电视的规律与特点创作相声作品,同时借鉴戏剧形式适当拉开表演空间,增添表现手段。1984年春晚,他创作和表演的《宇宙牌香烟》便以"晚会相声""电视相声"的新姿态,突破了传统相声的表现方式。

相声演员姜昆与作家梁左合作,以"大众通俗喜剧"为特色,在"歌颂"与"讽刺"的创作矛盾中找到了一个平衡点,用看似市井百姓式的幽默与调侃,妙趣横生地深挖转型期社会百态,达到了春晚等电视晚会在特殊时空背景下的节目诉求。

相声演员冯巩也是"晚会相声"的积极探索者,如与牛群搭档时期,活用相声中的"子母哏",淡化捧逗界限,透过激烈争辩组织包袱,很好地契合了晚会的联欢氛围。而后又开始"化妆相声"的尝试,但表现形式开始趋近"小品"。

(三)晚会的延伸:综艺栏目和电视大赛中的喜剧艺术

伴随着电视的繁荣,除以"央视春晚""曲苑杂坛正月正晚会""央视元旦相声小品晚会"等为代表的文艺晚会外,常态化的《综艺大观》《曲苑杂坛》《周末喜相逢》《笑礼相迎》等综艺栏目,央视全国电视相声/小品大赛、北京喜剧幽默大赛等电视喜剧大赛,也挖掘、打造和培养了许多喜剧表演和创作人才(特别是对青年、女性、少数民族和地方非专业喜剧演员的挖掘和打造),诞生了众多经典作品:如《综艺大观》的"开心一刻"喜剧版块中的相声小品、"奇志碰大兵"系列相声、"咱们的居委会"系列小品,《曲苑杂坛》的"洛桑学艺""懒汉糖葫芦""聪明的剧务""新疆妹买买提"系列喜剧节目等;而观众耳熟能详的小品/影视演员刘劲、孙涛、邵峰、林永健等,相声演员周炜、贾玲、高晓攀、苗阜等都是从电视相声/小品大赛中脱颖而出的。

三、多元的探索:综艺秀时代电视喜剧
综艺的升级拓展

以《快乐大本营》《超级女声》《中国好声音》等节目为标志,中国电视综艺节目自二十世纪九十年代中后期到二十一世纪头十年,进入了丰富多元的"综艺秀"时代,电视综艺的类型、数量更加繁多;而媒介环境和媒介政策的变化、传媒机制和传媒机构的优化等因素更是推动了电视综艺的质变。就电视喜剧综艺而言,具体表现为:节目资源从

集中于央媒到广泛延伸到地方媒体,特别是几大地方卫视平台在这一领域大放异彩;"制播分离"的深化还进一步推动卫视与民营传媒公司的合作,极大激发了喜剧综艺市场的活力;节目表现形式从单纯的喜剧表演发展为节目竞演,并进一步细分;节目创作、表演主体的状况从专业演员"独占舞台"转变为名人、素人"同台争艳";等等。

在这一时期,进一步细分后的电视喜剧综艺主要包括以下几类:

第一类为"竞演秀喜剧综艺"。竞演秀喜剧综艺是将原晚会式的单纯喜剧表演融入真人秀节目模式,突出真实性、竞技性(规则性)、冲突性(戏剧性)、悬念性等元素,令喜剧节目的表演更具观赏性。

伴随着2012年真人秀节目的风靡,电视喜剧真人秀节目在2014年迎来爆棚,众多卫视此后开办的同类节目多达数十档,如浙江卫视《中国喜剧星》《喜剧总动员》、湖北卫视《我为喜剧狂》、湖南卫视《我们都爱笑》、东方卫视《笑傲江湖》《欢乐喜剧人》、辽宁卫视《中国喜剧力量》、安徽卫视《超级笑星》、北京卫视《跨界喜剧王》等。但在歌唱真人秀等类型疲软之际走上电视舞台的喜剧综艺,也不可避免地经历由盛而衰、大浪淘沙的过程。很多节目只办一季便销声匿迹,盲目跟风带来的资源浪费等现象突显。正如《欢乐喜剧人》总导演施嘉宁所言:"这五年,是一段喜剧节目整体市场,从蓝海、到红海、再到优胜劣汰的历程。"①

而上海东方卫视在《笑傲江湖》成功的基础上,深耕喜剧综艺,持续挖掘喜剧综艺电视呈现多元化的可能性,形成了以《笑傲江湖》(含《笑傲江湖之笑声传奇》)《欢乐喜剧人》《今夜百乐门》《相声有新人》等节目为代表的品牌化喜剧综艺节目群。这首先得益于东方卫视适时地把握住了观众对晚会式喜剧综艺及歌唱表演类真人秀的审美疲劳,及渴望解压的普遍心理状态;其次是在媒介融合时代,喜剧综艺以电视

---

① 浅度:《专访施嘉宁:〈欢乐喜剧人〉的五年小史》,"传媒一号"微信公众号,2019年。

技巧的娴熟运用(比如,媒介化场景的呈现,现场互动感的调动,挖掘不同喜剧类别及各类喜剧人才以适应不同受众需求等)和与新媒体平台的跨屏融合传播,实现了传统电视端的"合家欢收看"及网络平台上的"全方位覆盖"。

以东方卫视为代表,竞演秀节目还先后拓展出众多细分的喜剧类型,包括素人喜剧竞演节目、明星喜剧竞演节目、素人明星联合竞演节目和垂直喜剧竞演节目等,并先后助推沈腾、宋小宝、文松、贾冰、岳云鹏、张云雷、"相声新势力"等诸多"偶像级"相声小品明星的诞生。相较众多喜剧节目的昙花一现,《笑傲江湖》和《欢乐喜剧人》分别连续播出四季和六季,依然能保持同时段收视前列,实属不易。

第二类是"场景秀喜剧综艺"。场景秀喜剧综艺以情景喜剧为模式(但并非隶属于情景喜剧,情景喜剧是归入电视剧类型的),结合综艺节目的样态进行或有剧本或即兴的表演。代表节目有《谢天谢地你来啦》《喜乐街》《本山快乐营》《爱笑会议室》《今夜百乐门》等。其中,《本山快乐营》《爱笑会议室》是固定团队创作和表演的有剧本和后期编辑的场景式喜剧综艺栏目(或称栏目剧或系列节目)。

而常年走国际化的央视《正大综艺》团队(后纳入央视"创造传媒")首次将源于海外的情景式喜剧综艺模式引入国内,开办《谢天谢地你来啦》。每期节目邀请多位嘉宾由一扇门进入一个未知的场景,没有台词、没有剧本,强调戏剧化冲突,嘉宾对进入场景后的一切情况均一无所知,只能透过配角演员和具体场景的引领,以极强的应变能力和即兴表演能力完成演出。节目被称为"智慧型"的喜剧综艺,也是一次比较成功的对娱乐节目低俗化之风的有力反拨,以及对喜剧综艺本土化、类型化等方面的创新尝试。

作为《谢天谢地你来啦》升级版的《喜乐街》则在保留"即兴""情景"等真人秀元素的基础上展开进一步探索。如设置常驻嘉宾以突显人物个性,深度包装场景,创新戏剧表达方式,以平民化叙事和普适话题引发情感共鸣等。《今夜百乐门》虽也属于场景类喜剧综艺,但其融合度更加明显。它在著名舞蹈家、脱口秀主持人金星的引领下,与众多明星嘉宾一起开创"唱、跳、演、说"合一的演出方式,将喜剧秀、脱口秀、歌舞秀等融为一身。

第三类是"脱口秀喜剧综艺"。脱口秀喜剧综艺是以脱口秀为主要呈现形态的,但由于表演主体是喜剧演员,且以幽默与讽刺为特色,融入部分综艺表演,故区别于传统的脱口秀或访谈类节目。如《壹周立波秀》本就是以周立波创立的"海派清口"为表演方式,并不是单纯的脱口秀节目,其喜剧色彩更为浓郁,且从上海单口滑稽、京津单口相声和香港"栋笃笑"等喜剧形态中综合演绎而成;《郭的秀》《今晚80后脱口秀》《英俊秀》等节目的表演主体／主持人郭德纲、王自健和裴英俊都是专业相声演员出身,他们结合欧美脱口秀的表达方式,对社会热点、网络话题等展开评述,极强地发挥了相声艺术的幽默风格与讽刺功能。

此外,还有"模仿秀喜剧综艺"(如《百变大咖秀》《梦想剧场》)"跨界融合式喜剧综艺"(如《厉害了,我的歌》《脑洞实验室》)"艺能秀喜剧创演综艺"(如《笑起来真好看》)等类型,由于代表性节目不多,不再赘述。

四、走向"垂直"与"社交":新媒体时代电视喜剧综艺的新趋向

进入新媒体时代,电视综艺面临着网络综艺和社交媒体的巨大冲击。伴随着传统电视屏在收视、互动和传播等方面优势的丧失,电视喜剧综艺的发展也遭遇了前所未有的困境。但同时,互联网生态也倒逼着传统媒体重新审视原有的内容生产与传播机制,积极寻求创新突破

口。走向"垂直"与"社交"便是新媒体环境下电视喜剧综艺创新探索的新趋势,具体表现为两大方面:

一是开拓属于喜剧综艺的垂直精分领域,并从传统艺术中汲取智慧,深挖内容生产原创力。2018 年,深耕喜剧细分领域多年的东方卫视进一步挖掘喜剧综艺的垂直精分可能性及受众收视兴趣点,首次以"相声"作为独立艺术品类展开喜剧综艺垂直精分的尝试。对于东方卫视来说,这是一次捍卫其在中国电视喜剧综艺领域领头羊地位,彰显其原创能力和品牌价值的探索;更代表着电视喜剧综艺面对传媒环境的新变化,在融合创新与跨屏传播之路上迈出的重要一步。事实证明,电视综艺同样可以与网络综艺一样垂直精分,只要能精准抓住受众需求,便能奠定电视综艺逆势发展的良好基础。

对于此,东方卫视也是有底气的,在表演秀喜剧综艺《欢乐喜剧人》《笑傲江湖》里为数不多的相声演员岳云鹏、卢鑫、玉浩等便是在强势小品的冲击下,夺得冠军并积累大量粉丝的;这种传播个案若能进一步推广,便可促成相声垂直综艺的产生和更多相声新人的涌现。①《相声有新人》作为首档以相声艺术为主题的垂直类电视综艺节目,在相声专业性的电视化开掘和网络时代的年轻化表达上展开了开创性的实践。

在节目理念上,《相声有新人》发挥主流媒体平台的优势,迅速聚拢网络年轻用户,实现与主流观众的对接,并集结众多新锐青年相声演员,尝试传统文化的年轻化表达;在内容生产上,引入网综 battle 模式,强化竞技感和悬念感,并从相声的专业性切入,创新挖掘出"捧逗互换"、"单口、群口对决"、基本功加试等独一无二的赛制模式,体现对传统艺术的电视化传承与创新;在网络传播上,强化公共话题和网络互

① 陈寅:《融媒时代电视喜剧综艺的垂直精分与创新表达——以〈相声有新人〉为例》,《青年记者》2019 年第 3 期,第 74 页。

动,制造"公式相声""孟鹤堂 德云舞王"等热门话题,举办"相声新人pick榜"官微活动,鼓足孟鹤堂等演员的网络人气,使其透过台上线下的互动实现了由"电视新人"到"网络红人"的转变。①

二是整合多屏媒介为喜剧综艺服务,并从社交媒体平台汲取能量,突显传统节目年轻态。在新媒体环境下,以央视春晚为代表的传统晚会类喜剧综艺更加注重在新媒体平台的内容分发和传播,晚会节目的片段或集锦被实时投放到新媒体平台。如"秒看春晚"系列短视频进一步将相声小品节目碎片化,使节目重点和亮点更适于短视频端的传播。春晚抖音账号的数据显示:在大类节目中,最受年轻用户欢迎的正是小品类内容。播放量最多的小品是《站台》和《办公室的故事》,作品力图贴近年轻人现实生活,反映年轻人情感状态的意涵在新媒体平台上有了效果的直观呈现。② 可以说,对于逐渐失去年轻观众的春晚而言,社交媒体为其找到了与年轻用户对话的恰当空间,真正优质的视频内容依然可以引发年轻人的共鸣。

而新的互联网生态使得春晚的内容创造成为可能,春晚也不再仅仅是除夕夜的四小时演出,成为贯穿整个春节档期的全民网络联欢和喜剧模仿秀。如"2019春晚看我的"模仿秀活动,打造"抖音版春晚",为网友参与春晚、体验春晚提供了全媒体支持和沉浸式情境,真正实现屏幕内外的深度交融,在春晚直播中,节目片段被不断上传至抖音平台,供网友模仿拍摄,与明星"同框飙戏"。③

中华人民共和国电视诞生六十年来,电视喜剧综艺形成了不同时期的代表性艺术品类、现象级类型节目、融合型媒介形态等。而在这其

---

① 陈寅:《融媒时代电视喜剧综艺的垂直精分与创新表达——以〈相声有新人〉为例》,《青年记者》2019年第3期,第74页。

② 杨洛琪、陈寅:《央视春晚的融媒生产与跨屏传播》,《青年记者》2019年第27期,第72页。

③ 同上。

中一以贯之的核心特征是：喜剧综艺在电视业不断调整变化的媒介背景下，持续实践着喜剧的电视化呈现；在保持喜剧艺术内核和喜剧精神的前提下，持续探索着喜剧的创新性表达；在媒介发展日新月异之际，持续尝试着喜剧的融合性发展，逐渐走出了一条中国特色、多元发展、与时俱进之路，为中国电视文艺乃至中国传媒界增添了斑斓的色彩，累积了中国传媒创造性转化和创新性发展的丰富实践。

舞台上的北京想象

——以"京味儿"话剧为中心的考察

褚云侠

　　1951 年,北京人民艺术剧院建院之初,迫切地需要创作出属于自己和时代的戏剧。以作家老舍的"京味儿"剧本为基底,经焦菊隐执导、于是之出演的话剧《龙须沟》,无疑成功奠定了北京人艺的历史起点。自此老舍的一系列话剧,尤其是七年之后三人再度合作的《茶馆》,为北京人艺确立起了艺术风格的基础。之后的几十年,以北京人艺为核心的北京戏剧圈,使这种深谙北京风情与意蕴的戏剧类型成为北京地域文化的一个重要组成部分。由此也就产生了"京味儿话剧"的概念以及关于其内涵与外延的诸多阐释。

　　通常认为,"'京味儿'话剧是由老舍《茶馆》《龙须沟》等话剧奠基的,经苏叔阳、李龙云、何冀平、过士行、中杰英、郑天玮、兰荫海、王俭等人继承与发展的,用经过提炼的普通北京话描写北京城和北京人,具有浓郁的北京情调、风味、文化意蕴与精神等'京味儿'的话剧作品"。[①]但在我看来,正如"京味儿"的概念不能只停留在对"语言"和"题材"

---

　　① 董健、胡星亮主编:《中国当代戏剧史稿》,北京:中国戏剧出版社 2008 年版,第 319 页。

的强调,而更多要体会作为"味儿"的"风格"相类似,"京味儿"话剧也不可能简单地概括为以北京话写北京人与北京事的戏剧作品。作为地域文化的一部分,正如赵园在《北京:城与人》中所论及,"京味儿"的确应产生在城与人之间"特有"的精神联系中,因此有必要区分"京味儿"话剧和写北京的话剧。当"京味儿"话剧用北京话挖掘着故都北京与新北京,区别于其他城市的独特精神气质时,不仅意味着北京为它的发生提供了独特的文化场域,而其所呈现出的舞台形象也正生动诠释着北京的城市审美经验。它们作为这个城市的物象载体和隐喻符号,建构着对北京城的文化想象。

　　按照如上对"京味儿"以及"京味儿话剧"概念的再思考,可以对之前过于宽泛的研究范畴适当收缩,在剔除一些仅以北京为故事场的作品,并纳入一些不强调空间场域但和北京有着独特精神联系的作品之后,对近七十年来的"京味儿"话剧剧本及舞台演出情况进行考察,不难发现,尽管故都北京在走向新北京的过程中经历了现代衰颓,但"京味儿"话剧中始终存在几组相互矛盾又相容共生的审美特质,它们一以贯之且血脉相承地根植于北京的历史文化。这些作品中的北京城与北京人正处于类似二律背反的几组命题之间:"庄重而不失俏皮,极雅却又极俗,悠闲中有繁忙。"①它们不仅是对城市形象的呈现和想象,同时也构成了一种独特的戏剧效果。

一、庄重与俏皮之间的张力

　　"京味儿"话剧中的北京城往往充满着严肃的传统礼教和政治气

---

① 褚云侠:《一方水土中的生命沉浮——京味话剧中的北京形象》,《长城》2014年第2期。

息,而生活于其中的北京人也大多保有高度的政治敏感性,并追求一种四平八稳的生活方式。这从早期的《茶馆》《北京人》中就可窥见一斑,而也正是这些使北京形象呈现出一种庄重性。

这种庄重的取得与"京味儿"话剧强烈的政治性有着密切关联。政治中心的城市地位使北京成为各种社会现象的焦点,生活在这个城市里的人也更多感受着政治的风起云涌。几十年来,政治左右着人们的命运,改变着人们的思想,影响着人们的生活方式和文化的传承与变革。而话剧这种综合艺术最善于表现政治,在战争与改革年代,它可以是政治宣传的活报剧;在和平年代,它也能以最鲜明和生动的方式展现政治的变迁。因此一些"京味儿"话剧,尤其是大剧场"京味儿"话剧与时政关系密切,时政是其选材的一个重要方面。甚至在某些特殊历史时期,它们还承载着一定的政治宣传作用。尤其当"京味儿"话剧的投资方是国家、地区的文化事业主管单位,或者是人艺、国家话剧院这样的大型制作团体时,在有足够资金保障的同时也不可避免受到意识形态的深刻影响。纵观"京味儿"话剧的发展脉络,从二十世纪五十年代老舍的《茶馆》,到"文革"结束后苏叔阳的《丹心谱》《左邻右舍》等作品,再到后来李龙云的《小井胡同》《天朝1900》以及刘恒的《窝头会馆》等,都充分关注时政民生,以政治的风云变幻为线索,描摹了这座城市中的生活变迁。如《丹心谱》把揭批"四人帮"与怀念周恩来结合起来;《左邻右舍》选取1976至1978年的三个国庆节作为时间节点呈现"文革"后的艰难曲折等。九十年代以后,时代与政治气息也经常鲜明地反映在"京味儿"话剧中,或者说仍然深刻影响着这些作品的题材选择。其中,九十年代集中出现了有关南城旧房改造的系列作品如《金鱼池》《旮旯胡同》《头条居委会》以及二十一世纪以后李龙云的《万家灯火》等。2003年,一场突如其来的疫情肆虐北京,随后北京人艺就以"抗击非典"为题材,排演了"京味儿"话剧《北街南院》,记录和演绎了特定时刻与处境下城与人的状态、关系和心理。在其之后被称为都市亲情剧的《全家福》，实际上几乎囊括了中华人民共和国成立前夕至上世纪八十年代初的全部重大政治事件。近些年的小剧场话剧《卤煮》也涉及更高更快更强的奥运精神背后推土机所制造的"繁荣"，与对一座城市的"连根拔起"。可见，"京味儿"话剧偏向沿着历史的大脉络走，在把握历史的同时触及现实的时政民生问题。

政治的影响不仅表现在题材上，格外关联国事与政治也成了"京味儿"话剧中北京人形象的一个重要特点。他们出自社会各个阶层，也有着不同的职业分工，甚至大多是来自底层的普通市民，但显得比其他地方的人更加见多识广，尤其具有更高的政治敏感度和探讨国事的热情。大概正是因为北京这座城市特殊的历史与政治地位，北京人的生活变迁与时代剧变尤为紧密和直接地联系在一起，因此，对政治的热衷与敏锐洞察也渐渐内化为北京人形象的基本特征。例如在老舍的《茶馆》中，掌柜的可以不差钱，茶客也不谈钱，他们关心的是——"国事"，尽管"莫谈国事"的标语屡次出现在茶馆的显要位置；《窝头会馆》一开场，周玉浦与田翠兰对所谓"英勇国军"的调侃；《全家福》中春秀婶和周大夫关于解放军进城以及政治立场问题的讨论等，都是北京人具有高度政治敏感性，格外关心国家大事的具体写照。这些人物形象往往是北京普通市民，也是生活在这座城市里的"大多数"。他们虽然热心讨论政治，但缺乏反思或批判的能力和愿望，因为他们时常感到自己在强大政治势力面前的渺小和无力，而具有怀疑、介入意识并承担这种职责的应该是知识分子，普通市民对国事的关心最终只会落实到个人具体的生活中。因此他们于慨叹之后往往选择的是安时处顺与明哲保身的生活态度。世事与人情的波诡云谲似乎早被他们尽收眼底，因此他们顺应时势的变化，在人际交往中仁厚善良、一团和气。如《茶馆》中王利发秉持着的"顺民哲学"，精明世故，顺应时势；再如《北京大爷》中的德文满，早已悟出安分守己、知足常乐的道理，坐在观世台上看芸芸众生，只想打个哈哈自己多活几年。加之"四合院"和"胡同"这种既严整封闭又相互连接的生活空间以及以"家"为核心的辐射型人际关系也使北京人形成了重人缘、追求中庸与和合的相处模式,因此从舞台上的人物形象上即可感知,与其他城市的市民相比,北京市民身上的那种世事洞明、人情练达尤为明显和突出。

"京味儿"话剧中密集的礼仪程式和礼仪性语言,也使北京形象呈现出了庄重性。令老北京人最自豪的,莫过于比别处人更懂得礼仪。北京文化具有多民族融合性,北京人的"重礼"与"讲体面"很大程度上来自满族文化和旗人文化。从传统文化的角度来看,中国人本身就对礼仪极度重视,北京的国都地位,北京人的自尊与自信更塑造了其"重礼"与"讲体面"的文化心理,而旗人文化的熏染进一步让北京的礼仪文明发展到了烂熟的极致。在一定程度上,可以说旗人的"规矩礼数"使北京的礼仪文化走向了精致化、艺术化甚至极端化。在《正红旗下》中有这样的描述:

> 她的不宽的腰板总挺得很直,亭亭玉立;在请蹲安的时候,直起直落,稳重而潇洒。

> 他请安请的最好看:先看准了人,而后俯首急行两步,到了人家的身前双手扶膝,前脚实,后腿虚,一曲一停,毕恭毕敬。安到话到,亲切诚挚地叫出来:"二婶儿,您好!"①

当这些形式大于内容的礼数被最大限度地外化在舞台上,加之委婉、得体又十分注重分寸的北京地方方言,它已经变成一种纯粹审美意义上的行为艺术了。甚至让人忘记了它的繁缛、不合理和内容的空洞,而禁不住去欣赏一个端庄守礼的北京文化形象。

---

① 老舍:《正红旗下》,北京:民族出版社 2000 年版,第 141 页。

就在如此严肃而庄重的"京味儿"话剧中,却常常插入一些俏皮因素与庄重形成一种张力结构。"京味儿"话剧的特点之一是以字正腔圆的北京话作为舞台语言,而北京话几乎从不遵循以简洁明了为追求的"经济原则",它是一种形式主义倾向的语言,即便牺牲一些语言的实际效用,也要把话说得"艺术",这种"艺术"主要是由智慧、聪明、幽默、俏皮构成的,甚至带有调侃和损人的意味也不为过。相比小说来讲,"说的艺术"在戏剧舞台上更为集中、突出,推动着剧情进展和人物动作,因此它们诉诸听觉之后大大加强了舞台语言的丰富性与幽默效果。而善聊、爱聊又是北京人的特点,这就使"京味儿"话剧中出现了很多"耍贫嘴"和"侃大山"的人物形象,他们几乎成了"京味儿"话剧的标志性符号。如《茶馆》中王利发对小唐铁嘴的调侃:

> 王利发:小唐铁嘴!
>
> 小唐铁嘴:别再叫唐铁嘴,我现在叫唐天师!
>
> 小刘麻子:谁封你作了天师?
>
> 小唐铁嘴:待两天你就知道了。
>
> 王利发:天师,可别忘了,你爸爸白喝了我一辈子的茶,这可不能世袭!①

再如《窝头会馆》一开场时田翠兰与周玉浦的对话:

> 田翠兰:我说大兄弟,你唉唉唉笑什么呢?吃膏药啦?
>
> 周玉浦:我吃黑枣儿了! 您瞧这字儿印得……一粒儿一粒儿像不像黑枣儿? 我瞅着它们就想乐。
>
> 田翠兰:那甜枣儿都告诉你什么了?

---

① 老舍:《茶馆》,《收获》1957 年第 1 期。

周玉浦：国军……咱们英勇的国军在东北又打赢了！

田翠兰：新鲜！他们什么时候输过？明是脑浆子都给打出来了，顺着腮帮子直滴答，自要一上报纸，嘿！敢情是搂着脸巴子庆祝胜利，人家扎堆儿舔豆腐脑儿呢！①

除此之外，《北京大爷》中满口俏皮话的德文满以及《北街南院》中善于调侃的出租车司机杨子等，也是深入人心的北京"侃爷"形象。在《卤煮》中，每一幕的开头，何记卤煮掌柜和爆肚店掌柜都要逗一阵贫嘴，互相调侃、贬损一阵。表面上嘴上不饶人，其实两位老人却是惺惺相惜。这就是北京人的俏皮与语言表达方式，为说而说，不惜增加冗余信息，甚至让语言沦为一腔废话。北京人始终有一种创造语言艺术的心境，在"神吹海哨"这种特有的娱乐方式背后，是他们对"说话"的天生优越感，以及在这样一个充满庄重严肃政治气息的城市里悠然自得的心境与满不在乎的生活态度。

"京味儿"话剧中的俏皮与幽默总能在恰到好处的时机消解掉北京形象的庄严与沉重，从而以"轻"的风格与庄重形成一种张力效果。北京形象最终显现为一种特有的轻松愉快，有时这种轻松令人费解甚至极难诉诸笔端，而"京味儿"话剧以最大限度地复归人们听觉记忆的方式，将这种文化的复杂性充分表达出来了。

二、极俗与极雅的平民气和贵族气

"'雅'以传统伦理道德及渊博知识为基础，为社会上层和知识分

---

① 刘恒：《窝头会馆》，吕效平主编：《二十一世纪中国文学大系 2001—2010 戏剧卷》，南京：南京师范大学出版社 2014 年版，第 284 页。

子所有,宫廷文化和缙绅文化即属雅文化。与之相对的庶民文化则属于俗文化。'俗'指通俗,为平民大众所喜闻乐见。封建时代下层民众很少有受教育的机会,因而俗文化多有粗俗内容,但不与庸俗等同。"①在北京,贵族与官僚子弟密集,清代的宫廷文化极大地精致了北京文化,形成了一种上层阶级的高雅文化。但其实雅文化中的很多元素如音乐戏剧、婚丧嫁娶、语言文学最初也来自民间。清朝灭亡后,八旗子弟流落民间,又将融合了民间文化的上层高雅文化带入庶民阶层;对贵族生活的耳濡目染,民间的俗文化也受到了高雅文化潜移默化的影响。北京文化的精致,北京人的优雅趣味和文化消费心态,都与贵族文化的民间化不无关系。当贵族与民间的雅俗文化得到了最大限度的交融,便形成了一种雅俗共赏的文化格局。

　　"京味儿"话剧也是雅俗共赏的艺术,这往往让舞台上的北京形象兼具平民性与贵族气。除了前文所提到的题材政治化之外,平民的世俗日常生活题材也一直是近七十年来"京味儿"话剧选材的重点。北京虽然曾经受到贵族文化和官场文化的熏染,但在本质上仍然是一个市民社会。胡同与四合院里的平民气息与人情熨帖,彼此依存与矜持节制才是这个城市的根基。因此,可以说平民的心态和性格,在一定程度上体现了北京这座城市的本质特点。纵观"京味儿"话剧的发展史,几乎每一部作品都聚焦于那个融入创作者自身生活经验的北京平民世界,从老舍的《茶馆》开始,到后来的《左邻右舍》《小井胡同》《天下第一楼》《鱼人》《鸟人》《棋人》《坏话一条街》《厕所》《北京大爷》等,再到二十一世纪以后的《北街南院》《万家灯火》《旮旯胡同》《窝头会馆》等作品,或以胡同、四合院里的琐碎日常以及由此而勾连起的大时代为背景,或以凝聚北京市民的钓鱼、养鸟、下棋的娱乐团体为对象,或以"全聚德"这样的老字号的兴衰荣辱为原型,无一离开了平民世界中

---

① 李淑兰:《京味儿文化的特征》,《首都师范大学学报》1999年第3期。

北京人的世俗日常。

即便是着力表现这种平民世界的世俗生活,大多数"京味儿"话剧也仍然内含着"雅"的一面,在平民气中尽显出贵族气。这种贵族气首先表现为一种从容不迫和怡然自得。因此,在戏剧结构与戏剧冲突上,"京味儿"话剧几乎不采用"闭锁式"结构,也不追求强烈而集中的戏剧冲突,甚至很少有情节上的"突转",而是像散文诗一样慢慢铺展开来,笔调平和,注重细节,节奏相对缓慢。相比于《雷雨》中紧张激烈的矛盾,"京味儿"话剧让深刻的矛盾冲突、深邃的悲剧内涵与深厚的文化力量都溶解在日常生活的平凡点滴与八百年古都悠久而绵长的文化之中了。例如在话剧《全家福》中,纵然时代与政治风云变幻,古建队的命运几经沉浮,生活其中的王满堂一家以及小院中的邻里也经历着层出不穷的矛盾,但随着剧本围绕一座精雕细刻的影壁展开五十年来生活的细枝末节与人世沧桑,紧张与激烈的戏剧冲突也在娓娓道来的日常中化解掉了。

同时,"京味儿"话剧也常常穿插其他艺术形式(如戏曲等)或借助舞台布景来渲染出一种儒雅的氛围,以此有效地传达出这座城市的日常生活形态。例如老舍的《茶馆》在幕间插入快板书"数来宝":

> 有提笼,有架鸟,蛐蛐蝈蝈也都养得好;有的吃,有的喝,没有钱的只好白瞧着。爱下棋,(您)来两盘儿,睹一卖(碟)干炸丸子外洒胡椒盐儿。[①]

快板书虽属俗文化范畴,但讲求押韵,而且唱词的内容传达出了北京人雅致的生活,遛鸟、喝茶、饮食、下棋等。《全家福》把四合院的场景展现在了舞台上,即便院落破旧,门楣与雕花也依然考究。开场之

---

① 老舍:《茶馆》,《收获》1957 年第 1 期。

后,一面精雕细琢的影壁出现在观众视野中,由此也围绕修复影壁而展开了故事。在舞台另一侧,一片嘈杂的市井声中,梅花大鼓的音韵与筱粉蝶演唱的《王二姐思夫》萦绕在陶壶居茶馆一角。在《卤煮》中,坚守传统的老人看到这座城市的传统被破坏后,举起卖卤煮的炒勺在房顶上唱京剧。《窝头会馆》的故事虽然发生在一个破败而摇摇欲坠的小院里,但是观众仍然能在舞台布景中看到:窗台上下、廊子内外都摆满了各种各样的花盆和坛坛罐罐,侍弄花草和腌制小菜是房东苑国钟的个人嗜好。这些艺术形式的穿插和舞台布景都在"京味儿"话剧中营造出了一种"雅"的氛围,在一定程度上,"京味儿"话剧是诗化的艺术形式,这其实也是北京人的生活哲学,难免不切实际甚至自以为是,但也怡然自得、雍容典雅。或许正是贵族文化几百年来的熏染,使北京平民性的背后透露着一种贵族气。这种贵族气是超越普通市民日常物质生活之上又弥散于其日常生活之中的儒雅的人文气息。

北京人最善于将世俗生活高度审美化,不仅如此,"京味儿"话剧所倚赖的语言形式——北京方言本身也是一种雅俗共赏的艺术。人们常用"嘣响溜脆""甜亮脆生"来形容北京话,北京话从吐字发音到它的韵味腔调都有其独特的地方。"这发音吐字,讲究底气足,却又不张嘴,气憋在软腭和喉头之间,于是,字与字之间像是加了符号,长短不一,表面上有点懒洋洋的,实际上更透出一股子经蹬又经拽、经洗又经晒的韧性来。"①说起来响亮脆生,绝不缠绵。北京话不仅仅在发音吐字上讲究,要想真正做到字正腔圆,还要充分依赖它的腔调。北京话强调腔调的音乐性,也就是要把话说得有可听性。曲折委婉,讲求押韵,不快不慢,常常加入一些谦辞、敬语、导语、点缀来控制语言的节奏,使其抑扬顿挫,婉转动听。在我看来,北京话是一种非常拿腔拿调的语

---

① 赵园:《京味儿小说与北京方言文化》,《北京社会科学》1989 年第 1 期。

言,但是经过各种语言元素的融合与艺术化,显得浑然天成、大气生动,也并不是装腔作势。语言的艺术化不仅表现了北京文化中的怡然自得、高度自信、潇洒大度,这种对语言精致化的追求,也是北京"烂熟"文化的产物。

三、来自悠闲的繁忙

林语堂在《辉煌的北京》中总结北京文化时说:"北京的生活节奏是不紧不慢,生活的基本需求也比较简单。……不必大富大贵,养成好吃懒做的恶习,当然也不能缺衣少食,忍饥挨饿,这是一种传统的中产阶级生活理想。……这种极难诉诸文字的精神正是老北京的精神。这种精神创造了伟大的艺术,而且以一种令人费解的方式解释了北京人的轻松愉快。"①从清朝开始,很多北京人在满族贵族的影响下,就习惯了"早起一壶茶,饭后一袋烟"的生活,北京人的优越感以及贵族文化流落民间,加之相对稳定的生活、艺术的熏陶,也就逐渐形成了悠闲自得的心态。在"京味儿"话剧中,北京城的生活节奏以及人们的生活状态都是相对缓慢和闲适的。如《北京人》中江泰对自己内兄曾文清品茶的悠闲和讲究有过一段详尽的描述:

> 譬如喝茶吧,我的这位内兄最讲究喝茶。他喝起茶来要洗手,漱口,焚香,静坐。他的舌头不但尝得出这茶叶的性情,年龄,出身,做法,他还分得出这杯茶用的是山水,江水,井水,雪水还是自来水,烧的是炭火,煤火,或者柴火。茶对于我们只是解渴生津,

---

① 林语堂:《辉煌的北京》,西安:陕西师范大学出版社2002年版,第230–232页。

利小便,可一到他口里,他有一万八千个雅啦、俗啦的道理。①

在《天下第一楼》中,京城食客克五整天带着一个会吃、懂吃、能挑眼的"傍爷"——修鼎新在外边泡馆子;过士行在"闲人三部曲"《鱼人》《鸟人》《棋人》中塑造了悠然自得的垂钓者、遛早儿的退休养鸟人,以及执迷于下棋观棋的闲人形象。

无论是品茶、泡馆子,还是遛鸟、垂钓、下棋,都意味着生活和心态的闲适状态。北京人生活的悠闲自在甚至审美化的人生态度,一方面润泽着这个城市的生命,但是在极度精致化了的文化背后观众所看到的却是有些夸张变形了的北京,当这些对"悠闲"的追求走向极端,他们也为悠闲付出了惨重的代价。仍以《天下第一楼》中的对白为例:

修鼎新:这"鳗面"是梁武帝的长公子昭明太子从扬州学来的点心。用鲜活大鳗鱼一条,蒸烂去骨和入面中,清鸡汤轻轻揉好,擀成纸一样薄的面片,用小刀划成韭菜叶宽窄的细条,清水煮到八分熟,加鸡汁、火腿汁、蘑菇汁,烧一个滚,宽汤,重青,重浇,带过桥,吃到嘴里,汤是清的,面是滑的。

王子西:哟,尽跟你聊了,差点误了我的热萝卜丝饼。

罗大头:萝卜,有什么吃头。

王子西:这你就外行了,好像牙萝卜绵白糖,挽上青红丝,玫瑰桂花蜜,上等猪板油和的皮子,上炉一烤,说是酥心的吧,它馅是整的,说不是酥心的吧,入嘴就化,去晚了就吃不上热乎的啦!(边说边笑着下)②

---

① 曹禺:《北京人》,北京:人民文学出版社1997年版,第91—92页。
② 何冀平:《天下第一楼》,《十月》1988年第3期。

修鼎新是名副其实的食客，为一道"鳗面"要讲究如此繁复的工序，而王子西一边忙着谈论精致的食物，一边忙着要赶去吃热萝卜丝饼。这些人将自己的嗜好发展到技术的极致时，它们反而成了对人的桎梏。这些人由一个"闲人"变成了"忙人"，尽管他们是忙着吃得精致、玩得优雅，忙着将生命沉浮在"讲究"的一潭死水里。而忙于这种精致和考究，正是生活的全部意义。这构成了"京味儿"话剧中北京人一种特有的由"悠闲"而造成的"繁忙"。

这种为"悠闲"的"繁忙"，不仅使"闲适"失去了本身的无目的性，也让"繁忙"变成了一种束缚性的力量，这是高度审美化的世俗生活所产生的异化。在"京味儿"话剧创作中，过士行对这种讲究到极致的悠闲生活的反思力度是最强的。构成"闲人三部曲"的《鱼人》《鸟人》《棋人》都聚焦在了这个文化的悖论上，试图审视的是人类对某种文化精神的迷狂状态。就像话剧《鸟人》一开篇对舞台布景的介绍："当观众走进剧场时，可以看到几个工人正在捆扎搭置一个巨大的鸟笼子，其规模大到足以把整个中心表演区和四周的观众席都包容进去。"①这些爱好就像一个巨大的鸟笼一样，过度沉醉其中的人们反而被它所束缚，忘记并舍弃了一切，将它们等同于生命价值本身。《鱼人》里的"钓神"为了一条不知是否存在的大青鱼等了二十年，失去了儿子和老婆，而他钓到大青鱼的最终目的却是和它玩玩儿。当他以为自己是在和大青鱼最后一搏的时候，筋疲力尽而气绝身亡。《棋人》中围棋高手何云清几十年来因为下棋失去了爱人，也没有组建家庭，最终宣布不再下棋了。而这种文化的沉溺与桎梏不会改变，何云清的下一代，二十岁的无业青年司炎仍然以游荡于棋盘间的鬼魂守护着为棋而生、为棋而死的执念。在过士行的"京味儿"话剧中，没有老字号的兴衰、四合院的人情等这

① 过士行：《鸟人》，《坏话一条街——过士行剧作集》，北京：中国国际广播出版社1999年版，第75页。

些北京文化的符号,他从不强调故事发生的地点在北京,但是鸟市、民谣谚语、人物的悠闲自在以及戏剧语言典型的京腔京韵无不透露着浓厚的"京味儿"。他将"京味儿"的内涵抽象出来,以象征、怪诞现实主义的方法予以呈现。这些话剧一方面展示出构成北京文化差异性的特定语言、民俗风情和人物群体,一方面又不同于大多数"京味儿"话剧中一种认同和文化挽歌式的回望,它们明显地透出一种试图保持距离的批判意识,以一种荒诞的方式达到最真实的效果。

　　在时代的剧变中,北京人其实也为他们这种悠闲的繁忙付出了惨重代价,即使在一贫如洗的境况下,也不愿放弃或忘记那一种生活态度和生活方式。当自在与闲适成为一种习惯,也就难免走向懒散,"聚精会神于赏玩文化情调、刻意细致于讲究规范礼仪,但无法掩饰或者填充其内心无事可想、可做的空虚,于是他们又无时无刻不再经受着抑郁苦闷的精神折磨"。① 而由这种"懒散"往往演化出一些具有"深渊性格"的人物形象,他们也为此付出了惨重的代价。如《天下第一楼》中福聚德老掌柜的两位少爷,依凭祖业创造的优渥条件而追求个人享乐,一个迷恋唱戏,一个崇尚武功,而不顾老店的惨淡经营;《北京大爷》中没有真本事又具有天生优越心态的德文高和德文满怕苦怕累怕麻烦,大事不会做,小事不愿做,宁可在家吃劳保的形象,也是具有这种深渊性格的典型人物。在《北京大爷》中,这种懒散深渊性格的形象被刻画和挖掘得淋漓尽致:

　　德文珠:我决不护着文高,连我先前的那位先生,也不知道北京这帮大小伙子都得了什么病了。想要在社会上让人瞧得起,想要活得风光自在,你倒是豁出命去干呀,学机灵点呀,嘿,大事干不来,小事不愿干,怕苦怕累怕麻烦。就说文高这人吧,心气儿挺高

---

① 曹禺:《北京人》,第61页。

的,可是连拿原料去抽样化验一下都嫌费事,他能承包那个养大爷的国营工厂吗?不信你看看,如今满大街全是南蛮子的天下,北京人连饼干也不会做了,水也不知道怎么喝了,点心水果饮料罐头一色的外来货,粤菜餐馆、上海百货、四川的肉、温州的时装,全是外地给皇上进贡,哪儿还有北京爷们打喷嚏的份儿!

德文满:办哪门子手续呀,正儿八摆吃劳保,有医生证明,有领导批准,拿百分之六十,你再给我找个养大爷的地儿,不是稳拿双份吗。①

他们这种懒散渐渐变成了一种深渊性格,不是不想改变自己的处境,但又时刻放不下天子脚下的骄傲;终于决定去做一份事业,又发现自己其实什么也做不成。优雅了几百年,会做的似乎只剩下吹拉弹唱、养鱼养鸟;要么决定去干一番大事,又没有十足的坚定信念,吃不了苦,受不了累;要么干脆贪图安逸,把持着祖宗留下的财产,得过且过,到处找找乐子。"二百多年积下的历史尘垢,使一般的旗人既忘了自遣,也忘了自励。"②长久以来,其实这种生活态度以及其所带来的后果早已濡染了北京的城与人,内化成"京味儿"文化的组成部分了。因此在"京味儿"话剧的舞台上,不仅是对走向衰颓的精神的追忆与温情诉说,由衷的赞美和诚挚的批判也复杂而又意味深长地交织在一起。

在话剧舞台上如何想象北京,不仅关涉着"京味儿"话剧这种地方性的戏剧形态如何维系与发展的问题,也关涉着在城市文化渐趋"同质性"的今天如何寻找并确证人与城之间的血脉联系与情感认同的问题。而当我们从贵族文化与民间文化,汉族文化与少数民族,旗人文

---

① 中英杰:《北京大爷》,《新剧本》1995 年第 3 期。
② 老舍:《正红旗下》,第 25 页。

化、胡同文化与大院文化之间相互矛盾、歧视,又相互影响并最终走向融合的城市经验中发现"京味儿"话剧的审美特质时,也在帮助我们反观和诠释着何为"京味儿"或者何为"京味儿"话剧这些一直争论不休的概念。相比小说、散文这些只以文字诉诸读者阅读的文学形式,话剧增加了视觉和听觉两个维度,而这两个维度恰恰是需要如导演、演员这样的二度创作者根据对原生物质情景的想象来完成的。它在更完整形象地勾勒城市想象的同时,也在如何呈现北京形象上具有更高的难度,因为无论是北京的原生物质情景还是语言这种想象的共同体都在逐渐瓦解和消弭。而在"京味儿"话剧的发展不断遭到挑战的过程中,虽然"挽歌"可以勾连和维系文化情感,但或许更应该去追寻的是以精神性蔓延的方式遗存在这座城市里且区别于其他城市的文化"内核",才能以舞台记忆的方式抵抗遗忘,并找回北京及北京人业已遗失的身份认同和不断加以确证的主体性。

新文创背景下中国网络文学 IP 的跨文化传播

高 飞

中国网络文学从 1991 年起步发展至今已走过三十多年,网络文学经历了多个阶段的转变。在网络文学界,尽管对网络文学发展阶段的划分不同,但都体现了网络文学在发展中的变迁。中国网络文学的相关研究者对网络文学发展史进行了断代分析。比如庄庸将中国网络文学(1997 年至今)进行了五大"断代史"划分。(见表 1)

表 1　中国网络文学"断代史"划分

时间段	网络文学发展情况
1997–2003	中国网络文学自由发轫时代
2004–2008	中国网络文学类型商业化时代
2009–2012	中国网络文学移动无线运营时代
2013–2017	中国网络文学 IP1.0 时代
2018–至今	中国网络文学"大文创时代"

结合学者研究,根据网络文学的发展历程,梳理出网络文学经历萌芽阶段、成长阶段、探索阶段、成熟阶段、创新阶段、泛娱乐化阶段及

新现实主义文创阶段的七大阶段的划分(见表2),以细化对中国网络文学市场发展的研究。中国网络文学在进入新时代后体现出"主流化"的发展趋势与民族文化责任担当。中国网络文学也经历了草根文化、文化自觉、文化崛起、主流文化、文化自信的思想变迁,其市场化、商业化和资本化的发展也不断推动网络文学生产关系和网络文学市场的成熟。随着全球互联网技术的发展,中国网络文学拓展全球市场在技术和平台双轮驱动下,将继续拓展其市场。

表2　中国网络文学发展历程

发展阶段	网络文学标志性事件	意　义
萌芽阶段(1991-1996):小众文学	1991年,留美生王笑飞于美国创办中文诗歌网	第一个中文网络文学平台
	1991年,留美作家少君发表《奋斗与平等》	已知最早的中文网络小说
	1994年,方舟子等于美国创办《新语丝》	第一份网络中文诗刊
	1995年,王笑飞、鲁鸣于美国创办《橄榄树》	第一份中文网络文学刊物
	1996年,"网络文学"成为文学范畴定义	社会开始关注"网络文学"
成长阶段(1997-2001):精英文学	1997年,美籍华人朱威廉创办"榕树下"社区	国内成立最早的文学类网站
	1998年,蔡智恒发表《第一次亲密接触》	标志着网络文学开始大众化
	1999年至2001年,"榕树下"邀请余华、余秋雨、王安忆等知名作家担任评委,举办了三次网络文学比赛	引发"榕树下"文化现象讨论,"网络文学"成为流行词汇
探索阶段(2001-2004):商业文学时代	2001年,互联网危机,"榕树下"网文大赛停办	网络文学开始寻找盈利模式
	2002年,起点中文网成立,书库模式出现	建立网络文学网站标准形态
	2002年,"读写网"尝试收费阅读运营模式	网络文学开始商业化转变
	2003年,起点中文网实行VIP制度	奠定网络文学基本商业模式

（续表）

发展阶段	网络文学标志性事件	意　义
成熟阶段（2004-2010）：资本文学时代	2004 年,盛大收购起点中文网	引发网络文学作家集聚效应
	2005 年,起点推出月度评选和作家福利制度	网络作者创作评价体系形成
	2006 年,起点推出作家品牌化的"白金作家"制度,唐家三少等明星作家出现	白金作家成为网络文学顶级作家标志
	2006 年,起点中文网确立网络文学分类模式	网络文学内容进入成长期
	2007 年,起点中文网推出"千万亿计划"	职业化、专业化进程加快
	2007 年,《鬼吹灯》出版并登陆畅销书排行榜	网络文学线下市场效益凸显
	2008 年,盛大文学成立,先后收购红袖添香、潇湘书院等网站	网络文学平台朝商业化、资本化方向发展
	2009 年,起点中文网实行粉丝制度	网络文学开启粉丝经济时代
	2009 年,起点中文网成立中国移动手机阅读基地	移动阅读逐步开始崛起
	2010 年,由网络文学作品改编的多款游戏上线	网络文学开启 IP 运作尝试
	2010 年,唐家三少、月关等人加入中国作家协会	标志着网络文学作家成为主流文学界成员
创新阶段（2011-2012）：移动文学时代	2011 年,起点读书等客户端上线	全面开启移动互联网时代
	2011 年,《步步惊心》《裸婚时代》等网络文学作品被改编为影视作品	网络文学改编市场不断成熟
	2012 年,QQ 阅读等客户端陆续上线	网络文学移动互联网端阅读份额不断超过 PC 端
泛娱乐化阶段（2013-2017）：IP 文学时代	2013 年,腾讯文学成立	网络文学一元化格局被打破
	2013 年,上海视觉艺术学院成立网络文学专业	开启网络文学教育新时代
	2014 年,腾讯文学提出"全阅读+泛娱乐"、明星 IP、"星计划"等战略	网络文学泛娱乐发展模式全面展开
	2014 年,《择天记》发布会及动漫制作同期启动,游戏、影视、动漫、出版运作成功	网络文学明星 IP 和泛娱乐化运作的典范
	2015 年,中文在线在深交所挂牌上市	开启网络文学产业链新时期

（续表）

发展阶段	网络文学标志性事件	意　义
泛娱乐化阶段（2013-2017）：IP 文学时代	2015 年,腾讯文学与盛大文学合并为阅文集团,发起"全民阅读"、网络文学全产业生态战略	网络文学进入全业态、全渠道、全受众发展阶段
	2016 年,阅文集团首创"中国原创文学风云榜"	网文 IP 价值体系开始规范
	2016 年,网络文学行业成立"正版联盟"	反盗版攻坚战取得突破
	2016 年,阅文集团实行"IP 共营合伙人"制度	网络文学 IP 开发战略升级
	2017 年,掌阅科技及阅文集团上市	网络文学产业链规模升级
新现实主义文创阶段（2018 至今）：审美文学时代	2018 年 1 月 10 日,召开网络文学新时代巅峰论坛	网络文学助力全国文化中心建设
	2018 年 1 月 23 日,国家广播电视总局和中国作家协会联合发布 2017 年优秀网络文学原创作品推介名单	形成引导网络文学创作的带头示范作用
	2018 年 5 月 3 日,"记录新时代"创作规划座谈会	网络文学与其他产业融合发展
	2018 年 5 月,开展 2018 年网络文学专项整治行动	促进网络文学健康发展
	2019 年 5 月,第 14 届中国北京国际文化创意产业博览会发布《成就新时代的中国文化符号：2018-2019 年度文化 IP 评价报告》	网络文学占该年度中国 IP 海外评价 TOP20 中 10 个席位
	2019 年 10 月,国家新闻出版局和中国作家协会联合举办优秀网络文学原创作品推介活动	出现《大国重工》《朝阳警事》等以庆祝中华人民共和国成立七十年为主题的新现实主义题材作品
	2020 中国国际网络文学周新闻发布会在世界互联网大会期间举行	国际化、世界性的网络作家交流平台、网络文学转化平台、大众文化展示平台、中国故事传播平台、文化产业链接平台逐渐成长
	2020 年 6 月,中国作家协会网络文学中心发布重点作品扶持工作公告	32 项网络文学选题入选 2020 年网络文学重点作品扶持选题名单,新时代现实题材等作品涌现

在"新生代""Z 世代"逐渐成为文化生产和消费主体的新时期,网络文学依托"主流新受众""新人类世"成为泛娱乐全产业链话题源头。中国新青年创作群体、消费群体引发的新文艺潮流、新文化符号、新文化运动,促进着中国网络文学转场升维、重塑文化生态。在全球视野下,中国网络文学的知识谱系需要新的全球化的"发展新范式",这为以往的中国网络文学乃至整个文化创意产业的创作实践、生产机制、评价机制提供了全球化语境。随着中国网络文学的翻译平台、受众的不断增加,网络文学自身作为大众文化的内容生产,本身具有易改编、易衍生的特点,市场机制和内生机制都在促进着网络文学企业进一步拓展海外市场。

一、中国网络文学的文化转向

(一) 中国网络文学相关政策生成

网络文学作为社会主义文艺的重要部分,受到党和国家的持续关注和引导。2014 年习近平总书记在北京文艺工作座谈会上的重要讲话和 2015 年《中共中央关于繁荣发展社会主义文艺的意见》,对网络文艺(含网络文学)、网络作家、新文艺群体的发展,提出了新的发展理念和新的要求。2017 年 10 月 18 日,党的十九大报告明确指出中国特色社会主义进入新时代,并对互联网内容建设和现实题材创作提出了新的要求,对推出讴歌党、讴歌祖国、讴歌人民、讴歌英雄的精品力作提出了殷切期待。同时,党和国家首次将"现实主义题材"作为互联网内容建设、内容创作与生产和文化产业的顶层设计,这也意味着中国网络文学正在进入"现实题材"创作的新时代,中国网络文学热点作品、类型题材在政策的引导下逐渐增长,"现实向"趋势构成了中国网络文学新的内生动力,正值中国网络文学在出海发展的起步阶段,中国网络文学的"现实题材"创作,也有利于世界从新文学的角度了解真实的中国。中国网络文学在系列政策的引导下结合"一带一路"倡议等,不断向着主流化、IP化、走出去的方向发展,政策的引导从多个方面对网络文艺工作发展提出严格要求,为繁荣发展社会主义文艺包括网络文艺指明了方向。中国网络文学也正在从泛娱乐全产业链的模式向新时代大文创全价值链转化,中国网络文学发展的内容、题材、形态、业态和生态系统处于创新发展的状态。近年来的多项政策提出要推动优秀网络文艺作品"走出去",鼓励我国网络文学作品提升"文化自信",通过开拓国际市场,提高国家文化软实力,这些持续不断的利好政策也对网络文学的跨文化开发提供了政策指引和提升方向。(见表3)

表3 网络文学相关政策及会议主要内容

相关政策及会议	主要内容
2014年10月,习近平总书记在北京文艺工作座谈会上的讲话	1. 新技术催生新文艺类型,提升网络文艺创作水平,进行正面引导; 2. 针对大量涌现的网络文艺社群等组织,网络作家等新文艺群体,要以全新的眼光、全新的政策,引导成为社会主义文艺有生力量。
2014年12月,国家广播电视总局:《关于推动网络文学健康发展的指导意见》	1. 鼓励网络文学作品进入国际市场; 2. 讲好中国故事、传播好中国声音、阐发好中国精神、展示好中国风貌; 3. 支持网络文学企业通过海外并购、设立分公司及合资等方式开拓国际市场,扶持优秀网络文学作品版权输出、对外贸易、改编开发,拓展传播路径; 4. 鼓励网络文学以技术创新、品牌联动、产权转化等方式参与国际竞争。
2015年10月,中共中央:《中共中央关于繁荣发展社会主义文艺的意见》	1. 重视并发展网络文艺,推动优秀文艺作品走出去。实施精品创作传播计划,借助文艺树立中国形象、提升国家文化软实力; 2. 通过国际项目合作,制定文化合作专项计划; 3. 实施当代作品翻译工程,进行多语种翻译、出版等; 4. 把网络文艺走出去纳入国际人文交流机制。

（续表）

相关政策及会议	主要内容
2015 年 12 月,中国作家协会网络文学委员会成立	标志着网络文学作家、批评家、学者拥有了官方组织,成为主流文学的组成部分。
2016 年 11 月,国家版权局:《关于加强网络文学作品版权管理的通知》	1. 细化网络文学版权管理的责任和义务等相关内容; 2. 细化网络文学著作权、版权等方面的相关规定,打击侵权盗版行为。
2017 年 2 月,国家版权局:《版权工作"十三五"规划》	履行网络版权监管,净化网络版权环境,开展打击网络侵权盗版行动。
2017 年 4 月,中国作协网络文学研究院成立	由中国作家协会、浙江省作协和杭州文联合作建立,国内首个网络文学研究基地。
2017 年 4 月,文化部:《文化部关于推动数字文化产业创新发展的指导意见》	1. 促进文学、游戏、影视、音乐、动漫等交叉融合发展; 2. 实施网络内容建设工程,推动网络传播; 3. 促进网络文化产业链融合; 4. 建立合理网络文化产业分成模式; 5. 支持数字创意产业领域众创、众筹; 6. 培育国际视野作品,提供中国模式; 7. 建立文化知识产权保护体系。
2017 年 5 月,文化部:《文化部"一带一路"文化发展行动计划(2016–2020 年)》	1. 建立文化产业国际合作机制,推进"丝绸之路文化产业带"建设; 2. 支持"一带一路"沿线地区发展文化产业项目,加强文化资源数字化保护与开发中的合作; 3. 建立促进文化消费的长效机制; 4. 推进"互联网+中华文明",提高"一带一路"文化遗产与旅游、影视、出版、动漫、游戏、设计等产业结合; 5. 促进"一带一路"文化贸易,围绕网络文学、影视、广电、动漫、游戏及授权等领域,开拓国际合作渠道。
2017 年 5 月,中共中央办公厅:《中国作协深化改革方案》	1. 搭建中国文学走出去平台; 2. 加强文学精品对外译介和出版,扩大中国文学世界影响力; 3. 加强与各国作家经常性交流与对话; 4. 增进与海外华文作家交流。

（续表）

相关政策及会议	主要内容
2017年6月，国家广播电视总局：《网络文学出版服务单位社会效益评估试行办法》	从出版质量、传播能力、内容创新、制度建设、社会和文化影响五个方面，对网络文学阅读平台、网络文学出版服务单位等进行社会效益评估考核。
2017年12月，中国作家协会网络文学中心于北京成立	负责网络文学作家、网络文学平台联络和管理引导。
2017年10月，党的十九大报告	1. 加强互联网内容体系建设； 2. 提升国际传播能力，提升国家文化软实力。

（二）中国网络文学的跨文化市场

中国网络文学作为中国文化海外输出的重要类型，因其娱乐性、易读性、便捷性经互联网由粉丝渠道形成新的形式在网络亚文化空间不断拓展并传播到世界各国，形成新的文化市场和阅读热潮。（见表4）中国的网络文学在互联网和泛娱乐的大潮中，成为具有影响力的流行文化，中国网络文学与美国电影、日本动漫、韩国电视剧被形象地誉为"世界四大文化奇观"，中国网络文学作品在不同国家以不同方式成为当地具有影响力的外来流行文化。在欧美地区，以中国网络文学翻译网站、网络文学社区为主要开发和传播途径，如2015年后兴起的中国网络文学翻译网站Rulate（俄语翻译网站），Wuxia World、Gravity Tales（英文翻译网站）等。在日本、越南、泰国、新加坡等东南亚国家和地区，通过从中国网络文学平台引进或自发翻译，以出版图书、引进电子版权等方式形成了广阔的中国网络文学产业链。2009年至2013年，越南翻译出版中国图书841种，其中中国网络文学作品占比73%。2011年南派三叔的作品《盗

墓笔记》英文版 *Cavern of the Blood Zombies* 多个版本上架亚马逊网站及
国外数字阅读平台。2017 年 6 月阅文集团首届生态大会上,网络文学作
家风凌天下的《我是至尊》通过起点国际网络平台实现全球同步首发。
当前,网络文学作品通过提供英语等多语种阅读服务,借助海外网络文
学翻译站、国内外文数字阅读平台和实体图书出版这"三驾马车"提供跨
平台、跨地区、跨语言数字阅读服务,以多种传播渠道延伸至海外。

表 4　网络文学跨文化市场拓展历程

发展阶段	重点内容
萌芽期(2007 年前):海外探索,网络文学 IP 国际市场呈点状突破	2004 年,起点中文网向国外出售网络文学作品版权
	2005 年以来,中国网络文学作品输出泰国,形成人气
	2006 年,《鬼吹灯》在多个国家和地区发售,萧鼎的《诛仙》在越南形成阅读热潮
积累期(2008 年至 2014 年):多渠道探索,网络文学翻译网站兴起	2011 年,《盗墓笔记》英文版多个版本上架亚马逊
	2013-2014 年,中国网络文学作品在越南形成阅读热潮
	2014 年,北美中国网络文学翻译网站 Wuxia Word 及 Gravity Tales 建站
发展期(2015 年至今):探索跨文化开发,中外战略合作	2015 年后,Rulate、Wuxia World 及 Gravity Tales 等中国网络文学翻译网站形成发展热潮
	2016 年,Wuxia World 获得起点中文网多部小说授权,晋江文学与越南、泰国、日本展开合作
	2017 年,起点国际正式上线并与 Gravity Tales 达成战略合作

二、网络文学 IP 跨文化开发面临的问题

网络文学作为一种文艺和文化载体,经过文学翻译通过网络平台

承担起了文化传播、文化交流的使命。目前中国网络文学的跨文化开发尚处于起步阶段,尚未形成良好的创作机制、创作模式,存在着开发机制的缺席,在版权维护、翻译模式、"文化折扣"、文本形式、产业链衍生等基础环节存在着许多问题,这也导致我国网络文学 IP 的跨文化开发、传播及影响受到很大程度的发展局限性。在网络文学"媒介化"的过程中,网络文学 IP 的议题设置、创作机制、创作模式存在着诸多问题,对于如何讲述好中国故事以及形成有效的跨文化开发方案形成发展阻力。

(一)版权维护问题突出

不同国家在文学作品分级、数据保护、知识产权保护等方面的规定与中国区别很大。一方面,中国网络文学作品 IP 在跨文化的开发中,许多翻译网站对网络文学作品的翻译是自发行为,有的并未得到授权,而是出于兴趣爱好,这导致国外网络文学盗版侵权情况严重,跨国维权难,即使介入维权,阻止这种非商业性质的翻译传播也不利于我国网络文学的国际化发展。另一方面,中国网络文学作品的跨文化开发也存在借鉴、引用其他国家作品和设计的因子。国外的版权保护较为完善严格,如何确保网络文学在遵守当地法律法规的基础上进行开发成为重要议题。由于网络文学盗版网站成本低、风险低、传播快、隐蔽性大的特点,使网络盗版比纸质盗版更廉价、更快捷以及更难以维权。国内网络文学版权的现状同样成为羁绊网络文学跨文化开发的顽疾。

(二)翻译模式有待深化

达姆罗什提出"椭圆形折射"(elliptical refraction)模型,以此形象地阐释世界文学场域,并指出文学作品在翻译上存在的现象。[①] 他以译入语文化与译出语文化作为两个焦点,建构封闭型的椭圆,将此形象地比喻为世界文学。世界文学在传译的过程中使得译入语文化和译出语文化彼此相连,但双方以不同的文化场域形成两种文化磁力,使各自受到影响。网络文学场也是一种现代文化磁力场,其因审美的陌生感以产业为基础在世界文化的场域中形成文化市场。网络文学作品翻译的过程中产生编码符号的转变,这种转变带有译入语民族文化、价值观念、语言差异的文化特征。就此意义上,所有的网络文学作品经过翻译,就不仅仅是其原初文化的产物。网络文学因其语言、题材的特殊性,应当在介入世界网络文学的过程中,形成自身独特的语言风格和审美内涵,其在译文及新的文化语境中被重构的现象应当被重视。2018 年初,金庸先生的《射雕英雄传》英文版第一卷在英国出版发行,尽管当前欧美已经有九个国家买下《射雕英雄传》的出版权。但《射雕英雄传》从 1957 年发表,经历了近六十年的历程才走入西方的文化市场。在翻译方面存在的问题均成为网络文学 IP 跨文化开发的阻碍因素,影响网络文学作品在不同国家文化间的开发和传播。

(三)"文化折扣"现象明显

自我文化意识模型(cultural self-awareness model)理论及自我参照标准(self-reference criterion)理论指出,主体人对于自己所在地域文化较为熟悉,所以会倾向于把自己文化的价值观及行为模式认为是基本的常识。然而在跨文化领域,却存在着陌生化的基本状况。即使在翻译方面存在的障碍解决之后,网络文学作品还存在着类似

---

① David Damrosch, *What Is World Literature?*, Princeton: Princeton University Press, 2003.

以自我参照标准、自我文化意识模型理论的"文化折扣"现象。"文化折扣"是指不同国家、不同民族、不同地区间因文化背景差异的原因,在国际市场中传播的文化产品不被其他国家、民族、地区的受众所认同或理解而导致其文化、艺术、内涵价值的降低,从而形成"文化折扣"。[①] 霍斯金斯(Colin Hoskins)在实践中总结,于《美国主导电视节目国际市场的原因》一文中提出"文化折扣"概念。他指出,扎根形成于某种文化的特定的电视节目、游戏、动漫、电影或录像等文化作品,由于本国市场的受众与文化作品的产生具有相同的文化常识、价值观、文化符号等,在本国可能形成相当具有吸引力的文化市场;但在其他民族、国家或者地区其吸引力就会大幅度降低,跨文化传播学、跨文化心理学都从文学风格、性别意识、价值观、世界观、历史文化、神话故事、社会制度、自然环境、行为模式等方面得出类似的结论,即跨文化之间因种种原因形成的文化结构差异是导致"文化折扣"现象的主要原因。

(四) IP 价值传播意识淡薄

跨文化交流理论认为,在跨文化的交流中存在着许多文化、心理障碍,如因语言差异而形成的语言和非语言误解。在我国传统文学的跨文化传播中,就存在着由于文化差异、语言差异而形成的交流障碍。进行跨文化开发和传播既要对外国文化进行全面研究,更要了解自身文化。文化群体的价值观体系是行为和心理的动态产物,不同文化群体的价值观体系应在开发和传播中有相应的量表研究,以更好地、有针对性地寻找文化的差异和共性。如著名的施瓦茨(Schwartz Value Scale),

---

① Colin Hoskins, Reasons for the U.S. Dominance of the International Trade in Television Programmes, 1988.

经过大量田野调查、社会统计,提出跨文化语境下量化测量不同民族、不同文化的价值观体系。施瓦茨总结出 56 项世界通用的价值观条目,在量化的基础上进行质化研究将其归为十类动力领域(见表 5),开发和传播的基础是对文化的理解,这不仅是增强跨文化意识和提升粉丝黏度的有效方式,更是改变我国网络文学 IP 在跨文化开发中内容文本问题的着力点。如《鬼吹灯》《盗墓笔记》《全职高手》《锦衣夜行》《将夜》等武侠仙侠、魔幻科幻、玄幻奇幻等作品应在跨文化开发中植入更多具有普世性的价值观和模式。网络文学及网络文学 IP 在跨文化开发及传播方面的评论目前基本处于空白状态,通过网络文学翻译网站论坛、留言方式呈现的碎片化评论,缺少学术化的网络文学引导,因此在网络文学 IP 的跨文化传播方面存在较多问题。

表 5　世界通用的价值观十类动力领域

序号	价值观动力	内容定义
1	权力(POW)	借助社会地位与权威,对他人及资源进行分配与控制
2	成就(ACH)	在社会标准下,通过超越他人而达到的个人幸福感
3	享乐(HED)	身心感官的愉悦
4	刺激(STI)	因生活中新奇感引发的挑战从而带来兴奋
5	自我导向(SDI)	思想和行动独立中进行的自我探索和自我创造
6	普世(UNI)	理解、欣赏、宽容并保护他人及自然的福祉
7	仁爱(BEN)	保护并为他人的幸福创造所能
8	传统(TRA)	尊重、遵守并接纳社会施加的习俗、宗教及传统文化理念
9	一致(CON)	在行为、倾向等方面遵循与社会期望最大的公约数
10	安全(SEC)	自我认知及人际关系的稳定,社会的安全和谐

三、网络文学 IP 的跨文化传播策略

网络文学以数字化、娱乐化的文学变体在传统文学的跨文化传播中进行着语言和思维的重构。在传统的"文学失语"和"文学褪色"现象中,以网络文学 IP 的跨文化开发重塑中国文学的世界价值,扭转"文学逆差"具有重要意义。人文社科领域以及传统文学在跨文化传播中的"文化转向"所蕴含的思想、文化等方面的研究价值,对网络文学的跨文化开发形成积极影响。网络文学在发展的历程中经历了"文化焦虑""文化批判"和"文化审视"的阶段,在新时代"文化自信"的引领下,进入了依托新技术、新模式的文化共享、文化共建以及"文化他构"的新时期。碎片化的网络文学小品无法有效解决文化焦虑,亦不能达到更大范围的文化批判与文化审视,但整合碎片化的评论信息、生活素材等可以提升网络文学作品的生动性与互动性。

(一)网络文学 IP 版权共享

新文创以网络文学 IP 版权为基础,从版权衍生出发,拓展文学、影视、游戏、动漫、音乐等范围的共生,构建以 IP 为核心的产品生态圈,实现不同产业形态下的市场价值。网络文学作品要依循泛娱乐产业的生产方式进行系统化、全方位地融合,在坚持文化本性的前提下才有可能找到合理的市场阈值、艺术价值。在网络文学的国外市场,数字阅读依然为基础的方式,PC 端、移动端、APP 及数字图书馆销售等跨平台渠道是其营销收入的基本来源。版权销售是指基于网络文学作品的用户数量、文本价值,网络文学网站或作者将网络文学作品版权卖给影视、

动漫、游戏或出版等企业,是比较被广泛采用的版权开发形式。将以网络文学版权入股形式转移到 IP 开发项目中,进行版权分成或分红也逐渐成为共享经济时代实现市场价值的方式之一。在 PGC(Professional Generated Content)成为趋势的今天,网络文学影视改编版权运营一般通过版权授予、合作开发、独立制作三种模式进行,如《择天记》在影视改编过程中,通过"版权共营合伙人机制",其中阅文集团以投资方、制作方、运营方等角色与合作方及网络文学作者投入 IP 制作、IP 生产和 IP 运营授权中,这种版权合作模式,使网络文学平台适度参与整个版权的运营过程,对 IP 开发与创新起到重要的作用。"版权共营合伙人机制"以网络文学 IP 为核点,由作者通过网站注册发布作品,经编辑审核后推送给粉丝,经过粉丝阅读点击,付费打赏等筛选网络文学 IP。网络文学 IP 由阅文集团专业制作和营销团队接手,按类型分别推送给网络文学 IP 提供商,将网络文学作家、受众、网络文学 IP 开发商及投资商等上下游商家集聚起来,以授权、合作等模式共同开发、运作网络文学作品。① 形成 IP 版权共营模式,实现版权运营、版权共享和产业生态的多方"共营"和"共赢"。

　　网络文学 IP"版权共营合伙人机制"可以依据创作字数、点击率、评论及工作委员会等民主议题设置给予版权分成,通过探索公司股份制与众筹的模式,从一定程度上解决网络文学作品在跨文化开发中的素材、议题、情节设置、分成等问题,为网络文学的跨文化开发提供制度性的可能。随着《花千骨》《盗墓笔记》《步步惊心》《琅琊榜》《甄嬛传》等网络文学作品被改编为电影、电视、手游、动漫等衍生产品并输出到国外,中国网络文学 IP 获得国外受众的认可度越来越高。在网络文学的国际开发中,形成新的版权共营运营模式,以版权共营模式依托共同

---

　　① 刘锦宏、赵雨婷:《泛娱乐生态中网络文学全产业链生产和运营模式解析——以阅文集团旗下猫腻作品〈择天记〉为例》,《出版科学》2017 年第 25 期,第 28-33 页。

团队利用平台优势进行跨文化开发,围绕核心内容拓展网络文学衍生产品开发,促进网络文学在跨文化开发中多种价值的实现。

从国际市场角度来看,要借鉴并与国外的文化娱乐公司进行版权运营联合开发,充分运用欧美电子书从付费下载到付费订阅的转变方式,建立起新的分销和衍生渠道。(见图1)Netflix制作的《纸牌屋》的IP开发模式开创了电视剧从制作、发行、播放方式的新模式,依托类似Netflix等国际公司,通过出售优质网络文学IP版权,对其进行其他形式的衍生品开发,通过"文化他构"式的原创,采用国际渠道的"独播"模式,促进我国网络文学IP的价值转让和再开发。迪士尼公司通过产业化运营已经建立了成熟的以IP为核心的版权运营体系,涉及游戏、电影、主题乐园、文创产品、舞台剧等,通过将优质网络文学IP与其合作,借助其渠道在不同领域以多种形式进行衍生,创建网络文学IP可流转、可增值的市场空间。同时,我国网络文学IP可以通过反向定制的方式与迪士尼等公司进行版权运营合作,依托其自有渠道以版权转让、版权共营、版权分发等方式拓展在电视、动漫、电影、游戏等衍生产品的延伸,形成放射状的大文创价值链,在不影响用户体验的前提下,延伸整个网络文学IP的产业链长度,增加应用场景,提升消费频次,扩大用户规模。

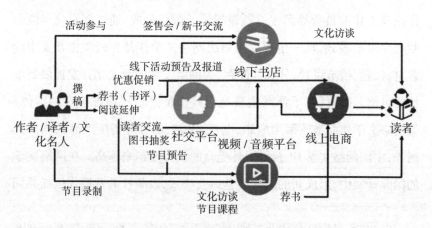

图1 传统出版文化服务新布(引用来源:艾瑞咨询研究院)

（二）构建网络文学 IP 翻译机制

2007 年美国翻译家埃里克·亚伯拉罕森（Eric Abrahamsen）创建致力于翻译并传播中国当代文学作品的博客网站 Paper Republic，Paper Republic 创建初期作为中国当代文学翻译的兴趣论坛，吸引了一批以英语为母语并深谙中国语言文化的中国当代文学译者，他们通过选择中国文学作品，整理中国当代文学作者信息，讨论翻译出版作品等，形成翻译文化圈。并逐步发展成权威的、具有学术影响力的，推动中国文学作品跨文化传播的民间网络翻译组织。Paper Republic 虽然是自发性、民间性、松散的翻译组织，其译员散居世界各地，但通过网站平台形成兴趣共同体。[①]《人民文学》期刊通过与 Paper Republic 合作，共同建设 Pathlight 杂志，该杂志译者团队全部由 Paper Republic 成员组成，通过高水平的翻译，把体现中国当代精神，能与外国作家和读者产生良好互动的中国作家及作品翻译给国外读者，成为向英语世界翻译、传播中国当代文学作品的重要力量。Paper Republic 为中国网络文学 IP 的翻译和传播提供了借鉴模式。一方面，在英语国家文化环境中生活的懂中文的英语母语者，在"译什么网络文学作品""为什么样的读者翻译""以什么语言转化方式翻译"方面，能更准确捕捉目的语国家的文化动态，也能够协调文化市场中的多种关系。另一方面，翻译者以所在国家文化和价值观、读者立场、审美需求及心理定式等为出发点选择翻译方法和翻译语境，拉近了与国外受众读者、合作机构、文化市场之间的心理距离。同时，网络文学 IP 通过海外粉丝译者的本土化翻

---

① 王祥兵：《海外民间翻译力量与中国当代文学的国际传播——以民间网络翻译组织 Paper Republic 为例》，《中国翻译》2015 年第 36 期，第 46—52 页。

译,使得 IP 拥有了更为丰富的跨文化内涵。① 互联网具有的空间偏向,让中国网络文学 IP 跨越国家地区的界限,在粉丝的推动下形成自发跨语言传播,成为传播中国文化的有效载体。通过借鉴中国传统文学的翻译模式,挖掘网络文学翻译的民间力量,借助互联网平台的优势,建立多种合作模式的海外译者团队,解决翻译中的文化差异、文化折扣问题,促进文化交流,提升我国网络文学 IP 的再开发及传播影响力。网络文学翻译不仅生产了新文本,也在跨文化空间中对文本情节、结构、内容本身进行再生产,不仅使网络文学译本得到跨文化传播、跨语言"阐释",而且其二次创作具备了"文化他构""文化他觉"的新视野。

在跨文化研究领域,美国耶鲁大学的默多克教授通过《文化素材主题分类目录》,建立了跨文化研究主题分类系统。数据库通过层级分类,如设置 Basic Information, Language and Communication, Education and Knowledge, Arts, Recreation, Information Sources and Research 等大类。在每个大类下设置系列基本主题词,在基本主题词之下设置相关次主题。通过借鉴跨文化研究文化素材主题分类方式,建设完善相应的网络文学基础语言翻译资料库,在形成比较统一的具有共识性的文化共识上,形成对特定学科、文化核心、民族文化、特定名词层面的比较看法,建立对网络文学翻译的符号共性,提升国外读者对我国传统文化、武侠文化、民俗习惯的了解。当然,整理网络文学素材库的过程,也是对中国优秀传统文化的大数据的提取过程,我国的文学翻译作品数量巨大,但应该选取经典翻译。

(三) 构建网络文学 IP 的品牌传播

文化精神上的民族性,是网络文学的自身文化立场和文化基因。

---

① 王祥兵:《海外民间翻译力量与中国当代文学的国际传播——以民间网络翻译组织 Paper Republic 为例》,《中国翻译》2015 年第 36 期,第 46–52 页。

在网络文学的跨文化开发中,通过建立跨文化适应模型,形成对网络文学的跨文化开发参照。价值传达至少要从五个方面去考虑。第一,文化相近性(proximity),亦被称为"文化距离"(culture distance)。即两个主体国家或者民族文化在历史、价值观体系方面的相近程度,这也是文化地理学所研究的内容。这些价值观或者文化尽管不能量化,但可以依靠社会学等理论研究把文化场域按照"地域文明"归类。从较大范围看,如欧洲文化(东欧、西欧、南欧、北欧)、东方文化(东亚、中亚、南亚文化)、美洲文化(北美、拉美)等,文化距离因地理、历史等原因形成文明体系。依托网络文学,对地域文明之间的文化等进行对比、探讨,学习不同文明中的价值观念,为网络文学 IP 的跨文化开发提供理论源泉。第二,语言水平(language mastery),即通过建立有效的翻译机制、翻译模式等解决语言、语义等问题。第三,文化熟识度(acquaintance)。文化熟识度是指国外受众对中国文化符号的认知水平。网络文学的跨文化开发受到读者对我国文化符号的了解程度的影响,文化熟识度影响跨文化适应水平。第四,包容度(tolerance of discrepancy)。网络文学作品本身需要包容他国的文化,作品要在跨文化开发中接纳新的文化进行改编或者翻译。第五,开放性(openness)。即网络文学要保持世界文学的超越本族中心主义(ethnocentrism)的开放性进行价值传达。作为大众文化的代表,网络文学产业和网络文学作品想要走向世界文化市场成为世界文学,就需要在创作过程中以艺术价值传达引发大众共鸣。网络文学 IP 在跨文化开发中依赖于其文本形态,依据情节和架构传递的人生观、价值观和世界观是让国外受众产生情感共鸣和文化认同的基础。网络文学在跨文化发展中要坚持内容为王,通过共同文化价值的内容呈现。

在跨文化中,由于参与开发及传播双方的符号系统存在差异,开发及传播因此成为一种符号的交换过程。网络文学是一种可以转换形式与内容衍生的文化传播媒介,要形成网络文学 IP 的媒介化引导。可以在网络文学 IP 形成一定受众基础上,经过艺术授权,由国外制作团队开发动漫产品,正如美国开发的功夫熊猫、花木兰等中国文化形象一样。这种"文化他构"和"文化他觉",将中国故事、中国形象以国际融合的方式,形成新的媒介文化。中国网络文学 IP 在跨文化开发中的品牌联动,应该具备头部 IP、垂直精品、极致题材。网络文学 IP 的品牌联动需要垂直、细分、精控,形成稳定且可持续的内容创生和类型潮流。通过网络文学 IP 联动形塑特定作品类型、世代、价值观、地域等具有不同自我意识、族群认同和价值取向的形象 IP,制定 IP 形象文化生活新准则,探索和实践更加品牌化的网络文学 IP 内生动力。如女频文在"人设+职业+情感"重组上形成新的网络文学类型化和人设开发重点,以"技术流"形成类型文热点。从热点话题、社会现实,再到时代感,网络文学 IP 的品牌要与传统严肃现实主义嫁接,形成葆有网络文学基因的"融合"现实题材作品。

(四) 优化网络文学 IP 跨文化批评共同体

经典文学承载着主流意识形态,是精英文化的标志,构建着文学的审美范式。网络文学的大众化以及批评的网络化使得文学批评有了新的转向。"媒介形态的变化改变了人类感知模式,重组了人际关系,推翻了既成的政治秩序和美学秩序"。[1] 网络文学批评不同于传统文学批评,首先网络文学 IP 是由网络作家创作经过网络文学平台编辑审核再由受众进行阅读反馈的文学作品,由于 IP 的热门性和舆论热潮,网络文学意见领袖的批评成为文化市场及组织监管的重要话语,这种"文学共同体"构成了网络语境中的文学社会学和艺术生产美学。在

---

[1] 马歇尔·麦克卢汉:《理解媒介——论人的延伸》,何道宽译,北京:商务印书馆 2000 年版。

跨文化开发中,它也构成了跨文化传播和再开发的引导力量。当前国内的网络文学批评处于初期阶段,网络文学的跨文化批评更具有其特殊性。如批评主体的身份更为多元,除了基于国内"传媒批评""传统文学批评"之外,还有"在线打分批评"的受众对网络文学作品的评价,形成对网络文学创作的干预。网络文学批评的方式和效果影响着其产业链衍生的关联业态,打赏吐槽、自媒体批评、传媒批评、网络文学研讨会、参与奖项等批评形式都影响着作品的点击率、舆论场,间接影响着网络文学平台以及由此 IP 衍生的泛娱乐产业链的经营收益。因此,网络文学的跨文化批评应从网络文学生产、编辑、审核、阅读反馈各方面提前进行,从创作、管理、经营、阅读、评论的渠道构建网络文学作者、运营方式、网络文学平台、粉丝受众、网络文艺理论等五位一体的"批评共同体",形成以理论评论学理逻辑为中心,创建批评的多维互动方式,助推网络文学成为一种文学现象甚至是网络时代的社会文化现象。

随着网络文学在国外阅读渠道的电子化,海外翻译网站、APP、论坛、亚马逊 Kindle 等大数据为网络文学的评论提供了多元化渠道。Wuxia World 和起点国际通过 Popular Tags 建立标签、评分、点赞、数据等评论机制,分析各国外受众的阅读习惯、风格偏好等,以找到读者阅读痛点改进网络文学创作,网络文学 IP 在跨文化开发中根据运营数据反馈,改进日更情节、场景等内容,借助平台提供的个性化数据分析剧情走向、受众期待、市场需求,通过对网络文学 IP 的场景安排、人物设定、故事陈述、语言表达、动作协调等方面的讨论、评论,提升互动性和娱乐性。"网生评论"是市场反馈的审美习惯,应通过大数据对关键词的抓取,形成网络文学 IP 的重要评价数据。当前我国网络文学在国外的开发商业模式主要以广告、打赏与众筹为主。Wuxia World 等网文翻译网站通过免费提供翻译好的网络文学作品,打赏译者、众筹捐款来进行翻译章节更新。Patreon 网站以众筹平台的方式让译者通过众筹章节获得盈利。在"共享""众筹"的中国互联网精神中,任何开放式的评论都可以通过"标签""评分""点赞""留言"等方式互动。应建立与翻译网站的版权合作,设置多元激励机制,提升网络文学 IP 的互动性,给予网络文学作品以反馈意见。充分运用网络文学 IP 在跨文化开发中作为"话题文本"具有媒介化的特征,通过大数据建立的话题、议程设置在社交网站、终端上形成粉丝群体和交流圈,形成符合时代价值观并贴合国际文化热点的话题,形成受众互动和文化认同。

四次出海，四种视角：重读《鲁滨逊漂流记》

侯 磊

对于英国作家笛福，我始终在关注他出生的年代，以及他的代表作《鲁滨逊漂流记》的年代，因为这部作品横空出世，前所未有，而后来追随他所写的作品，影响力远远赶不上他。

笛福生于 1660 年，去世于 1731 年，他比莎士比亚、塞万提斯等小上一百多岁，而又比狄更斯、大仲马、巴尔扎克等作家大上一百多岁。《鲁滨逊漂流记》成书于 1719 年，相当于康熙年间，距今三百年，比《红楼梦》要早。他写这本书时已经五十九岁，此前他没有写过小说。他是一位政治家、商人与政论家，有着丰富的人生阅历，经历过欧洲鼠疫、伦敦大火、英荷战争、暴风雨等灾难，本人曾多次破产，三次入狱，常年负债累累，负债最高时达一万七千英镑，后来还至负债四千英镑。他个人所受的是另一种磨难，但他始终在著书立说，提倡筑公路，办银行，立破产法，设疯人院，办水火保险，征所得税，办女学，等等。① 1702 年，他发表政论《消灭不同教派的捷径》，用反讽手

---

① 参见笛福：《计划论》，选自《笛福文选》，徐式谷编译，汉译世界学术名著丛书，北京：商务印书馆 2009 年版。

法,反对国教压迫不同教派人士,文笔巧妙,受到罚款和坐牢的惩罚,入狱六个月,枷示三次,却被伦敦市民奉为英雄,同时还发表了一首长诗《枷刑颂》。① 而《鲁滨逊漂流记》,他仅用几个月就完成了,由此大获成功并作有续集。

在故事中,鲁滨逊前后经历了四次出海,不是一次、两次、三次,而是四次。这四次出海,一次比一次长,一次比一次惊险,通过这四次出海能看出很多问题,得出很多结论。因为每一次都能引发出不同的角度和不同的结论。我们对整部小说的把握与解读,都是通过这四次出海而得出的。因此,本文依次论述每一次出海,并特别注意以下几个点:即鲁滨逊每一次出海时的身份、原因、目的和结果。

一、第一次出海:冒险小说之祖

《鲁滨逊漂流记》是一部古典主义刚刚结束,而浪漫主义与现实主义兴起时的著作,一部跨时代的书。在笛福以前没有这样的故事,也没有这样的写法,他开创了现实主义小说与冒险小说的先河。

冒险小说(adventure fiction),这是我们最初的阅读,也是人类最初的故事。自从人类在漫漫长夜中,围着火堆讲故事的年代开始,就有了冒险的故事。也许只有这样的故事,才能使人听得下去,扣人心弦。如《荷马史诗》中的《奥德赛》,这是一部冒险史诗,诗人把奥德修斯的十年海上历险,用倒叙的手法放在他临到家前四十多天的时间里来描述,包括战胜圆目巨人、经过塞壬妖岛等故事。而中国的《西游记》,更是一部历经九九八十一难的冒险小说。冒险故事需要走一步遇到一个危

---

① 参见笛福:《枷刑颂》,选自《笛福文选》。

险,要有走几步全军覆没的危险。当人有一定平稳的生活后,人的精神永远渴望冒险带来的刺激,正如我们平日在写字楼里上班,却时刻渴望着周游世界一样,只是当今的旅游不再有任何冒险成分。从这个概念上讲,它有着十分正面的意义。梁启超曾在《中国唯一之文学报〈新小说〉》一文中高度评价了《鲁滨逊漂流记》:"如《鲁滨逊漂流记》之流,以激励国民远游冒险精神为主。"①

父亲希望鲁滨逊继承父业去经商,经常把他叫到自己的房间里去谈心说话。在谈话中,鲁滨逊就表达出出海冒险的意愿。这时鲁滨逊的父亲说:"出海历险的不外乎两种人,一种是走投无路,只得孤注一掷的,另一种是野心勃勃、财大气粗的。他们不惜冒险一搏,以图出人头地;他们撇开通常的路子,另有作为,使自己成名。"而鲁滨逊的出身,正处于这两种人之间。"这是世界上最好的状态,是最适宜于人类幸福的状态,既不必像干力气活的人那样去经受种种艰难困苦、辛劳和痛苦,也不必像上层人士那样被骄傲、奢侈、欲望和忌妒所困扰。"②

这段话提纲挈领,整部《鲁滨逊漂流记》所写的,就是鲁滨逊的愿望给否决以后导致的行为,他一生都在用行动反抗父亲这段话。同样,伊恩·瓦特在《小说的兴起》中指出:"当时鲁滨逊与父母之间的争论不是关于子女责任或宗教的,而是关于出海远航还是老守田园,哪个从物质上来说是更有益的人生路线:两方都把经济论据放在第一位。"③鲁滨逊毕生都在通过冒险来追求财富,他的"人设"一登场便固定下来,从来都没有崩塌。

在表面上,鲁滨逊在家里安静地过了大约一年,他反复纠结后还是

---

① 梁启超:《中国唯一之文学报〈新小说〉》,《新民丛报》十四号,新民丛报社 1902 年版。
② 笛福:《鲁滨逊漂流记》,鹿金译,杭州:浙江文艺出版社 2016 年版,第 2—3 页。
③ 伊恩·P.瓦特:《小说的兴起:笛福、理查逊、菲尔丁研究》,高原、董红钧译,北京:生活·读书·新知三联书店 1992 年版,第 67 页。

走了。他是偷着离家出走的。他有个朋友,那朋友的父亲有一艘船,于是,他跑到船上去当水手。那一年,鲁滨逊十九岁。

船上的职位大略可分为:见习水手,水手,水手长;三副,二副,大副,船长,轮机长,战船上有火炮的,还有炮长等。现在海事大学毕业,学航海类的专业,毕业能在船上从三副做起,工作几十年才能当船长。而水手是船员职位的一种,要服从船长的安排,负责船上货物或人员的安全,工作非常辛苦。没有学历的人从见习水手,也就是从实习生做起,做到水手后,顶多做到水手长,想当船长几乎不可能。鲁滨逊作为一个中产阶层的小儿子,为了航海,去做底层劳工做的水手,可见他的决心。

这第一次航海,鲁滨逊刚一上船,就后悔了。

职业出海的生活是我们没法想象的,海上生活瞬息万变。商人有可能在一地趸了货,到另一地销售,只要赚取了差价,立刻大发横财,又可能在回程中赶上飓风,立刻粉身碎骨,沉入海底。而大自然很快就让鲁滨逊见识到什么是真正的"风暴"。航行几天以后,真正的大风暴来临了,海面上狂风怒号,巨浪滔天,大船上下颠簸,左右摇晃,甲板上站不住人,没经验的人颠得又晕又吐,更别说干活了。这时船离岸边不是很远,但唯一能做的就是抛锚。船抛锚停好后,刚开始还行,可过了两天,风暴越来越大,人们遭遇了危急时刻,鲁滨逊看到,船长、大副、水手长们,都开始跪地祈祷了。

有水手传来消息,船底漏水了。船长给了鲁滨逊一个任务,让他发信号枪求救,以便其他的船看到来营救。而这时,鲁滨逊却晕倒了,有人把他一脚踢开,他好一会儿才缓过来。这时,人们对鲁滨逊是来不及对他发怒的,因为抽水已经没用了。人们放弃大船,上小船到岸边。不到一刻钟,整艘船就成了几百年前的泰坦尼克,沉没了。幸好还没有人员伤亡。

回到城里以后,船主建议鲁滨逊不要再出海了。他问明鲁滨逊的情况，得知鲁滨逊是有违父命偷跑出来后，更气得把鲁滨逊大骂一顿，说，你为什么这么不听你爸的话？你这辈子也别想登船了，你根本就不是船上生活的料，你成事不足败事有余，回家改行吧。

这就是鲁滨逊的第一次出海，以失败告终。

鲁滨逊的第一次航海虽然失败了，但他初步见识了大海，为他下一次航海埋下了伏笔。这次失败并不仅仅是鲁滨逊个人的原因，而是与人类认识世界有关。在航海大发现、麦哲伦环球航行以前，人类很难想象海外的世界。正是由于人类航海的发现，对世界认识的拓展，使得冒险小说有了新的想象空间。但写实的冒险小说出现得较晚，而人类渴望冒险的心万古长青。

二、第二次出海：马克思主义的视角

鲁滨逊并未死心，他回到家中，接下来开始了第二次航海。

这一次鲁滨逊又认识了一个船长，跟船一起去非洲的几内亚。他跟在船长身边做学徒，向船长学习操作航海仪器，学会了大量航海知识，增长了航海经验，同时还经商——出发前向亲戚们四处借钱拼凑了四十英镑，进了一批货物。他在目的地换取了 5.9 盎司的金沙，回到英国后卖得三百英镑，狠赚了一笔。

这就是鲁滨逊的第二次出海，总共在全书中写了不到一页篇幅，以胜利吸金告终。最初接触的对《鲁滨逊漂流记》的解读，是在政治课本上用马克思主义的解读。这里会涉及三点：（1）劳动；（2）商品交换；（3）剥削与被剥削。

马克思说："他（鲁滨逊）是十六世纪以来新发展的生产力下的

产物。"①从马克思的视角来看,笛福笔下的鲁滨逊,是一个坚强勇敢、刚毅、勤劳、智慧的完美个人,赞扬了在资本主义上升时期的个性自由,发挥个人才智,勇于冒险,追求财富的进取精神,肯定了鲁滨逊的创造能力。鲁滨逊是最初的资本主义者,他代表了资本主义原始积累时期的一切"狼性",一切正面的形象。

劳动使人成为人,劳动是鲁滨逊必须要做的,也是他唯一生存的手段。他所有的工作都由自己来做。是劳动使得他从一个衣食无忧的商人之子,成为全能型的航海家和商人。同样,鲁滨逊劳动的目的就是为了赚取更多的财富,这个财富的多少并没有上限。

这次航海太过顺利了,不由得要问作者为什么这样写? 实际上,这是笛福的巧妙之处,主人公要有输有赢,一起一伏,波峰波谷。给点甜头,更能刺激鲁滨逊的下一次航海。

三、第三次航海:传奇性与现实主义之祖

很快第二次航海的船长去世了,船上的大副成了船长。鲁滨逊要继续跟他航海去几内亚经商。这次的经历比较奇葩,没见风暴,却遇见了土耳其海盗。船员在与海盗的战斗中不幸战败,鲁滨逊被俘并成了海盗船长的奴隶。这对鲁滨逊是个天上地下的变化,从中产阶级的商人之子,成为生命自由被握在别人手里的奴隶。

鲁滨逊只好顺从,他做了海盗船长两年的奴隶,并逐步得到了信任。他会钓鱼,主人放心地让他自由活动。他偷偷做好了逃跑的准备,

---

① J. 弗莱维勒编:《马克思、恩格斯论文学与艺术》,王道乾译,上海:平明出版社1951年版,第101页。

提前在船上储藏了食物、水，并携带了枪、子弹和火药。这天他看火候差不多了，他带着一个名叫舒利的小仆人，和一个摩尔人一起去钓鱼，立刻找机会赶走了摩尔人，带着小仆人撒丫子逃跑了。他一连几天都不敢靠岸，始终在海上航行，只有补充淡水时才偶尔靠岸。他一路向南，路过了有土著人居住的海岸，在海岸打猎并补充淡水，一路逃跑，航行了数十天，终于遇到一艘葡萄牙人的船，他们被救到了船上。鲁滨逊和船长很是聊得来，他跟着这艘船去了巴西。在巴西，他成了种植园主，并且发了家，这一过就四年。

而这时，我们面对一个问题，这个问题并不是在鲁滨逊第四次航海荒岛余生二十八年时才出现的，它在这次鲁滨逊航海被俘做奴隶时就已经出现了。这个问题是：笛福这样写真实吗？可能吗？

笛福的创作灵感来源于一个苏格兰水手——亚历山大·赛尔柯克的个人真实经历。1704 年 9 月，这名水手在海上与船长发生争吵，船长把他连带铺盖卷和一些工具，遗弃在南美洲大西洋中的安·菲南德岛上。他原本以为不会真把他扔在这里，几个小时以后船长就会回来，没想到船长并没回来。为此，他只好靠海鲜、淡菜、蛤蜊等为生，也发现岛上有海龟、鸟蛋、山羊等，于是他在岛上搭了两间茅草房生活。四年后，当他被救回英国时已成了一个野人。后来他跟着船继续航行，不几年他发了家，成了身价八百英镑的富人了。把赛尔柯克救起的船长叫罗杰斯，他后来写了本书，叫《环球航行记》，在书中详细讲述了这个故事。于是赛尔柯克活着的时候就已成了名人，经常应邀参加宴会，去讲述他的荒岛传奇。但赛尔柯克活得并不快乐，他后来还是参加了皇家海军，并死于航海途中。

从创作手法上来说，笛福的《鲁滨逊漂流记》是极具传奇性的现实主义小说。所谓传奇性，即所写的事情在逻辑上成立，但现实中出现的概率微乎其微。作为一部"前狄更斯时代"的作品，笛福采用全盘写实的手法，没有任何的魔幻成分，它非要把一个人荒岛生活二十八年这样不可能的事情,按照每个细节都真实的可能性来写。被俘后以及逃到巴西的鲁滨逊,过一种没有任何意外保障的生活,仿佛一个没有自身免疫系统的人。巴西生存的意外太多了,纵使笛福心思缜密,描写细致,仍会挂一漏万。比如,鲁滨逊病了,受伤了,食物中毒了,被野兽或土著人攻击了会怎样?但在笛福笔下,他不能出现任何的意外。

笛福有能力使用真实的细节来写小说。小说中使用第一人称"我"来写的。所采用的口吻,是一个人年老后,对自己一生冒险故事进行回忆的口吻。这种写法非常直接,所写的都是"鲁滨逊"亲身的经历,或是亲眼看到、亲耳听到的事情。这样写是能使读者产生一种真实、亲切的感觉也便于抒发情感。同样,第一人称更容易采用心理描写,在塑造主人公鲁滨逊的时候所用的一个很出色的手法就是心理描写。通过一系列的心理描写展示了鲁滨逊的思想变化,也在很大程度上揭示了他的性格特点。另有的,是日记体的穿插,这些日记讲了鲁滨逊的生活经历,也用第一人称的口吻对鲁滨逊的心理进行了细致的刻画。例如在鲁滨逊与病魔抗争的时候,真实地描述了"我"在病痛中忍受来自肉体和心理双重痛苦的折磨。

鲁滨逊没有经过任何枪林弹雨,他只是在按部就班地生活。我们会接受一个人在枪林弹雨火山地震之后幸存,但我们难以接受一个人在没吃没穿的日常生活中安然无恙。反过来说,作家写赢后者,比写赢前者更艰难。

单看鲁滨逊的第三次航海,这是一次非常传奇的经历。首先遇到海盗,被抓逃跑还去了巴西,前后长达六年。这个故事足够一部长篇小说了,但在《鲁滨逊漂流记》中,才是其中的一次航行。第三次航海表面上是失败了,并做了俘虏;而结局是鲁滨逊到了巴西并发了家,因祸得福。而接下来,就是最长久的第四次航海,长达二十八年的荒岛余生。

四、第四次航海：殖民者的荒岛余生

在此期间，鲁滨逊将在英国的家产托付给救他的葡萄牙商人，安顿好了后方。

鲁滨逊在巴西的生活已经安稳，但那时的巴西地广人稀，有大片的种植园而缺乏劳动力。而当时已有了罪恶的奴隶贸易。有几个人决定出海去几内亚贩卖黑奴，他们请鲁滨逊做船上的司货，等于是管理船上的货物和事务。鲁滨逊成为船的管理者，他被许以能参与分成——获得奴隶。

鲁滨逊就此出发，可这次更加凶险。

全船一共一百二十吨重，备有六门小火炮，共有十七个人，没几天船就遇到了一次飓风，大风狂刮十二天，有两个人被浪打到海里身亡，还有人死于热病。又航行了一阵，他们遇到了第二次更为剧烈的风暴，船被吹向了一片陆地，并搁浅了。

此时风浪大巨，浪仿佛将海天颠倒过来，船几乎快成碎片了。人们只好放弃大船上了小船。小船上加鲁滨逊一共十一个人，他们随浪逐流，此时唯一能做的事，只剩下祈祷。忽然一阵大浪打来，小船翻了，鲁滨逊被呛得七荤八素的，几乎要被淹死了。不幸中的万幸，他被海浪吹到陆地上，浪退去了，他缓了很久才爬起来。他爬上陆地休息了一阵，发现只有自己活了，那十个人，估计都葬身鱼腹了。

鲁滨逊环视这片土地，有树林、有河流、有山谷，还有个小山包。他爬上山顶上往四周环视：这是一座荒无人烟的小岛，岛上完全原始，没有任何现代文明。鲁滨逊顿时绝望了，这可怎么活啊？但幸好的是，鲁滨逊很快发现，自己所乘坐的那艘大船，也被海浪冲到这座小岛上了。

而潮水退下,可以游泳到船上去。

鲁滨逊先是住在树上,然后游到大船上查看一番。大船进了很多水,但里面还存有不少物品。他费了很大的力气扎了个木筏,将从大船上发现的吃的、穿的等生活用品分批运回到了岛上,一共运了十二次。通读全书,我们发现,鲁滨逊找到了:

一把刀,一个烟斗,一小匣烟叶,一杆猎枪,两桶火药(还有一桶是被侵蚀得没法使用了),两支手枪,一小包子弹和两把生锈的旧刀。还找到了朗姆酒,甘蔗酒,几瓶烈性甜酒,五六加仑椰子酒。成叠的衬衫,用来喂鸡的小麦,火镰,烟叶,一柄小斧子,帆布,一条狗,一只猫,粮食,面包,米,三块荷兰酪干,五块羊肉干,欧洲麦子,木匠箱子,几只装火药的角筒,钱。以及船上的帆布,桅杆,木板,纸,笔,墨水,三四个罗盘,一些观察和计算仪器日晷仪,望远镜,地图,以及航海书籍之类的东西。他还找到了三本很好的《圣经》。此外,还有几本葡萄牙文的书籍,其中有两三本天主教祈祷书和几本别的书籍。

由此鲁滨逊开始了岛上独居的生活。他给自己搭了个茅草窝暂避风雨,后来他发现了一个山洞,就住在山洞里。可这些吃的和日用品根本不够用啊,幸好,他发现岛上有很多的海鸟和野山羊,都不怕人。于是他用火枪打野山羊,吃山羊肉,并且打海鸟吃肉。他围着岛一转,岛的另外一面有大量的海龟在此产卵,他很轻松地捕捉海龟并掏海龟蛋吃,暂且果腹。他整理了一块土地,用小麦撒种,几个月后就收获了小麦,有了固定的食物。慢慢地,他收获了大麦和小麦,晒葡萄干,还饲养山羊,过得好起来。

1. 驭奴者鲁滨逊

在第三次冒险中,鲁滨逊所在的船遇到海盗并被俘虏,成为海盗船主的私人奴隶,后利用划船在钓鱼时逃脱。而鲁滨逊并非最底层的奴隶,他手下还有个"奴下奴"——一个名叫舒利的小仆。小仆跟着他一起逃跑,遇到葡萄牙人的船并获救。鲁滨逊竟然把小仆舒利卖给了葡萄牙船长。他自己刚刚逃脱成自由人,就开始行使自由人的权力——对丧失自由的人的奴役与买卖。

正是在第三次冒险后鲁滨逊到了巴西,他之所以要第四次航海,同样是为了奴隶,为了能参与分成,免费获得奴隶,用来为自己的种植园劳动。

鲁滨逊在岛上生活了二十三年后,他发现一个土著人聚会后剩余的残骸,原来不知为何这里有土著人。而那些残骸是人的残肢,原来这些土著人吃人!他又见到两部分土著人厮杀,有一个土著人被俘,眼瞅着就要被吃掉了,他开枪把土著人救了下来。土著人十分臣服于他,那天是星期五,他给土著人起名为星期五。星期五跟着鲁滨逊一起生活,也渐渐学会了一些英语,两个人能以特定的方式交流。英国文学家库切曾说,如果鲁滨逊是堂吉诃德的话,那么星期五有时候扮演的角色就像桑丘。① 但这是表面上的现象,在鲁滨逊心中,他可以对星期五残忍得多,尽管他没有那么做。

此时鲁滨逊显然超脱了商品社会,他完全自给自足,自产自销,没有任何人能和他做买卖,他不需要钱,不用商品交换,也不需要市场。他是经济个人主义的化身。同时,鲁滨逊存在剥削。他无偿占有了星期五的身体和全部的劳动力,拿走了星期五的全部价值。然而,这又是站在传统的舍身报恩的思想上。他救了星期五,星期五感谢他,心甘情愿地做他的仆人,抑或奴隶。

2. 文明人鲁滨逊

鲁滨逊营救星期五时,本着不愿见到"吃人"来营救的,同样不能否认他的私心,他希望有星期五这个奴隶。在他的世界里,吃人是野蛮,而长达一生的驱使是文明。"吃人"这种说法,就小说而言,为的是

---

① J. M. 库切:《丹尼尔·笛福的〈鲁滨逊漂流记〉》,选自《异乡人的国度》,汪洪章译,杭州:浙江文艺出版社 2017 年版,第 30 页。

增加对野蛮人的形容,如何来形容他们的野蛮? 他们吃人。这是违背现代人伦的,但不妨说,更是对野蛮人扣上了野蛮的帽子。

那么,在全书中,在全岛上,始终突出着两股势力的冲突,即吃人与不吃人——野蛮与文明之争。

在鲁滨逊眼中,或者在笛福眼中,他视当地土著人为野蛮,他始终把野蛮人当作比野兽高档一点的物种来看待。他使用了种种词汇来描述野蛮人的不堪,尤其是吃人。当他提及吃人时,表现出了恶心,反胃,伤天害理。这不只是形式上的吃人,更有观念上的吃人。他认为:野人与我们一样知道感恩图报,诚恳待人,忠贞不渝,相互为善。但他也感到奇怪,为什么上帝不给这成千上百万的生灵以同样的教诲和启示,使他们懂得赎罪的道理。为什么要让他们是野蛮人,而我们是文明人呢? 他觉得,如果把野蛮人变成文明人的话,那么,他们实在能比我们文明人做得更好。

在小说中,鲁滨逊经过了二十多年的荒岛生存,已经拥有了荒岛生存全部的能力。在伐木、建造工具等能力上,一旦涉及荒岛生存的能力,他被星期五远远地甩在了后方。在现代化社会中,星期五是野蛮人;而在荒岛文明中,鲁滨逊才是野蛮人。我们如何来定义他人的文明?

文明是在不断冲突的过程中融合的,而融合的过程,必然是以他人为野蛮,以自己为正统。在早期欧洲探险小说或欧洲中心者心中,食人族——食人生番是荒蛮地区必然存在的想象。在历史语境中,土著人是否真的吃人并不重要,而欧洲殖民者想象他们吃人,他们必然就是吃人的。

3. 殖民者鲁滨逊

又过了些年,鲁滨逊和星期五发现岛上的土著人中,生活着一些西班牙人,原来是一艘西班牙的船在这里失事了,他们和土著人生活在了一起。再不久他发现岛上又来了一艘大船,他结识了这艘船的船长。

这时候这艘船有两个水手哗变了，把船长和其他水手绑架成了俘虏。鲁滨逊和船长达成交易，鲁滨逊答应帮船长把船夺回来，而船长带他回国。

一番战斗，鲁滨逊俘虏了那两个哗变的水手，把他们和土著人、西班牙人一起留在了岛上，自己离开了小岛。他上岛是1651年的8月，离岛是1686年12月29日。他在海上航行半年多后，于1687年7月11日抵达英国。回国后，鲁滨逊接收了当年委托给葡萄牙船长的财产，船长早已去世，他把部分财产分给了对他有恩的人或后人。随后他重新整理财产，安顿后方，又到巴西继续经营种植园。在此过程中他又去了一趟自己漂流的那座小岛，他组织小岛上的人移民，并在岛上划分土地。

岛已不再是荒岛，鲁滨逊成为岛的主人，并过上自己的幸福生活。鲁滨逊是大圆满的结局，他回到文明社会后，又回到岛上，将岛分成了各个部分，开荒移民。而这时，他自动地成为岛主。

在那个还没有现代国界意识的年代，世界上还有很多无领主之地的年代，一个人在他脚下的地方插个旗子，那么这片土地即归他所有。鲁滨逊的海难成了他的跑马圈地，他因祸得福，此时他也许会想，为什么不漂流到一座更大的荒岛上呢？

鲁滨逊的殖民是他命中注定的事。他渴望冒险与发家，而且确实实现了，只不过要在发家的地方，一个人得经营上二十八年。或许说，从鲁滨逊决定出海的那一天起，就注定，他必然会得到一大块土地，这块土地刚开始是一座荒岛，但它最终会成为一片大陆。

五、四次航海的总结：见证者鲁滨逊

为什么鲁滨逊没有意外？不许鲁滨逊结束故事的导演，除了笛福，还有上帝。

在岛上,他突然得了严重的疟疾,这种病俗称打摆子,是一阵发烧一阵稍好,很快就烧的人一点力气也没有了,治不好会死人的。岛上没有医药,他一阵相信自己快病死了,只好念《圣经》来祈祷,用酒泡烟叶这样的偏方来治疗。生病半个多月后,鲁滨逊奇迹般地康复了。

康复以后,他继续到船上搬东西,只有他一个人,连搭把手的都没有。幸好岛上炎热,不用穿衣服,他上岛以后先记录了时间,并用仅有的墨水写日记。但很快墨水告罄,他也没法写了。但多年以来,那本《圣经》始终陪伴着他。

笛福经历了英国的宗教改革,并写过《论英国宗教改革》的小册子。他笔下鲁滨逊的出身决定了,他最初不是虔诚的教徒,他出生在信仰最不坚定的阶层——商人中。我们把全书中描写信仰的部分全部画出来重读。当鲁滨逊第一次航行在大海上遇见风暴时,他见到船上的人都纷纷跪下来祈祷,这可能是他们唯一能做的事。接下来,鲁滨逊也开始祈祷。并在第四次航海漂流岛上时,他在残存的大船中,取回了《圣经》。而他的信仰,是随着航海而建立起来的。是《圣经》支撑着他,度过了二十八年。

首先,他尝试着给自己设置了礼拜仪式,他把自己登陆海岛的那天定为斋戒日,并举行了宗教仪式,以极度虔诚谦卑的心跪伏在地上,向上帝忏悔自己的罪行。这意思是,如果我没犯错的话,就不会来岛上了。既然来岛上了肯定是作恶了,赶紧忏悔吧。其次,到了岛上第三年的时候,鲁滨逊重新制订了生活作息:第一,定出时间,一天三次祈祷和阅读《圣经》;第二,带枪外出觅食。如果不下雨,一般在上午外出,时间约三小时;第三,把打死或捕获的猎物加以处理,或晒或烤或腌或煮,以便收藏作为食物。

由此,鲁滨逊对自己从前的作为有了深刻反思。他对过去的罪恶生活一直进行反省，心里感到非常害怕。但是，当鲁滨逊再看看自己目前的处境，想到自从到了这荒岛上之后，上帝给了自己多少恩惠，对自己多么仁慈宽厚，鲁滨逊心里不禁又充满了希望。现在，鲁滨逊有了宗教思维，他每天读《圣经》，并把读到的话与自己当前的处境相联系，以从中得到安慰。一天早晨，鲁滨逊心情十分悲凉。打开《圣经》，鲁滨逊读到了这段话："我总不撇下你，也不丢弃你。"（《新约·希伯来书》13：5）只要上帝不丢弃鲁滨逊，那么，即使世人丢弃鲁滨逊也无妨，而上帝，只有他才能帮助鲁滨逊抵御恐惧。

鲁滨逊按照商业簿记的格式，分"借方"和"贷方"，把幸运和不幸，好处和坏处公允地排列出来：

不幸：

我流落荒岛，摆脱困境已属无望。

唯我独存，孤苦伶仃，困苦万状。

我与世隔绝，仿佛是一个隐士，一个流放者。

我没有衣服穿。

我无法抵御人类或野兽的袭击。

我没有人可以交谈，也没有人能解救我。

幸运：

唯我独生，船上同伴皆葬身海底。

在全体船员中，我独免一死；上帝既然以其神力救我一命，也必然会救我脱离目前的困境。

小岛虽荒凉，但我尚有粮食，不致饿死。

我地处热带，即使有衣服也穿不住。

在我所流落的孤岛上，没有我在非洲看到的那些猛兽。假如我在非洲沿岸覆舟，那又会怎样呢？

但上帝神奇地把船送到海岸附近，使我可以从船上取下许多有用的东西,让我终身受用不尽。①

笛福、鲁滨逊、星期五都是当时正在兴起的基督教新教的信徒。鲁滨逊将幸运的一方都归为万能的上帝,他见证了上帝的奇迹,从此上帝成了他唯一的伴侣,而在有了星期五以后,他向星期五传教,与星期五讨论《圣经》,这是他们唯一的文化生活。他被海浪带到这座孤岛上,也将《圣经》带到孤岛上。孤岛成了鲁滨逊的领地,也成了上帝的子民。

而这时,我们还要做一件事,即把鲁滨逊四次促使他航海的原因,每次出行的身份、目的,航行的结果来列个表:

鲁滨逊出海经历	原因	身份	目的	结果	文本分析视角
第一次	父亲的那段不许他出海的话,刺激了他。	水手	看大海,长见识	船遇到风暴沉了,鲁滨逊危急时刻晕倒,他回城里遭到船主训斥;但他初步见识了大海。	冒险小说视角
第二次	第一次航海的失败,以及被船长训斥后的不服输。	水手兼商人,淘金者	去几内亚经商	四十英镑的本金,回来变成三百英镑,学会了航海。	马克思主义视角
第三次	第二次出海的成功。	商人	经商赚钱	被海盗俘虏后逃跑,到巴西成了种植园主。	传奇性与现实主义视角
第四次	继续在巴西扩大经营。	司货	为自己的种植园寻找黑奴	船遇风暴失事,人员除了鲁滨逊全部遇难。鲁滨逊流落荒岛二十八年两个月又十九天,收土著人星期五为仆人,利用别人的船返航。	后殖民主义视角

① 根据《鲁滨逊漂流记》第72-73页摘编。

　　我们已从以上四个视角来重观鲁滨逊,但支撑二十八年荒岛生活的,岛的环境并非恶劣,那艘船带来的一些简陋工具,鲁滨逊的勤劳……这些都建立在"运气"的基础上,而这个运气,仿佛是上帝赏给他的。

　　通过我们分析鲁滨逊四次出海的身份、原因、目的和结果的变化,得出鲁滨逊四次出海经历的层层递进,每一次都比上一次要上升得多,进而可以看到鲁滨逊的"成功"。我们从多层次的角度来分析这部小说的同时,了解了鲁滨逊是个怎样的人:生于英国一个有一定社会地位、家境中等的家庭里,他的父亲不是本地人,来自德国不来梅,是靠经商发家的。他生性好动,对大海充满了幻想,想去海上冒险。他的全名叫鲁滨逊·克鲁索。克鲁索是德国姓,鲁滨逊是他母亲的英国姓,这能看出她娘家人还是有一定影响的,因为父亲是外来移民,等于是入赘到英国。而尼采在《人性的,太人性的》一书中说:"鲁滨逊还有一个比星期五更好的仆人,就是克鲁索。"[1]从中我们可以理解,在荒岛上,鲁滨逊既是自己的仆人,又是自己的上帝。

　　现如今,鲁滨逊的原型赛尔柯克当年漂流的海岛,现在属于智利,已经改名叫鲁滨逊岛,并开发了旅游资源。岛上大部分被划为智利国家公园,并有几百名常驻的居民了。足见"鲁滨逊"已经成为一个文化符号,而这本书,也会成为永远的经典名著之一。

---

　　① 弗里德里希·尼采:《人性的,太人性的》注疏集(下),魏育青、李晶浩、高天忻译,上海:华东师范大学出版社 2008 年版,第 634–635 页。

当下体育竞技类电视剧的创作
特点、问题及对策

胡　祥

体育承载着国家强盛、民族振兴的梦想。近年来,我国体育事业飞速发展,相关数据显示,2014 至 2017 年,我国体育产业总规模从 1.35 万亿元增长到了 2.2 万亿元,年均增长速度在 18% 左右,到 2020 年,我国体育产业总规模将超过 3 万亿元[①],逐步由体育大国向体育强国迈进。

中国体育竞技类电视剧作品,伴随中国体育事业发展实践,以影视艺术独特优势展现体育运动速度与美感,传递积极向上的体育精神。中国体育竞技类电视剧由二十世纪八十年代发轫至今,经历起伏曲折的发展状态,当前,正在逐步形成具有中国特色和时代特色的艺术形态。

---

① 丁文娴、李丽、姬烨:《把体育荣耀写在共和国的旗帜上——回望新中国体育 70 年》,http://www.xinhuanet.com/sports/2019 - 09/21/c_1125021879.html。

一、体育竞技类电视剧历史发展回顾

从时间纵轴来看,中国体育竞技类电视剧主要经历了早期创作期、快速发展期、调整恢复期、复苏繁荣期四个时期,体育竞技类电视剧发展始终与体育事业发展,与社会与时代面貌变迁紧密相连。从艺术层面来看,体育竞技类电视剧从早期单纯依赖真人经历改编到逐渐挖掘电视剧艺术独特魅力,无论是展现新时代蓬勃发展的体育事业还是描摹体育健儿千姿百态的奋斗人生与梦想,在艺术本体上更加独立、成熟,成为一种当下具有广阔发展潜力的电视剧类型。

1. 早期创作期(1985–1999)。二十世纪八十年代,中国体育事业迅速崛起。1981 年中国女排首次夺得了世界冠军后让国人备感振奋,"女排精神"成为伴随国家迅速发展、激励国民奋进的重要时代精神。1985 年,中央电视台、深圳电视台分别拍摄了两部体育题材电视剧,即《中国姑娘》与《阿团》。电视剧《中国姑娘》展现中国女排队员团结协作、奋发图强的拼搏精神和面对失败不屈不挠的执着精神。电视剧《阿团》描写来自普通家庭的主人公阿团经历一次次失败,最终经过不懈奋斗获得世界冠军为国争光的励志故事。总的来看,这一时期体育题材电视剧最大的特点是强烈的"传记化"风格,传记色彩浓厚,剧中主角通常是在体育赛场上奋力拼搏,以优异成绩消弭昔日"东亚病夫"的耻辱,捍卫民族尊严的英雄。[①]

2. 快速发展期(2000–2008)。进入新世纪,中国体育事业迎来了新的辉煌。我国在奖牌榜上排名从 2000 年悉尼奥运会上的第三名跃

---

① 庹继光:《我国体育题材电视剧的缺陷及进路探析》,《中国电视》2016 年第 5 期。

升到 2008 年北京奥运会的第一名,这一时期涌现了一大批弘扬奥林匹克精神的体育电视剧,展现中国人为百年奥运梦想奋斗、个人追求体育梦想、普通百姓参与奥运的不同故事,如《排球女将》《奥运在我家》《我的 2008》《壮士出征》《起跑天堂》《追梦英雄》等,营造浓厚的奥运氛围。另一方面,体育竞技类电视剧也由最初热衷于弘扬"民族国家尊严"转变成"以大众娱乐审美为主",从过去对于体育的关注转变到表现大众休闲娱乐的体育建设上来,视野更为宽泛,《壮志雄心》《中国足球》《功夫足球》等一批或与喜剧或与言情剧结合的体育题材电视剧纷纷呈现,形态更为丰富。

3. 调整恢复期(2009-2014)。进入后奥运时期,体育题材电视剧创作虽然得以延续,但是数量相比于其他题材类型电视剧显得稀少,很大一部分原因在于奥运后大众对于体育题材电视剧有些审美疲劳。这一时期体育题材电视剧在数量上处于绝对劣势,另一方面出现了续集现象,如《加油,网球王子!》[①]《火力少年王 3》等,整体陷入短暂停滞调整期。

4. 复苏繁荣期(2015 至今)。党的十八大以来,以习近平同志为核心的党中央高度重视体育工作,谋划、推动体育事业改革发展,将全民健身上升为国家战略,加快推进体育强国建设。据统计,2014 年以来,以党中央、国务院、中办国办出台的和体育相关的文件就有二十项,以国家体育总局为主的部委出台的相关规划、文件超过四十五项。[②] 在国家政策的支持和鼓励下,体育与文化、教育、传媒等产业的融合发展将进一步加深,而伴随 2022 年北京冬奥会和 2022 年杭州亚运会的成功申办,我国迎来又一个新的体育周期,体育题材电视剧进入繁荣发展期。

---

① 即据日本畅销漫画《网球王子》改编的真人电视剧第二部。
② 《新闻晨报》,http://mini. eastday. com/a/190524072004278. html。

二、当下体育竞技类电视剧的发展特点

需要指出的是,当下体育竞技类电视剧面临的最大的时代背景是:国家开启实现体育强国梦在内的中华民族伟大复兴中国梦的宏伟征程,优质体育文化成为人们对美好生活向往的重要部分。一方面国家加强政策支持力度,新的体育业态实践发展迅猛、日新月异,成为体育竞技类电视剧创作来源;另一方面,国家电视剧主管部门加强了电视剧组织化生产程度,突出体育竞技类电视剧在内的重大现实题材导向,行业环境趋好。

1. 体育竞技+青春偶像化类型成为主流模式。体育电视剧追求的是超越极限的速度感、青春奋斗的热血感、实现人生价值升华的梦幻感,偶像剧最大的特点是通过对主角塑造追求理想化、完美化、纯净化,塑造了一个个满足观众尤其是年轻观众观看欲望的虚幻客体,从这个角度看,体育竞技与青春影像是天然结合在一起的。自 1998 年《将爱情进行到底》开启内地偶像剧先河,中国偶像剧随着大众文化兴起与通俗美学的追求,不断在“他我”中寻找“自我”的可能性[①],自身的文化逻辑与类型边界也在不断迭代更新,尤其是“九〇后”“〇〇后”等伴随互联网生长的新世代成为新的视听文本的核心消费人群,对电视剧的生产模式产生重要影响,体育竞技开始与偶像化类型紧密结合,成为最主流的叙事模式与市场策略。如《甜蜜暴击》《追球》《浪花一朵朵》《游泳先生》等无不是采用体育竞技加青春偶像类型,主要人物形象青春靓丽,叙事风格童话

---

① 张斌、潘丹丹:《青春之歌——国产青春剧的类型演进与文化逻辑》,《重庆邮电大学学报》(社会科学版)2018 年 11 月。

化,影像影调动感明媚,突出男女主角纯真浪漫的情感,在类型上严格按照偶像剧规律推进,成为青少年观众广为喜欢的类型。

2. 题材更加多元化,体育竞技类电视剧成为宣介体育文化的重要艺术形式。当下体育竞技类电视剧从不同的角度展现我国体育运动蓬勃的发展,题材更加多元化,从多个侧面勾勒我国体育机制由以举国体制为主向鼓励市场化职业化发展,尤其是由体育精英人群向普通青年人延伸的过程,更加突出表现互联网时代以电竞运动为代表的新型体育运动,更加紧密融入大众日常生活,从更深层次来看,反映的是伴随改革开放中国新兴阶层带来的新的教育观、消费观、生命观。要言之,体育竞技类电视剧在普及宣传体育运动、体育文化的作用方面达到前所未有的高度。如《旋风少女》展现的是充满仪式感和力度感的元武道运动;《进击吧!闪电》表现击剑这种现代性与侠气并存的体育运动;《求婚大作战》表现的是近年来兴起但是在国产电视剧领域几乎空白的棒球运动;《全职高手》则是第一次将真人和虚拟融合展现广受青年人喜爱的电竞运动。这些作品通过类型化电视剧的手法,艺术化、故事化展现当下新式体育最新的受众、最新的实践、最新的价值,客观上普及了体育知识,培育了体育受众群体,体育竞技类电视剧为宣传实施国家体育强国战略提供了文化思想支持。

3. 视听语言更加现代,更加符合年轻观众审美。体育竞技运动是对人类极限速度、极限耐力的追求,主角的斗志士气、激烈对撞的竞技场面、跌宕起伏的比赛过程都非常适宜于镜头表现。当下体育竞技电视剧更加重视视听语言的创新,更加重视对电脑技术的使用营造身临其境的沉浸感,更加喜欢采用轻快叙事,尤其是突出互联网时代的网感,提升对年轻受众的吸引力。而且不少体育竞技类电视剧改编自网络漫画作品,只有现代性的镜头语言、审美才能将动漫特有的画面感、互动感、喜剧感体现出来。如《旋风十一人》采用漫画加真人的表现形式,用分割镜头、动画技术演示足球运动的拼抢对撞和战术体系,将足球与热血青春结合表现出来;《浪花一朵朵》同时采用大量水下高速摄影,将游泳运动中身体肌肉线条变化的魅力极致展现;《进击吧! 闪电》用幻影特效表现拳击中快速移动躲闪,增强了镜头的视觉冲击力。随着技术的进步发展,未来体育竞技类电视剧的表现手法充满无限创新可能。

4. 更加聚焦个体运动员的精神成长史,由国家视角的宏大叙事转向勾勒新时代青年逐梦圆梦的内心世界。早期体育竞技类电视剧更加喜欢表现民族由弱变强的宏大叙事,弘扬集体主义价值观,随着中国体育事业快速发展,事业产业变革尤其是职业化进程加速,涌现出更多成功的个体运动员,体育运动员面对新形势环境,个体心境、价值观都发生了巨大变化,尤其是随着九〇后、〇〇后运动员崛起,他们更加注重自我意识,崇尚个人价值,当下的体育竞技类电视剧更加突出表现新生代个体的内心成长,在创作上更加强化主角光环,凸显个人英雄主义的情结,强化个人依靠自身力量与群体、社会阻碍势力对抗取得成功的励志精神,尤其强调梦想的精神作用。如《追球》《全职高手》等剧都将主角的能力神化,代表当下青少年对绝对能力的崇拜;《旋风十一人》中主角们从最弱高中生足球运动员逆袭成为冠军球队,体现了渴望成功的奋斗欲望;《甜蜜暴击》的正则学院中一个个性格鲜明的女拳击手,代表当下女性追求平等的价值理念。此外,不少体育竞技类电视剧还将争夺世界冠军为国争光作为最高价值实现,如《旋风少女》等,这些都是当下青少年渴望实现自身价值与完成家国情怀结合的情感折射,是当下青少年群体丰富价值观念的体现。

三、存在的问题

经过近四十年的发展,体育竞技类电视剧无论是在艺术形态上还是整体数量上,都取得了较大进步,但是相比于其他成熟的电视剧类型,依然存在艺术质量不高,对体育精神表现乏力,对体育专业性展示不到位等问题,这些问题影响体育竞技类电视剧长远发展,亟须引起行业重视。

1. 在体育竞技精神上虚焦,在爱情上却加倍聚焦。体育"在丰富人民精神文化生活、推动经济社会发展,激励全国各族人民弘扬追求卓越、突破自我的精神方面,都有着不可替代的重要作用"。① 体育精神是体育竞技类电视剧最核心的价值理念,是决定作品艺术感染力传播力的最重要的因素。当下体育竞技类电视剧最大的问题在于,突出了爱情的"前景",虚幻了体育精神的"后景"。究其原因,在于大众文化中的"娱乐至死"现象,"电视改变了公众话语的内容和意义,政治、宗教、教育、体育、商业和其他公共领域的内容,都日渐以娱乐的方式出现,人类无声无息地成了娱乐的附庸,其结果是我们变成了一个娱乐至死的物种"。② 精神价值出现内卷化、萎缩化、虚浮化趋势,影响作品精神力量的体现。

2. 缺乏现实质感,体育题材艺术品质有待提升。人们观赏电视剧有寻求得到由于艺术自然感染而产生愉悦感以及人事生活规律的需求,所以电视剧反映生活的真实度越高,人们在这两个需求得到满足的程度就越高,观赏的积极性越高,③体育竞技类电视剧尤其如此。但是当下部分国产体育竞技类电视剧却虚化现实环境,缺乏生活逻辑,甚至有架空之感,比如《甜蜜暴击》中的正则学院只有两名男学生,主角要在上学的同时要照顾两个弟妹,这并不符合生活实际;《旋风十一人》中球队三天之内依靠战术的改变就能轻松击垮强大的对手,这些情节过于随意,远离实际,缺乏生活质感,降低了作品艺术水准。

3. 对体育竞技专业化展示乏力。对于体育竞技类电视剧作品来说,

---

① 丁文娴、李丽、姬烨:《把体育荣耀写在共和国的旗帜上——回望新中国体育70年》,http://www.xinhuanet.com/sports/2019-09/21/c_1125021879.html。

② 尼尔·波兹曼:《娱乐至死》,章艳译,桂林:广西师范大学出版社2011年版。

③ 张建召:《增强电视剧对体育事业促进作用的对策研究》,《电影文学》2010年第4期。

最吸引人的地方就是体育竞技画面,不仅能为受众提供或赏心悦目或紧张刺激的比赛场面,还能开阔观众视野,普及体育知识,但是当下部分电视剧在表现体育专业上却不够专业。一是夸大体育能力,如《甜蜜暴击》中的拳击技能、《追球》中的乒乓球水平明显超出实际;二是过于依赖电脑特技,如《进击吧!闪电》用红蓝激光特效表现击剑过程,虚化了击剑运动的质感。总的来说,这些电视剧普遍在最需要专业表现的地方避重就轻,从侧面也体现体育竞技类电视剧存在较高技术门槛。

4. 叙事模式化、人物脸谱化。从电视剧发展历程来看,体育竞技与青春偶像这两大类型都源自日韩,属于"舶来品"。整体上看,中国的体育竞技类电视剧发展还处于初级阶段,属于电视剧生产的薄弱环节,尤其是在剧本创作上,人物过于脸谱化、漫画化,叙事简单化、幼稚化,如《旋风十一人》《浪花一朵朵》《甜蜜暴击》开场全部是冤家路窄、狭路相逢的叙事套路;《追球》《甜蜜暴击》《进击吧!闪电》都是将叙事场景放在校园,主角必定拥有超乎常人的体育技能,不少场景、桥段似曾相识,教练、队友、同学、竞争对手等角色雷同化,缺乏新意。

四、体育竞技类电视剧未来发展对策

党的十九届四中全会指出,必须坚定文化自信,牢牢把握社会主义先进文化前进方向,激发全民族文化创造活力,更好构筑中国精神、中国价值、中国力量。体育竞技类电视剧肩负塑造价值、凝聚人心、弘扬正能量的重要责任,更需要讲品位、讲格调、讲责任,创作人员要在思想精神、艺术、制作等方面下工夫,推动体育竞技类电视剧由"高原"向"高峰"攀登。

1. 坚持正确的价值取向,弘扬具有时代特色的体育精神。体育精神是体育竞技类电视剧的灵魂,正如前奥委会主席萨马兰齐所言,"它在本质上是一种生活方式,在最广泛、最完全的意义上来讲,体育是不能与教育分离的。它将身体活动、艺术和精神融为一体而趋向于一个完整的人"。所以,体育竞技类电视剧应把"体育塑造人"作为重要的维度加以考量,体育不只是让人肌肉发达、四肢强壮,它更能促进人的和谐发展,促进人类的完善。而在西方传播学者对于媒介功能的经典论述中,无论是拉斯韦尔和赖特的四大功能说,还是拉扎斯菲尔德和默顿的正负功能说,都是对媒体整体而言的,因此,电视剧主要发挥娱乐的功能,但是也能够潜移默化地影响观众的价值观。① 因而体育题材电视剧不能过度娱乐化甚至低俗化,引导受众的价值观是其义不容辞的责任,要始终聚焦挖掘、提炼体育精神,将阐发弘扬体育精神的内涵放在最重要的位置,使体育精神成为作品最坚实、最亮丽的底色。

2. 坚持现实主义创作手法,塑造好典型人物,提升体育竞技类电视剧的思想性、艺术性。党的十九大报告明确指出,要加强现实题材创作。近年来,国家电视主管部门进一步明确现实主义的价值导向,加大对现实主义创作的扶持力度,尤其开展庆祝改革开放四十周年、庆祝中华人民共和国成立七十周年优秀作品展播,展示时代精神,勾勒祖国发展辉煌成就,凝聚奋进向上的人心,现实主义成为主流,也称为创作常识。只有真正的现实主义才能潜移默化地打通人生经历和时空生态的互联通道,通过细腻的内容感染人,通过诚挚的情感打动人,通过正向的价值教化人,展现更加广阔的视野和格局。② 这就必须要加强剧本创作,深入体育火热实践,深入人物内心,增加实地采访采风,塑造代表时代高度的典型人物,坚持"工匠精神",在服化道上下工夫,真实再现历史场景和时代风貌。

---

① 汪鹤挺:《我国体育题材电视剧的困境与突围》,《电视指南》2018 年第 7 期。
② 闫伟:《现实题材电视剧的精品化之道》,《光明日报》,2019 年 11 月 20 日。

3. 坚守匠心,提升竞技类电视剧的专业性。体育精神是"魂",体育精神画面呈现就是"形"。在专业表现上,必须全面展示体育竞技的独特魅力,扎扎实实讲清楚一招一式,尤其是要找到专业性与可看性的结合,不能一味突出专业性造成受众阅读障碍,也不能一味强调娱乐性消解体育的专业性。在手法上,可以适当借鉴优秀体育竞技叙事、拍摄手法,如《绝杀慕尼黑》完美复制还原电影中苏联和美国经典的四十五分钟比赛过程,其中主观镜头、飞行镜头、电脑数码镜头多种镜头交叉运用,将场面拍得悬念丛生、精彩纷呈,没有对体育专业性的深刻认知无法将这种精彩表现出来。此外,还可以充分运用 AR(增强现实)、MR(混合现实)、VR(虚拟现实)、超高清等最新制作技术,增强体育运动的现场感、沉浸感、参与感。

4. 与时俱进开掘新题材,结合北京冬奥会等重大赛事讲好当代中国体育故事。体育强则国家强,国家强则体育强,举办北京冬奥会、冬残奥会,是百年不遇的历史机遇。电视剧应抓住这百年不遇的机遇,加强精品创作,营造浓厚的冬奥会氛围。事实上,体育赛事对体育节目具有明显的刺激作用。数据研究显示,2018 年,体育类节目受俄罗斯世界杯影响,在所有节目收视占比中提升明显,从去年的 2.9% 上升到今年的 4.4%,是涨幅最大的节目类型。① 新时代体育竞技类电视剧,要发掘新时代体育拼搏的故事,结合冬奥会等重要赛事契机,重新开掘新时代的奥运故事,书写具有中国特色的冰雪故事、中外友好体育交流的故事,更好地激发中国体育精神、中国体育价值、中国体育力量。

---

① 来源:CMS 媒介研究数据,《收视中国》,2018 年 9 月 12 日。

《摩天大楼》：城市"异托邦"的社会性想象

胡亚聪

2015 年，从用户观剧需求出发，国内视频平台陆续推出剧场播出模式，为了进一步满足受众的碎片化观剧需求，平台以短剧集为发力点进行不断尝试。2018 年，腾讯视频平台推出五集迷你剧《东方华尔街》。随后，爱奇艺视频平台首开竖屏剧概念，并推出《生活对我下手了》等竖屏短剧，优酷视频平台紧跟其后推出竖屏资讯内容，但此时的短剧集，无论从风格、类型及规模上来说都未形成气候。直到 2020 年，视频平台类型垂直化运营及剧场播出模式的进一步成熟，再者，在 2020 年 2 月，国家广播电视总局针对国产电视剧、网络剧中存在的注水现象，发布了《关于进一步加强电视剧、网络剧创作生产管理有关工作的通知》，为短剧创作提供政策扶持，使得国内视频平台短剧集，尤其是悬疑类短剧集呈迅猛发展趋势。

2020 年上半年，爱奇艺平台通过《隐秘的角落》这部现象级爆款悬疑短剧，成功为爱奇艺剧场化经营模式下的"迷雾剧场"品牌增效提供助力，并在随后陆续推出《十日游戏》《在劫难逃》《沉默的真相》《非常目击》《致命愿望》等五部短剧集；腾讯平台通过悬疑短剧的剧场化运营叠加女性视角的方式，从聚焦"亲子关系"及"女性独立"等社会化话题的

《不完美的她》到讲述"女性困境"的《摩天大楼》，完成了从"新短剧"到"她短剧"赛道的破题；而在短剧市场具有较早内容基因的优酷视频平台紧随其后，在 2020 年与"开心麻花"强强联合，推出《亲爱的，没想到吧》《兄弟，得罪了》这两部喜剧题材短剧集。从整体上来说，2020 年以来的悬疑短剧集更趋精品化、标准化以及规模化，具有高密度的线索编排、快节奏的情节设置、多角度的视角呈现等特点，通过"谜题"叙事讲述"谜样"故事，从这个角度来说，对短剧集进行剖析具有重要研究意义，本文以腾讯平台推出的《摩天大楼》为例，对该剧进行分析。

《摩天大楼》改编自陈雪的同名小说，于 2022 年 8 月 19 日登陆腾讯平台，是由郭涛、杨子姗主演，杨颖特别出演的都市情感悬疑剧，据骨朵数据显示，《摩天大楼》上映前四天热度在全平台网络剧中排名第一，豆瓣评分 8.1 分。该剧讲述了摩天大楼咖啡店美女店长钟美宝遇害，两位警察联手破案，在抽丝剥茧的调查中发现了案件及关联人物背后被掩盖的真相。《摩天大楼》从叙事上采取"回环嵌套"叙事模式，通过"谜题"叙事策略讲述"谜样"故事，以真实的案件调查为线索串联八个案件关联人物的单元故事，而真相和背后故事则隐藏在错综复杂、碎片化的线索和情节线中，宛若"拼图"，需要在其中找寻答案；而从主题呈现上，对谜题背后复杂多样的生命样态进行全景式的呈现，着重探讨城市生活的现代性问题，而"摩天大楼"本身更多地被赋予了社会性寓意，是后现代的巴别塔，也是城市生活的"异托邦"。

一、"谜题"叙事与"谜样"故事：隐匿在罗生门式的喧嚣中的真相

"谜题"叙事策略在电影中的应用不胜枚举，从二十世纪五十年代

的《罗生门》(1950)到二十世纪以来的《恐怖游轮》(2009)、《盗梦空间》(2010),"叙事本身"变得更加错综复杂,正如大卫·波德威尔所言:"故事不再直奔某个目标而去,我们转而关注抽象的叙事结构。"①当前,"谜题叙事"不仅局限在电影叙事中,美国 HBO 迷你剧《大小谎言》(2017),日本 TBS 推理剧《轮到你了》(2019)都符合"谜题"叙事"对于一个或简单或复杂的故事的错综复杂的叙述"②的叙事策略。在《摩天大楼》中,一桩"谜案"、八个人物的单元故事、十三种人物视角、非线性的环状时间、错综复杂的叙事线索组成了"谜样"故事,除此之外,还通过对同一时间或同一人从不同角度、不同层面的反复观照,以及对某一情节或细节的故意省略和错误引导,达到现实的不确定性和结局的多样性的效果来激发受众的解谜欲望。

首先,从谜题设置上来说,《摩天大楼》采取的是"回环嵌套"③的叙事模式,现实中咖啡店美女店长钟美宝遇害前所有人的在场和警察办案过程构成主层叙事,而小区保安谢保罗、建筑师林大森、房产中介林梦宇、小说作家吴明月、保洁阿姨叶美丽、青年钢琴家叶舒俊、继父颜永原以及咖啡店店长钟美宝分别对案情的陈述作为八个套层"嵌套"到主层叙事之中,而作为套层的八个人物的单元故事,围绕钟美宝案件,从不同角度及不同层面的叙述,并通过人物之间的联结进行首尾相连,层级间的主次关系分明而各套层之间叙事逻辑清晰,通过"回环嵌套"的叙事模式,呈现复杂的叙事"迷宫"。

其次,从观众解谜的角度来说,主层叙事时间线为现实时间线,而八个套层为"回环往复"的时间向度,现实时间线的可靠性叙述与主层

---

① Warren Buckland edited, *Puzzle Films: Complex Storytelling in Contemporary Cinema*, Blackwell Publishing Ltd. UK, 2009, pp. 1-6.

② David Bordwell, *The Way Hollywood Tells It: Story and Style in Modern Movies*, University of California Press, 2006, p. 75.

③ 邱章红:《电影叙事系统中的层级嵌套模式探析》,《当代电影》2018 年第 10 期,第 44 页。

与套层、套层与套层之间的形成"环形时间"的不可靠性叙述则为观众解谜提供了判断依据。剧中，谢保罗对与钟美宝第一次相遇的时间点的讲述、林大森对为钟美宝提供房屋居住的讲述、房产中介林梦宇对于钟美宝与李茉莉第一次见面的讲述以及钟美宝的继父颜永原的讲述均具有无法自洽的逻辑漏洞，在无法判断对他们各自讲述是否真实的情况下，可以现实时空中相关人物的隐藏关系探知事件的真相。

最后，《摩天大楼》除了运用"谜题"叙事的策略对"谜样"故事进行"不确定叙述"外，还创造性地穿插与案件真相互文文本的"不明确叙述"，之所以称为不明确叙述，是指作家吴明月创作的小说《祥云幻影录》与钟美宝真实经历为指涉关系并不是一一对应的关系，例如动画文本中"九尾狐"与"鹤"的意向究竟是对应钟美宝的母亲"钟洁"与保洁阿姨"叶美丽"还是钟美宝人生中最重要的两位朋友"李茉莉"与"丁晓玲"？这样充满开放性的互文文本设定，增加了叙事的暧昧性。总的来说，《摩天大楼》中关于钟美宝靓丽外表下不为人知的身世之谜和真相，隐藏在罗生门式的喧嚣之中，真实只有拨开层层"谜雾"才能窥见。

二、后现代巴别塔：谜案背后复杂多面的生命样态

剧中"摩天大楼"宛若一个运行自如的小社会，它寓意着后现代的巴别塔，在这里充满了"偷窥""猎奇""监视"的视角，其中个体的人互相之间存在着"揣测""猜忌"和"误解"。《摩天大楼》开场，警察钟敬国，作为查案多年的老警察，在未曾了解凶案真实情况便做了"貌美的受害者钟美宝"一定是死于"情杀"的主观臆判，而在调查过程中，怀着"成见"对案件相关人物"下定义""做判断"的钟敬国，同时也是被"议

论"的对象,他的身上存在着"性骚扰"的"疑云",由此而展开的叙事,奠定了影片整体的基调。

咖啡店美女店长钟美宝在租房内离奇死亡,尸体摆放及着装异样,而与她相关联的人物关系错综复杂,她背后的故事成谜,而这起谜案也成为打开"摩天大楼"生活切面的豁口,将暗藏的关于性别偏见、家暴、性侵、PUA等社会性话题暴露无遗。围绕案件被害人钟美宝延展出一系列社会性话题,首先,作为女性,钟美宝是男性"窥伺"的对象,摩天大楼房产中介林梦宇多次潜入钟美宝家天花板对她进行偷窥,同时,作为拥有靓丽外表的女性,她是女性"嫉妒"的对象,林梦宇的前妻对她存在着"活着勾引男人,连死都要那么美"的偏见,可见性别偏见不分性别。其次,钟美宝靓丽外表下隐藏着不为人知的身世之谜,她童年不幸,母亲羸弱不堪,父亲暴虐阴鸷,弟弟精神异常,发生在她原生家庭中的"施暴""性侵""PUA"给钟美宝留下巨大的创伤,让她无法摆脱逃离和死亡的宿命。

"摩天大楼"呈现出多个层级且复杂多面的生命样态,从保洁阿姨、房产中介、小说家、家庭主妇到青年建筑师、富家女,存在于这座城市"异托邦"中的是小写的、多元的、个体的人,这与后现代主义关于人的书写不谋而合。后现代主义重新评估了人的主体性地位,重新审视人与世界的关系,消解了人的中心地位,"人"作为后现代多元文化的表现,不代表某一类人,只代表他们自己,因此,典型的谜题电影中的人物总是体现出其特异性,显得特别奇怪,这些怪人不是社会主流,而是边缘人,他们不再是世界的中心,也不是现代主义语境下居于中心地位的作为主体的人,而是失去中心地位的被支配的人。[①] 八个单元人物故事讲述者,存在着为掩盖事实真相而混淆视听的不可靠的叙事者谢

---

① 杨晨:《传统、现代和后现代的纠葛——新世纪中国电影的文化症结》,昆明:云南大学出版社2015年版,第87页。

保罗及林大森、潜入钟美宝出租屋天花板的偷窥者林梦宇、因未婚夫意外死亡而患有恐旷症的吴明月、因童年遭受虐待患病的精神病患者叶舒俊、虐待狂颜永原以及"已死的人"钟美宝，由于这些人物的另类及边缘属性，唯有非线性、反常规叙事及限制、变幻的叙事视角才能呈现出他们的心理创伤、被扭曲的梦境、编造的谎言、往生的世界等超出正常人理解范围的主观世界。

虽然从叙事层面来说，悬疑短剧《摩天大楼》有很多亮点，但从悬疑及推理角度，还有很多不足之处，案情调查拖沓，尤其是关于案发后房屋内无任何指纹的这一疑点以及出租屋内关于天花板内指纹和黑色胶片内的指纹这些关键的证据发现上，有故意延宕之嫌，除此之外，对于案情的推理也经不起推敲，无论是关于钟美宝童年经历与吴明月小说中情节的互文关系，还是从节目访谈中关于"PUA"观点找寻颜永原口供的逻辑漏洞上，都显得过于巧合和刻意。此外，除却剧中对社会性议题的涉及外，在对女性困境的表达层面上具有了更全面的呈现，女性的困境是全方面的，而且性别偏见是存在于全性别层面的，但对于女性困境的解决层面，剧中以简单的女性自救，即通过钟美宝的好友李茉莉及丁晓玲对案情进行遮盖和掩蔽展现的，其方式虽然合情却不合法，这种简单的解决方式，并不能从本质上解决女性的困境。

总体而言，国内网络视频平台从短剧集发力，无论是叙事层面，还是选材，抑或主题表达层面都有长足的进步，期待后续有更多高品质的剧集能走进大众视线。

喀什噶尔的一株胡杨

——对刀郎原创音乐中"爱"表达范式的解析

贾志发

刀郎的作品2004年后犹如一股强劲的旋风,带着浓郁的西域民族风情,迅速席卷全国各个角落,在二十一世纪初的乐坛有着举足轻重的地位,而且刀郎的音乐现象打破了乐坛诸多约定俗成的传播模式。个中原因,有传播方式的变化,有作者独特的嗓音和演唱技巧,但更重要的是他那根植于其灵魂深处的、直指人心的、真挚的情感。

刀郎作为创作型音乐人,大部分作品的词曲都由自己操刀完成并演唱,在其多部原创音乐作品中,不乏对"爱"的深刻阐释:由直接到间接的爱,炽烈到含蓄的爱,欢快到凄婉的爱,狭义到广博的爱。正如他的一首歌名——喀什噶尔的胡杨,这种"真爱"犹如生长在大漠深处的一株胡杨树,是他作品的灵魂,有着顽强的生命。

一、先验与体验

艺术创作的主体是艺术家本身,实质是回到艺术和生活,在这里,技巧退到了次要位置。我们按照美国文学批评家艾布拉姆斯提出的"艺术四要素图式"①:世界-艺术家-作品-听众,刀郎是艺术创作者,经过储备材料、积累审美经验、酝酿情绪的过程,其作品承载了他对"世界"的感悟,对生活、情感的体验。但是在这些客观实践之外,刀郎似乎还具备一些先验性的基础,比如执着内敛的性格、敏锐的洞察力和创造力,以及自我平衡与抑制的能力;而更重要的是他拥有一种"真爱"的情怀,亦如他的一首原创作品《真爱的胸怀》,心中有"爱"的人,播撒出爱的种子,培育着真挚的情感,中间也许还要经受"无尽的苦痛折磨",待开花结果时,收获的却是"幸福更多"和"爱的承诺"。

总之,艺术创作作为真理发生的重要方式,它不是空中楼阁,它包括艺术家的情怀、阅历、禀赋、机缘等,所以,这种体验"之于艺术有如燃油之于灯中的火,有如土壤之于它所培养的植物"②。抛开先验性的基础,更重要的是艺术家对生活的直接体验和间接体验。亦如他2004年的作品《再见乌鲁木齐》所再现的情景:"载着长长的忧伤、紧压着冰冷的轨道,执着地伸向远方……摇晃无边的惆怅",作品中深深地打上了情感体验的烙印。

直接体验即亲身经历,将自己的情感经历根置于作品中,借以表达苦苦上下求索"真爱"的过程。《喀什噶尔胡杨》表达了自己寻找、劝

---

① M. H. 艾布拉姆斯:《镜与灯》,郦稚牛、张照进、童庆生译,北京:北京大学出版社1989年版。

② 《别林斯基选集》,第三卷,满涛译,上海:上海译文出版社2005年版,第180-181页。

慰、期许、等待真爱的艰辛;《披着羊皮的狼》倾诉着自己带着乞求和妥协般直接表白的衷情;《真爱的胸怀》宣誓了宁愿牺牲自我而换得恋人幸福的博爱胸襟,《情人》中却是对"爱"的大胆、火辣的抒发,情欲的成分退到了次要位置,正如歌词所说,这个"情人"升华成了"爱人",是清纯和圣洁的化身,是受参加新疆买西来甫舞会时所见男女青年的那火辣辣的眼神交流感染,又是作者将自己执着的真爱流露于外的表现。音乐人何沐阳认为可以从三个阶段去认识刀郎,在唱《冲动的惩罚》时,他是一个浪子;唱《2002 年的第一场雪》,他又是一个旅人;到了《喀什噶尔胡杨》,他又变成了一个诗人。从浪子、旅人到诗人,这是一个经历漂泊感体验之后安放心灵的过程。凡是有情感经历的人,都能在刀郎的作品中找到合适的位置,安放自己曾经的情感体验。

　　间接体验是通过道听途说的方式来完成的,但是这里应该是一个褒义的概念,作者由所听所感,形成一种念念不忘,必有回响的心理定式,当心理定式的情绪外溢的时候,就是具备创作的心理预期和动机。

　　如《西海情歌》,源自作者采风中听到某一个地域性流传许久的感人爱情故事,并由此触发创作动机,这首似宋词婉约派的经典歌曲,成了至今表达爱别离苦的一种高级情感抒发方式,似一封写给恋人的书信,信中娓娓道来倾诉我情,急迫的盼望恋人早早归来,冬去春来,苦苦等待,到了冰雪融化时,等来的却是孤雁"谁怜一片影,相失万重云"的伤感和无助,忧伤别离之苦无处安放,淡淡的怨意久久萦绕。这种审美体验,并不是看到雪山草原后"观山则情满于山"的直观移情,此时谁也无心去欣赏这"西海"美景。从一个更高的层级来说,这首作品所传达的爱别离苦早已经跨越了恋人间的别离,还包括父母长辈别离、师生亲友别离。

　　如果说《西海情歌》表达了一种断肠别离的悲情之"爱",而《手心里的温柔》则是因"与君有约,风雨不改"而等到的圆满之"爱"。在一个装点着袅袅炊烟、羊群、雪山、草原的清晨,一对失散四十多年后重逢的恋人,相拥坐在帐篷外,沐浴着温暖的阳光和清风,一脸安详,一言不发,这四十年他们究竟经历了多少艰辛磨难,都融入了这首短短十二句歌词中。相拥而坐却"相对无言",这种"无声胜有声"的留白手法让真爱在无言中感知,默契在灵犀中感知,至于他们的所思所想,留给观众去发挥。如果没有刀郎认真地深入生活体验,挖掘素材,用情付诸创作,我们永远也无法知晓这些感人的"真爱"故事,并且是以音乐传唱的方式来传播。

由此划分,刀郎作品中直接体验型的有《2002年的第一场雪》《情人》《冲动的惩罚》《德令哈一夜》等;属于间接体验的作品有《西海情歌》《手心里的温柔》《爱是你我》《艾里甫与赛乃姆》等,无论直接体验还是间接体验,都交织着一种深沉的关于爱的别离苦、怨憎会苦、求不得苦。

二、移情与表现

大凡像刀郎这样情感丰富的音乐人,都能够敏锐地把情感根置于作品中,他们的移情表现来自其对生活中"真爱"体验。而体验的过程需要时间的积累,但是移情发生的前提是灵感的显现,在具体创作的时候,借助民族艺术、批判现实主义、象征主义和留白等手法来完成。

虽然通过感官的刺激就可以激发灵感,但是单靠心血来潮无济于事,即使有存心要创作的意愿也召唤不出灵感来,喀什噶尔的胡杨林和乌鲁木齐的雪并不能产生出诗和音乐,黑格尔认为"最大的天才,尽管朝朝暮暮躺在草地上,让微风吹来,眼望着天空,温柔的灵感也始终不光顾他",捕捉这突然闪现的灵光,必须要有"想象所抓住的并且要用艺术方式去表现的内容",灵感就是"这种活跃地进行构造形象的情况本身"。① 刀郎的《2002年的第一场雪》《西海情歌》《手心里的温柔》等作品就是通过激发灵感而完成的。

比如《2002年的第一场雪》,要抓住的内容即这场雪,但是这场雪仅仅是一种带入感的角色,是不经意听到路人的一次闲谈,却瞬间触发了一种突破性的顿悟感,初得这种顿悟感是亢奋的,但它也是易逝的,苏东坡称之为"如兔起鹘落,稍纵即逝"。作者迅速捕捉这个灵光,文章不期而至,滔滔乎如泉涌的感觉,一气呵成完成词曲创作。这种艺术体验和构思的时间非常短暂,但刀郎却从这场雪中找到激发活动和灵感的机缘,黑格尔认为"这些机缘临到了旁人就不发生影响,就轻易放过了",这恰恰是他这类创作者的闪光处。

再回到作品本身,雪是跨越民族和国界的文学艺术作品中一个永恒的表现主题。有直接描写雪的,或是宁静如睡,或是寒林萧瑟。也有移情式的带入感,比如安徒生的童话《卖火柴的小女孩》。一场雪,看尽人情冷暖;一场雪,勾起过眼云烟。机缘到了,便是"文章本天成,妙手偶得之"。"你像只飞来飞去的蝴蝶,在白雪飘飞的季节里摇曳",这种时空错位、恋人化蝶的浪漫主义手法,诉说着一段结局圆满的爱情故事。蝴蝶所经之处,一定是鲜花烂漫,虽然现在来的是今冬的第一场雪,但是春天还会远吗? 刀郎心中的2002年的第一场雪,并不让人感到寒冷,带给人的反而是优美和暖意。

刀郎原创音乐表现"爱"的一个重要特点就是融入新疆少数民族文化和地域性的特点。别林斯基说"民族性的秘密不在于那个民族的服装和烹饪,而在于它了解事物的方式"②,音乐大约就是一种恰当的方式,《手心里的温柔》就是取材于那拉提草原上哈萨克族的一个真实

① 参阅《美学》(上),黑格尔著,朱光潜译,北京:外语研究与教学出版社2018年版,第317-319页。
② 《别林斯基选集》,第三卷,第180-181页。

的爱情故事，而《艾里甫与赛乃姆》直接取材于维吾尔著名的爱情史诗，再现了一对恋人间浪漫、真挚、曲折、不屈的真故事。《情人》中他所描绘的"爱"却是带着新疆刀郎部落人那种炽烈、大胆、直接的示爱方式。《牧羊人》（刀郎作词谱曲）用夸张拟人的手法，描写牧羊人与天地之间谈情说爱的故事，让它充满了生命的能量和旺盛的精力，使人从天与地苍茫的孤独中感受到了一份似水的温柔，从而觉得歌曲所要表达的不是纯粹的孤独，而是与天地交合畅游的那份爱情。[1]

另外他还发掘新疆的小众民族音乐，在表现的过程中融入民族地区的乐器、旋律等。《2002年的第一场雪》中弹布尔的清脆跳跃，《德令哈一夜》中马头琴的低回婉转，《喀什噶尔胡杨》中艾捷克的绵长深邃，应是鲁迅讲的高明："只有民族的，才是世界的"，"有地方色彩的，倒容易成世界的"。[2] 这种音乐风格，若置于世界艺术之林，是极具辨识度的。

《冲动的惩罚》是一首交织着日神精神和酒神精神的批判现实主义作品：一个情窦初开的青年，内心蕴藏着原始本能的冲动，即酒神精神，遇到心仪的对象，他受到"本我"非理性的趋势，试图背叛社会中约定俗成的示爱方式，"冒险"径直去向所倾慕之人示爱，原以为可以执子之手，但由于自己用"胡乱的说话"和"狂乱的表达"这种莽撞、直白的示爱方式，打破了蕴含日神精神的理性和秩序，得到的却是她无情的拒绝。本来是爱就应该大胆地说出来，但由于他毫无准备，并为自己的冲动和莽撞深表懊悔，表达了在生活中因为冲动而让真爱消逝，铸就了无限惋惜与后悔之情，这是一件表现一种成年男子冲动与挣扎的作品。

---

[1]　云朵，"《牧羊人》：为音乐而牧的一块璞玉"，https://baike. baidu. com/reference/207454/641aRkOqcUVi9YROb3ap0AMLmyHsPFBmXOV3ndvOBzisAoeQRRkAeAzdnNdOOJ3bGu4Z7x2OECU0-OPzYTJxJkMYFwMakQPKLikwT0SyY6Y。

[2]　《鲁迅全集》，第十卷，北京：人民文学出版社1957年版，第206页。

刀郎常用象征主义的手法,表达对圣洁爱情的求索,对心仪之人的赞美。《喀什噶尔胡杨》讲述的便是追寻和安放真爱的故事,词中的"你"便是他寻求真爱的对象。那份对爱的执着不渝,犹如喀什噶尔的胡杨,历经风霜洗礼,千年不死,死后千年不倒,倒后千年不朽。而胡杨树顽强的生命力也成为一直激励他上下求索真爱的动力。加上他那沙哑沧桑的声音、激情跌宕的旋律,这就是一株在大漠饱经风沙的胡杨树。他给作品填词时,"雪山""草原""大漠""戈壁"常常出现;玫瑰花、百合花、石榴花、雪莲花等频频可见。为了追求真爱,他宁愿变成披着羊皮的狼,那至爱之人便是如花的"羔羊",这种大胆运用二次象征的手法,使得作品极具感染力。

中国传统文化中积淀了许多凄美动人的关于"爱"的典故,而刀郎对爱的抒发,除了像《情人》那样酣畅淋漓的直接流露外,他还用象征主义的手法,引用传统文化中"爱"的元素,如《2002年的第一场雪》中的"化蝶",《西海情歌》和《身披彩衣的姑娘》中的"孤雁",《手心里的温柔》中的"天长地久",将这些穿越千百年仍然活色生香的爱情典故嵌入在歌词中,使他所表达的"爱"蕴含着中国式的浪漫:"把温柔和缠绵重叠"是心有灵犀一点通的恋情,"午夜里无尽的销魂"是乐莫乐兮新相知的欢情,"爱再难以续情缘"是江南红豆相思苦的离情,"任感情在小雨里飘来飘去"是负妾一双偷泪眼的怨情,"让痛与悲哀与伤化作雨水"是伤心春与花俱尽的哀情。

用音乐来抒发爱别离苦的情感,早在汉代的乐府诗中就广泛使用,时代久远,虽然其音已失,但诗文中对"爱"的情感表达古今无二。刀郎用属于自己的方式演绎和阐释了他对"爱"的体验和领悟,无论有心还是无意,他的作品中所蕴含的中国古典文化元素无疑是对优秀传统文化的继承。融入强烈的民族曲风,再填入诗意的歌词,我们可以把他的原创作品定义为抒发真挚情感的"边塞音乐情诗"。

三、共鸣与延伸

"音乐诗人"刀郎的作品,旋律简单、流畅、耐听;歌词有着清晰的叙事性和画面感,直白,不复杂;嗓音未经修饰,有质感,有张力①。刀郎歌中的沧桑,是一种经岁月打磨的声音,并带着质朴的情感,贯穿着一种悲情。在作品呈现于听众的时候,很容易使听众带入他自己的情感,在这种带入感下,两者之间会架起一个情感共通性的桥梁,就是共鸣。

《毛诗序》认为"情动于中而形于言,言之不足故嗟叹之,嗟叹之不足故咏歌之"②。刀郎所阐释的"爱",一定是发自肺腑的真情流露而非无病呻吟。所以刀郎的作品在创作过程中就已经牢牢树立了"隐含的听众",当他进入演唱的状态时,自我融入,大地遮蔽,天空敞开,知识和概念在他这里变成了虚假的东西,在这里,人人皆有共鸣。

刀郎作品的思想,也是伴随阅历的丰富和积累而不断升华,他在作品中所传达的"爱",目前可以分为两个时期:早期作品如《艾里甫与赛乃姆》《情人》《冲动的惩罚》《关于二道桥》《雨中飘荡的回忆》《手心里的温柔》等,应是属于狭义的爱,是传达单纯的恋爱、情爱。而后期作品《谢谢你》《爱是你我》《西海情歌》《一家人》(刀郎编曲)体现的则是一种人间大爱、博爱。刀郎所传达的爱是广博的,除了恋爱,还有《孩子他妈》《流浪生死的孩子》那样的亲情之爱、兄弟之爱。

最后我们应该回到音乐"美"这个纯粹的艺术本身去看待问题,

---

① 参阅 https://baike.baidu.com/item/%E5%88%80%E9%83%8E/35482?fr=aladdin,王磊评。

② 《中国历代文论选》,上海:上海古籍出版社1979年版,第30页。

而非夹杂太多艺术以外的东西,比如商业利益、人情世故、傲慢偏见等,这些东西是功利的,而刀郎的作品恰恰是超功利的、纯粹的。

这样的作品,才有广泛的听众基础,涵盖各个阶层,传唱度持久,尤其有一定生活阅历的人,都能在他的作品中找到合适的位置安放自己的情感。刀郎的音乐,犹如喀什噶尔的一株胡杨树,扎根民族文化,远离尘世喧嚣,昭示着一种持久、不屈和坚韧的生命力,这是它的积极意义。

《三十而已》：女性题材剧的新语境与新尝试

江　怡

　　2020年7月，女性题材电视剧《三十而已》在东方卫视和腾讯视频平台同步播出，剧情围绕着顾佳、王漫妮和钟晓芹这三名即将步入三十岁的都市女性展开。她们从事着不同的职业，也处于不同的婚恋阶段：顾佳是一名全职太太，已婚已育，丈夫许幻山经营着一家烟花公司，一家人刚搬进高档小区。王漫妮是一名奢侈品销售，未婚未育，来自小城市，在上海独自打拼了八年，至今还独自租住在一间公寓中。钟晓芹是上海本地人，已婚未育，在商场的物业公司上班，丈夫陈屿是电视台的新闻记者，两个人结婚三年，生活平静。三个女人在种种机缘巧合之下，成了无话不谈的朋友，她们守望相助，共同经历着自己的三十岁。

一、社会语境的变迁：从"剩女"到"姐学"

　　自开播以来，《三十而已》不仅获得了极高的关注度，还引发了观众的一系列讨论。除了剧情本身的原因之外，还有一个重要原因是，这部剧指向了都市女性在三十岁所面临的危机与焦虑,并试图通过讲述三位女主角的故事,突破传统观念对三十岁女性的种种限制,给出一个三十岁女性如何活出自我的理想化参考。《三十而已》之所以能聚焦这一主题,与当下中国社会语境的变迁有很大关系。近些年,大众借助互联网平台,围绕着包括女性安全、女性穿衣自由、女性职场生态,以及社会对女性的单一化审美、对大龄未婚女性的妖魔化在内的诸多问题,进行了有意义的讨论。

关于女性年龄的讨论,是从对中生代女演员的关注开始的。在第13届 FIRST 青年电影节闭幕式上,女演员海清发表了一段关于中年女演员职业困境的演说,她说:"我们中的大部分人是被动的,市场、题材各种局限常常让我们远离一些优秀的作品,甚至从创意之初就把我们隔离在外。"海清并非个例,几代中国女演员,都曾因为年龄增长,遇到过戏路变窄,甚至是无戏可演的问题。近些年出现的流量明星加大 IP 的影视制作模式,因其角色设置的限定性,加剧了中生代女演员的尴尬处境。超过三十岁的女演员只有两个选择:要么是扮嫩,延长自己担纲恋爱戏女主角的年限;要么是扮老,配合"小鲜肉"搭戏,扮演一些超出自己实际年龄的长辈角色。

在女演员由于年龄增长而遭遇职业困境这个问题受到广泛关注的同时,关于普通女性年龄的讨论,也逐渐成了网络上的热门议题。事实上,在 2006 年前后,关于女性年龄问题的讨论就已经屡见报端,然而,这些讨论关注的核心不是女性的年龄,而是女性的婚姻状态,也就是所谓的"剩女"现象。对于超过三十岁的女性来说,不结婚就意味着被"剩下",就意味着成为"问题"。这样的表述,实质上是把女性置于一个"他者"的位置,而于其相对的"主体",自然就是"按时"进入婚姻的女性。

然而,发生在今天的关于女性年龄的讨论,已经不再与女性的婚姻状态相捆绑。讨论更加关注女性的职业发展,并试图展现三十岁女性真正面临的问题,而不是作为"问题"的三十岁女性。对于在职场打拼的女性来说,迈入三十岁、四十岁的门槛,意味着自己被默认为以家庭优先,意味着工作机会的减少,和晋升空间的急剧压缩。

在这一新的社会语境下,关注"三十加"女性生活状态的影视和综艺作品陆续出现。与《三十而已》几乎同时登场的,还有湖南卫视推出的综艺《乘风破浪的姐姐》。这档综艺邀请了三十位1990年之前出生的成名女艺人,通过激烈的舞台竞演,选拔七人组成女团。在节目伊始,制作组就给出了"三十而励""三十而立""三十而骊"的口号,鼓励更多女性像这群"姐姐"一样,丢掉年龄焦虑,随时勇敢出发,活出精彩人生。尽管《乘风破浪的姐姐》也存在诸多问题,但它所做的尝试仍然是值得肯定的。至少,屏幕前的女性观众,在看了姐姐们的乘风破浪后,好像没有那么害怕变老了。

《三十而已》正是跟随着这一波"姐学"浪潮涌现出来的。所谓的"姐学",指的是大众对成熟女性,也就是"姐姐"这一群体的关注。相较于习惯以"白瘦幼"形象示人的"妹妹","姐姐"们经历了时间的沉淀,拥有了更丰富的人生阅历和更强大的自我意识,展现出不同于年轻女性的独特气质。"姐学"正是建立在对"姐姐"魅力的肯定之上,是一种带有欣赏意味的注视。

在这次浪潮中,《三十而已》的独特贡献在于,它既将视野投向了三十岁女性,通过文本内部的建构,为观众提供了一个解决问题的想象性空间。另一方面,在文本外部,它实打实地向"三十加"女演员伸出了橄榄枝,出演女主角的童瑶、江疏影和毛晓彤,分别出生于1985年、1986年和1988年。《三十而已》的出现,拯救了她们的职业危机,在某种意义上,她们所扮演的,正是盼望有一天能够轻松说出"三十而已"的自己。

二、都市女性群像剧：从爱情到职场

聚焦都市的女性群像剧在国内由来已久，2003 年播出的《粉红女郎》，2004 年播出的《好想好想谈恋爱》，都是这一类型剧的早期代表作。在此之后，国产女性群像剧的发展进入一种停滞状态，虽然陆续有新的相关剧集出现，却始终没有生产出现象级的作品。直到近几年，才涌现出《欢乐颂》《北京女子图鉴》和《青春斗》等热门电视剧。在这一类型剧的发展脉络中，《三十而已》处在一个特殊位置。

首先，不同于单纯以寻找爱情、探索两性关系为主题的都市女性群像剧，《三十而已》的主角不再是清一色的单身女性，而是涵盖了三种婚育情况，已婚已育的顾佳、已婚未育的钟晓芹和未婚未育的王漫妮。因此，《三十而已》并不像其他都市女性群像剧一样，以主角收获爱情，或者是进入婚姻，作为故事的结尾。

在电视剧《粉红女郎》的最后，一心想结婚的方小萍，如愿收获了"白马王子"的爱情，不相信真爱的"万人迷"万玲，也被一个叫李白的男人所打动。两名个性与追求截然不同的女性，其最终的归宿，都是男人的爱情。号称中国版《欲望都市》的《好想好想谈恋爱》，也以这样令人气闷的方式作结：游戏人间的漂亮女人毛纳，在最后一集"浪子回头"，突然结婚，并在给好友们的信中写道："女人是男人应运而生的。另外我觉得我老了，我玩不动了，我第一次渴望停靠在一个男人身上安身立命。不要别的，只要平稳健康，过安定平静的生活。"

在《三十而已》中，三位女主角面对的不仅是爱情，而是更加真切的现实生活。女性所要处理的，不仅是与男性伴侣的关系，还包括与父母的关系，与领导的关系，与同事的关系，甚至是与儿子同学母亲的关系。通过勾勒这些错综复杂的关系，《三十而已》还原了一套完整的都市关系网。爱情不是对生活的最终解答，婚姻也不是所有女性的绝对归宿。甚至，进入婚姻并不会让女性活得更加容易，与此相反，婚姻将女性卷入了更为多样的社会关系之中。获得爱情，不意味着一劳永逸；失去爱情，也不一定会浴火重生。女性在人生中的每一个阶段，都面临着新的挑战，有的关乎爱情，有的与爱情无关，而女性的成长，是贯穿整个生命的主题。

在情感戏份之外，《三十而已》着墨最多的是，三名女性的职业生涯。职业不仅仅是女主角的身份背景，用以填充人物形象，也不仅作为引发情感冲突的导火索，来推动主线剧情的发展，而是成为重现女性生活状态的关键叙事要素。三位女主角的工作性质、个人能力和职业规划并不相同，因此，她们在剧中分别遇到的各种问题，展现了当代女性在职场中面临的多种处境，共同勾勒出了女性所置身的整体社会图景。即使是在公共生活领域，女性也是作为男性的欲望的对象存在的，也就是波伏娃所说的："女人完全是男人所判定的那种人，所以她被称为'性'，其含义是，她在男人面前主要是作为性存在的。对他来说，她就是性——绝对是性，丝毫不差。"[1]

在剧中，顾佳虽然在名义上是全职太太，却也要为丈夫的事业操心。为了替丈夫赔礼道歉，顾佳请公司的合作伙伴万总吃饭，希望能与他继续合作，维持公司的正常运转。在餐桌上，对方先是强行劝酒，又要求顾佳和自己发生性关系，并以此作为恢复合作的条件。王漫妮在一家奢侈品店担任销售，在接待一名男性顾客的过程中，对方故意和她产生不必要的身体接触，在购物结束后，还向王漫妮发出了约会的邀请。

---

[1]　西蒙娜·德·波伏娃：《第二性》，陶铁柱译，北京：中国书籍出版社1998年版，第11页。

顾佳和王漫妮所遭遇的男性对女性身体的窥视和压迫,都是在工作空间内,是建立在经济关系之上的剥削。万总打算将资本作为筹码,男顾客则试图以消费作为诱饵。两名男性明确地把金钱作为女性身体的交换物,女性在他们的凝视下,成了一种特殊的商品。两位女主角对此采取了或强硬或巧妙的拒绝策略,反被动为主动,两名男性或是惊愕地被抛在原地,或是尴尬地落荒而逃。这种男性和女性主导地位的转变,是在短时间内发生的,这样干脆利落的叙事节奏,使两性之间不对等的权力关系既在有限的叙事时间中得到了展现,也在想象之中获得了解决。问题的发出方是男性,解决方则是女性,这诚然展现了女性的智慧,同样也暴露了女性的无力。对女性而言,面对建立在权力关系之上的性压迫,她们只能是应对者,而非终结者。

三、对"爽剧"的挪用与改写

学者谭天指出,我们已经进入了一个"后电视"时代,他认为:"'后电视'中的电视指涉两个基本概念,一个是指电视,指利用电子技术及设备传送活动的图像画面和音频信号,以及由此建立起来的大众传播的视听媒体;另一个是基于互联网的视听传播,人们往往把它叫作网络视频或视频。它是指以电脑或者移动设备为终端,由此导致这种电视(网络视频)从内容形式到接受行为的变化。"[①]"后电视"时代改变了电视剧的传播方式,使其呈现出碎片化的特点。

对于《三十而已》来说,它的观众分为两种类型,一是通过电视等传统媒介,跟随卫视频道或视频平台的更新,认真"追剧"的传统观众;

---

① 谭天:《"后电视"的转向与转型》,《编辑之友》2020年第1期,第5—10页。

二是通过手机等移动终端，在微博的热门搜索界面，看到与剧情相关的标签，点击并观看了剧中"名场面"的观众。前者是《三十而已》的深度观众，他们了解这部剧的具体细节，并对剧情有着整体性的把握。而后者作为浅度观众，他们只观看《三十而已》的"出圈"片段，他们对剧中人物的认识，也正是建立在这些碎片之上的。浅度观众可能转化为深度观众，也可能一直保持原有的观看模式。无论是哪种类型的观众，他们在网络空间中关于剧情的交谈，都会作为约翰·费斯克意义上的"声明生产力"，参与这部电视剧"意义的生产与传播"。[1]

《三十而已》的走红，在很大程度上受益于它在网络空间中的碎片化传播。而流传最广的剧集碎片，正是那些能够在短时间内引爆大众情绪的片段。围绕着三名女主角的生活，《三十而已》延伸出了三条主线，其中最受关注的，是关于顾佳的，更具体地说，是关于顾佳、许幻山和林有有之间关系的剧情。这条主线的人物构成，看上去最接近"爽剧"的标准，既有男性的出轨情节，又有"大女主"的反击，前者触发"怒感"，后者触发"爽感"。

按照"爽剧"的"套路"，观众在前期积累的愤怒越大，对主角发起反击的期待就越大，在后期的体验就会越"爽"。侯小强对此有一个精当的概括："所谓爽剧，其实就是从故事模型、结构、剧情上去触发观众的爽点，去调动内心的酣畅情绪。"[2]而所谓"爽点"，实际上是大众情绪的外化。主角代替观众，做了他们想做而不敢做的事，得到了他们想得却得不到的结果，观众在观看过程中，内化了主角的行为，分享了想象中的胜利。

在《三十而已》中，顾佳是以完美妻子的形象登场的，她优雅大方，谈吐不凡，把家庭事务处理得井井有条，还精明强干，巧施计策，

---

① 约翰·费斯克：《粉都的文化经济》，陆道夫译，载陶东风主编：《粉丝文化读本》，北京：北京大学出版社 2009 年版，第 10 页。

② 何佳子：《"爽剧"进行时》，《中国广播影视》2018 年第 20 期，第 37-39 页。

顺利打入"太太圈",为自家生意拓展了客户,是公司实际上的引领者。在电视剧的前半段,顾佳一路"开挂",为儿子争取到高端幼儿园的入园机会,关门痛打欺负儿子的同学家长,为丈夫公司拉来了大笔订单,四两拨千斤地解雇了心术不正的女职员,俨然是一个典型的"大女主"形象。

而第三者林有有的出现,让顾佳的世界发生了一次崩塌。许幻山去北京出差,结识了担任地陪的年轻女孩林有有,在林有有强烈的攻势之下,许幻山出轨了。林有有被塑造成一个典型的"绿茶婊"①,她看上去文艺清新、爽朗洒脱,却会使用种种小心机,一步步地引诱男人上钩。引起对林有有最多骂声的剧情是,林有有带许幻山排队买冰激淋,然后趁其不备,突然凑过脑袋,舔了一口对方的冰淇淋,留下许幻山一边错愕,一边回味。

这一情节不仅引起了铺天盖地的讨论,还激发了大众的"盗猎"行为,他们以这段视频为素材,进行了一系列的再创作,其主要思路是将其他影视作品中男性冷言冷语的片段,和林有有的引诱戏份拼接起来。这些"文本盗猎者"对剧情进行了颠覆式的改写,就像詹金斯所说的,他们"拥有的不只是从大众文化中攫取来的针头线脚",而是"从媒体符号材料上构筑起来的整个文化体系"。② 不同于剧中许幻山的不知拒绝,甚至是欣然接受,再创作文本中的男主角,对林有有采取了拒绝和嘲讽的态度。对林有有进行的"文本盗猎"之所以广受欢迎,是因为观众已经积累了相当深厚的"怒感",他们迫切地期待反转,期待"渣男"和"第三者"受到惩罚。这样的期待建立在观

---

① "绿茶婊",泛指在他人特别是异性面前楚楚动人、温柔纯情,如绿茶一样文艺、清新、无害,但实际上却工于心计、玩弄感情,懂得利用性别优势获取利益的女性。参见邵燕君主编:《破壁书:网络文化关键词》,北京:三联书店/生活书店出版有限公司2018年版,第491页,"绿茶婊"词条,该词条编撰者是薛静。

② 亨利·詹金斯:《文本盗猎者:电视粉丝与参与文化》,郑熙青译,北京:北京大学出版社2016年版,第47页。

众对类型剧的熟悉之上，他们知道，出轨者一定会自食其果，他们在前期越是快乐，结局就越是凄惨。

2011 年在湖南卫视播出的电视剧《回家的诱惑》，非常典型地展现了这一叙事套路。这部获得了超高收视率的作品，在前后两个阶段呈现出完全不同的面貌。前半部分讲述林品如的善良与隐忍，面对婆婆的苛责，丈夫洪世贤的出轨，和第三者艾莉的百般挑衅，她屡受伤害。林品如受虐的顶点，是在她不慎落水之后，艾莉劝洪世贤放弃营救，两人逃离现场，宣称品如已经遇难。后半部分以林品如的复仇为主线，她改名换姓，在高虹和高文彦的帮助下，彻底改造了自己，以崭新的形象，重新出现在洪世贤面前，并成功引诱了他。

《回家的诱惑》的"爽点"在于，林品如将自己受过的屈辱，全部返还给"第三者"和丈夫一家，她破坏了洪世贤和艾莉的婚姻，夺走了婆家的全部产业。她在溺水后重生，洪世贤和艾莉却在溺水后死去。《回家的诱惑》展现出完整的复仇结构：善良的林品如从无到有，获得了一切，而邪恶的男人和"第三者"从有到无，失去了一切。

然而，《三十而已》并没有采用这样的叙事策略，顾佳从来不是弱者，她看起来无所不能，却还是没能维护好这段婚姻。在她发现许幻山出轨之后，唯一的"复仇"就是打了林有有一耳光，并决定与丈夫离婚。她没有像观众期待的那样，弃许幻山于不顾，与他恩断义绝，在上海开创更大的事业，实现"大女主"的宿命，而是带着儿子和父亲离开上海，去山里经营了一家茶厂。林有有的结局更是引发了观众的强烈不满，她没有身败名裂，而是拿了顾佳买的机票，毫发无损地回到北京，回到了遇到许幻山之前的生活当中。相比于身患绝症、溺水身亡的艾莉，林有有似乎没有受到应有的惩罚。

在《回家的诱惑》中，林品如从一个洗衣做饭的家庭主妇，成长为一名智慧果决的女企业家，她离开了不忠的丈夫，收获了好男人高文彦的爱情。而在《三十而已》中，顾佳既没有得到更好的爱情，在事业上似乎也倒退了。在一些观众看来,回归田园意味着顾佳的都市梦碎,意味着她曾经奋力寻求的上升通道就此关闭,意味着她费心经营的精致生活全线溃败。

然而,《三十而已》向我们提出的是一个更加深刻的问题:城市是当代生活的唯一答案吗?顾佳最初的奋斗目标,是让这个家变得更好。"更好"意味着赚更多的钱,住更大的房子,让儿子接受更好的教育,所以她兢兢业业,谋划钻营,不敢有一点松懈。而接下来的叙事,直接颠覆了前期对"更好"的定义。从太太的客厅到山中的茶厂,顾佳在空间上的转移,也对应了整部剧价值取向的转折:都市是冷漠的,城镇和乡村是温暖的。"太太圈"虽然富丽,背后却是空虚。当顾佳对太太们说出"我叫顾佳,后会无期"的时候,她也顺利完成了自我意识的觉醒。

《三十而已》用众多碎片,建立起一个看似套路的故事架构,其中包括了三种经典叙事模式,一是丈夫出轨的故事,二是被有钱人欺骗的"拜金女"与真心的穷小子的故事,三是"姐姐"与"小鲜肉"的故事。观众对这三类故事的心理预判,可以参照《回家的诱惑》中的洪世贤、林品如和艾莉,《欢乐颂》中的樊胜美和王柏川,以及《下一站是幸福》中的贺繁星和元宋。

然而,《三十而已》却改写了类型剧的惯常结局。顾佳没有手拿复仇剧本,"手刃"伤害过她的许幻山和林有有。王漫妮没有投身姜辰的怀抱,而是决定出国留学。钟晓芹匆匆结束了和钟晓阳的姐弟恋,选择和陈屿复婚。一切看起来都是如此"不合常理",然而,这样的"不合常理",正是《三十而已》的独特之处。迎合观众习惯的叙事模式,虽然安全,却很难引起观众对现实的认真思考。"爽剧"固然有其存在的价值,却不能任其占据文艺创作的全部空间。《三十而已》尽管招致了不少争议,仍不失为一次有意义的尝试,至少,它在众多被套路覆盖的"爽剧"中,发出了一点自己的声音。

公共艺术设计与艺术文化生产

李亚祺

就当下而言,具有艺术家个人思考和观念的艺术造型在当下中国的城市商业街区有着较为普遍的存在,例如五棵松"华熙 live"下沉广场的商圈内中国当代雕塑大师王艺的七组不锈钢雕塑——处在无休止的"控制"关系中,由大至小、面目一致的提线人偶;趴在地上哪怕"供人观赏"也无力再站起来的背影造型;密密麻麻叠加在一起的面孔构成的巨型圆柱,以及圆柱底部一个面向行人"虚位以待"的座椅等,这些构思精妙、造型独特的艺术雕塑表达对存在、对人的现实和精神处境的深度思考,既包含同情,又包含反讽和"解构"。而位于"宇宙中心"的"五道口华联购物中心",陈文令作品《童年》中红色的裸体小人坐在商场的侧前方,同样"无所畏惧"地注视着来来往往的车辆和行人。

事实上,运用商业街区传播艺术,抑或运用艺术吸引消费者和游客,是大多数当代商业街区设置公共艺术雕塑的初衷,相应雕塑形象也在一定程度上提供了新鲜感,具有突出的视觉冲击力,并且在商圈内部承担艺术展览等相关公共活动时,为"游客"提供了可供"识别"的艺术符号,最大限度地"普及"中国当代艺术形态,提升公共空间的文化承载量,以丰富的"文化表征",全方位吸引诉求不同的消费者和游客。

有趣的是,这样的结构内部包含着两套文化符码,以布尔迪厄对文化生产场内部逻辑的区分,"商业利益"原则与"纯粹生产"①强调艺术自主性的原则恰好悖反,而某种出现在视野中的"纯粹生产"也是不同于"放荡不羁的先锋派",是拥有"特殊象征资本"——"得到认可的先锋派"②。而依据朗西埃《作为政治的美学》一文,则能进一步看到两种不同的艺术观念:其一认为艺术从康德美学观念出发,是"崇高"的在场,激进化表现以利奥塔赋予艺术的使命为核心——目的在于将经验和寻常之物撕裂开来,艺术成为一种否定性的展现,代表着美学乌托邦的虚无主义成就;另一种则体现为"关系"美学,其中"不确定的转瞬即逝状态的架构要求取代感觉,呼唤着从观众的状态过渡到行动者的状态,并对空间重新布局"。而同样作为艺术,二者不可避免地表现着艺术的独特性——"用某种方式架构了时间和空间的类型,以及架构了时间和空间中的人民"。③

显然,商业街区的"纯粹"现代雕塑,与商业实体提供种种"文艺"符号结构出"行动着的消费关系",并不是同一种"架构"逻辑。简单而言,就商圈运营寻求的休闲与消费整体性目的而言,有明确个人风格的现代艺术装置以公共艺术的身份加入,是一种简单的"附加"式思维,是一种知识分子式的生存观察与自我表达,包含着独立、崇高、"自足"的艺术态度,但与商业文化建构符号与人、人与人的关系,满足人们"社会化"需求的宗旨并不统一,即艺术所承载的思想功能和商圈休闲与消费的目的之间产生了悖论。

当然,事物总是辩证统一的,一方面,中国自二十世纪八十年代从计划经济到市场经济以来,追求精神自由与超越的主体意识及其"崇

---

① 布尔迪厄:《艺术的法则:文学场的生成与结构》,刘晖译,北京:中央编译出版社2011年版,第82页。

② 同上,第87页。

③ 朗西埃:《作为政治的美学》,《美学中的不满》,蓝江、李三达译,南京:南京大学出版社2019年版,第24页。

高性"与物质消费紧密相关,另一方面,现代工业社会中人类生存的矛盾处境,对终极价值持否定态度同样是"消费至上"的一部分原因——一边表达"丧"一边挑战生活固定的形态、寻求个性是消费话语的重要元素,二者同样包含于中产阶级审美趣味中,但相应地艺术本身试图提供的超越性和反思性是否应由并且能由商圈"完成",是极为可疑的。具体进入实用功能鲜明且面向大众的商业街区,这样刻意的"拼贴"对照,很难瞬间引导对生存状态的思考,却形成了视觉中的吊诡,一方面是商圈强调消费代表的大众文化本身所希望具有的健康、活力、审美、希望,一方面却是视觉造型影射和"讽刺"着生存虚妄之后个体投入"狂欢"的虚无。而此时的艺术既仿佛成为"商品"和"消费"的一部分,又带有对繁华的距离,对"平庸生活"拒斥。这种对"受难"或"精神超越性"的"守护"被人们报以困惑的一瞥或暧昧的注视,然后迅速被琳琅满目、色彩和造型鲜艳多元的消费符号吸引,也"正是在这一刻,抵抗形式的艺术完成了自身,它被隐匿了"。①

因此,一种拼贴着现代主义的反思和批判、后现代主义多元消费观念,以及以利润为目的商业性狂欢的"后新时期"图景成为大众文化消费的常态。成为中国后新时期景象的一个缩影,延续着学者张颐武在二十世纪九十年代指出的"一个后现代的空间奇迹"。②

此时,回顾历史,分析现象内部的逻辑,有助于我们重视"公共艺术"作为城市态度乃至国家形象的构成部分——其置放空间符合艺术与艺术生产布局的重要性。

从艺术自身的时代处境而言,新时期以来,艺术从单一话语形态,即计划经济下的艺术体制中"解放"出来,进入以"双年展"、策展人体制、艺术实验、画廊、拍卖等为"展现"路径的艺术市场,从"美协"以宏

---

① 朗西埃:《作为政治的美学》,《美学中的不满》,第46页。
② 张颐武:《对"现代性"的追问——90年代文学的一个趋向》,《天津社会科学》,1993年8月29日。

大主题和理念为核心的创作中抽离。而基于大量现代西方艺术观念的作品往往"剑走偏锋",强调创意、批判、反讽、自我表达,虽更为"先锋",情绪更为饱满,但思路却又较为局限,美学技巧还不够成熟,更多成为一种波希米亚式的"态度"。九十年代中期,艺术家不断讨论与国际接轨,相应的国际输出以政治"波普"为代表,本身包含意识形态批判的附加值,并非建立在真正有效的、全面的艺术创造力的展现上。由此,一方面,"现代艺术"的格调既非大众亦非官方意识形态,多在市场经济和国外评奖体系中展现创意、"追逐认同""优胜劣汰",另一方面,"美协"垄断国内评奖体系,除了一部分资源所有者能够在体制和市场间多向流通,以"主题鲜明""传统继承"或"得到认可的先锋"炙手可热,整体而言,国内艺术发展在新的创作观念和主流话语的分裂中,有效满足国家文化战略需求的艺术创作屈指可数,架空的是本应借助优质文化产业链形成的艺术公共性——例如中华人民共和国成立初期本来拥有良好动画造型基础的国产动漫创作界,由于市场转型,未能后续发力,生产传播更多经典的、有影响力的文化符号。

由此,回到商业街区内的公共艺术,在分裂的艺术生产语境之下,商圈内部多元符号的"拼贴",更多的是一种市场行为和简单的艺术权力分配,失去的是艺术的意义本身及其历史的深度,同时,这种多元化是否真的将人们带向更好的生活也是值得怀疑的——在材料的堆积,个体在接受视觉信号过多碎裂而相互矛盾的信息时,主体被消解,无法促进形成自我的认知,过分追逐商品占有以及奢侈品消费象征自我,成为鲍德里亚意义上"符号的消费者"。

因此,如果说集合"前现代""现代"和"后现代"的发展历程必然压缩着这样的"异彩纷呈",随着中国自信和中国态度的展现,二十一世纪二十年代的今天,我们更多要从文化战略上考虑如何在尊重大众的文化选择的同时,从"符号的有效"到"生活的有效"再到"价值观的有效"上,推动文化增长,并进一步考虑文化的生产效力、生产模式如

何基于全球化扩大影响。事实上,中国媒介传播带动网络文学、影视
IP产业已经先行一步,其模式和质量以及评价机制尽管还有诸多不
足,但已然形成一定中国原发性的产业力量。而在艺术设计及其文化
生产的维度上,中国当代公共艺术设计在精英塑造和大众接受之间
存在裂隙,在构成艺术生产机制的维度还有许多空白。

由此,从艺术文化发展的角度而言,公共艺术应当依托具体环境,
在理性的规范性中重新寻找自身的定位,形成完整而有效的文化象征
体系,而非忽略自身基本的"公共性"诉求和路径,失去艺术设计应当
承担的文化传播功能。而这进一步要求我们对公共艺术从艺术的公共
性与"在地性",设计及其消费功能的增值,以及未来中国文化战略
布局的角度进行再思考。为此,我们可以主要从"命题"和"执行"两个
角度进行观照。

1. "命题",也即公共艺术及其空间定位。

与艺术相比,公共艺术同样作用于人的精神层面,但基于"公共"
二字的限定,公共艺术在美学表达上需要更多从艺术家自我观念的表
现转向对公共环境、对更广泛审美诉求的兼顾和平衡。其中,公共性首
先是一种关系,需要建构在对受众的情绪、认知平等的分析之上,基于
"公共性"生成过程中的"对话"要求,寻求作品与欣赏者的对话,欣赏
者与欣赏者的对话,通过公众的欣赏、认同和反馈,实现意义的"公
度"。这就要求公共艺术第一需要立足环境所需,充分考虑自身的"在
地性",判断自身语境,明确不同区位公共艺术的表现范畴;第二需要
展现自身意图——这在于作用于视觉层面的公共艺术,由于瞬间图像
生成对理解的重要性,需要充分结合周边环境,让欣赏者迅速把握形象
的内在意指,最大限度上构成理解的广泛性。

二十世纪六十年代,美国艺术家克莱兹·奥登伯格就已提出艺术
作品"公共性"的意义,即艺术不应当只为博物馆和画廊服务,而应当
"为更广大的空间、户外和大地"服务,其相应的"公共艺术"作品例如

《汤匙桥和樱桃》《衣服夹子》也是人们极为熟悉的日常生活用品的创意组合与"再现"。

当然,将个人作品和个性化作品置放于公共空间历来也是公共艺术表达的方式之一。例如米罗、达利、毕加索、昆斯的现代艺术作品也都有公共艺术化的呈现,但一方面,西方经历了艺术与哲学思潮在相应历史阶段内相互映照并循序渐进的发展过程,与中国引进西方观念与现实生活对照拼贴和内部的"裂隙"不同,现代艺术的表达形式在西方更为"内化",但即便如此,我们看到西方公共空间内的作品及其相应置放区位也都经过严格的分析和考量,例如米罗的作品位于瑞典国立美术馆户外、巴黎德斯门和蓬皮杜当代艺术中心,达利和毕加索更多的抽象作品也以明快的颜色、高度抽象的造型,可迅速识别的名家手法,置放于具有视觉统一性的语境,也说明意图更抽象的作品,在公共场域的置放应当更加谨慎。

就中国而言,"798"作为多元风格和实验艺术的聚集地,其主导功能即展现现代艺术的多样、丰富,而在厦门广阔的海岸,陈文令的红孩子形象所代表的"天真"和跳脱于历史之外放肆的"快乐",在与自然环境的相融合中,有着相当的表现力。这也说明,在相适应的环境中,经由作者自身充分展现自我的作品能够获得感动和认同,实现丰富的情绪表达,进一步说明,视觉要素传递的信息需要符合区位功能。

而商业街区这一具备自身特定功能的区域,首先应当突出对每一个"潜在消费者"的尊重,相应艺术设计的基本指导思路应当是降低"准入门槛",在"亲民性"的同时强化创新性,正如立足艺术自身缺乏相应语境的强行"公共化",王艺本人也从"同情"的角度对"公共艺术"的困境加以解读,在《超载的公共艺术》一文中,王艺认为中国的城市建设还处于"补课"状态,公共艺术在策划研究、筹备和建设速度、视觉关系分析、经费等诸多方面都与城市建设不相匹配,尤其是现代艺术需要一种严格的空间控制,而这在一般性的公共场所很难实现。由此,

"我们对公共艺术赋予了太多的意义,政治的、社会的、文化的、历史的甚至娱乐的,反而失去了艺术的意义"。① 事实上,这里失去的不只是艺术的意义,同样也是所在区域自身明确的定位和功能,王艺在此鲜明地指出了"现代艺术"和"公共艺术"之间的区别,相应问题的实质在于后发现代国家在文化建设之时对"艺术",尤其是受西方影响的现代艺术——不分场合,缺乏逻辑合理性和程序正当性的利用。而种种错位拼贴的后现代景象体现在消费空间,艺术内涵与环境的表意脱节,模糊和封闭了艺术自身,环境也偏离了替人营造家园、强化归属感的设计初衷,是对艺术作品自身的浪费,也是对消费密集型公共空间构成文化生产工业体系这一优势平台的浪费。

此时,在明晰相应范畴的基础上,重新强调公共艺术设计与消费的关系,建立和完善艺术文化生产和传播体系,在整体把握中寻求拓展,提出公共艺术的"设计性"和"叙事性",是基于大众日常生活在审美和消费中投射情感、进行互动的诉求,就公共艺术自身的理念和扩展维度进行的思考和探讨。

2. 执行:视觉形象的"设计""联名"与全球文化市场。

从文化生产的维度提出公共艺术的"角色性",除了强调"公共"和"在地"的属性之外,重点还在于分析其"设计"属性,正如产品设计依托于特定的物及其实用功能,尽管公共艺术的功能展开依然较多体现在"审美—共情"方面,但雕塑、绘画、装置艺术等在具体公共情境中的呈现,往往需要承担与环境氛围协同构造空间的功能,而公共艺术在评价标准上也需要兼顾市场、文化、科技、社会心理、历史思潮等重要价值维度。

事实上,高度产业化的艺术设计始终是营造市场的主要推动力。例如,单纯从设计而言,设计式样在美国设计传统中具有重要意义,与

---

① 王艺:《超载的公共艺术》,《中国美术报》,2019 年 2 月 25 日。

德国强调功能突出和质量过硬的"功能主义"不同，美国"式样主义"认为只有设计得很漂亮的产品，才能为销售提供保障，正如美国设计界大师雷蒙·罗维认为"丑货直销"，正是通过式样设计和创新，罗维能够在商业危机时"异军突起"打开销路；而日本、韩国的消费市场有诸多动漫形象参与其中，并渗透在消费品造型的方方面面；又例如，通过文化和产品相结合进行对外输出是美国赋予大众文化的重要功能，其中大众文化符号对全球文化工业乃至意识形态产生的影响在美国"好莱坞文化"构成的巨大产业链，呈现出系统而有效的模式……可见，艺术形象与商业的直接拼接并不能真正形成有效的文化符号，必须以精心的形象设计和背后整体性协调性的理念作为依托，具备统一理念和内涵的具象转化。

就中国而言，二十世纪九十年代以来民营企业发展迅速，新世纪世贸组织的加入，资本快速运作的背后，伴随着秩序的相对滞后，除了部分具有明确理念的商业街区，诸多商圈运营以满足多元需求为主，具有一定的成功经验，但逻辑的简单和"功利"往往遵循市场的自发选择，断裂了文化机制的整体性和有效性。当然，近年来"国货"在跨界联名中不乏经典符号的再创新和再呈现，例如大白兔奶糖与化妆品、日用品、服饰的联名；旺旺集团借助标志形象进行产业营销，涉及医院、酒店等领域的跨界；而多年以来因配合可口可乐生产而"自我埋没"的国产老字号"北冰洋"汽水，也重新以憨态可掬的白色小熊为视觉媒介不断开发新口味，识别定位新受众。

此时，符号经过"再现"这一体现"经典性"的过程，以商品的设计造型，成为大众文化的象征物，并初步构成中国自身具有独特性并具有相应影响力的生产机制。但另一方面需要看到的是，中国市场不缺经典形象，但消费更多的是"情怀"，许多"联名"往往只有一时之风，原因之一在于产品质量和实用性较难具有同类产品的超越性，但同样重要的影响因素包括形象"瞬间惊艳"后缺乏完整的文化生产内核——无论是形象的公共化,还是形象自身艺术内核的添加,两方面都有缺失。由此,形象虽有"公共"基础,但拓展功能的同时没有使自身符号意义活态化,生产本身与艺术相脱节,没能使视觉形象进入包括公共艺术在内的文化产业链。

事实上,中国人口基数大,相应消费优势为发展有影响力的公共审美标志物提供了极为广阔的空间,但基于经济的"后发"和对"艺术"定位的单一,对艺术公共性理解的不足,文化与经济的联动性弱,现实的情况便是商圈运营模式基本相同,专业度和创意性不足,求多不求精,缺乏明确的理念,其中以奢侈品、家具百货为代表的诸多消费符号多为西方而非中国,多年来消费市场为欧美日韩产品及其相应文化理念所"分流",尤其没有形成中国文化符号的标识性和影响力的塑造,放弃了中国自身以艺术文化生产带动公共市场发展的有效路径。

这意味着中国的艺术设计不应当单一停留在器物设计层面,更应当在建构文化系统和以消费为主导的大众文化体系中,塑造标志性形象,展现自身的创意,包括将艺术的精神性与生活的实用性相结合,使之从"场所"进入家庭,以文化符号带动消费再反作用于品牌内涵的增添,丰富人们的日常物质和精神生活。此时,产业链的形成尤其需要相应经济政策的倾斜、产业链开发,以及最重要的艺术与文化人才的策划与相关文化产业项目开展,构成以视觉欣赏、精神愉悦、体验与创造引领消费的文化产业运营模式,联合网络与新媒体进行 IP 转化,从而有效面向目标群体展现艺术的视觉叙事能力,扩充自身领域和平台,实现"共享",促成文化符号对经济和文化产业发展的切实承担。

诗意的现代追寻

——读林若熹先生的《今夜》

林夏瀚

　　"诗意"是指像诗句描写的那样给人以美感的意境。中国画自古以来强调诗意,郭熙《林泉高致》有言:"诗是无形画,画是有形诗。"苏东坡论王维也有"诗中有画,画中有诗"一说。可见,绘画不仅能表现物象,还能通过物象展开诗意的联想,从而打动观者的内心。于是,诗意的表达成为衡量作品水准的重要因素,而这往往取决于画家的才情。然而,近百年来中国画家的思想观念与表现手法在西方现代各种思潮和流派的影响下,已经发生了根本性的变化。今日的中国画家并非生活在三千年一以贯之的世界里,而是处在现代知识体系构建的社会中。那么,中国画的"诗意"传统能在西方现代绘画的映照下得到体认吗?新一代的中国画家受到现代教育的影响,以"思辨"与"创新"为己任,对现代中国画的诗意展开了实践性的探索。他们大多对西方美术界有关中国画的看法持保留意见,迫切寻求更具中国精神内涵的表达,林若熹先生便是其中一员。

　　《今夜》是林若熹 2014 年创作的中国画作品,纸本设色,纵 225 厘米,宽 195 厘米,描绘皎洁月光下,院落边、围墙下的一片竹子:繁密的竹子占据了画面绝大部分空间;背后的围墙有不同形式的显现,同时阻隔了后空间,对竹子呈簇拥、顶托之意,使得"竹子"这一主角的腔调被映衬得尤为响亮;一轮明月静候在叶梢,与左下方一截有着浅浮雕的汉白玉栏杆,构成遥相呼应的两块耀眼的白色;款题安排在左下边线处的栏杆上,既隐又显,不"打扰"画面,想必作者定是常被"月明夜静"一类情境打动吧,虽只有"今夜"这两字之题,却仿佛饱含无数感触,隐约的诗意也幽然漫出。

该作看似真实景象的描绘,实则有着相当严谨的设计和独特的构思。该画作尺幅巨大,高已逾人而近乎墙面。观者与之对面,先看到的是密密麻麻的竹子,视线会随着竹子的取势而向上律动,最终汇集于围墙上方的月亮。为了促成这一视觉的牵引,作者在构图上用心巧妙。首先,让我们观察迫近的前景。汉白玉栏杆将前景拉近到最前端且拉伸到画幅二分之一还多的宽度,造成视觉干扰,透视和景深被有效阻断。汉白玉栏杆以淡墨白描法细细绘出,栏杆上的浅浮雕甚至粗眼一瞥无法马上辨识,从而达到类似摄影中高斯模糊的效果。此种方法看似突兀,却使观者形成强烈的视觉印象,一方面前排栏杆仿佛跳脱于画幅之外,产生与观者同在且可触摸的亲近感,另一方面观者的视线也被更多地吸引到竹子上面。其次,中间的竹子疏密有致,由左往右形成"起-承-转-合"四段式的乐章,富有节奏。竹林通过穿插叠合大致可分为上下两部分,具有前后的视觉空间感。这些分割并置让竹子这一整块面积充满了内部的细碎细节和数不清的不规则块面。在巨大的画幅中,这些细小块面所造成的紧张与压抑,会让观者急于找到视觉的突破口——依循竹子的态势移向画面的上方。最后,在位于画面五分之四的高处,一道围墙形成景物的截断,高位置的水平线分割,稳定了观者的情绪。被竹子遮挡、只露出一部分的围墙平伸进画面,不见首尾,这种处理使观者产生越过围墙的心理需求,增加了与观者的互动。在直线围墙与圆形月亮之间的造型对比中,观者的眼光最终落在月亮上。与此同时,平涂天空形成的大块面简洁明了,与画面下方的琐碎细小空间形成强烈对比,观看中的紧张感瞬间得到释放,起到安定观者情绪的作用。画面这三段衔接紧密,强烈的形式美感造成一种抒情的诗意。

在这种抒情诗意的表现中,月亮是整幅画的画眼。月亮是中国古代诗画中经常描绘的物象,宋代罗大经曾言:"绘雪者不能绘其清,绘月者不能绘其明。"现藏于美国大都会博物馆的马远《月下观梅图》,便是古代绘画中描绘月色的名作。南宋绘画继承北宋徽宗以来画院的传统,重视对画面意境的提炼,马远该图取景为典型的"马一角",画面左边斧劈皴勾勒山石,高士、童子于山石旁瞭望前方,画幅右边几剪梅影间一轮明月,背景大量留白。画中月亮双钩并敷以白彩,利用月亮周围绢本材质的偏黄底色来烘托月亮的洁白,充分表现出月下赏梅的优雅意境,极富诗情。宋代距今已有千年,虽然"今月曾经照古人",但由于知识结构的不同,现代画家对中国画诗意的追寻在审美趣味、思想观念上也大有不同。对于受过现代美术学院学术训练的林若熹先生而言,西方透视学、色彩学、平面构成、符号学都是现代中国画追寻诗意的他山之助。

其中,颜色的运用可以说是《今夜》抒情诗意表现中的重要因素。作者白描绘出汉白玉栏杆,同时在右侧用黑色的围墙墙体稳住画面。而为了使左下角不显单薄,作者特意着重勾画了左下方汉白玉栏杆的浅浮雕,并配以金石味十足的碑体书法落款。作者十分巧妙地运用多种深浅不同的同类色来刻画竹子,不但表现出竹林的透视景深,还细腻地描绘出竹竿受到阴影遮挡所形成的斑驳陆离的光影效果。竹叶靠竹竿顶部的黄色最为鲜亮,往下逐渐降低其明度与纯度,有效传达出月光穿透竹叶的逆光效果和竹叶半透明的物质属性,体现出作者对中国画"物理"与"画理"的深度理解。黑色的墙体、橘黄色的瓦当纹理、蓝色的天空、白色的圆月等,都在画面中形成各种冷暖对比关系,从而彰显

林若熹:《今夜》,纸本设色,225 cm×195 cm,2014 年

画面的视觉冲击力。总之,整幅画大大小小的不同色块相互渗透、相互融合、相互牵制,形成丰富而统一的色调,共同营造出皎洁宁静的月夜氛围。

达成抒情诗意表现的另一个要素是多种绘画技法的运用,如汉白玉栏杆的白描、竹叶的双钩分染、竹竿的撞水撞粉、墙体的现代没骨、瓦当的肌理制作、天空薄中见厚的重彩罩染。事实上,多种技法的运用不仅促成画面生动的韵律,将丰富的景观元素和谐地组合在一起,也体现了作者长期绘画研究中的画学主张。作者曾言:"线意志的微观化就是工笔画;线意志的宏观化就是写意画;线意志的互补及延展就产生了没骨画。"依笔者管见,作者每个阶段的创作都带有实验性质,都是其针对不同的画学问题所找到的解题方案。二十世纪九十年代初,他的工笔画参照宋代院体花鸟和近代岭南"二居"的表现手法,试图将西方现代构成与传统工笔画的程式章法融合起来。随后,他又对白描、重彩、现代没骨进行了一番深入研究。某种程度而言,《今夜》是作者对各种绘画技法与绘画观念相杂糅的一种尝试,因而有了前所未有的全面表现力。该作品在其绘画实践中具有里程碑意义。

仔细观察,《今夜》中通过各景物间的色彩对比来强调月亮的光感,而撞水撞粉的合理运用又表现出竹竿在月光下的斑驳痕迹。竹叶的墨色分染与黄色的层层罩染,结合透视学所造成的深浅交错、前明后暗,使得画面色调极为雅致,富有光感。从橘黄色的瓦当纹理和浅浮雕的汉白玉栏杆这些物象的符号学隐喻中,我们不难猜测到画中建筑具有皇家色彩,而围墙高筑,并没有指明画者是站在建筑的内部或外部来观看的。可以明确的是,场地内外的模糊性与围墙的阻隔作用让人产生无限的遐想。这是现代都市人对古代历史的追思,抑或是现代人渴望远离世俗的烦嚣喧闹,回归宁静质朴的生活?是作者在立冬时节对四季轮转的感伤,还是寓居北京的作者一丝怀乡的愁绪?《今夜》中对各类景物的写生能力、对画面经营位置的理解、对月明夜静独特意境的渲染，都达到了毫不逊色于马远《月下观梅图》的极高水准。加之作者对现代诗有自己的独到理解，"今夜"那耐人寻味的题名，无疑把现代诗的诗意带到画面中。故笔者猜测，带有诗人气质的作者敏感地抓住月下竹子这一场景，将自然界中的物象精神和深邃隽永的现代诗意相结合，并将此乐观积极的精神取向借助绘画传递出来，从而创造出既符合大众化旨趣，又具有古典情蕴的作品，为现代中国画的诗意追寻提供了一个有益的例证。

电影如何溢出屏幕[*]

——二十世纪六七十年代的当代艺术与电影的延展

刘　乐

二十世纪六十年代,一场名为"延展电影"的电影新潮在美国兴起并持续至今,美国实验电影人斯坦·范德贝克(Stan VanDerBeek)和艺术家卡洛琳·施尼曼(Carolee Schneeman)等率先在其多媒体表演中使用了这一术语。① 1970 年,批评家吉恩·扬布拉德(Gene Youngblood)在著作《延展电影》中总结了这一思潮,以一种综合的视角将二十世纪六十年代以来电影制作中出现的各种新的媒介技术和新的实验都纳入延展电影的范畴,包括电影特效、计算机艺术、视频艺术、多媒体环境和全息摄影等。但扬布拉德并未局限于技术,而是将其上升到形而上的层面,正如他在书的开篇便明确地指出,"我们说延展电影的时候,实际指的是延展意识","延展电影不是计算机电影,不是录像磷光体,不是原子光线,也不是球面投影。延展电影根本就不是电影:正如生命

＊ 本论文系 2020 年北京电影学院校级科研项目"媒介考古视阈下当代艺术与电影的延展研究"(项目编号:XP202001)的阶段性成果。

① A. L. Rees, David Curtis, Duncan White, Stephen Ball (eds.), *Expanded Cinema: Art, Performance and Film*, London: Tate Publishing, 2011, p.26.

是一个生成的过程，是人类持续的历史冲动，要将自身意识呈现于自身头脑之外，双眼之前"。①

"电影是人类意识的延展"这一观念与当时媒介信息理论的热潮密切相关——马歇尔·麦克卢汉在其1964年发表的《理解媒介：论人的延伸》中指出，一切媒介都将成为人类本体器官的延伸。电影作为人类所感知世界的再现，自然也具备这种特性。而随着新媒介的不断涌出，新旧媒介形式之间的生命杂交和相互作用，会对人的经验产生潜移默化的影响。麦克卢汉已经意识到以电视为代表的新媒介的出现对电影经验的改造，"延展电影"正是在这样的直接技术背景中产生。它以新媒介的引入和多种媒介的综合应用来颠覆以好莱坞为代表的日渐陈旧的主流电影观念，与此时当代艺术潮流中以多种艺术形式的综合反对二十世纪上半叶主导着艺术界的现代主义媒介自主的努力如出一辙。而在更广阔的社会历史语境中，它们都与六十年代席卷西方社会的反文化运动密切相关，内含着打破一切旧的思想观念和机制体制的共同诉求。

二十世纪六七十年代，随着激浪派运动传至美国和偶发艺术的兴起，许多艺术家在画廊、剧院和户外空间进行行为艺术和多媒体表演，作为记录手段的影像越来越多地介入当代艺术。与此同时，随着新技术的不断涌现，许多艺术家和艺术学生也放弃传统的绘画和雕塑，转而选择影像（包括电影以及后来的录像）。他们跳脱传统电影观念的桎梏，充分发挥多种媒介的特性，使电影从单一屏幕和叙事的局限性中解放出来，颠覆了电影内外之间的界限，扩展了电影的空间和边界；他们将电影和现场表演事件相结合，探索一种新的沉浸感和参与感，打破了观众和艺术家之间的屏障，挑战了电影作为一种被动消费和娱乐的商

---

① 托马斯·彼尔德：《宇宙意识：吉恩·扬布拉德的〈延展电影〉》，杜可柯译，《艺术论坛》杂志，2020年3月。

业体制这一既定概念。仔细审视这一时期由艺术家主导,与实验电影
人合作的"延展电影"实践,可以梳理出以下几种路径。

一、观念的破坏与再造:从"电影"到"移动影像"

　　电影是一种复杂的媒介,其诞生来源,无论是放映空间还是表现形
式都十分多样,二十世纪初的先锋艺术家也以电影为媒介做过诸多艺
术实验。然而,随着电影技术的不断进步和再现现实能力的增强,逐渐
确立了自己的媒介领域和独立的艺术地位后,电影的边界反而被限制
了。就像柏拉图的"洞穴"隐喻,电影成为一个黑盒子中的一块屏幕,
屏幕里的景观和叙事成为主体,屏幕里的时间成为观众的时间,外在的
一切变得无关紧要,这在好莱坞式的标准电影中表现得尤为明显。二
十世纪六十年代电视的普及不断侵吞着电影的市场份额,又以不同于
电影的方式激活着电影潜力的矛盾,加之人们不满于商业电影日渐僵
化的现状,许多实验电影人和艺术家以多样的实践对电影这一媒介重
新展开思索,通过对电影元素的解构和再次编排,重新塑造了人们对
"电影"的认知,电影放映成为事件、表演,叙事和蒙太奇也逐渐向电影
的物质性议题倾斜。美国电影制片人乔纳斯·梅卡斯(Jonas Mekas)
称这些实践"将被称为电影的这门艺术的边缘化解为神秘的边疆。光
线在那里;运动在那里;银幕在那里;而拍摄的影像,通常也在那里;但
它不能用你描述或体验格里菲斯的电影、戈达尔的电影,甚至布拉哈格
电影的用语来描述或体验"。①

---

① Jonas Mekas, *Movie Journal: The Rise of a New American Cinema*, *1959-1971*, New
York: Macmillan, 1972, p. 208.

　　1964 年 5 月,白南准的《禅之电影》在纽约举办的"十二场激浪派音乐会"中首演,以一种极端的方式颠覆了观众对电影的心理期待。放映现场采用了室内家用银幕,一架倒放的钢琴,一排鲈鱼,在三十分钟内,放映机将一盘空白胶片放完。这件作品显然受到约翰·凯奇(John Cage)思想的影响,凯奇本人则认为白南准的《禅之电影》、罗伯特·劳申伯格(Robert Rauschenberg)1951 年的作品《白画》和他自己 1952 年的作品《4 分 33 秒》构成了一种观念上的三部曲:当媒介以一种"零度"的形式出现,它就成为一种"事件"或者"表演",其上演当下的时间、空间、情境也就成为作品的关键构成元素。《禅之电影》放映的整个过程没有图像,没有声音,也没有叙事,因而也就没有传统意义上"电影"。以巴赞的观点来看,电影的银幕就像一扇"通往梦幻的窗户"。[①] 传统黑盒子式的观影环境设计,意在将观众的注意力吸引至银幕中,其仰仗的是银幕里的电影造梦的能力,对外界空间、时间等的感知是被忽视的。白南准的电影剔除了叙事性的内容和景观性的场面,使观众的注意力回到了其所处的空间和时间上,回到了电影本身的物质性(材质、放映机、放映过程)上。但这种对物质性的强调却不是一种现代主义式的纯化电影媒介的努力,而是一种颠覆的策略,其内核是激浪派运动所主张的艺术与生活边界的消融,以及对旧习俗、旧制度和既定的美学观念的破除。在这个意义上,《禅之电影》不仅是一件个人作品,也是一种新的电影观念的宣言。

　　与白南准的《禅之电影》类似的还有艺术家、电影制片人威廉·拉班(William Raban)创作的《2 分 45 秒》。在 1973 年最初上演时拉班用一架空白投影机对着银幕,用 16 毫米同期声新闻摄影机记录下包括观众反应在内的放映现场的状况,再将这盘胶卷用于下一场放映,并不断

----

① 安德烈·巴赞:《电影是什么》,崔君衍译,南京:江苏教育出版社 2005 年版,第 107 页。

重复这个过程,从1973年至1980年至少制作了十几个版本的《2分45秒》。① 这个过程的结果是越来越复杂的音效和移动影像,它显示出一个逐步递进的结构,强调的是一个自然发生的正片和负片之间的交替重新拍摄的过程。这件作品不仅凸显了电影制作的过程和历史,同样也强调了每一场放映的当下对"电影"这个事件所产生的影响。

试图对电影的要素进行提炼和重新审视的还有波普艺术家劳申伯格、克莱斯·奥登伯格(Claes Oldenburg)和实验电影人罗伯特·怀特曼(Robert Whitman)、谢尔顿·勒南(Sheldon Renan)等。在1965年延展电影节上演的《电影院》(Moveyhouse)中,奥登伯格禁止任何观众坐在剧院的座位上,就像演出迟到一样,观众被迫挤在过道中观看一切,它被称为"光、时间和空间中的雕塑,使用真材实料"。② 这里的真材实料指的就是剧院本身:一个闪光灯透过缓慢转动的风扇叶片打出光,使光线微弱地照亮屏幕,因为没有既定的投影图像,光线和屏幕不会融合为一体,剧院里既定的物件得以被审视。③ 像白南准和拉班一样,奥登伯格在此促成了"观看"这一行为的反转——不是在电影屏幕里投影出另一个世界,而是把焦点集中于剧院空间本身。奥登伯格指出,"这些作品展示的场所,作为庞然大物,是效果的一部分,并且通常是决定该活动的第一要素"。④ 在观众不允许坐的座位上,奥登伯格安排了人表演"观众",由此制造了"看着一个观众在看电影"的奇观。⑤

这些电影和艺术实践一方面解构了固有的"电影"概念,再现了电

---

① William Raban, Notes for ICA and NFT Expanded show, September 1973.

② Richard Kostelanetz, *The Theatre of Mixed Means: An Introduction to Happenings, Kinetic Environments, and Other Mixed-Means Performances*, New York: Dial Press, 1968, pp. 150-152.

③ Andrew V. Uroskie, *Between the Black Box and the White Cube: Expanded Cinema and Postwar Art*, University of Chicago Press; Illustrated Edition (February 27, 2014), p. 36.

④ 罗斯莉·格特伯格:《行为表演艺术:从未来主义至当下》,张冲、张涵露译,杭州:浙江摄影出版社2018年版,第165页。

⑤ Andrew V. Uroskie, *Between the Black Box and the White Cube: Expanded Cinema and Postwar Art*, p. 36.

影诞生初期的各种媒介要素,回溯了电影作为一种运动影像的视觉感知和带给人的震撼,另一方面也让放映电影、观看电影这个事件本身得以被重新审视。如果早期电影人对移动影像的展示只是一种技术进化过程中的被动选择,这一时期的实践则是在电影发展至成熟之后的回望,将有关电影的关键元素提炼出来进行再反思。当"电影"的固化观念被打破,"移动影像"的观念树立起来后,无论是电影本身的形式还是空间都有了更多可能性。

二、多重银幕与流动的图像

在当代艺术电影和影像作品中,对屏幕的装置性考量已经司空见惯,国内外电影人如彼得·格林纳威(Peter Greenaway)、阿彼察邦·韦拉斯哈古(Apichatpong Weerasethakul)、蔡明亮,艺术家如艾萨克·朱利安(Isaac Julien)等的作品中都有出现。德国电影人、艺术家朱利安·罗斯菲德(Julian Rosefeldt)2015 年的作品《宣言》在纽约军械库展览时便以精心编排的十三块屏幕打造了与电影长片版本的《宣言》完全不同的视效和意义。

屏幕的延展和设计,是电影延展的重要手段之一。其历史起点可以追溯到二十世纪二十年代法国电影人阿贝尔·冈斯(Abel Gance)的三面重幕。在拍摄电影《拿破仑》(*Napoleon*,1927)时,冈斯由于不满足一台摄影机的视野表现能力,将三台摄影机并排在一起拍摄,从而创造出一种极端的宽银幕格式,叫作"三幅相联银幕电影"①,冈斯受到了十

---

① 大卫·波德维尔、克里斯汀·汤普森:《世界电影史》,范倍译,北京:北京大学出版社 2014 年版,第 125 页。

九世纪全景画的启发,试图用这种方式尽可能多地捕捉现实画面,从而产生一种全新的压迫式的观影体验,但这种方式并未得到普及。

二十世纪五十年代,好莱坞为了挽救电视的冲击所导致的电影票房下降,开始尝试大规模的多屏幕全景电影,包括维士宽银幕(Vista Vision)、陶德宽银幕(Todd-AO)、西涅玛斯科普型立体声宽银幕(Cinema Scope)等。在1964年举办的纽约世界博览会上,至少有十几部多屏幕电影项目,但这些多屏幕项目的目标依然在于用多块屏幕合成的超大屏幕吸引观众更加关注于屏幕中的内容,这仍然是基于一种固定的"观看-屏幕"之间的关系,背后还是遵循着电影工业的惯例,并没有赋予多屏幕这一技术更丰富的内涵。同一时期的实验电影人和艺术家则创造了多屏幕的另一种打开方式。

英国人杰夫·基恩(Jeff Keen)是最先开始以双屏幕进行创作的实验电影人之一。在1965年的《粉色汽车》(Pink Auto)中,他自己扮演一个僵尸,抱着他死去的新娘在不断交替但依稀可见的风景中穿行,不断遇到身份不明的人物,在不断变化的主题和神话的相互作用中追求着不明确的目标。通过双块银幕图像的并置对比和快速拼接编辑,基恩不再局限于传统电影对现实的捕捉,实现了超现实视觉图像的潜在丰富性,以图像的视觉冲击性对二十世纪的暴力和战后资本主义快速膨胀时期的速度和噪音进行了最直观的批判性呈现。

多屏幕电影的重要代表则来自斯坦·范德贝克的作品《电影:圆穹》(Movie-Drome)。范德贝克是美国著名的实验电影人,同时也是先锋派艺术和新媒体艺术风口浪尖上的开创性人物。他二十世纪四十年代曾在黑山学院学习,思想受到约翰·凯奇等人的影响,激浪派和偶发艺术中关于多媒介和行为表演的理念在他的创作中也十分明显。1963年至1965年,范德贝克在纽约郊区借用了一个谷仓,设计了一个球形剧院。在这个圆形实验性电影剧院里,所有的墙壁都是由屏幕构成的,多部放映机投影而成的无限屏幕全方位地环绕着观众。观众可以以各种随意的姿态沐浴在环绕四周的不断变化的流动影像(floating multi-images)中。这些影像包括从照片到抽象图案,从绘画到计算机生成的动画,从拼接图像到影片镜头等多种形式,伴有范德贝克所谓的"声音图像"的拼贴音轨,而内容则涵盖了日常生活、文明起源、文学艺术等有关人类生活的一切。由此,多维度、多层次的流动影像便取代了单向的、一对多的传统"放映-观看"模式,成为"感觉扩大器",他的剧院便不再是单纯的空间,而成为一种"体验机"。

学者格洛丽亚·萨顿(Gloria Sutton)认为,范德贝克的关键贡献是多媒体主体性的引入和受众观念的变化。这种"多媒体主体性",或者艺术家本人所称的"传播意识",代表了大众媒体环境中主题与作品之间的一种新关系。正如艺术家在1965年的文化对讲宣言中所说的那样,"每个观众都会从流动图像中建立自己的参考"。① 范德贝克通过使用多屏幕重新激活了电影空间与观众之间的关系。

三、多媒介景观与沉浸式体验

对时间、空间和物质的体验感是表演式艺术活动的要义所在,除了多屏幕的分割并置所营造的图像的流动感之外,二十世纪六七十年代的许多艺术家还尝试以多种媒介的综合运用形成多媒介景观,光线、影像、装置、声音、行为、表演者和观众融为一体,使观众的体验不仅来自光学、视觉意义上的,也包含生理、感觉意义上的,形成一种身临其境的沉浸感。此类多媒体表演活动在当时的纽约非常繁荣,从中央公园一

① Gloria Sutton, *The Experience Machine: Stan VanDerBeek's Movie-Drome and Expanded Cinema (Leonardo)*, The MIT Press; Illustrated Edition (February 13, 2015), p. 62.

直到第 69 大道的军械库。其中比较具有代表性的是艺术家安迪·沃霍尔(Andy Warhol)和卡洛琳·施尼曼。

谈到对媒介的理解,安迪·沃霍尔可以说超过了当时任何一位艺术家。除了流行的丝网版画,人们比较熟知的《帝国大厦》《吻》等电影短片也是在讨论电影的延展时经常列举的案例,而他于 1966 年4 月在纽约东村的一个波兰社区俱乐部组织的表演"不可避免的塑料爆炸"(exploding plastic inevitable,EPI)是他最前卫的多媒体延展电影表演。观众被从地板到天花板的投影轰炸着,沃霍尔把不同颜色的明胶幻灯片放在投影镜头上,使自己的电影如《乙烯基》《妓女》《小偷》《吻》等变幻为各种不同的颜色。在舞台中央,特别设计的灯光效果凸显了地下天鹅绒乐队的演出。不同颜色的催眠点图案在墙壁上旋转和反弹,就像卢·里德(Lou Reed)的歌曲一样粗暴,还有超级明星用鞭子和手电筒跳着虐恋式的舞蹈。观众闭上眼睛可以听到钹和靴子的踩踏声,以及鞭子的噼啪声,手鼓的声音像铁链在响。在流动变幻的视觉图像之外,沃霍尔在此更增加了音乐和各种声音的功效,他称之为"音效上的萨德主义"[1],形成一个全方位的迷幻多媒体环境,营造出一种深度的沉浸之感,感官的强烈刺激给人们的情感带来深刻的影响。

受到偶发艺术影响的艺术家卡洛琳·施尼曼在其宣言式的表演脚本中表示:"视觉关注和身体投入我都想要,观众也是如此……让感觉流动起来,感觉的投入能够激活行动。"[2]在施尼曼看来,电影是个雕塑空间、多维空间,与绘画相比,它可以表现图像动态性的一面。然而传统电影却将图像限定在了单一的投影表面,她的"延展电影"项目试图重塑电影表面,将形象散播至整个空间中,以营造一种"电影式的立体

① Gloria Sutton, *The Experience Machine: Stan VanDerBeek's Movie-Drome and Expanded Cinema (Leonardo)*, The MIT Press; Illustrated Edition (February 13, 2015), p.62.

② Carolee Schneeman, *Free Form Recollections of New York*, 1970.

主义"。① 这种主张在她 1967 年的延展电影项目《雪》中得到了最突出的表现,这同时也是新媒体艺术史上经常提到的重要作品。在这件作品中,她使用电影放映机、幻灯机、频闪灯、彩色灯板等多种媒体设备营造了一个交互式的电子环境,舞台上配合以撕碎的拼贴画、悬挂着的彩色水袋、覆盖着"雪"的树枝、绳索、泡沫、金属箔片等装置营造出一个有冬季寒冷感觉的环境,在这样的环境中,八个不同种族的表演者像木偶一样互相操纵,现场表演侵略者和受害者、施虐者和被害人、追求爱的人和被爱的人,或者就在这个综合媒介的电影氛围中简单地呈现自我。② 他们动作的流畅性被准时使用的闪光灯打乱。施尼曼反越战的实验电影《越南-裂片》(*Viet-Flakes*,1965)被投射到现场装置和这些表演者身上。为了制作这部电影,施尼曼在五年多的时间里收集了当时报纸上关于越南战争暴行的图片。然后,她用一台超 8 相机,使用多个特写镜头录制了这批图片。

　　围绕着"感官"的激活,施尼曼利用各种媒介填充着这个艺术事件的"视觉密度"。其中,电影使静态的、遥远的新闻图像复活,而现场表演则实现了身体对电影图像的重新占领,又使电影图像复活,在图像的生产和转换的过程中使电影的意义得到延展。施尼曼由此便打破了电影胶片的平直、线性视角,通过使其"本能化"和"活化",让它变得"鲜活"起来。③ 而落雪纷纷,既隐喻着炸弹的落下,又使洁白的雪与鲜血淋漓的残暴场面形成强烈对比,使现场沉浸在一种崇高和恐惧交织的氛围里,由此重新激活了瓦格纳式的总体艺术的精神。此外,她还借助

---

① 以毕加索为代表的绘画立体主义,通过添加镜像,拆分、重组物体等手法,形成分离式的画面。而施尼曼试图通过在电影画面之外引入投影光束,混合投影、装置等手法,营造多个切入的分层,形成电影画面的动态感、破碎感。

② 赵炎:《经验拓展的场域——偶发艺术与新媒体实验》,CAFA 艺讯网,2019 年 2 月 14 日。

③ A. L. Rees, David Curtis, Duncan White, Stephen Ball (eds.), *Expanded Cinema: Art, Performance and Film*, London: Tate Publishing, 2011, p.26.

工程师的帮助,从现场的两百多个座位中随机选取三十个座位安装信号捕捉切换系统,以使观众的反应引发各种灯光和声音效果,实现了与现场观众的互动。

结　语

　　电影作为一种年轻的媒介虽然只有几十年的历史,但其媒介的复杂性使其离不开其他艺术门类的支撑,而电影在技术和观念层面的突破又会源源不断地为其他艺术注入新的动力。二十世纪六七十年代前卫艺术和电影的相遇乃至合作式的实践既是充满颠覆与再造的社会文化运动的推动,又预示着进入一个新的科技与技术时代的必然。在艺术史中,现场表演一直是一种可以直接吸引公众的做法,六七十年代以激浪派、偶发艺术为代表的激烈的表演方式因为有了新的媒介艺术的综合渲染,取得了较以往更加令人震惊的效果,打破了旧的惯例,促成了对艺术的定义及其与文化的关系的重新评估,艺术的革命也导向了电影的变革,成功地将观众从与主流叙事电影相关的被动消费中引向更激进的、参与性更强的电影及装置,由"黑盒子"引向了"白立方"甚至街头空间,从观念和实践两个层面都为电影的延展打开了新的可能。二十世纪六七十年代电影到移动影像的转移,多媒介、多信息技术的融合和人类体验感的激发呈现了艺术家在面对麦克卢汉意义上的第三次媒介革命时的思考,面对当下数字时代的网络媒介链接,对这一问题的思考显然具有了更新的意义。

小议启功书法品评实践的"阶段性"意识

栾圣栋

书法评论历史悠久。自东汉赵壹《非草书》始,能够上升到理论层面的书法品评活动可谓贯穿了整个书法发展的历史。因而,相比新兴门类文艺评论,书法评论的开展往往需要兼顾两方面:一方面是面对浩瀚的古代书法评论文本、观点的梳理和汲取;一方面是面向当代书法的评论实践。

然而,每当人们面对一门有着悠久传统积淀的古老艺术门类,古今悬隔的实际、历史的厚重感,乃至对祖先的原初崇拜,时人最易预设思想上的包袱,即所谓崇古思想、厚古而薄今的情况,传统与当代之间形成一道阻隔。司马迁所谓"究天人之际,通古今之变,成一家之言",正道出了史家克服此古今"阻隔"的决心。

一

书家怀有史家的意识,敢于"非圣"、大胆疑古,是当代启功先生留给我们的深刻印象:

古代人也是人,我也是人,难道说这个人一作古,故去了,他的书法就跟后世人所写的必然不同吗? 当然不是⋯⋯他们所写的书也未必都是普遍真理。①

司马迁说的并不一定就绝对真实。②

在书法品评方面,启功先生即敢于"破除迷信"、不囿成见:

那宝玉就爱林妹妹? 他为什么爱? 爱她的什么地方? 你别人就说不清楚,举这个例子是想说所谓的书法美学,评骘书家作品的高下都是很可笑的。看它有何益处?③

米元章谓柳公权书为"丑怪恶札之祖",然而《唐书》柳氏本传则谓其"体势劲媚",可知姿媚,丑怪,与夫雅俗,亦各随仁智之见耳。④

在先生看来,艺术单凭"感受",是很难说清楚的,尤其部分古人品评书法的观点,其实很"可笑"。这不仅限于书法评论,文学评论领域亦如此,如在《谈诗书画的关系》一文中,先生就将那些试图诠释八大山人题画诗的行为戏谑为"猜谜":

具体说,八大题画的诗,几乎没有一首可以讲得清楚的,想他原来也没希望让观者懂得。奇怪的是,那些"天晓得"的诗,居然曾见有人为它诠释。雅言之,可说是在猜谜,俗言之,好像巫师

---

① 启功:《启功全集》(修订版),第 2 卷,北京:北京师范大学出版社 2012 年版,第 192 页。

② 启功:《启功讲学录》,北京:北京师范大学出版社 2004 年版,第 68 页。

③ 张志和:《启功谈艺录》,北京:中国社会科学出版社 2007 年版,第 71 页。

④ 启功:《论书绝句》,北京:生活·读书·新知三联书店 2013 年版,第 30 页。

传达神语,永远无法证实的。①

也就是说,文艺评论"仁者见仁,智者见智"的主观性,是在所难免的。那么,面对浩瀚的古今文艺评论遗产,是否我们就无从下手了呢?先生认为:

> 任何人对任何事物的评论,都不可能毫无主观的爱憎在内。但客观情况究竟摆在那里,所评的恰当与否,尽管对半开、四六开、三七开、二八开、一九开,究竟还有评论者的正确部分在。②

原来,先生对书法品评文本价值本身并没有质疑,只是表达了对大多数"不入流"的品评之鄙弃罢了。要在强调评论家应有史家思维,即培养辩证地接受古人品评观点的意识和能力。

二

史家思维对开展文艺评论的重要性不言而喻,然而非能凌驾于文艺评论的自有属性之上,此即艺术史这一学科立足的根本。就书法这一门类艺术的评论实践而言,又须立足于其自有属性基础上:书法艺术重继承,贵取法乎上,尚直面经典法帖、涵泳而自然养成书法风格。就这一方面,我们看到启功先生在对处于不同阶段的古今书学观点、评论文本的接受过程中,往往首先辨明其"阶段性"。

---

① 启功:《启功丛稿·论文卷》,北京:中华书局1999年版,第237页。
② 启功:《启功丛稿·题跋卷》,北京:中华书局1999年版,第49-55页。

所谓"阶段性",即指因处在不同习书阶段,书家对书法的认识和判断有所不同,继而关乎作品艺术风格的养成也存在差异的问题。唐代书法家孙过庭所著《书谱》当中明确提出了学书的"阶段性"问题:

> 至如初学分布,但求平正;既知平正,务追险绝;既能险绝,复归平正。初谓未及,中则过之,后乃通会。通会之际,人书俱老。①

立足当代,面对浩瀚的古人作品与文本,启功先生的书法鉴赏、评论实践,亦建立在明辨艺术作品的"阶段性"的前提之上。

(一)书法艺术风格特征养成的"阶段性"实际

启功先生认为,书法艺术风格的演进,与艺术家的年龄息息相关,各有特征。因而在进行书法品评时,往往应先着重对书者所处年龄阶段进行考察和分析:

比如,先生在面对米芾"老手颓唐之作",对百种艺能"不老不成,过老复衰"之难的感慨:

> 米(芾)又矜诩其小字,号为跋尾书,自称不肯轻与人书者,其中亦不无轩轾。所见墨迹,以《向太后挽词》为最腴润,刻本中以《群玉堂帖·龙真行诗》为最流美。若《褚临兰亭》跋尾,传世墨迹三事,"兰亭八柱"第二柱跋,只行书之较小者,别为一种。其余二卷,皆用退笔作小楷。至《破羌帖》赞,纯是老手颓唐之作矣。

---

① 华东师范大学古籍整理研究室:《历代书法论文选》,上海:上海书画出版社2012年版,第129页。

乃知凡百艺能,不老不成,过老复衰,信属难事。①

又如,先生以不同年龄阶段切入对八大山人书法的品评:

> 八大山人书,早岁全似董香光,其四十余岁自题小像之字可见也。厥后取精用宏,胆与识,无不过人,挥洒纵横,沉雄郁勃,不佞口门恨窄,莫由仰为赞喻!②

再如,先生在对《寒玉堂草书诗卷跋》品评中,将溥心畬"精力弥满时之得意笔"与此后"酬应日繁"、缺乏爽气作品进行比较:

> 吾宗老心畬公……行书时临米赵,而骨相权奇,无一庸笔。……计睽违至今,已十余寒暑,偶于市肆见此卷,实公精力弥满时之得意笔,因罄囊购之,过是则酬应日繁,无此爽气。③

既然书家的"阶段性"创作状态表现差异若此,那么先生对不同阶段艺术风格的"不可逆性",也就有了明晰的认识:

> 一切技艺的事,造诣生熟,一览可见,在同一类的艺事中,已经真"能"或真"熟"的人,必不可能复有真"生"或真"拙"之作④。

与此同时,在品评不同阶段的艺术造诣时,又宜秉承一个"各美其美"的客观立场:

---

① 启功:《论书绝句》,第 136–137 页。
② 同上,第 168 页。
③ 启功:《启功书法丛论》,北京:文物出版社 2003 年版,第 170 页。
④ 启功:《启功丛稿·论文卷》,第 184 页。

　　一人笔墨,幼而稚弱,壮而健劲,至于老境,或归平淡,或成衰退,各有造诣。①

　　那么,艺术风格随年龄增长自然嬗变的"阶段性"观念认识,自然又指导着启功先生对学书取法过程的"阶段性"看法:处在"此"阶段,不宜强拟"彼"阶段所应有的风格。这体现在先生与徐利明的通信中,对徐氏本来年轻但却有意求"老"趣的行为的中肯建议:

　　　　书格之老苍,随人年龄,不易强求,尤不可模拟……今日已苍老,则人真老时,便成枯硬矣。②

(二)书法评论主体审美素养的"阶段性"局限

　　随着年龄的增长,文艺评论家自身的学识、眼力乃至书法观也都处在不断演进的状态。这就进一步要求我们在对目标作品的理解、审美品鉴方面,也要植入"阶段"辩证意识。先生就曾坦白自己所处阶段的不同,而对董其昌的书法"识解凡数变":

　　　　余于董书,识解凡数变:初见之,觉其平凡无奇,有易视轻视之感。二十余岁学唐碑,苦不解笔锋出入之法。学赵学米,渐解笔之情,墨之趣。回顾董书,始知其甘苦。盖曾经熏习于诸家之长,而出之自然,不作畸轻畸重之态。再习草书,临阁帖,益知董于阁帖功力之深,不在邢子愿、王觉斯之下也。③

---

① 启功:《启功题跋书画碑帖选》(下),北京:文物出版社2006年版,第64页。
② 启功:《启功全集》,第10卷,北京:北京师范大学出版社2011年版,第230页。
③ 启功:《论书绝句》,第36页。

先生还曾结合自己的书画鉴定以及文学品鉴经验，论述因所处阶段不同，"眼力"变化的事实：

> 还有随着年龄的不同，经历的变化，（鉴定）眼光也会有差异。……年龄与眼力逐步提高……及至渐老……年衰眼力亦退……①

> 我过去很喜欢王渔洋的诗，后来才发现他的诗其实很无聊。②

由此可见，在书法评论实践中，我们一方面应对艺术家、艺术作品的"阶段性"嬗变有客观的认识，而对于评论者自身所处学识、审美素养的"阶段性"局限性，更当辩证看待。

三

"不通一艺莫谈艺，实践实感是真凭"，这是著名文艺美学家朱光潜先生的名言，尤其契合理论与实践紧密结合的书法艺术。评论者自身具备一定书写实践经验，自然对书法评论文字的深度有所助益；而善于取会古今书法品评理论之精要，亦能一定程度上实现对书法临创实践的启迪。然而，在对历代书论文本中有关指导具体书写技法理论的接受过程中，如何不发生误读，明理论语境之"阶段性"，又最易为广大学书者、评论者所忽视。同时作为书法家、书画鉴定家、教育家的启功

---

① 启功：《启功书法丛论》，第93页。
② 启功：《启功讲学录》，第53页。

先生,就这方面也为我们敲响了警钟:

> 学习书法应该有次序,由浅入深,由近及远。不管什么学问都是这样。①

诚如先生所言,学书是个长期的过程,中间必然会历经不同的阶段。而古代书家也一样,因而对书家的书学感悟或观点,尤其对于妇孺皆知的学书名言,唯有还原到其所处不同语境的阶段当中,才不至于发生对观点的误读。

典型者,如对于元代著名书家赵孟頫"书法以用笔为上"观点的思辨。② 先生提示我们,面对古代书论文本,我们首先要弄清楚赵孟頫说这句话所处的学书阶段,他是在中年,而非少年。显然,不同阶段学书者对书法学习的侧重点不同,赵孟頫在已经掌握了一定"结体"基础上,发出"书法以用笔为上"的观点,是不能得出书法应"先学用笔"的结论的。倘若简单从字面上理解这句话,生搬硬套,必然会造成对古人理论观点的误读,在学书之初,即过分强调用笔的重要性,而忽视了结体的基本功,事倍功半。

同样,在《破除迷信——和学习书法的青年朋友谈心》讲座中,启功先生对清人提出的"临帖不如读帖"观点提出质疑③,先生同样是在强调,在接受一种说法之前,对论述者所处的学书阶段的还原的必要性。显然,"临帖不如读帖"这句话只适用于学书的中、高级阶段;初学阶段,自然应以临帖为主,读帖为辅。类似地,启功先生对齐白石教别人"爱怎么写就怎么写"④这句话的反思:我们自己又怎么能亦步亦趋

---

① 启功:《启功书法丛论》,第264页。
② 启功:《启功全集》(修订版),第5卷,北京:北京师范大学出版社2012年版,第107页。
③ 启功:《启功书法丛论》,第262-263页。
④ 启功:《启功丛稿·题跋卷》,北京:中华书局1999年版,第28页。

效仿白石老人的看法呢?! 我们必须对论述者乃至自身所处阶段有一个清醒认识,从而选择合适的养分装进自己的胃,才能有益自身消化、成长。此处引用张廷银对启功先生学术思辨精神的描述:

> 启功先生大概并不把自己所要研究的问题看得多么神圣,而是把所要研究的人当作与我们差不多的人,把所研究的事当作跟我们所遇到的差不多的事,运用最普通的常情、常理去类推比照,因而研究过程变得活泼自由了,结论也下得更准确恰当了。①

以史家眼光,怀着平常心,以常情、常理来对待前人思想,自然破除了先入为主的盲目崇古观念;而立足当代,贯穿启功先生书法品评、实践中的"阶段性"意识,无非也是力求还原评论对象之本来面目,要在借古开今耳!

---

① 北京师范大学中文系编:《启功学术思想研讨集》,北京:北京师范大学出版社2000年版,第77页。

当下生活的"沙之书"

——评李洱长篇小说《应物兄》

邵 部

李洱曾在二十世纪九十年代中后期迸发出惊人的创作热情,写出了迄今为止的大部分中短篇小说。不过,这种现场式的高强度写作似乎并不适合他。言尽矣,一个新的小说家从自我的余烬中涅槃。二十一世纪以来,他进入另一种写作境界——慢节奏、少而精,小说不再是才情的冲动,更多地依靠知识和理性。而且每一次出手都野心勃勃,总要挑战写作的难度和时代的难题。磨砺十三年之久的《应物兄》正是这样一部著作。

《应物兄》首先在《收获长篇专号》秋、冬卷连载,单行本由人民文学出版社于 2018 年 12 月出版(后记所署日期为同年 11 月 27 日)。虽已是年终岁尾,一经推出却立即成为文学界一个备受关注的事件。究其原因,或许是因为在总体性理论崩溃的时代,批评家总要依靠文本发出自己的声音。而《应物兄》以其新的诗学建构为他们提供了对象。它似乎包含了很多难以被固有的批评范式所消化的东西,也许要拉开时间的距离才能看得清楚。对于文学批评,这既是一种挑战,也是一种诱惑。

就我的感受而言,《应物兄》博杂、模糊,亦正亦邪、亦俗亦雅,是一个充满了悖论和矛盾的文本。反讽无处不在,却不能完全消解掉文字背后涌动的历史情感与作家概括当下生活的愿望。扑面而来的是日常生活的碎片,但在表面的零散之下,却可以清晰地感到有一种坚固的东西使他们粘连为一个整体。反映到形式上来,就在结构、技巧和文体上呈现出李洱一贯的先锋性。不过,我以为,这种先锋性早已溢出了二十世纪八十年代先锋文学的范畴,有待于放置在一个更广阔的知识谱系中理解。作为一种尝试,我试图以古代文论传统为参照,理解这种先锋性的产生,进而探究形式之下把各种矛盾统和起来的整体结构。

一、那辗:《应物兄》的章法

小说开篇写应物兄准备按照校长葛道宏的意思,劝说费鸣加入即将筹建的儒学研究院。费鸣是应物兄的弟子,但应物兄却觉得没有比他更糟糕的人选。为什么呢?这里没有写下去,忽然一个电话进来,却是乔木先生让他去宠物医院送狗证。第二节荡开一笔,由这个电话引出应物兄回忆自己与乔木先生的往事。随后,赶到宠物医院的应物兄被铁梳子手下关在卫生间里,听到门外费鸣发狠话让对方等着瞧。由这一句话他联想到费鸣与他的嫌隙,回忆中出版人季宗慈、电台主持人朗月等人物粉墨登场,经由这些枝杈又牵引出姚鼐先生、文德斯兄弟、栾庭玉等诸多人物。直到第十节才通过费鸣咒骂卡尔文的一句话,将应物兄拉回到动物医院里。

时光流转,众相迭生,应物兄还是那个被关在卫生间的应物兄,但读者却追随他认识了太多的人,经历了太多的事。再回到小说中的情境,已经看山不是山,看水不是水了。仅十节,那些构成这部八十余万字长篇小说的基本要素已初现轮廓。再把眼光放远一点,应物兄与费鸣的谈话最终在第二十四节实现,伏下的赴京谒见儒学大师程济世一线,迤逦至第三十八节才做了结。程济世回国与否、儒学研究院能否建成直到小说结尾仍是未知数。

这就使得《应物兄》呈现出一种根系式的样态:主线曲折羸弱,触须却繁茂,蓬蓬的一团,伸向四面八方——历史、现实、美学、哲学,一切看似不协调的知识彼此打了个照面,握手言和。面对这部小说,那种已经习惯了的故事型读法注定要受到挑战。金圣叹评点《水浒传》,称"吾最恨人家子弟,凡遇读书,都不理会文字,只记得若干事迹,便算读过一部书了"。这句话用在《应物兄》上再契合不过。它提醒读者,事件之外衍生的枝蔓,那些荡开一笔的"闲话",才是真正值得留意的地方。如何认识这样一种我们并不熟悉的结构小说的方法呢?笔者联想到金圣叹评点《西厢记》时提到的一个概念:"那辗"。

《西厢记》里,《琴心》写莺莺与红娘散步,隔墙听得张生调弦,已是心意相通。接下来的《前候》一节,所叙之事不过是红娘回复张生,张生央告她代转信件罢了。事属平常,本难出彩,但这一节却写了洋洋六七百言一大篇,让金圣叹手不释卷,"取而再四读之"。其间奥妙何在?金圣叹苦思良久,方悟到友人陈豫叔谈论双陆(古代的一种博弈类棋盘游戏)时提到的"那辗"一说亦是做文章的妙门。

陈豫叔认为双陆之道,不出"那辗"二字,"'那'之言搓那,'辗'之言辗开也"。[1] 解释过来,"搓那就是不急急于说破本题,而故意摇曳之,擒纵之;辗开就是在快接触到本题时,忽然又停住,再从其他方面加以烘托和渲染"。[2] 金圣叹以此思路复观《前候》一节,《点绛唇》《混江龙》详叙前事,《油葫芦》写两人一样相思,《村里迓鼓》写红娘欲敲门而

[1] 金圣叹:《金圣叹批本西厢记》,张国光校注,上海:上海古籍出版社1986年版,第147页。
[2] 傅懋勉:《金圣叹论"那辗"》,《边疆文艺》1962年第11期。

又止……因数番那辗之故,方使一段平常事写得妙笔生花。在《读第六才子书西厢法》中,更有一段极为精彩的文字可以说明那辗的技法:

"文章最妙,是先觑定阿堵一处已,却于阿堵一处之四面,将笔来左盘右旋,右盘左旋,再不放脱,却不擒住。分明如狮子滚球相似,本只是一个球,却教狮子放出通身解数,一时满棚人看狮子,眼都看花了,狮子却是并没交涉,人眼自射狮子,狮子眼自射球,盖滚者是狮子,而狮子之所以如此滚如彼滚,实都为球也。《左传》《史记》便纯是此一方法,《西厢记》亦纯是此一方法。"①

同样地,《应物兄》亦可谓纯是此一方法。应物兄筹建儒学研究院正如狮子滚球一般。他辗转腾挪、疲于奔命,穿梭于儒释道、官商学、海内外,汲汲于应对各路人马以及其间交错的人际关系。盘旋之间,枝节横生,横生处复引出其他丝蔓。总是目注此处,手写彼处,将近即止,看似走入了一条岔道,展现在面前的却是一个广阔天地。如此一来,一本书仿佛具有了无限展开的可能。小说中的人与事因此可以超越一时一地的局限,被植入更广阔的时空容量。

命名是塑造人物最直接和最经济的方式,在筹备研究院的整个过程中,应物兄展现出来的状态是应物而为物所累,实则名实相反。解释命名的这段话本是全书的题眼,但在极不起眼的地方点出来。而且,谈话间隙插入的这段回忆,包含了足以撬动整本书的设计,应物兄的来历,作为"原乡"的本草,直至结尾都没有揭示的小颜与朱三根的关系之谜,这些在下卷中愈加重要的话题都可溯源于此。或许还可以从这里进一步对程先生与应物兄的关系做些解读。程先生问起"应物"二字只是闲聊,并非真正关心背后的故事,也即并不真正在意应物兄。两人相对,中间隔着两种不同的人生经验。所以后来太和研究院变成了太和投资集团,程先生从容地在视频会议现场写一副"太和投资",而

---

① 金圣叹:《金圣叹批本西厢记》,第 13 页。

真正对研究院倾尽心血的应物兄对此却毫不知情。葛道宏的秘书小乔说程先生的字"有骨,有筋,有媚态,也飘逸",是评字,也是评人。

这样的设置贯彻在每一小节乃至整本书中,直至完全消解了支撑着叙述型小说的故事结构。作为小说家的李洱,同他笔下的人物一样,都有一种深刻的自省意识。在他看来,作为创作资源的"生活"已经发生了变化,讲一个完整的故事不再是小说的第一要务。"当代生活中发生的最重要的故事就是故事的消失。故事实际上是一种传奇,是对奇迹性生活的传说。在漫长的小说史当中,故事就是小说的生命,没有故事就等于死亡。但是现在,因为当代生活的急剧变化,以前被称作奇迹的事件成了司空见惯的日常生活。"①作为作家文学观的反映,《应物兄》并非一部叙事型的小说,而是一部情节线索不断被纷至沓来的人物、事件、知识打断,最终以碎片的形式达致总体性的小说。

二、起于极微,归于虚无

如果说讲故事不再是使小说成为小说的艺术法则,那么要拿什么来填充故事退场后留下的空白呢?

《午后的诗学》有这样一段描写。费边为了报复靳以年,到处收集他的生活细节,然后贴到一个缎面笔记本里,"就像一个收集到了许多弹片的士兵"。对于《应物兄》来说,正是那些充盈饱满、俯拾皆是的细节被李洱拿来取代故事的作用。李洱是一位迷恋细节的作家,直言喜欢用细节的弹片,击碎前辈作家在故事中营造的历史结构,"使小说从线性的叙事中暂时游离出来,从那种必需的、非如此不可的叙述逻辑中

---

① 李洱:《问答录》,上海:上海文艺出版社 2013 年版,第 115 页。

脱离出来,从那种约定俗成的、文本的强权政治中逃离出来","使小说恢复它的活力,或者说有一种特殊的穿透力"。①《应物兄》常可见到从日常事物的"极微"处发现文学性,进而颠覆感受惯性的细节。做完电台节目之后,应物兄同朗月来到粥店,朗月靴筒上的雪融化了,滴到应物兄的脚脖子上。应物兄感到一阵冰凉,李洱的形容是"就像被烫了一下"。一个"烫"字,就再现了那种冬日融化的雪水滴在皮肤上的鲜活感觉。这使我联想起《百年孤独》里小奥雷良诺第一次用手触摸冰块,然后叫道"它在烧"的情形。冰的烧与雪水的烫,这种有悖常识的表述,才会使读者感到语言的活力。

"极微"也是金圣叹的说法。他认为"夫娑婆世界,大至无量由延,而其故乃起于极微。以致娑婆世界中间之一切所有,其故无不一一起于极微"。有此种眼光和手笔,极微之小,亦可通于宇宙之大。何为极微? 他用形象的语言做了推演。野鸭的腹毛如云层般鳞鳞排列,"相去乃至为逼连",以极微之心方得"观其轻妙若縠"。草木之花,"一瓣虽微,其自瓣根行而至于瓣末,其起此尽彼,筋转脉摇,朝浅暮深,粉稚香老,人自视之,一瓣之大,如指顶耳"。又有如灯火之焰,由淡碧入淡白,由淡白入淡赤,由淡赤入乾红,由乾红入黑烟,相际相分在其间。有此极微之心,方能察人所未察,道人所未道。如若能够推此及彼,则"操笔而书乡党馈壶浆之一辞,必有文也;书人妇姑勃豀之一声,必有文也;书途之人一揖遂别,必有文也。何也? 其间皆有极微,他人以粗心处之,则无如何,因遂废然以阁笔耳"。②

这其实是一种高难度的写作,它要求作家做到如陈豫叔所说的"气平、心细、眼到",如此一来,"一黍之大,必能分本分末;一刻之响,必能辨声辨音。人之所不睹,彼则瞻瞩之;人之所不存,彼则盘旋之;人

<hr/>

① 李洱:《问答录》,第98页。
② 金圣叹:《金圣叹批本西厢记》,第63页。

之所不悉,彼则入而抉剔,出而敷布之。一刻之景,至彼可以如年;一尘之空,至彼可以立国……"①

以"极微"的眼光看待日常生活,一只濒死的蜜蜂也大有文章可做。应物兄在生命科学院基地,看到被华学明斩首的蜜蜂扑向自己的头:

"它扑得太猛了,身体跑到了前面,脑袋却从它的腿间溜了出去。失望不能够写在它的脸上,但能够表现在它的形体动作上。只见它的身体俯仰不息,似乎是在捶胸顿足。然后,它定了定神,慢慢地扭身,徐徐走向自己的头,伸出前腿,搂住了那个头。其动作之温柔,之缠绵,令人心有戚戚焉。应物兄觉得自己的后脖颈有些冷……"②

从蜜蜂的动作、神态到观者的心理,作家手持放大镜做了条分缕析的描述。同时,在这个过程本身以外,它还呼应着一个更大的层次。这段描写是为了说明任何动物的首身分离并不意味着死亡,它们在意念中仍然在寻找一个整体感,隐秘而曲折地通向结尾的应物兄之死。它为一部现实主义的小说,预设了超现实描写的逻辑基础。应物兄发生车祸,灵魂与肉体分离,一个声音在问:你是应物兄吗?他听到回答,说"他是应物兄"。这段堪称经典的问答以肯定性的回答确认了应物兄的整体感,也为这个悲情的文学人物落下幕布。

《应物兄》摹形状物如工笔细描,不吝笔墨,收束起来却朗朗疏阔,如秋风冬雪,簌簌纷纷,一片萧飒与虚无的景象。

黄兴(子贡)来济州是小说的一大转折。此后,应物兄被边缘化,对于事件的发展,他降低到与读者同一层次上,更多给人一种后知后觉的无力感。与董松龄的一段对话写得极为精彩。董松龄迂回曲折,攻城略地,应物兄毫无招架之力。转瞬间,窦医生成了程先生的健康顾

① 金圣叹:《金圣叹批本西厢记》,第147页。
② 李洱:《应物兄》,北京:人民文学出版社2018年版,第994页。

问,吴镇当了副院长,陈董也参与到太和的投资计划中来。应物兄终于意识到研究院并不像自己预想的那样简单。小说的节奏开始加快。应物兄反思自己是不是因为此事过于亢奋,又因为这种亢奋生出了沮丧。于是,那些边缘人,像芸娘、陆空谷、文德斯、双林父子、子房先生、曲灯老人,进入他生活的中心位置。他也注定了要和这个群体一起撤离现场。雪落黄河寂无声,风抛雪浪向天际,应物兄所见已经预示了那种"白茫茫大地一片真干净"的结局。

"生如生叶生花,扫如扫花扫叶"。若没有开篇应物兄的那句"想好了没有,来还是不来"便不会有这一大段故事,这是把"一切世间太虚空中本无有事,而忽然有之",而结局也如扫花扫叶般,将"一切世间妄想颠倒有若干事而忽然还无"。① 从有还无,当下生活中的虚无感力透纸背。再回头望去,那些通古今、致中外的学识,那些机敏的俏皮话、严肃的警言警句,以及那些碌碌于世的操劳,都变得缥缈起来。一代人正在撤离现场,一个时代也随着这代人的撤离落下幕布。《应物兄》正是以这种不免悲伤的心态向文学的八十年代告别。

三、现代小说与记言传统

近年来,将当下文学创作接续到某种古典传统的脉络不再是新鲜的做法了。传统渐成新锐,世情、传奇、章回、志怪……作为理论话语转换的符号,开始出现在批评文章中。不过,面对一个被放大的古典传统,在当下创作中找到某一个方面的回应总是容易的。批评对此不能止步于指认的层面。古代文论如何进入批评实践,需要带着今天的问

---

① 金圣叹:《金圣叹批本西厢记》,第195页。

题意识,发掘它解释当下文学创作的能力,使之"成为可以理解和价值估量的理论遗产,向我们开放,和我们对话。"①前面的论述中,我试图以金圣叹的评点为参照系,阐释《应物兄》谋篇布局的章法和摹形状物的技法。对于《应物兄》的文体革新,则需要另谋出路,放置在讲究"通而能辨"的大文观的观念体系下来理解。②

李洱是一位擅长写"说"的作家。他笔下的人物大多染有喋喋不休的"话痨症",既是费边(《午后的诗学》)、孙良(《喑哑的声音》)职业病的外在征候,也是他们面对日常生活时无所适从的病根所在。口若悬河反而是失语的最无望的状态,这是独属于的李洱的关于"话语"的辩证法。这样的设计进入《应物兄》里就表现为大段的对话和议论,以至于使我在某些时候心生恍惚之感,怀疑自己正在阅读的是不是小说。

在《应物兄》里,"说"被赋予了多种表现形式和意义内涵。讲学论道,日常谈话,新闻报道,学术著作,诗词唱和,会议报告,甚至是灵签上的谶言、字画中的题字……很难想象,在一部小说里,我们竟然会遭遇如此多的"双引号"与"书名号"。《应物兄》以这种方式间隔故事,调节叙事的节奏。外观上,不断出现的分隔符好像撕裂了文本,使叙事主线变得凌乱;内在里,这些自成一体的形式却赋予了文本重组的可能,使凌乱的部分有其意义且可以互相沟通。它们将话语权由叙述者转移到人物手中,划定出独属于"知识"的疆域,形成了众声喧哗的内在对话性。

详于记言而略于记事,从这个意义上,我们或许可以将《应物兄》称之为记言体小说。《应物兄》的每一节由首句两三个字为标题,正是应物兄言必称之的《论语》所用的方式。李洱或许是以此向语录体著作,也即古典文学的记言传统致敬。当谈到现代小说的古典传统时,我

---

① 蒋寅、孟繁华:《中国古代文论的当代价值与意义》,《中国当代文学研究》2019 年第 1 期。

② 左东龄:《大文观与中国文论精神》,《文学遗产》2017 年第 1 期。

们往往将之指认为史传传统和诗骚传统,亦不外乎叙事和抒情两端。而《应物兄》所做的,正是消解叙事和抒情在小说中的作用。在笔者看来,它的体例与趣味离《史记》和《离骚》为远,更接近于记言体的《国语》。小说里有应物兄审读范郁夫博士论文开题报告的场景,以叙述者的口吻讲到《国语》与《左传》的对比,"《国语》偏于记言,记录的大都是贵族之间讽谏、辩说以及应对之辞,主要通过对话来刻画人物"。[①]这不正是《应物兄》所具有的特点吗?

小说由"传统"而"现代",是一个筛选的过程,也是一个转化其他文体的过程。古代文论中有高度的辨体意识,《文心雕龙》论文章写作,共涉及八十一种文体,徐师曾《文体明辨》共收录辨析文体一百二十七种。但同时又有一种通观精神,审美性、应用性的文体都被纳入文论的视野。具体到"小说"的定义来看,《四库全书总目提要》将小说别为三派,叙述杂事、记录异闻、缀辑琐语。"杂""异""琐"之说,表明古代小说是要容纳从其他文体中剔除出来的部分,带有综合的色彩。也就是说,就文体而言,"传统"的口径宽,而"现代"的口径窄。陈平原先生也曾选择笑话、逸闻、答问、游记、日记和书信六种内涵明晰的文体概念,谈论传统的现代化转化在小说演进中的作用。反之,更多的文体样态则没能经过这个转化,被阻挡在小说门外。

在"小说"的知识谱系中,后来者创造着它的起源。"记事"接近现代小说的理念,可以轻易地完成现代转换,从"史传"进入"小说"。在今天面对《史记》,我们能够无碍地以"小说"作为前理解去阅读它。而"记言"呢? 面对魏晋文人的清谈、明清文人的笔记时,这种自然的阅读机制就受到了冲击。我们面对的是什么? 它们为什么能或者不能被看作小说? 似是而非之间,是一片模糊的灰色地带。也许,这正是《应物兄》在文体上的意义所在。

---

① 李洱:《应物兄》,第 1015 页。

四、沙之书：关于经验世界的互文性

学识渊博却不幸早逝的文德能生前最想写的是一部"沙之书"。这本想象中的书"既是在时间的缝隙中回忆，也是在空间的一隅留恋。它包含着知识、故事和诗，同时又是弓手、箭和靶子；互相冲突又彼此和解，聚沙成塔又化渐无形；它是颂歌、挽歌与献词；里面的人既是过客又是香客……"①

这段话多少有些夫子自道的味道。《应物兄》何尝不是这样一部"沙之书"？互文之于李洱，不是简单的后结构主义的叙事策略，而是文本内部凌驾于技巧之上的游戏规则，是把碎片粘着为整体的深层结构。它意味着对话、联系、辩证，一瞬可以如年，一尘可以立国。当下不仅是此刻，更是在时空脉络里的一个原点，向任何方向走去，都可以到达希望之地。它是历史累积层的浅表地面，叠加了所有过往留下的痕迹。只要稍一留意，就能于静默之中听见久远的回音。据说，《应物兄》里出现的中外典籍多达到五百多部（篇）。② 在这个文学世界里，二里头、孔子可以和二十一世纪大洋彼岸新新人类共生，儒释道的教义可以与动物、植物、器物的知识并存……万物有常，并行不悖。

以互文的观念看，"任何一篇文本的写成都如同一幅语录彩图的拼成，任何一篇文本都吸收和转换了别的文本"。③ 互文使历史文本、个人创作以及现实生活的连接在《应物兄》中成为可能。"伟大的小说

---

① 李洱：《应物兄》，第 880 页。

② 《且看应物兄如何进入文学史画廊——李洱长篇〈应物兄〉研讨会实录》，http://www.sohu.com/a/284774853_222496。

③ 蒂费纳·萨莫瓦约：《互文性研究》，邵炜译，天津：天津人民出版社 2003 年版，第 4 页。

家都有一个自己的世界,人们可以从中看出这一世界和经验世界的重合部分,但是从它的自我连贯的可理解性来说它又是一个与经验世界不同的独特的世界。"①如果说李洱创造了一个独特的世界,那么他的独创之处或许就在于对经验世界互文性的发现。他以此对经验世界进行摹写与过滤。那些被前辈作家当作支点的大事件,在这个文学世界里烟消云散。反倒是那些柔软的东西比如器物、生物、著作能够躲过历史的暴风骤雨,而成为后来人理解过去的坐标系。面对知识碎片取代了故事结构,而且已经不可逆转地卷入全球化进程中的当下生活,《应物兄》试图找到一种可以与之相匹配的文学样态,并以这种方式为一代人的生命做一个注脚。

---

① 勒内·韦勒克、奥斯汀·沃伦:《文学理论》,刘象愚等译,杭州:浙江人民出版社2017年版,第208页。

切勿盲目追求和模仿西方抽象艺术

王进玉

严格意义上说，抽象这个词是西方艺术中的一个概念，虽然中国传统绘画中一直存在类似抽象的思维理念，但从来没有把它作为一种独立的绘画语言而加以重视和研究。因此从某种程度上讲，抽象艺术的形成和发展历史存在于西方，它是西方现代主义艺术中一个重要的艺术现象，也是一个重大的研究型课题。所以纯粹的抽象绘画艺术作品与中国古代出现的抽象图案，以及包括印第安人的图腾柱、非洲的原始木雕等，都有着本质区别，无论在观念上、形式上，还是在内涵上、精神上都有着很大不同。因为西方抽象艺术由诞生到发展，自始至终都是一种有意识的行为，都伴随着理论而一路前行，但原始艺术中的抽象图案却并非如此，我们不能将其笼统地归入抽象艺术范畴，它们是两种完全不同的艺术概念和存在形式。

众所周知，抽象艺术是指艺术形象较大程度上偏离或完全抛弃自然对象外观的艺术。抽象艺术一般不描绘自然世界，它透过形状和颜色，以主观方式来表达。而西方的抽象绘画艺术又是在反拨自文艺复兴以来所建立的写实绘画体系的基础上诞生的，它从传统的写实绘画体系中脱胎而出，自康定斯基创作的第一幅抽象画作品起，抽象艺术迄今已经历了百余年曲折起伏的漫长道路,其中既有继承,又有批判,既有发扬,又有摒弃,最终形成了与传统写实绘画既相抗衡又相媲美的两座艺术高峰。

而真正意义上的抽象艺术理论传入中国是在二十世纪"西学东渐"的历史背景下进行的,之后才被中国的艺术家逐渐认识、学习和吸收。所以从这一点看,纯粹的抽象艺术在中国比在西方要起步得较晚一些,发展成熟的状况也不及西方。甚至当前中国的很多艺术家,以及他们的艺术创作理念、作品面貌等,大都还在学习,乃至复制西方一些抽象画大师的东西,而少有自己全面性、深刻性、独立性的认识、分析、判断和创新。这也成了中国当代艺术家务必要认真反省与思考的地方。笔者认为只有解决好这个问题,才能真正确立抽象艺术在中国得以存在、进步,以及发展的广阔生命空间。

当然,这里并不是说中国传统绘画里没有抽象的意识,或者说它的所谓的抽象意识与西方抽象艺术没有任何关联,相反,它们之间也存在着一些相通的地方,有着一些共同点。比如苏东坡就曾言:"论画以形似,见与儿童邻。"清代的大画家石涛在其《画语录》中也曾写道:"于墨海之中立定精神,笔锋下决定生活,尺幅上换取毛骨,混沌里放出光明,纵使笔不笔,墨不墨,画不画,自有我在",所谓"道之为物,惟恍惟惚,惚兮恍兮,其中有象,恍兮惚兮,其中有物"。不能不说这些都是古人对抽象美的一番领悟。而且自古以来,中国画就有"三象"一说,即意象、象意、悟象。在这三象里,其中就包含了抽象这一形态。

但不可否认,在中国传统绘画艺术中对抽象的陈述和阐释总体来讲较为片段和零碎,也较为模糊和不确切,这样便造成了大家对此概念的难以理解与把握。当然,这与中国的文化历史背景,以及东方人的性格特征、情感表达方式等都有很大关系。可问题就在于中国当代的许多画家在没有深入地熟悉、了解与掌握本国传统绘画中的抽象化符号和概括性语言的前提下,甚至对传统文化,特别是对传统绘画在理解上还存在诸多误区的情形下,简单盲目地去追求和模仿西方抽象艺术。换句话说,他们试图把西方的抽象艺术直接嫁接到中国的文化上,从而把西方的抽象化思维理念等也一并传输给中国的观众,却恰恰忽略了各自历史文化背景,以及审美意识等的差异性。这种差异性的存在,无形之中已成为对现代抽象艺术理解和传播上的屏障,从而极大地影响着抽象艺术在中国的生存和发展。

众所周知,西方的抽象主义在没有形成一个派别之前,抽象艺术的一些最初元素就已经出现在"浪漫主义"和"印象派"之中了。这其实就是它所谓的孕育期、萌芽期。那时欧洲战事频繁发生,政治上的混乱局面使得人们对追求激情和自由的情绪空前高涨,反映在艺术上,就是浪漫主义和印象派的兴起,典型的代表画家有融情入画的德拉克罗瓦和印象主义的代表莫奈。他们的作品不再像传统写实绘画那样普遍注重画面主题,而把绘画本身的语言、题材等排除在欣赏对象之外。他们开始更加注意绘画创作中的"抒情性"与"表现性",开始重视起画面中的光影变化,笔触的挥洒自如。拿莫奈的《日出·印象》为例,整幅画面以其明亮的视觉效果而先声夺人,使观者在不知不觉间忘却了内容的表达,从而完全沉浸在光色和笔触的抽象美之中。印象主义就是这样在有意无意间打破了写实主义自文艺复兴起建立的再现三维空间的传统绘画造型体系,在一定程度上为抽象主义,以及抽象艺术的诞生打下了基础,埋下了伏笔,做好了铺垫。终于在1910年康定斯基创作出了第一幅抽象画作品,从此抽象绘画正式登上美术舞台,并开始了以纯粹形式的自律发展,在现代艺术中产生了巨大影响。当然,在加快抽象绘画前行的步伐中,还有野兽主义和立体主义等在其中不断推动着绘画元素的抽象化进程。

我们知道,康定斯基是一位绘画大师,更是抽象艺术的代表人物,其独具特色的抽象绘画里没有再现任何具体物象,而是完全通过激情的色彩和饱含生命力的线条来抒发自己的内在精神与主观感受。他的抽象绘画观是主张纯粹抽象的形与色来表现情感的激进。他强调把绘画改造成"视觉的音乐",各种几何形、点线面都是它的"乐音",并配以色彩的"音符",巧妙地安排在画面里。其在《论艺术中的精神》一文中写道:"音乐被发现为最好的老师。几个世纪以来,除了少数的例外,音乐作为艺术并没有把它自身贡献给自然现象的再现,而是表现艺术家的灵魂,以及乐音的自然的生命之创造。单纯的再现形象不管多么有艺术性,艺术家在其中却得不到满足,而盼望表现它内在的生命,于是他只有企望音乐在达到上述目的时的那种舒畅自在。由此产生的结果是:现代艺术家在绘画中向往韵律,向往数学性和抽象的结构,向往反复的色彩的音符,向往色彩在运动中的安排。"他的《即兴》《印象》《构图》等系列代表作品都在不同程度上验证了其进步的艺术思想和可贵的艺术实践。

　　而抽象艺术的另一位大师蒙德里安,其抽象绘画作品极力摆脱立体主义的束缚,在对立与统一的画面中求取单纯的色彩配置和精心的规划构图。他主张艺术应在最根本的对立运动中保持平衡的艺术理念。在他的《绘画的新造型手段》里有这么一段话:"真正的抽象艺术家有意识地在美的情感中感觉到抽象性,他透彻地了解到美是包罗万象的。这种有意识承认的必然结果就是抽象艺术。人们总是在不断地探索着宇宙中的普遍事物。这种新的造型方法,不可能具有自然的,或者具体的自然表现形式,即使这种表现形式在某种程度上也显示出了宇宙中的普遍事物,或隐藏在普遍事物之中。这种新的造型方法不可能受自然的形式和颜色的束缚,因为这些颜色和形式都是特殊和独立的标志。反之,新的造型方法只能在抽象的形式和色彩之中表达出来。也就是说,应该在直线和一定的原始色彩中去寻求表达的形式。"他的这些理念,在他的《绘画》《构图》等作品里都有着较为充分的体现。

　　除了康定斯基和蒙德里安之外,还有倾向于抒情抽象风格的汉斯·霍夫曼、杰克逊·波洛克、德·库宁,以及倾向于几何风格的纽曼、罗斯科等人。他们均是追求表现抽象形式与个人主观动机的抽象表现主义的代表性画家。他们的出现使抽象艺术得以史无前例地大发展。

汉斯·霍夫曼被称为"抽象表现主义之父",其在绘画上最重视如何将色彩和形体这些基本因素有机地结合起来,以增强画面的表现力和感染力。而杰克逊·波洛克则开拓性地创作出了自由奔放、无定形的"滴画"。在他的画面里,有节奏地全面展开,毫无主次,众多线条、色彩在他的"滴溅"中被表现得淋漓尽致。德·库宁的画风极具个性,他的抽象作品在其强烈奔放的笔触与泼洒的颜料间表达着与客观形象保持的那种"似与不似"之间的某种关系。纽曼是一位抽象表现主义画派中色域绘画的代表人物,他的画通常是在大片色块上画一两根垂直的线条,这种线条犹如拉链,将平坦的底子分割成相互呼应的色块。纽曼这种形式简练的画风对后世的极少主义艺术产生了很大影响。而罗斯科的抽象艺术则非常注重精神内涵的表达,他的作品画面一般是由两三个边缘模糊不清、色彩微妙的方形构成,营造出连绵不断的效果,并力求通过有限的色彩和极少的形状来反映他内心深刻的象征意义。

当然,在抽象艺术流派中,还有极少主义的代表画家阿伯斯、弗兰克·斯特拉、安东尼·卡罗、卡尔·安德烈、托尼·史密斯、罗伯特·莫里斯和唐纳德·贾德等人,他们的作品各有风貌,且在当时均产生了很大的影响。

总之,归纳起来可以发现,西方抽象主义一方面在极力强调反常规的视觉经验,即表现个人潜意识和欲望的神秘视觉经验,如表现主义;另一方面又极力排除艺术家的视觉经验,使抽象走向逻辑,如至上主义、极少主义等。但无论怎样,西方的抽象艺术发展是以资本主义高速发展为社会背景的,它是对建立在科技、工具理性上现代变革的某种呼应,甚至是歌颂,同时也是自我独立的审美现代形的充分体现。抽象艺术家们利用抽象艺术的"自律性"和"自治性"来对抗资本主义现代化社会变革对人的异化。他们用纯艺术、纯绘画、纯美感和纯精神境界的审美诉求来捍卫艺术的主体性，来批判庸俗化的资产阶级审美情趣，以实现艺术形式的自律和艺术家精神的独立。

而反观中国现当代抽象艺术的发展，却与西方存在着很大的不同。准确地讲，中国抽象艺术的萌芽发生在二十世纪初，当时中国正由封建社会的解体向现代转型，各种思想文化流派纷呈，由此西方现代艺术被引进中国，从而对中国近现代绘画艺术产生了巨大的催化作用。

翻阅美术史就会知道，二十世纪初的中国出现了不少具有早期现代主义艺术的画家和画家群体，如林风眠、吴大羽，以及"中华独立美术协会""决澜社"等。这些画家大都是在早期留学欧洲或日本，接受过西方现代主义绘画艺术的影响和熏陶，回国后开辟出了中国早期现代绘画艺术的新篇章。从他们当时作品的风格可以看出，有的强调中西合璧，有的直接学习或接受西方现代艺术风格。虽然其中很少有纯粹的抽象艺术作品，但从中却可以发现很多抽象化的符号和因素。

比如林风眠，他作为中国现代绘画艺术的启蒙者之一，吸收了西方印象主义以后的现代绘画营养，将个人的人生阅历与中国传统水墨意境相结合。他常用中国传统的绘画工具和材料，并加入西方现代主义绘画的许多表现手法，以迅疾、果断、遒劲的线条和浓艳的色彩描绘物象，打破了物与物之间的界限，画面充满生机勃勃。再比如吴大羽，他作为中国近代早期油画界以色彩著称的现代画派代表人物之一，其留学过法国，曾受到野兽派、表现主义等欧洲现代绘画艺术的影响颇深。他的作品既具有东方文化内涵，又富有西方抽象艺术的形式美。正是林风眠、吴大羽等人的出现，为丰富二十世纪中国绘画的创作面貌做出了极大贡献，而且他们的艺术思想和作品风格也影响了一大批艺术家，如强调形式美的吴冠中，开创中国式抽象艺术风格的赵无极、朱德群等。

总而言之，这些艺术家是中国现代艺术运动的先驱。可他们当时的作品对西方现代主义流派模仿的痕迹也较为明显,但这并不妨碍他们强烈地表达出现代审美的倾向——强调艺术的纯粹性和自律性,其表现在画面上则带有一定的抽象画特征。当然他们的作品还具有明显的社会性内涵,如林风眠的《摸索》等。但这些具有抽象化倾向的、具有先锋性探索意义的现代绘画艺术在中国却一直受到社会的冷遇,甚至长期处于停顿状态。

　　直到二十世纪八十年代,中国当代抽象绘画艺术才得以在中国现代文化的发展进程中兴起。此时人们已经感受到了生活的巨大变化,物质的逐渐丰富,新鲜事物的不断产生,同时,政治、文化、经济的改革和开放,美术界也开始力图摆脱"极左"政治路线对艺术的强力干扰,致力于探索艺术本身形式规律的画家再一次地将绘画的抽象化问题摆在了自身面前。此时抽象艺术开始又一次正式走入大家的视野,也重新开始了它的先锋性、前卫性的探索与实践。如 1979 年举办的"星星美展",便出现了很多具有代表性的抽象绘画作品,以及八十年代初吴冠中在《美术》杂志上发表的《关于抽象美》的文章,在当时也引起了美术界的一次大讨论。但在这一时期,诚实地讲主要还是向西方现代文化艺术学习。当然,随着社会的不断发展进步,并为了构建一种立足于本土文化之上的当代艺术,在此后的二三十年里,国内有不少的艺术家对抽象艺术进行了多方位、多角度的尝试和试验。直到今天,中国的抽象艺术创作较之从前,发生了很大的改变,呈现出了良好的发展态势,且多元纷呈,许多较为独立的个体风格也在逐渐确立或已经确立,如余友涵的《圆》系列、周长江的《互补》系列、张羽的《指印》系列、陈心懋的《史书》系列、张国龙的《时空》系列、王南溟的《字球组合》、邵戈的《城市垃圾》系列、方土的《离方遁圆》、石果的《卦》系列、王光乐的《寿漆》系列,等等。

　　但不可否认,它们都是在改革开放之后西方文化艺术浪潮大量涌入中国本土的情形下发展起来的,也可以说是受到西方抽象艺术的影响而发展起来的,并没有像西方抽象艺术那样经历过艺术本身的不断否定和自我完善,而是直接借用了西方现代艺术的语言形式来达到自身发展的目的。因此中国的抽象艺术在很大程度上讲,缺少了其自身成长的必要过程和一般性规律。

此外,西方抽象艺术在否定与自我否定,批评与自我批评的同时,捍卫了艺术主体的自由,使它本身具有了现代主义哲学和美学特征。而中国抽象艺术却没有,它虽然强调作品的形式美、抽象美,却没有艺术语言本身的哲学、美学等特征,而是与所处的时代、社会、文化观念等紧密相连。而中国又恰恰是一个特有的政治、经济、文化一体性的国家,因此"社会性"无一例外地出现在中国的抽象艺术中,可以说这也成了其发展的一大特色。

总之,由于社会和文化语境等的不同,中国抽象艺术最终在概念和形式上均不同于西方抽象艺术。相对于西方抽象而言,中国的抽象艺术更多在于对文化现代性,以及民族与本土身份性的诉求和表达。而如何建立起相应的较为完整的中国抽象艺术理论体系,并在当下语境中寻找到真正具有中国本土文化形态的抽象符号和精神内涵,无疑是摆在每一位抽象艺术家面前最为重要的课题与关键的思考。

魏晋玄学视域下的书法表现与书学特征

王天乐　金　鑫

　　魏晋南北朝时期,在政治混乱的同时,思想文化却得到有利的发展。由于思想文化上的宽容政策,不仅文士群体的精神观念得到了解放,而且儒道佛各家的学说都得到了一定程度的发展,玄学的产生和发展便得益于此,同时也带动了老庄美学思想的复兴。在这种文化背景下,书法理论与书法创作也得到了空前的大发展。

　　魏晋南北朝时期的书法,虽然绝大多数和碑石一样,也受制于封建的政治伦理与道德捆绑,以及上层封建统治阶级对书法美的欣赏要求,一般在内容上都是叙述日常生活交往、政治哲学、军事史记等。但基于此种功能,书法不再仅仅是对文字的结构造型的表现,更是由一般的文字表象延伸到文学领域和政治领域,个人的思想感情和审美趣味的功能在书法的创作过程中也得到了极大的发展。从审美思想得到解放,到对书法技艺的表现的重视,再到对内在精神意象的追求,这一时期的书学特征主要集中在"自然"与"自由"两方面。涌现了一大批的著名书法家,如王羲之、王献之、钟繇和陆机等人,并在王羲之的书法中得到了淋漓尽致的体现。

一、魏晋书学中的"自然"意识

魏晋时期思想文化的开化,使我国书法艺术达到了一个空前繁荣的时期,魏晋时期的书法不仅转换了书写样式,如从碑写到帖的书写,书法美的欣赏和创造也得到充分发展。各种书体均已得到发展,篆、隶、楷、行、草等都开始成熟化,书法家开始不断地探索和寻求个人艺术风格,书法界一时思想活跃,百家争鸣。

魏晋时期的书学思想,诸如楷书和行书、隶书等都能体现出一种老庄玄学影响下的自然生命意识观。魏晋的文人不仅承认自然本身的美,而且认为自然美是人物美和艺术美的范本。[①] 那么,什么是自然意识? 自然的生命意识在书法书论中又是如何体现的呢? 关于"自然",老子在《道德经》中说道:"域中有四大,而王居其一焉。人法地,地法天,天法道,道法自然。"[②]作为四大之一的"道",被作为万物天地的本原,则需要顺应自然,取法自然。对于老子的"自然"之说,王弼注解道:"自然者,无称之言,穷极之辞也。用智不及无知,而形魄不及精象,精象不及无形,有仪不及无仪,故相转相法也。道顺自然,天故姿焉。"[③]从王弼的注解中可以看到,"自然"就是一种不可被具体定义的概念,自然无法用认知衡量,自然也没有具体的形状,是一种"看不见"的万物生存的法则与规律。冯友兰在《道德经注》中说道:"'自然'只是'道'生万物的无目的、无意识的程序。'自然'只是

---

① 叶朗:《中国美学史大纲》,上海:上海人民出版社 1985 年版,第 188 页。
② 《老子》,汤漳平、王朝华译注,北京:中华书局 2014 年版,第 95 页。
③ 同上,第 98 页。

一个形容词,并不是另外一种东西。"①"自然"成为道家哲学中最重要的范畴,在庄子的哲学观中,尤其可以看到"真者,所以受于天地,自然不可易"的"法天贵真"的自然美学观点。② 这种道家的自然美学观在魏晋书法中,就是天道与书道的同一,就是阴阳变换与风神幻化的体现。

关于书法取法自然的依据,在汉代蔡邕的《九势》中,就已经提出:"夫书肇于自然,自然既立,阴阳生焉;阴阳既生,形势出矣。"③蔡邕的书法理论汲取了道家的虚静精神,将书法创作与天地阴阳的转换运作看为一体。这种道家的自然美学观念在魏晋时期的书法创作中被继承得以大兴。如钟繇的隶书,在书写中的笔势动态、空间结构以及笔墨章法、节奏感等都是一种生命形式的体现。黄庭坚曾夸钟繇的字"小字笔法清丽遒劲",以骨法见长。钟繇在书论"天地流美论"的命题中说"用笔者天也,流美者地也",他把用笔比喻为天,把流美比喻为地。樊波在《中国书画美学史纲》中谈到:在书法艺术和宇宙的本体关系上,钟繇主要是从"用笔"方面来体现的,生命的天然之美是用笔来表现。生命形式之美同样强在书法表现性和字体、章法结构、节奏有着密切关系。钟繇书法艺术具有古雅、天然、稚拙、含蓄幽深、厚重的风格特点,这些特点的呈现是由钟繇以独特的笔法,在点画、结体及章法方面的经营创造来实现的。又如张旭的狂草,在字体章节之间,淋漓尽致地体现了他豪放不羁的性情。有学者说,在人性非常自觉的魏晋南北朝时期,"自然论"就将艺术创作看作是情性的自由抒发过程,反对外在的牵拘,倡导审美体现人的自由本质。④ 因此,书法的笔势和用笔方法体现着一种道家自然意识的生

① 《老子》,第98页。
② 《庄子》,方勇评注,北京:商务印书馆2018年版,第582页。
③ 王镇远:《中国书法理论史》,上海:上海古籍出版社2009年版,第8页。
④ 袁济喜:《六朝美学》,北京:北京大学出版社2000年版,第21页。

命之美,是艺术家对自然万物的本性在书法中的展露,这种意识是建立在超凡脱俗的道家"无功利"的观念之上的,最极致的书法是"人法地",符合自然天性,最终回归自然。

美国艺术理论家苏珊·朗格认为,艺术作品在本质上是"生命的形式",生命运动在时间过程中与艺术的实践感密切相关,中国书法也充分符合了苏珊·朗格所提出的"生命的形式",是天地阴阳、和谐运动的不断变化。中国古代讲求"道法自然",魏晋时期的书法艺术是"书道"与"天道"的合一,是宇宙生命、节奏、韵律的天然表现。就像徐复观所说的那样,"庄子论道,我们虽不能够去捕捉,只能从观念和概念上去体会'道'的含义,因为它是虚拟和形而上的,当我们从人生的角度去体验'道'时,去感悟它,体会它,把它上升到我们的创作中去,这就是艺术的精神"。① 因此,这一时期的书学观念受老庄玄学的思想影响,在书写过程中追寻生命自然,是一种特殊的体道过程。

二、魏晋书学中的"自由"意识

魏晋时期的书学在道家玄学的影响下还体现出一种"自由"的生命人格精神,主体在书写的过程中融入情感心灵,寻找自我,是一种高度的人的自觉意识显现。美国艺术理论家克莱夫·贝尔曾说"艺术是有意味的形式",他所阐释的"意味"就是指人的审美情感,是艺术家对客观生活和日常经验的升华,是对自身个体对生命形象的认识和感悟。结合中国古代书法理论与创作来看,"意味"可以理解为在书写过程中

---

① 徐复观:《中国艺术精神》,桂林:广西师范大学出版社 2007 年版,第 37 页。

获得的某种独特的审美情感与审美体验,甚至可以说是一种"自由"的书写意识。

李泽厚在《中国古代思想史论》中曾指出:"魏晋思潮及玄学所追求和企图树立的是一种富有情感而独立自主、绝对自由和无限超越的人格本体。"①书法虽然是体现汉字魅力的艺术,但它在发展演变的过程中,渐渐地由最初的"象形"走向纯线条的内在组织,最终在一方小小的区域内抽象为一种线条的艺术,而这种交错组织的线条无不体现了一种自由生命的韵律。在书法的书写过程中,线条的变化与节奏生成了一种特殊的张力,它的疏密、虚实,粗细、交叠,从单个字体到整个章法布局,形成一个结构严密的书写体系,其中包含的是主体对世界万象的认识与体会。有学者说,纵观我国文字的书写历史,集成了以点、线、形的变化、组合和结构的规律性和抽象性,体现了线条的形式美。②中国书法的自由精神流露着中国艺术家在感受主客体交融时的生命律动,是一种对人自身的肯定。③ 因此,书法线条的组织与整体布局体现的是一种中国人特殊的自由观念与生命意识。魏碑的刚劲庄重与隶书的秀丽柔美都反映了某一时期的特殊审美观念与社会风向,亦是书家对世界的深切感受,更凝结了中国人对自然、对物象的高度概括和抽象化。从某种程度上来说,书法已经被象征成一种人格和一种生命,书家在书写过程中,体现的是对生命的把握。身体、笔力、气韵等需要共同形成一种内在的和谐关系,只有达到身心各方面的完美配合,才能书写出自由。

例如南齐王僧虔把中国哲学、佛学关于人的形与神的关系看法应用于书法,提出:"书之妙道,神采为上,形质次之,兼之者方可绍于古人。"他把书法比喻成人来进行创作。他的意思是,写书法最重要

① 李泽厚:《中国古代思想史论》(上),合肥:安徽文艺出版社 1999 年版,第 200 页。
② 刘纲纪:《中国书画、美术与美学》,武汉:武汉大学出版社 2006 年版,第 2 页。
③ 何婧:《自由书写:中国传统书法的悖论与陷阱》,载于《中国书法》,2018 年 11 月。

的是神采,形质是其次的。在魏晋时期,人们普遍注重人物品藻,尤其追求人的内在性情、神韵,这在《世说新语》中有大量描述。顾恺之曾提出人物画的"传神写照","神"就是指人的风神、神采。只有画出了神韵和神采,人物才被赋予生命,才会获得真正的自由。于书法也是如此。所以有学者说:"美者,人之本质对象化也;艺术之美,人之情感之显现也;书法之美,书法形态之生命表现也。"①这种生命表现在中国古典美学中通常可以称为"神采""性情""意""趣""气"等。② 书法虽然不能像绘画一样具体去描绘人的面貌形体,但是书写的过程中要像绘画一样讲求用笔结构与整体布局,书法创作也跟描绘人物一样,要求形神兼备,从字体整体的气象中参透对"道"的体验与人格的完整。南朝庾肩吾在《书品》中还提出了"书尚文情"的命题,他品评了杨经、刘穆之、张融等人的书法未能明晰文字发展、构造的根本原因,但指出书法中依然能够做到表达内心思想情感的抒情性流露。③ "情"代表着人的主观感受能力和认知理解能力,也有着意识、感觉的心理过程。庾肩吾把"文情"作为书法的艺术本体特征,把"情"的内涵引入书法之中④,通过"情"来展现个人的心灵情感与自由的道德天性。总的来说,不论是书法中有生命律动的线条,还是对书法神采的追求,或是庾肩吾的"书尚文情",这时的书学观念总是想获得一种自由的精神与性灵,来接近万物本体的生命之"道"。从这些言论中,我们对魏晋时期追求"自由"生命的书学观念又有了新的体认,并且,这种自然与自由的书学观念又在东晋大书法家王羲之那里得到了充分的验证与开展。

---

① 曹利华:《美学与书法经典探寻》,北京:中央编译出版社 2013 年版,第 156 页。
② 刘纲纪:《中国书画、美术与美学》,第 149 页。
③ 张涵:《古代书品理论结构研究》,吉林大学博士论文,2014 年 6 月。
④ 同上。

三、王羲之书法创作中的"自然"与"自由"观

东晋王羲之就是在魏晋玄学思想影响下的书法大家,他的书法创作不仅代表了一种时代的象征,而且,在其书写过程中,老庄哲学思想中的"自然"与"自由"审美观念得到了最大的显现。

黄庭坚曾对其评论:"王著临《兰亭序》《乐毅论》,补永禅师、周散骑《千字》,皆绝妙,同时极善用笔。若使胸中有书数千卷,不随世碌碌,则书不病韵,自胜李西台、林和靖矣。"①我们从王羲之的《兰亭序》中,能够看出他对结构、笔法、章法等技巧高度娴熟,作品变化多端,神韵兼备,情感自由与笔墨高度统一,是"书意"(书法表现的意识倾向)和"心意"②(书法家内心的情感流露)的高度融合。③ 王羲之在《记白云先生书诀》中曾说:"书之气,必达乎其道,同混元之理。七宝齐贵,万古能名。阳气明则华壁立,阴气太则风神生。用笔抵锋,肇乎本性。"④他认为书法体现着天地阴阳的变化,是"道"的表现,阳刚与阴柔,对于宇宙万物和书法艺术,都是有联系的、缺一不可的。如王羲之《兰亭序》中仅"之"字的写法就有着丰富的变化,异同相互,有着美妙的节奏感和动态感。王羲之身上建立了儒家的理想风格,体现古代士人技进于道的思想内涵。就艺术性质而言,"中和"之美则控制住了书

---

① 黄庭坚:《豫章黄先生文集》,《四部丛刊》本。

② 王羲之认为把草书的章法引入到隶字中去,才能引出创作的兴致来,才能发人意气。此处的"意"是书法家的一种个体主观因素,在创作过程中表现自己的意愿和灵性,是对自然和社会生活以及生命理想的表达,是主观情感和客观审美的统一,是意与象的完美显现。

③ 杨成寅:《中国书画名家画语图解——王羲之》,北京:中国人民大学出版社2005年版,第163页。

④ 《历代书法论文选》,上海:上海书画出版社1979年版,第537页。

家真挚的情感抒发。所以,古代的书评家又从纯艺术的角度构建了理想的书法艺术风格标准,这就是"自然"之美。① 王羲之还在《题卫夫人〈笔阵图〉》中云:"夫欲书者,先干研磨,凝神静思,预想字形大小、偃仰、平直、振动、令筋脉相连。意在笔先,然后作字。"这段文字也说明了在书法创作时要以"意"为先。就是书法创作的构思意向首先在脑中形成,在下笔的时候整个气脉和身体相通,一气呵成,整个过程是一种完全自然与自由的书写状态。这在王献之的作品中也有所体现。张怀瓘就评价:"有若风行雨散,润色开花。"②这正是对魏晋玄学的思想继承。

　　除此之外,还有一次名士聚会可以说明王羲之的自由精神。在魏晋,文人雅集是时尚活动,名士们经常进行思想交流与吟咏聚会,谈天论道。尤其是在永和九年的"兰亭雅集"上,王羲之的一幅《兰亭序》使这次雅集成为中国文化史上的一件盛事,并形成了以王羲之为中心的"兰亭修禊"活动。《晋书·王羲之传》云:"会稽有佳山水,名士多居之,谢安未仕时亦居焉。孙绰、李充、许询、支遁等皆以文义冠世,并筑室东土,与羲之同好。"③来参加雅集的文士除了他和他的儿子、亲戚外,大多是王羲之的好友,如孙绰、孙嗣、庾友、庾蕴、曹礼等。而奇怪的是,此次参会的人大多都职位低微或是晚辈,并无重臣权贵参加。其实,王羲之就是想借此机会放任自由,以文艺创作为首要,而不是为了拉拢官员而故意造势。这次以王羲之为中心的聚会也充分说明了他将权贵名利放置一旁,个人主义与自由精神可见一斑。他曾说:"吾素自无廊庙志,直王丞相时果欲内吾,誓不许之,手迹犹存,由来尚矣,不于足下参政而方进退……若蒙驱使,关陇、巴蜀皆所不辞。吾虽无专对之能,直谨守时命,宣国家威德,固当不同于凡使,

---

① 张函:《古代"书品"理论结构研究》,吉林大学博士学位论文,2014 年。
② 张怀瓘:《书议》,见《历代书法论文选》,第 149 页。
③ 房玄龄:《晋书·列传第五十》,北京:中华书局 1974 年版,第 2098—2099 页。

必令远近咸知朝廷留心于无外,此所益殊不同居护军也。"①也正说明如此。

王羲之在书法创作中的探索上结合了老庄哲学中的自然与自由精神,形成了他特有的书学观念。他的作品透露着一种平和自由、含蓄有味的美学境界,在中国的书法史中和日本的书法界中都享有重要的地位与广泛的影响。并且,王羲之对晋代书法的创作在一定程度上进行了一些富有创新的变革与实践,形成了自己独特的书法风格。他的书法结构虽然多变,但法度严密,笔法简练却不失细腻,体现出自然天真与简约灵性的特点。王羲之的字,虽不像汉隶般整齐,却带有一种"可爱自然的自由之美"。② 因此,他代表了魏晋时期在书法创作中自然与自由意识的开拓者和实践者,成为历代书法家与书论家的标榜与楷模。

结 语

总之,魏晋时期的书学中受到道家玄学的影响,呈现出一种"自然"与"自由"的生命意识,在东晋王羲之的书法创作中有着充分的体现。自魏晋以后,中国传统书学中的这种自然与自由的观念意识继续支配着历代中国人的审美思想,推动着中国传统书法的创作发展与书学观念。黑格尔在他的《美学》第一卷中就提出了美学理论的核心定义:"美是理念的感性显现。"③黑格尔认为一切的艺术美都是表达"理念"的活动。在漫长的自身发展中,书法成为书写自由和宣

---

① 房玄龄:《晋书·列传第五十》,第2094页。
② 杨成寅:《中国书画名家画语图解——王羲之》,第165页。
③ 黑格尔:《美学》,重庆:重庆出版社2006年版,第5页。

泄情感的载体,它在思想开化的魏晋时期,得到了最充分的表现与
发展。

在当今的文化背景下,书法有着重要的文化意义和民族价值指向,
如何在实践创作中把传统书学的生命意识传承延续下去,将是当代书
法研究中的重要话题。中国艺术讲究趣味、生命与自然,极其向往万物
生命内在的精神本源,而魏晋时期道家玄学下的文学与文化背景,正促
进了这种艺术精神的璀璨诞生。正如王岳川先生所讲:"走向传统,从
魏晋开始。"①因此,回顾魏晋书法表现与书学特征对今天的书法创作
有着重要的本源意义。

---

① 王岳川:《王羲之的魏晋风骨与书法境界》,《北京大学学报》(哲学社会科学版),
2011 年 11 月。

光阴·意外·人生

——再读帕慕克《新人生》

吴　可

之所以选择帕慕克的《新人生》再次阅读,确实是因为这本书太过神秘。《纽约客》对它的评价是"字里行间充斥梦幻与神秘气息,挑战性的结构,捉摸不定的故事主旨与人物,堪称帕慕克最深奥的小说"。帕慕克自己对此也是十分赞同,他于 2007 年在北京大学的演讲中肯定了这一点,"《新人生》是我最难读的一本小说。实际上,在一些国家,它是和诸如《艾略特诗集》和《怎样阅读詹姆斯·乔伊斯》作为一个系列来出版的。它属于那一类书。但是另一方面,它是一本充满诗歌和技巧的充满激情的书。它有内在的逻辑和规律"。①

"你为谁而写作?"这是帕慕克北大演讲的题目,也是一直诱惑读者去寻找并回答的重要问题。而在搞清楚"谁"的面目之前,实有必要先对帕慕克笔下的人、人生作一界定——

　　光阴是什么?是一场意外!人生是什么?是光阴!意外是什

---
① 奥尔罕·帕慕克 2007 年 5 月 24 日在北大演讲《你为谁而写作?》后的现场问答。

么? 是一个人生,一个新的人生! 我完全臣服于这简单的逻辑,很惊讶之前居然没有任何人提出这个定理。①

　　人生是什么? 是一段光阴。光阴是什么? 是一场意外。意外是什么? 是一个人生,一个新的人生……这就是我的叠句。②

　　这两段文字出现于《新人生》文本的两头,呈现出明显的呼应之势。尽管淹没在其他众多重复、互文的修辞之中,但仍然抓人眼球。这一方面,自然与其语法、逻辑内部的紧张而带来的陌生感有关,简单的外衣之下好像还藏有宗教的某种神秘启示,引人猜解、体悟;另一方面,也因为叠句本身,以及前后的照应勾勒出无尽的循环,这不仅仅是叙事的循环、伦理的循环、生命的循环,也是认识论的循环、辩证法的循环,而这或许正是打开新人生迷局的钥匙。是以,本文的分析由此展开。

　　在《新人生》的中文版序言中,帕慕克开宗明义:“在我所有的小说中,都有一场东方与西方的交会。当然,在做出此种声明的同时,我很清楚所谓的东方和西方,其实皆为文化的概念,也就是说,它们都是想象的产物。”③或许正是在作者的首肯之下,大量关于帕慕克小说文本的解读,包括关注较少的《新人生》,都沿着文明冲突、殖民主义、民族寓言等角度展开。不过,即便没有作者的首肯,这样的阐释也是无法避免的,杰姆逊对此已有清晰论述,“所有第三世界的文本都不可避免地带有寓言性和特殊性:我们应该把这些文本当作民族寓言来阅读”。④事实上,《新人生》中也确实大量存在明示或暗示东方古老伊斯兰文明与西方现代文明冲突的语词、段落。然而问题在于,如何在这样一个几

①　奥尔罕 · 帕慕克:《新人生》,蔡娟如译,上海:上海人民出版社 2007 年版,第 57 页。

②　同上,第 300 页。

③　同上,第 1 页。

④　Fredric Jameson, "Third-World Literature in the Era of Multinational Capitalism", *New Political Science*, 1986, No. 15, p. 69.

乎是定论的预设之下具体讨论文本中细节的丰富性,特别是理解本文开头所引述的逻辑链条?

显然,光阴的背后是时间这个概念。甚至可以说,整个小说文本就是围绕着时间概念的古今之争、中西之辨这一哲学内核的演绎:

> 妙医师说道:"我们每天面向麦加祈祷五次,然后迎接斋戒月,接着是日落后的开斋饭,日落时结束禁食,再来是破晓前用封斋饭。作息时间表和钟表,都是我们上达天听的工具,而不像西方人一样,视其为在匆促间得以跟上世界脚步的手段。
>
> 西方人已经成功地压制我们的枪炮,现在,他们又策划出火车这种玩意儿,要连我们的时间概念一并消灭。每个人都知道,祈祷作息表最大的敌人,就是火车时刻表。"①

由此,我们大概可以看出妙医师所坚持的传统时间概念与自然循环、神之信仰、灵魂相关,在仪式这一外化中层累式地凝结着土耳其的"集体记忆",是目的与手段的统一;而妙医师的敌对方,即西方现代时间概念,则与机器及资本主义生产方式密切相关,是可以进入交换领域的商品,是单一的手段或目的。在妙医师看来,两者是水与火的对立,需要进行圣战,但实际上,两者却是你中有我、我中有你的盘根错节。

妙医师借以反对西方现代时间概念的工具是"手表",既是指那些作为实物存在的机械计时装置,又是指那些作为生命存在的现代侦探与杀手。无论是哪一方面,都和西方文明脱不了干系,"这一套和美国很相似"。② 正是所谓土耳其的本土性、东方性其实是用西方反西方,很难分清这一策略高明与否,但毫无疑问的是,在西方时间概念侵蚀之

① 帕慕克:《新人生》,第162页。
② 同上,第288页。

下,本土的概念已经不可能纯粹——"我们曾是快乐的孩子,为眼见的物体命名,并眼见任何有名字的物体。那时,光阴是光阴,危险是危险,人生就是人生"。①

西方现代的时间概念也已经不是"光阴就是光阴",也融入了伊斯坦布尔的日常生活,这就是同样名为"新人生"的牛奶糖,作为机器大工业的商品,竟也成了"我"和其他人宝贵的"集体记忆"。是因为包装纸上铸造进的传统押韵诗吗? 在"新人生"牌创始人老先生苏利亚的讲述中,我们看到确实如此:"人们将他们逝去的过往与新口味结合,创造出新的觉醒"②,但结果却并不乐观,因为人们早已经忘却牛奶糖(caramel)本身是本土的词语,并非来自西方的舶来品,恰恰相反,是西方引入了东方的词汇,并被西方与东方一起视为西方的发明,"他们把西洋棋视作自己的发明,视它为他们世界中代表理性主义的新产物。如今,在他们所谓的理性方法灌输下,我们无从了解自身的感性文化,还以为这才是文明的象征。"③苏利亚的确是洞见了文明之间的霸权逻辑,可惜的是,这样聪明的人却是个盲人。

在陈晓明老师看来,盲人这个形象或符号,暗示着帕慕克与博尔赫斯的紧密关联。④ 但我更为看重的是光明与黑暗、盲视与洞见、物质与灵魂、天使与死亡、东方与西方之间的辩证,当然,其他很多学者更倾向使用混杂性、杂合性等后现代的关键词——固然对文明的冲突一针见血,但少了些文本上的全局性、贯通性。事实上,导致妙医师阵营瓦解的真正原因并非西方势力的攻击,而是瓦解于自身,"妙医师错在身为一个唯物论者,却对物质灌注过度的信赖,自以为只要把物体保存起

---

① 帕慕克:《新人生》,第 110 页。

② 同上,第 289 页。

③ 同上,第 287 页。

④ 参见陈晓明:《向死而生的写作——〈我的名字叫红〉与当代小说的绝境拓路》,帕慕克、陈众议等:《帕慕克在十字路口》,上海:上海三联书店 2009 年版。

来,便能够防止它们与生俱来的灵魂放荡外露"。① 苏利亚的揭示正戳到了妙医师未能处理好物质与灵魂辩证法这一症结。

那作为书中书的《新人生》——一本无所不抄、无所不包的"大书",它所讲述的时间概念究竟是怎样的? 在"我"打算枪杀穆罕默德前对其的谈话中,穆罕默德讲解道:

> "一本好书,要能让我们思及全世界。"他说,"也许,每本书都是如此,或者每本书都应该如此。"他顿了顿又说:"这本书谈的是书中并未存在的时间与空间。"……"或许,某种东西已从世间的宁静或杂音中萃取而出,但其本身却并非宁静与杂音。"……"一本好书,必然能包含不存在之物,如缺乏,或者死亡……但若要在书以外的世界寻找超脱文字的乐土,那就毫无意义。"②

书中书的《新人生》本质上是一本关于时间与空间,或许更主要的是时间的书。表面上看,它对"我"进行了现代性的启蒙,让"我"发现了既有时间概念的陈旧,也让"我"踏上追求新的时间概念的旅途,好像是一本如警察所定性的"西化"的书,但这无疑是"我"对其片面、不充分、非辩证的理解所致。事实上,这是一本关于现实世界中并不存在的时间与空间的书;是从宁静与杂音中萃取而出的某种纯粹,但这纯粹却又并非宁静或杂音本身;是必然包含着不存在之物的书。字里行间,分明有一种阿多诺的逻辑与味道。什么既存在又不存在? 什么既是其自身又非其自身? 是艺术! 是乌托邦! 是同一性与非同一性的否定辩证法!

然而,帕慕克却并非一个理想主义者,也没有给土耳其勾勒出一个

---

① 帕慕克:《新人生》,第288页。
② 同上,第227–228页。

乌托邦并指明其路径。于我而言,他对东西方文明讨论的兴趣一直在于两者的辩证,在于辩证法的运动。

如是,则穆罕默德达到的令"我"羡慕嫉妒恨的平和宁静的境界又该如何理解?在"我"看来,穆罕默德借由抄写书中书所达到的宁静是时光的永恒静止,得以超脱于光阴之外。这固然招来了"我"对其枪杀,但宁静本身并不意味着死亡。事实上,死亡并非时间的终结,而仍是循环中的一环。如是,什么是宁静?什么是书中书所承诺的非凡时刻、完满瞬间,是最终的和解,还只是辩证法的一次偶然中顿?在我看来,是后者。因为"我"并不是一个全知全能的叙事者,更准确地说,是一个由于自身各种局限造成的不靠谱的叙事者,一直处于对书中书不断加深、修正理解的过程中,否则也不会在第一次悟出重要的光阴-意外-人生的逻辑链条之后仍然得不到解脱,而越陷越深,直到最后关头再次总结。而且,"我"在穆罕默德抄写书中书之前已经对其进行了抄写,但并未进入平和宁静的境界,反而陷入追求的疯狂。由此,抄写并非必要的仪式。况且,相较而言,尽管穆罕默德的抄写近乎严苛的宗教修行,"我的新生活极规律,有条不紊,时间算得精准无比"[1],但却是为了钱,为了生存,是必要的劳动。

显然,帕慕克是一名世俗主义者,对宗教并没有特别的信仰热情,而只有文学性的兴趣。因此,平和宁静也不能从宗教层面的得道、救赎来理解。这种境界毕竟是短暂的,最终为"我"所打破。这种偶然的中顿也是阿多诺否定辩证法中所不曾有的。阿甘本正是据此批评阿多诺看不到弥赛亚降临的契机、救赎的可能。作为世俗主义者的帕慕克,也强调中顿,但重点并不在于神学,而在于意外,或者说是某种偶然性。

光阴是一场意外。

无论是妙医师的传统时间概念还是火车代表的现代西方时间概

---

[1]　帕慕克:《新人生》,第216页。

念,都要求对各自时间表的必然遵守。意外这个概念,在偶然性的层面确实是东西方两种时间概念的对立面,但意外并不仅仅意味着偶然,否则,我们很容易误解伊斯坦布尔世界中心地位的丧失、世界文明历史的进程是因为一种偶然性。这恐怕并非帕慕克的世界观、认识论的全部。

意外,在文本层面最明显的所指无疑是多次发生的车祸。事实上,车祸这个意象非常关键。本文开头所引两段文字,即"启示",发生的具体情境都是车祸,多数还是黎明前的车祸。这一现场包含了生与死、黑暗与光明的交织,是一个混杂、辩证的时空场域。无论是"我",还是穆罕默德,均是利用车祸改变身份,以假死之名取真死者之旧身份而获得新生。这也回应了上文提及的,死并非生的终结,也可能是再生的契机,是循环的节点。由此,"我"最终和穆罕默德同名——"奥斯曼"。我并不十分赞同将《新人生》与陀思妥耶夫斯基《双重人格》做互文性的解读,也并不十分赞同将穆罕默德视为"我"幻想出来的另一个自我,或者他者。① 即便说有两个自我的话,那他们的关系也非主-客、自我-他者的二元关系。我更倾向于认为无论是"我",还是"纳希特"/"穆罕默德"/"奥斯曼",都是大写的"奥斯曼"一个人,或隐喻意义上的奥斯曼帝国,只不过分属不同的时间节点与阶段:

> 一开始,穆罕默德曾提到,他的前生是另一个人,住在某个省份的某栋大宅邸。后来他渐渐不再畏惧,告诉嘉娜,他抛下了原来的人生,渴望新的人生;对他而言,过去已无关紧要。他曾经是别人,但他决心让自己成为另一个人。②

显然,"我"就是那个被穆罕默德抛下的旧有的人生,渴望达到穆罕默

---

① 参见魏丽明等:《〈新人生〉的多重解读》,帕慕克、陈众议等:《帕慕克在十字路口》。
② 帕慕克:《新人生》,第63页。

德的境界,并成为他,而这首先意味着"我"的旧人生要被穆罕默德的父亲妙医师认可:

> 跨出这座纪念穆罕默德在纳西特时期的博物馆时,我直觉地产生两个念头:我想远离这个场景,还有,我想成为纳西特。[①]

在人生的时间纵向序列上,"我",即奥斯曼,好像一直追寻着自己的前世,即穆罕默德,并始终慢他一步,但最后又重新回到"奥斯曼",好像一个圆圈。然而在时间的横向序列上,"奥斯曼""纳西特""穆罕默德",一个人的前世今生紧密纠缠。正是在此意义上,我们可以理解书中书对时间概念的定义,"那本书说,时间是无声的三维空间"。[②]

原本线性排列的时间概念被消解。时间不再是日常生活经验中三维空间之外的第四维,而自身就是另一个三维空间。正是基于这样不同寻常的时间概念,同一个人的不同阶段的人生才可以共时地、并非幻象地存在。由此,书中书《新人生》所宣扬的时间概念确实无法在文本之外寻找。硬要寻找也只能是徒劳无功的失败。

时间的三维空间性提醒我们,还是要回到阿多诺的同一性与非同一性的辩证。"我"追寻新人生之所以失败,除了新人生自身的不可能性之外,另一个重要的根源在于"我"妄图彻底割断"旧",而拥抱"新"。这种决然的、纯粹的二元对立显然是行不通的。妙医师的失败也是如此,只不过是彻底保有"旧",而消灭"新"。

> 我们不再是自己了。连著名专栏作家吉拉尔·萨克里都理解这项事实,因而自杀;现在另有他人以其名义写作专栏。你举起的

---

① 帕慕克:《新人生》,第125页。
② 同上,第48页。

每一块岩石,都有美国佬的身影。没错,体会到我们永远不再是自己的事实,实在是令人难受,但深思熟虑的评估,可以挽救我们免于灾难。①

"我们不再是自己了",这固然意味着自我与他者的混杂,但其实更重要的是时间序列中不同阶段的自我的混杂。于此,很容易回想起日本学者细见和之在《阿多诺:非同一性哲学——现代思想的冒险家们》中的相关阐述,我们自身之中,已经包含了太多异己的、他者的东西,比如记忆、经验,或者创伤、疤痕等。既然如是,我们自身之中也应包含着自己之前的人生与之后的人生的可能。由此,试图以彻底拒绝自身前史,去追求未来,注定是不可能完成的。

由此,更进一步,意外指向的是某种无法明确区分的临界位置、中间状态:

> 每当我对他说,什么才是可以"起头"的问题,亦即我能开口问他的题目,他总是告诉我,我必须找到那个没有起点,也没有终点的临界位置发问。所以,你的意思是根本没有问题可以问? 没错。②

当"我"追问新人生的真谛时,穆罕默德拒绝回答,而反要我寻找一个没有起点也没有终点的临界。这看起来好像是一个不可能的问题,把"我"唬住了。原因很简单,"我"的时间观念仍然是线性的、非三维的,也非循环的:

> 我如果在某个地方,就不应该同时在其他地方现身。我的房

---

① 帕慕克:《新人生》,第97页。
② 同上,第222页。

间是某个地方，它是一个地方，但它不是每个地方。……我只要到书中引领我去的地方，嘉娜和新世界一定都在那里。①

殊不知，新人生并非一个确切的时空实体，它既在这个地方，也在那个地方，是每个地方，同时，也意味着它既不在这个地方，也不在那个地方，不是任何地方。它是一个没有办法明确界定起点与终点的时空结构。事实上，每一次"我"的巴士旅途，启程-到达-启程-到达……在这样的循环之中，所谓起点和终点都丧失了意义。由此，"我"，甚至每一个人，其实都生活在新人生的时空结构中而不自知。穆罕默德的反问并非拒绝回答，相反，是在传递智慧。只可惜，当时的"我"因为嫉妒与恨而对某种本质主义的东西太过执着，忘记曾经在车祸这场意外中明了的真谛：

> 天使，我现在看见了你的目光，这是那本书承诺的非凡时刻，这是两个领域间的过渡时刻；现在我不在这里，也不在那里。我明白"离开"是何意义；我也能理解平静、死亡与光阴的真谛，我真的太快乐了。②

显然，在"我"的第二次车祸中，"我"已经站在了新人生的入口——那个临界位置，既不在这里，也不在那里，却因此在任何一个可能的时空。这正是"我"一直想要达到的时空，"置身那段还不比在生与死之间抉择的美妙时光，置身那些因为突如其来悲惨机缘而逝去的死者之中"。③ 然而可惜的是，第二天早上醒来，"那一刻，影片中断

① 帕慕克：《新人生》，第41页。
② 同上，第83页。
③ 同上，第54页。

了"①,意外、辩证的中断被忘却了。新人生的追求变成了一次骑马找马的荒诞游戏,变成了"不识庐山真面目,只缘身在此山中"的不自觉,或健忘症。

或许,正是在意外概念的这些意义上,有学者认为,帕慕克"透过所有外在追寻都是荒诞、谬误的这一描述,表达了中心只能向内追寻这一观点。向内寻求,才可找到本质,找到中心,因为,内在的本质存在才是中心。"②不过,我并不赞同中心、本质存在这一说。意外所指涉的三维时空结构、多重可能性、混杂性等,已经消解了中心、本质的存在。所以,即便是向内的自我求索,类似于宗教的苦修,恐怕也仍然不是新人生的道路。

此外,还必须引起注意的是,意外在偶然性之外,可能还存在某种强烈的必然性、故意性,换言之,意外这一概念还完全有可能指向一场精心的策划,或阴谋。

对于"我"的经验和认知而言,接触到书中书《新人生》完全是一次偶然的机缘,文本正文第一句劈头就是,"某天,我读了一本书,我的一生从此改变"。甚至认定,这本书是专门为他一个人而写作的。但真相可能并非如此。

> 两天前,我第一次看到这本书时,它是在一位建筑系女孩的手上。当时她在楼下的小卖部买了些东西,需要拿出钱包,不过因为手上还拿了其他东西,没有手可以伸进袋子里翻找。为了腾出一只手,她不得不把原本放在手上的那本书,暂放在我坐的那张桌子上;我只看了放在桌上的那本书一眼,一切就改变了。那天下午回家的路上,我在路边书报摊一堆旧书、小册子、诗集、占卜术、罗曼

---

① 帕慕克:《新人生》,第 83 页。
② 参见宗笑飞:《论帕慕克"呼愁"的实质》,帕慕克、陈众议等:《帕慕克在十字路口》。

史小说和令人情绪激昂的政论书中,看到了那本书,买下了它。①

　　结论七:原来,我是自投罗网的不幸受害者……但是,精工还是没能推敲出这对年轻男女之所以关系紧张,是因为嘉娜想处理掉那本书……至于他们为何挑选上我,一开始精工并不清楚。不过精工很快就精确地判定,他俩的确已经观察、跟踪,而且谈论我很久了。让我自己落入陷阱,远比他们现身挑选我容易多了……在走廊上,嘉娜数次经过我身旁,手上拿着那本书。有一次,她对我嫣然一笑。知道她确实在设计我,令我五味杂陈:她知道我在小卖部偷看她排队,为了迅速将手伸进袋子里拿钱包,装出非得放下手上东西的样子,然后把那本书放在我面前的桌上;大概过了十秒,她的纤纤玉手再很快把书拿走。他们确信,我这条可怜的笨鱼,已经愿者上钩。连我的日常路线,他们都查得一清二楚,把书摆在我必经的人行道小摊位。如此一来,我就会在回家的路上看见它,而且很困惑地认出它——"啊,这就是那本书!"——然后买下那本书。②

　　在查看了妙医师手下侦探的汇报记录后,"我"和读者一起发现,所谓的偶然,其实披着伪装的必然;所谓意外,其实是精心的策划,一切都为了让他们摆脱那本书,让"我"发现那本书,并自认为是自觉地走上新人生的求索路,好像《盗梦空间》里所讲述的那样,植入一个像是从心底长出的梦想。

　　一切好像都是阴谋。历史要陷入阴谋论的深渊吗?帕慕克无意于此,我也同样。我认为在"我"的经验与密探的记录的对照之中,重要

---

① 帕慕克:《新人生》,第16–17页。
② 同上,第167–168页。

的是引出意外与必然的复杂关系、意外与主体的复杂关系,以及主体观察、认识世界的局限,即盲视的必然。前文同样提及意外对于主体的意义,但基本上限于主体自身,某种客观性的真相,而此处,应该看到,意外对于主体自身认识局限的主观幻象性。如果缺少了他者的文字记录,这一幻象恐怕最终不能为"我"和读者所识破、戳穿。

由此,什么才是意外?帕慕克经营的文本空间存在意外吗?这一系列问题的答案是难以做出的,因为,偶然与必然、主体与他者,在三维空间的时间结构和三维立体的空间结构中,相互纠缠、辩证运动,不可区分。

意外是人生,新的人生。

这是帕慕克给出的回答,并且做了叠句的修辞处理。文本最表层的所指无疑是一系列身份、名字的改变。然而,分析到此,我更为关注的,还是要回到本文开头所引两段文字的修辞。

如果说第一处的光阴、意外、人生的等价/等式逻辑推演得还略显杂乱的话,那么第二处则无疑清晰了很多,因为有了顶针的修辞。这倒好像能解释为何"我"已经早早领悟新人生的真谛却仍然不得解脱的根源——不是健忘,而是逻辑虽然简单,但却并没有理顺,并没有得到有效的修辞和表述,也就没有真正循环运作起来。某种意义上,整部小说似乎可以视为这一逻辑链条的发现、理顺与循环,这便是"我"在第三次,也是最后一次车祸现场,濒临死亡之际所谓的"叠句"。

此外,还值得注意的是等价/等式逻辑各项的先后次序:人生在前,光阴在后;光阴在前,意外在后;意外在前,人生/新人生在后。这样的先后顺序可否颠倒,比如光阴在前,人生在后;人生/新人生在前,意外在后;意外在前,光阴在后?这样可以形成一个顶针相续、循环往复的结构。答案无疑是否定的。因为作为世俗主义者的帕慕克,"呼愁"是为人生的,文本是为人生的,时空结构、辩证关系及其运动,亦是为人生的,为新人生而写作的。所以,人生这一概念要占据静止的逻辑链条的"起点"与"终点"。循环,固然无所谓起始、终了,但也并不意味着完全没有起点与终点。文明的演进又何尝不是如此?

　　帕慕克首肯的东西方文明的交会、文本中大量流露的传统、现代冲突,可能也只是一场惊心策划的阴谋,是一次披着必然性外衣的意外。其写作本身,已经是东方土耳其日常生活经验与西方现代小说概念／形式的一次辩证结合。

　　帕慕克曾说,"《新人生》是他的书中最富想象力和实践性的一本书,也许它触摸到了民族感情,对传统的忧虑和对西化、现代化的厌倦"。① 确实,丰富的想象力的自我评价非常准确,但对于实践性我却并不认同。正如前文提及的,虽然是为人生的,但并非中国的鲁迅式,而是充满了阿多诺式的味道,而他的批判性力量固然有社会针对性,但更多的还是在文本中,如书中书《新人生》一样,缺乏具体的行动力、实践力。

---

① 转引自魏丽明等:《〈新人生〉的多重解读》,帕慕克、陈众议等:《帕慕克在十字路口》,第190页。

在传统中发现美

——评《长安十二时辰》服装设计

吴向天

　　《长安十二时辰》是 2019 年 6 月 27 日在优酷视频平台独家播出的一部古装剧。这部剧由曹盾执导,雷佳音、易烊千玺等主演,讲述了唐朝上元节期间,敌人混入长安,静安司李必启用曾担任主管侦缉逮捕的官差"不良人"的死囚张小敬调查此事,两人联手在二十四小时内拯救长安的故事。此剧上线不久便引起了热烈的讨论,将近四十万观众在豆瓣打出了平均 8.3 的高分,其中约 40% 给了 5 星高分,称得上口碑佳作。尽管这部剧的叙事及节奏安排在观众眼中颇具争议,但绝大多数观众对本剧服装造型设计赞不绝口,这在近年来的古装剧中尚属第一次。

一

　　这部剧在服装设计上最突出的一点是对唐朝风尚的复原。在《长安十二时辰》制作初期,导演为全剧的美术设计定下基调,"真实是我们对这个戏的最大要求","再现时代,做最朴实的描摹","希望观众看到是正确的,不会误导孩子"。因此这部剧的服装设计摒弃了以往古装剧造型设计中惯常的做法,即在历史真实上进行现代化二度创作,而是努力将自己代入唐朝人的视角,从出土的陶俑、绘画等文物中发掘属于唐朝的审美,并以此为依据进行设计,"每一样道具和每一个建筑都希望做到最有唐朝味道","每一套服饰,每一套盔甲彻底地参照历史去还原一个真实的大唐盛世"。①

服装形制上,剧组仿照唐代陶俑与墓室壁画中的形象,结合文献记载进行设计。受胡风影响,唐代流行一种圆领、窄袖的袍子,唐人不分尊卑贵贱皆同一式,这种袍子也是唐代文物中出现频率最高的一款服饰,从唐三彩到敦煌壁画,均能见到其身影,甚至不乏实物流传至今。根据文献记载,一套典型的唐代男装包括外穿的袍、衫,中层的半臂、长袖、袄子,贴身的汗衫,相当于裤子的袴、裈,以及幞头、巾子,鞋、靴、袜等②;穿着时内着汗衫、裈、袜、头戴巾子,其外穿半臂(或长袖、袄子)、下身着袴,最外层穿袍衫、脚踏靴子、头戴幞头、最后系上革带,有时候依据不同的场合,穿着上有所增减。设计师据此以幞头、素色(或暗纹)圆领袍及靴子为剧中男装基础。而唐代的圆领袍虽然乍看差不多,但细节又有区别,在唐代礼法森严的语境下,服饰样式上、面料工艺上以及色彩的区别往往昭示着人物身份地位的不同,设计师利用这点,根据人物身份及性格选用不同的材质与色彩来设计衣服,且有所增减,以此区分人物身份。

剧中张小敬穿青色开骻衫③系蹀躞带,体现了他的军士身份,青色又

---

① 参见《长安十二时辰》导演特辑。

② 新疆阿斯塔纳29号墓出土《唐咸亨三年新妇为阿公录在生功德疏》里记载了当时为修功德所布施的衣服,其中男装包含袍、衫、半臂、长袖、汗衫、袄袴、单袴、裈、鞋模靴、接勒、袜、缕头、巾子、腰带等物品,囊括了唐代四时衣服的所有种类。

③ 一种腰部以下开衩的窄袖圆领袍,长度稍短,多为士卒与平民穿着,方便活动。《新唐书·卷二十五·车服》:"开骻者名曰缺骻衫,庶人服之。"

暗合他曾经是下级军官,而他始终垂下的右襟体现了人物随性散漫的性格;何执正出场时的一身紫色襕袍①则昭示了他的高级文官的身份,徐宾则是整洁的半旧青色襕袍,唐制青色为八品肤色,既告诉观众他下级官吏的身份,又展现出他一丝不苟的性格;狼卫首领曹破延则身着胡服,体现了他伪装的粟特客商身份;而另一个主角李必则在一片窄袖圆领衫中身穿颇有古意的青色交领宽袍,衬托出他清冷孤傲的性格又点明他道家修行人的身份。剧中大部分有身份的角色在公共场合均衣冠楚楚,这是唐朝人穿衣的礼节;但有几处例外,名士焦遂出场,连珠纹的胡服半穿半脱,露出了里面的半臂与汗衫,这是一种私人场合的非正式装扮,配合他半醉的神态,勾画出焦遂的洒脱性格。而宰相林九郎在花房会客,仅穿着半臂汗衫与袴裈,他衣冠不整的形象与来客冠带整齐的装扮形成鲜明对比,这在唐代是失礼的行为,让奸相盛气凌人的形象跃然而出。

这部剧的女性造型同样考究。以剧中人物檀棋为例,她是李必的婢女兼得力助手。刚出场时她以一身暗色织锦胡装示人,既体现了她作为李必重要助手的干练,又呼应了天宝年间女性(尤其是婢女)着男装的特殊风俗。等到上元夜檀棋劫狱时,她换了身盛装,服装配色效仿敦煌壁画,红绿相配,加上配套的妆面和高耸插满金饰的发髻,视觉上仿佛复活的唐俑。而暖色调为主的服装,配合灯光与舞姿衬托出她小女儿神态的一面,呼应了她对张小敬的情愫。元载的婢女胖丫头的造型也令人印象深刻,浅色的上衣,大红的裙子,配上浅色印花的半臂,梳着双丫髻,扎着红头绳,眉心一点红,一个天真烂漫的小姑娘从画中而出。

在一些大场景中,群演的服装也非常到位。故事发生在天宝三载,这段时间正是唐朝时尚变化最快速的时期,女性装扮常常三五年一变,街上不仅能看到正在流行的款式,还不乏过气多时的样式。为了体现

---

① 一种不开衩圆领袍,膝下用一整幅布接成一圈横襕,附会古深衣之意。隋唐时进入官员制服体系,作为文官常服使用。

这个特点,剧组不再局限于盛唐时期,将参考范围扩大到整个唐朝,在与盛唐风格不违和的前提下,吸收了一些中晚唐的造型。许鹤子登台演出的场景中,台下追星的女子每一位都身着盛装,妆容精致,每一位的服装样式都有细微差别,眉形唇形也各不相同,体现了天宝年间快速变化的时尚。并且剧中女装配色参考唐代文物,用色极为大胆,经常可见互补色的搭配,以体现唐朝的韵味。李必拜见宰相的那场戏中,相府门前候见官员不同颜色的袍子,区分出了他们的等级。

此外,剧中的盔甲、小道具等也大都有文物原型。尽管因为条件限制,剧组或多或少在美术上有穿帮之处,但从制作好的成片看,瑕不掩瑜。第一集开场,镜头扫过长安城的街道,阁楼上浓妆的女子抱琵琶弹唱,侍女从身后飘然走过推开窗户,街上的官差穿着麻质杂色开骻衫,领头的差役身着淡黄色袍衫,劳作的百姓们穿着半臂袄子,衣摆撩起塞进腰带,最后定格的官员穿着红色丝质暗纹襕袍,形形色色的人物身份一目了然,又全在唐朝的规制中,达成了设计者还原盛唐图景的想法。

视频弹幕中,隔一两分钟便能看到一条赞叹剧中人物装束的内容,翻看豆瓣的评价,对故事线不满给低分的观众会在评论中表达对剧作美术设计的支持,传统文化爱好者圈子还兴起了一股唐朝风,模仿剧作中的人物妆容。对这部剧舞美一边倒的好评证明了立足传统审美的设计能够被现代观众所喜爱,也说明精致考究的美术设计与画面能在观众心里提升作品的档次。

二

《长安十二时辰》的复古审美是一次美术设计方面的大胆尝试,但其成功并非偶然,而是代表了当下古装剧美术设计中摒弃西方审美规训,回归传统和民族性的趋势,以此顺应社会上传统文化热及国风的流行。

二十世纪九十年代末以来,我国古装剧的舞美设计受后现代主义以及所谓追求"国际性、现代性"审美的影响,一度强调在历史资料的基础上解构重组的方式创新,注重服饰的表现力与象征性。在这种设计理念下,大量的外国元素被应用在剧装中,当年曾经让人耳目一新,受到观众喜爱。但2005年以后,随着传统文化的兴起以及伴随而生的汉服热,带动了一大批对名物学、服装史与生活史感兴趣的文化爱好者,他们不仅自发进行研究,还利用互联网进行推广与普及,增加了民众对古代衣食住行等生活场景的了解,为公众基于历史资料构建了一套关于古代的想象,也让观众有能力给剧中的服装化妆道具等细节找茬。以服装史为例,传统服饰文化由于历史原因有断层,加之图像资料缺乏,早年的研究往往以文人画为蓝本;但近年随着大量博物馆藏出土文物的公开,实物成了最重要的参考对象;汉服热的兴起又促进了服装史与古装工艺的研究,于是一些朝代的形象被重新构建。比如"中国装束小组"自2009年起至今,先后参考出土文物、墓室壁画、陪葬陶俑、风俗画及文献等资料复原了近三百套不同时期的人物形象,上至战国时期的楚国,下至清朝,既有男性又有女性。这些作品被文博爱好者积极推广,很快被公众接受,成为新的历史形象。

同时,互联网流媒体的兴起让国外优秀的影视剧批量传入我国,英俄等地的影视作品常以精良制作,历史还原度高而受追捧,他们的美术设计往往倾向于尽可能还原故事发生时代的真实状态,例如电影《神奇动物》系列的设计师为了还原二十世纪二十年代的纽约风尚,收集了三千多套当年的古董服饰用于拍摄。这类影视剧的流行也影响了相当一部分观众,尤其是活跃在网络上的年轻观众的审美倾向。他们往往也是传统文化爱好者,厌倦了古装剧里毫无古典气息的设计,希望国内的剧作也能像国外那样充满历史感。

近年来古装剧的美术设计频频遭到观众批评,尤其是服装造型,更是被观众用放大镜来挑刺,与历史文物进行对比,这种与观众上述的审美变化密切相关。而互联网兴起后观众可以在网上方便地表达对影视剧的批评,打破了评价话语权垄断,将公众的欣赏趣味反馈给制作人。美术设计作为视觉呈现效果的重要元素,常常成为观众讨论的热门,服饰妆容乃至道具布景是否制作精良,符合想象,成为观众评判剧目是否好看的因素之一。例如 2010 版《红楼梦》中,设计师叶锦添按照自己的理解对红楼梦的服饰进行了重构,别出心裁地使用了戏曲水片,并在服装中大量采用宽大的衣袖,清淡的素色,试图营造一种模糊年代的梦幻意向。这一在业内评价良好的创作公开后,网上几乎一边倒的骂声,不仅有观众发帖质疑,当年的天涯论坛上还掀起了一股恶搞风潮,铜钱头被 P 成了黄瓜片,苍白脸被拿来和网络红猫"猫叔"做对比,批评者甚至尖刻地指出这套东西拿去拍聊斋更合适。单纯地从艺术角度看,2010 版《红楼梦》的视觉效果并没有观众指责的那么不堪,但因剧中人物形象颠覆了自清末孙温的《红楼梦》绘本以来一直延续下来的经典形象,又与书中文字不和,让观众觉得陌生、疏离、难以入戏,因而招致批评与抵制。

笔者认为优秀的古装剧美术设计除了帮助演员快速进入角色,让演员的表演更加真实自然,还需要能够带观众进入故事,而不是让人觉得出戏,这需要设计者适当地关注目标受众的审美取向变化,不能超出观众认知太多,否则会像 2010 版《红楼梦》那样招致观众的批评。2010 版《红楼梦》事件后,部分设计师开始对古装剧设计进行反思,尝试呼应公众对于传统文化的渴望,在美术设计中偏向复古,比如在服装外观上靠近文物形象,复原一些资料上记载的礼服,注意服饰的等级制度及礼服的穿着场合等。比如《女医明妃传》放弃了以往偏向戏装的明朝影视形象,在服装样式上参考了故事相近时代的《宪宗行乐图》与晚一些的定陵文物,基本体现了文物中的琵琶袖袄、方领比甲、底襕①马面长裙的形象,但在色彩上抛弃了明代宫廷常见的大红、官绿、宝蓝组合的浓艳配色,参考当代和服与韩服配色进行了重构,大量使用了所谓的马卡龙色,以体现古装偶像剧的少女感。晚几年的《延禧攻略》则摒弃了清宫戏长期延续的大拉翅②配氅衣马甲的晚清形象,根据乾隆道光年间妃子的行乐图,采用钿子,小两把头及无领袍子为蓝本,重新设计了配色,服装颜色继承了清中期宫廷穿戴偏向淡雅素净的特点,根据剧情进行调整,得势的人物衣着华丽,失势的人物衣着灰暗;同时设计师在剧中礼服使用上也非常注意,参考了大量文献,以表现宫廷森严的等级制度;此外《延禧攻略》在设计中还大量加入了非物质文化遗产元素,比如京绣、缂丝、点翠、掐丝等,一方面增加古典感,另一方面增加剧目的文化底蕴。从播出效果看,《女医明妃传》尽管服装色彩受到了诟病,但在观众中带起了明装热,甚至影响了一段时间明式汉服的设计。《延禧攻略》则带起了一波相关的非遗热潮,吸引年轻人去了解、传承优秀的传统技艺。③

《长安十二时辰》则更进一步,整个设计思路就是以复原为导向,以唐人审美为本,力图追求每一个角色的穿着都有自己的逻辑。之前从来没有剧组这样做过,除了担心观众接受外,对服装制作技术的考验也不小。还原真实的大唐盛世,这一目标说起来容易,但服装涉及很多细节比如面料、色彩、版型、制作工艺等,这些细节的处理或多或少影响着最终呈现的效果。

首先是色彩,唐代没有化学染料,草木染能染出的颜色非常有限,并且没有化学染料那么艳丽。这也意味着当时服装的色彩受限于染色

---

① 明代马面裙习惯在底部围绕裙摆一圈装饰花纹称为底襕。
② 晚清旗人妇女的一种头饰,由铁丝架、绒布制成,上插首饰。氅衣为清末旗人妇女外衣,为立领大襟长袍,两侧开衩。大拉翅与氅衣多见于清末民初旗人女性照片中,是当时经典的旗人妇女形象。
③ 《延禧攻略》热播后,西城区非物质文化遗产中心组织的非物质文化遗产传承班的报名人数激增,京绣等项目曾收到四百余份申请。

技术,古人互补色撞色的配色手法实际上并没有现代人想象的那么俗艳。《长安十二时辰》的美术设计组为了还原唐代的配色,特意找了相应的草木染色卡用作参考,确保衣服上的颜色不超出唐代工艺。例如许鹤子出街跳舞的舞服,这套衣服参照唐代舞女陶俑设计,衣服的花纹也来自唐代;制作时,为了降低色差,仅打版校色就用了多米真丝面料。其次是剪裁与制作工艺,想要达到与文物相似的效果,制作工艺上也需要尽可能地还原。例如剧中的圆领袍、半臂等服装的制作上就模仿了丝绸博物馆乃至日本正仓院的传世唐代文物,依照拍摄需要修改参考对象的身量。同时,剧组为了追求效果,在剧装中大量使用唐代纹样的真丝织锦、提花缎等面料。正是这些细节的严谨,奠定了剧目视觉效果上的成功。做到这点除了剧组精益求精的态度,也离不开最近几年非物质文化遗产热以及传统服饰消费市场的成形,这让剧组能从市面上买到复原唐代纹样的面料,找到有唐代服装制作经验的制作者,保证了剧装的质量与效果。

从观众角度看,《长安十二时辰》恰好还原了他们心目中的盛唐风情。笔者认为服装史存在两个维度,一个是属于过去的绝对真实,我们只能通过遗存下来的文献、文物以及流传至今的非物质文化遗产管中窥豹;另一个是大众想象中的真实历史,这是公众在上述过去遗存的资料中,通过合理想象拼接出来的,是大众对于历史的认知。这个认知受教育背景、资料占有、分析能力等因素的影响;虽然是基于绝对真实遗存的想象,但与真实的历史有或多或少的偏差,并且随着资料完善而丰富。在此之前"中国装束小组"根据唐代文物的样式与配色复原了初唐到晚唐近百套造型,既有男装,也有女装。这批衣服在网络上受到追捧,成为一批人心中的唐代经典形象,甚至在市场中衍生出十余种仿品,也显示了唐代审美在现代有一批忠实的观众。《长安十二时辰》的服装设计与之前"中国装束小组"的作品同出一源,审美取向也类似,因而观众更多会感觉这就是唐代。

《长安十二时辰》在服装设计方面的成功为今后古装剧的美术设计开辟了一条新的路径,即以文物与文献为本,寻找故事背景时代的审美,并把它客观地描绘到荧屏上。

倒影潋滟

——重读毕飞宇的中短篇小说

相 宜

2020 年初春,意大利米兰的暗暮之中,旋转的圆形舞台上上演着时装大秀。设计师把化妆更衣的秀场后台置于前台表演。光影交织,穿着统一的工匠在观众面前装扮出华美的"偶像",错落款款停至舞台圆弧"橱窗"前。画面中最亮的光,来自舞台中央悬置的运动发光体:大型节拍器以绝对稳定的速率左右摇摆,应和着背景音乐《波莱罗舞曲》始终不变的鼓音节奏、主题旋律,以及舞台的匀速旋转。时间与空间,后台与前台,工匠与模特,生产线与孩子梦,互为倒影,流动成一个鬼魅而恢宏,不断延展的圆环。

形式即内容,与主题震荡的是音乐。

1928 年,印象主义音乐代表法国作曲家莫里斯·拉威尔应舞蹈家伊达·鲁宾斯坦的委托,创作出交响乐曲《波莱罗舞曲》。"全曲由两个主题(主题 A 和主题 B)在同一个固定的节奏节拍型的背景下反复交替八次而构成,主题的每一次呈现旋律都保持不变,但主题每次出现都在配器上发生了不同的变化。"①长笛、大管、单簧管、双簧管、萨克斯、短笛、圆号等乐器的独奏纯音与合奏混音,在鼓声节奏不停的强调中生发出全新的生命,合力达成管弦乐曲的渐强,最终转向滑至蕴含爆裂感的盛大尾声。拉威尔在古典艺术形式中追求自由的表达,他的作品遵从节拍、结构严谨,却在繁复中相互呼应,使情绪层层递进,创造出缤纷绚烂、波光潋滟的美丽新世界。

无论在哪个领域,艺术家在与生命、历史、世界的连通中,凭借点睛的天赋与长效的训练,孕育出形态各异的艺术作品。而对于每一位艺术家而言,自己、他人、作品之间各种排列组合的对话、呼应与回响在创作生涯中也形成着一条隐秘的线索。

1989年,二十五岁的毕飞宇在江苏南京开始创作中篇小说《孤岛》,1991年发表在《花城》第1期,成为他正式走上中国当代文坛的处女作。在此之后,毕飞宇沿着自己诗意蓬勃的语言路径,在非常空间坚持拓荒,深耕出一系列优秀的小说作品。

2013年底,毕飞宇在访谈中说:"有时候,当一部作品写完之后,你可以看到这个作品的倒影,若干年之后,这个倒影有可能就是你另一个作品的开始。"②毕飞宇所形容的这种作品的倒影与潋滟,如同《波莱罗舞曲》,宏大的意识为主旨旋律,脑海中念念不忘的细节与灵感,在精妙的循环中彼此映照不断重生,叠加的情感渐强,在别具一格的小说腔调中必有回响。本文以毕飞宇的中短篇小说为例,寻找为不同作品的生命际遇与故事脉络定调的主题旋律,观察同样内核的不同表达所呈现的艺术效果,以及作品之间的呼应,解读作者的人生与作品之间的倒影与潋滟。

---

① 汪莹:《音乐的色彩魔方——拉威尔配器艺术风格艺术》,《文艺争鸣》2011年第4期。

② 毕飞宇、张莉:《牙齿是检验真理的第二标准》,北京:人民文学出版社2015年版,第330页。

一、问题的悬置：答案在"远方"之外

> 一个小说家在写作之外是不是一个思考的人，如果是，他是可以期待的，如果不是，过了一定的年纪，他就不再值得期待。你有没有观念，你有没有问题的悬置，这对一个小说家的影响是巨大的。我不喜欢没有观点的作家，我也不喜欢没有立场的作家。[①]

功夫在诗外，毕飞宇认为"思考"对小说家的创作非常关键。小说家站在哪里说话？面对什么说话？为什么说话？是毕飞宇一直思考的问题，也是他文学创作背后的主题。

毕飞宇出生于二十世纪六十年代的中国村庄，成长于七十年代的小镇与县城，在八十年代的城市里接受高等教育，然后从九十年代的都市生活中逐渐成熟，他不断漂泊的生命经验，属于共和国从"共名"到"无名"，从"宏大"到"多元"，历经沧桑巨变中的小小一环。在几代人的荣光与伤痛，共同促成的时代发展进程里，毕飞宇也完成了自己在文学创作上，从先锋到常态、从哲思历史到现实日常的一系列尝试与转型。这位在 2011 年因长篇小说《推拿》获茅盾文学奖，因一系列富有新意与深度的日常写作而声名大噪的著名作家，在回望自己早期创作生涯时却说："如果把时光倒退到二十世纪的八十年代，有人告诉我，我将来的小说会描写日常生活，弄不好我会抽他，为什么？我觉得他在侮辱我。"[②]改革开放后，更迭的社会与文化思潮，裹挟着个体在回望中

---

① 毕飞宇、张莉：《牙齿是检验真理的第二标准》，第 324 页。
② 同上，第 163 页。

不断向前狂奔。一个接受过文学专业训练、沉迷于哲学思辨、意气风发的青年写作者生活在宏大的时代里,毫无疑问,他认为自己的小说应当且必须面对中国、面对历史写作,讨论一些"高级"的形而上的哲学事体,"我热爱这些理论,它们让我着迷。这里头还有我的虚荣,年轻人的虚荣,艺术是不该和散发着体气的日常生活沾边的,咱们得到远方去寻找描写的对象"。①

促使毕飞宇不断追寻"远方"的原因来源于内心巨大的疑惑:我是谁?历史为什么如此书写?世界是什么样的?他所要追寻的远方或许就在无根的血脉,在无解的历史,在无垠的世界。答案或许就在远方。

从大量访谈录、创作谈与非虚构作品中,可以勾勒出毕飞宇的创作主题通常由问题意识推动的原因。

第一,悬浮的家族史。毕飞宇在非虚构作品《苏北少年"堂吉诃德"》中写道,父亲原名陆承渊,跟随其养父姓陆,生父生母不详,养父于 1945 年因把大米卖给日本人而被亲兄弟举报,以"汉奸"罪名被一个"组织"在私家祠堂处死。为了生计,陆承渊放弃学业,参加革命后因身世被部队"劝退"回到江苏兴化,1949 年获名"毕明",取《水浒传》"逼上梁山,走向光明"之意。毕家五口人无亲无故,只有彼此。对于没有根源、没有祖宗、没有故乡的毕飞宇而言,他对人生最初的印象便是悬浮,以至于他对自己未知的身世及家族史有一种执着的好奇与探索,寻根之心中还饱含自我确认的渴望,进而引发他对家族、历史、命运等主题的特殊关注。

第二,漂泊的成长经验。毕明在 1957 年被打成右派后,这个浮萍般的家庭被迫不断漂泊流转。1964 年,毕飞宇出生,成长期先后经历了"杨家庄""陆王村""中堡镇""兴化县"。因为每隔若干年家庭生活就会被连根拔起,不稳定的生活关系,加之平日寡言的父亲在深夜里常

---

① 毕飞宇、张莉:《牙齿是检验真理的第二标准》,第 164 页。

常与母亲私语,讨论过去的生活,"口气里头全是一江春水向东流"①,让毕飞宇加深了对眼前日常生活的不信任感与怀疑,开始虚拟生活,在想象中建构"远方"。"漂过来漂过去,有一样东西在我的血液里反而根深蒂固了:远方。我知道我来自远方,我也隐隐约约地知道,我的将来也在远方。我唯一不属于的仅仅是'这里'。"②

第三,"文化大革命"的时代记忆。毕飞宇乡村的童年生活经历了"文革",无疑留下了浓重的时代痕迹。这种生命经验使他对"历史书写"产生怀疑,审视"人在人上"与政治权力的关系,反思人的异化、残酷暴力与精神创伤等问题,进而渴望还原宏大时代生活,寻求历史的真相与真理。

第四,思辨与逻辑能力的养成。毕飞宇的父母都是教师,在那个时代的乡村属于"高级知识分子"。母亲漂亮活泼,培养了他对运动的热爱,而毕飞宇从沉默的父亲身上,获得了文学与哲学思维的启蒙,包括对唐诗的语感和节奏、物理数学宇宙天文的兴趣,以及逻辑性和思维品质的规整,等等。这种抽象思辨的能力,在进入扬州师范学院读书后得到了提升,系统的学习启发了诗歌、小说创作,大量的哲学阅读培养了逻辑思维与认知方式,使毕飞宇成为想象与思辨、情感与逻辑并举的写作者。

凡此种种,善于思考的毕飞宇在早期的大部分作品里,显露出对世界、对历史的关心,在宏大的时空中寻求真理与答案。他以富有鲜明个人特色的思辨性和问题意识作为小说的精神支撑,也就是他所谓的"问题的悬置"。

处女作《孤岛》以寓言体历史小说的形式,试图讨论政治斗争的正义与非正义、民族的文化困境、现代性与传统乡土的隔绝与矛盾、历史

① 姜广平、毕飞宇:《"我们是一条船上的"——毕飞宇访谈录》,《花城》2001 年第 4 期。
② 毕飞宇:《苏北少年"堂吉诃德"》,《花城》2013 年第 4 期。

书写的合法性等问题。一个胸怀"山河人民"的年轻人,能做到站在政治与历史之上,面对中国发言,以此作品登上文坛显得颇有意义。毕飞宇在 1994 年前后迎来小说的丰收,内心却迷惘困惑,"我从那个时候起始终注意一个问题,我总是反反复复地问自己:你是谁?"①《明天遥遥无期》《祖宗》《叙事》《楚水》等小说正是面对这一问题试图解答的尝试,可以归为面对家族史的写作。无论是叠加了时间与空间的语言实验,从而获取直面家族历史的路径,还是对"祖辈"与"故乡"历经肉体、文化、精神等方面遭受日军侵略的历史想象,或是先锋地让子孙合谋促成了"祖宗"超越生命意义的历史之死,其背后都蕴含着作者对复杂身世和悬浮家族史的疑惑与探索。

毕飞宇带着怀疑精神对答案与意义的寻找,不仅仅止步于对自身家族的挖掘,还浮沉于家族之外更广袤深远的远方世界,在历史的裂缝与哲学的错位中,上下求索。"历史就这样,一旦以谎言作为转折,接下来的历史只能是一个谎言接一个谎言……真正的史书往往漏洞百出,如历史本身那样残缺不全。"②

他面对"越战",探讨人性与生活错位的悲剧,写下《雨天的棉花糖》。因为在南京明城墙下居住的生活经验,他以夜游者为视角,站在城墙重修遗留下的古砖上,看到历史言说的漏洞与余数,写下《是谁在深夜说话》。在面对宏大历史问题的思考中,早期《那个男孩是我》到《白夜》《怀念妹妹小青》《青衣》《玉米》《玉秀》《玉秧》都写出了历史缝隙中个体的生存状态,是面对"文革"与"后文革"时代,认真而深刻的书写和反思。这些以历史的叩问为创作动因的作品,是毕飞宇早期作品中极为重要的组成部分。

---

① 姜广平、毕飞宇:《"我们是一条船上的"——毕飞宇访谈录》,《花城》2001 年第 4 期。

② 毕飞宇:《叙事》,《毕飞宇文集·冒失的脚印》,南京:江苏文艺出版社 2004 年版,第 57 页。

在历史之外,毕飞宇同样会思考世俗生活背后的"哲学"问题:因为"错位"导致日常生活荒谬地崩塌,常常体现在作者笔下。乡土与都市的彼此隔绝错位,导致上不接天、下不达地的生活状况,体现于《九层电梯》《卖胡琴的乡下人》《生活在天上》等作品;因为身份与生活境遇的错位,导致人性与情感异化的作品有《大雨如注》《五月九日和十日》《充满瓷器的时代》《枸杞子》《写字》《8 床》《男人的生活还剩下什么》《白夜》《手指与枪》《蛐蛐蛐蛐》等。《哺乳期的女人》早在 1995 年就开始"'反思'金钱、科学和现代化"①,探讨空村、空镇、留守儿童等问题。《地球上的王家庄》的创作原因与 2001 年中国加入世界贸易组织的讨论有关,小说中"我"从王家庄出发走向地图,乃至地球边界的可笑又可悲的探索,展现了愚昧、闭塞、孤立在全球化时代对人的伤害。毕飞宇常常先锋而敏锐地触碰到生活表象背后,混沌的历史与哲学之思。

毕飞宇一直在精神上渴求写出宏大的内心纵横捭阖的作品,对真相与意义的执着追寻,使他的作品背后有一股精神气流,上冲云天、下植大地,融汇着对现实生活细致入微的观察,奔驰着飞扬的想象力,"每一个写作的人都是带着'问题'走进文学的,有的人痴迷于大的问题,有的偏执于小的问题。大问题和小问题都能产生好作家。"②毕飞宇带着问题悬置于小说之上,以自己的作品深刻、准确地映照着这个世界复杂的变化。他只有完成形而上的自我寻找与确认,才能真正走进从小在心中笃定的,那被自己、被父母、被家族、被历史虚构的日常生活。作家在现实生活之外构建出远方,在远方之外寻找答案,而促成问题发生,萦绕在脑海中久久不散的思想片段,则绵密织成了作品。

---

① 毕飞宇、张莉:《牙齿是检验真理的第二标准》,第 320 页。
② 毕飞宇、汪政:《语言的宿命》,《南方文坛》2002 年第 4 期。

二、人生的倒影：为了忘却的记念

　　文学成为与毕飞宇的生命经历发生着共鸣的艺术形式，人生的倒影反复浮现在作品的生命中，作品完成后投下的影子又在创作者的脑海中挥之不去，其中一部分又催生出新的文学生命。

　　毕飞宇在一次访谈中解释了在作品中反复出现的情节：

　　　　还是忘不了，所以又写。鲁迅说，为了忘却的记念，这样的话只有鲁迅才说得出。真的是这样，我们谁都想忘掉一些东西，就是忘不掉。你刚才引用萨特的话，写作就是和遗忘作斗争。我看这句话有两层意思：一是别忘了，二是忘记吧。①

　　那个盘旋在毕飞宇人生中的梦魇，在不同作品里被勾画成不同的模样，投下形状各异的影子。

　　上文提及毕飞宇悬浮的家族史，造成他对血缘强烈的不信任感。这种不信任在作品中具体体现为对血缘来路的犹疑，从而拒绝新生命的诞生。小说《明天遥遥无期》中，陆府小姐舒月在丈夫秦二公子被迫成为日军汉奸，又遭到割腕割舌酷刑之后小产，"老蚌得珠"的陆夫人因反抗日军的大儿子之死深受刺激而小产，只剩大儿媳妇若冰怀着戏子少兰的孩子，惊慌失措。陆家的血脉终止了，也许唯一能以"遗孤"流传下来的也是他人的骨血。

　　　　① 姜广平、毕飞宇：《"我们是一条船上的"——毕飞宇访谈录》，《花城》2001 年第 4 期。

毕飞宇的父亲原跟随养父姓陆,《楚水》"陆府"的故事也就被作家赋予了重新想象家族史的意义。陆府的命运倒映在《叙事》中,呈现出更为深刻的图景,故事的产生源于毕飞宇远房亲戚一句话"你有奶奶,在上海呢"。于是,所有关于"远方"家族史的抽象疑问,突然石破天惊地被指引向实处——"上海"。这个真实情节也被投射在小说中,成为主人公探索家族黑洞的手电筒。作者终于在心理上做好了准备,直面断裂的家族和无根的自己,凭借语言连接起自己与世界的关系。激情的自我写作,凝聚了亢奋、混乱、迷茫的创作冲动。毕飞宇自述:"我文学的青春期是在《叙事》的时候开始的,写完了我的青春期就结束了。"①

《叙事》虚构家族史的内核,同样在于错位的血脉关系。其一,陆府小姐婉怡被日军指挥官坂本六郎强暴生下"我父亲",陆家为了遮丑谎称太太"老蚌得珠","婉怡为她自己生下了一位弟弟,但是从来没有见过她的孩子弟弟"②就被送走了。"我父亲"出生之后,称自己的外公陆秋野为父,陆秋野在 1945 年因"汉奸罪"被处死刑。其二,正视家族生态的"我父亲",试图把自己当作家族史上的石碑,把这不幸的血脉停止,强迫怀孕的妻子回城把孩子"做掉"。多次堕胎均未成功,"我"顽强地降生了。家族的秘密与基因在血脉中延续下去。其三,"我"发现了解密家族史的线索,亲戚酒后失言说:你的真奶奶在上海,你不是我们陆家人,你是东洋鬼子。

"种姓文化在这里无限残酷地折磨父亲的过去完成与我的现在进行。"③在此之前不久,妻子林康意外怀孕,"我"怀疑妻子与混血老板出轨,怀疑孩子的来路;渴望把孩子的生命暂停,把屈辱的家族史终结;渴

---

① 姜广平、毕飞宇:《"我们是一条船上的"——毕飞宇访谈录》,《花城》2001 年第 4 期。
② 毕飞宇:《叙事》,《毕飞宇文集·冒失的脚印》,第 57 页。
③ 同上,第 18 页。

望在其他女性身上寻找自己真实的种姓身份,确认血脉中蕴含着"暴力"的因子。"生命不息,堕胎不止",然而,顽强的生命终究会超越种姓延续下来,"我"登上了从海上去往上海的寻亲之船。叙事四重时空:陆家、父亲与母亲、"我"与妻子、海上与上海,交织在一起,叠加成形,完成了一场对家族史真相的重构。"种族与文化的错位是我们承受不起的灾难。"①

在《雨天的棉花糖》中,对血脉繁衍的质疑再次被提及。女孩一般如花似玉的高中同学红豆,因为父亲的执念而入伍参加越战,军队传来消息:红豆战死成为烈士。多年之后,红豆归来,原来他被俘虏成为编号003289,关押在陌生的山沟里。红豆的父亲,一位壮志未酬的光荣的志愿军战士,痛恨自己儿子的软弱和回归:"他为什么不死?他为什么还活着?"甚至想追问妻子,到底是不是自己的种,但红豆清晰的轮廓无疑是最好的血脉证明。生命的错位让生活变得脆弱,随时崩塌。红豆在外人与父亲的眼里,是汉奸,甚至在自己心中,也是个怕死的叛徒。红豆认为自己不配生育留下血脉。他关心"我"即将出生的孩子,希望为孩子取名,把"我"的孩子当作自己的孩子。他说:"我怎么能要孩子呢,我这种人怎么能要孩子。""我"有感于红豆生命的悲剧和纷杂的世界,抚摸着妻子弦清隆起的腹部,怀疑生命的冲动与意义,大声对妻子叫:"你为什么要怀孕!你给我打掉。"母性对生命本身的珍爱往往能战胜父性对种姓的执着,生命种子才得以在"母亲"的庇佑下诞生。无论是婉怡、"我母亲"、"我妻子"林康或弦清,这种对生命种子的庇佑,如同弦清声嘶力竭的眼泪:"我不打。你真以为孩子是你的?孩子不是我的,也不是你的,孩子是孩子自己的。"②

从不同的层面上来看,生命的随机与错位,自我的溯源与认可,循

---

① 毕飞宇:《叙事》,《毕飞宇文集·冒失的脚印》,第11页。
② 毕飞宇:《雨天的棉花糖》,《毕飞宇文集·冒失的脚印》,第189页。

环反复,在一次次堕胎未遂之后生生不息,毕飞宇在作品中,在人生的倒影中,一次次追问:"我是谁?"

倒影散开的涟漪,是 2001 年的小说《玉秀》。玉米的妹妹、如狐狸精般的美人玉秀,在家庭失势后惨遭轮奸,她怀着心理创伤逃离王家庄去断桥镇投奔姐姐,与玉米的继子郭左两情相悦。玉米出于对伦理和得之不易的生活的守护,把玉秀的遭遇告诉郭左,试图离间两人。郭左愤而强暴玉秀之后离家,玉秀怀孕,寻死未成,最终诞下男婴被玉米送走。

毕飞宇在一篇创作谈中曾提及《玉秀》原来的结局:玉秀未婚先孕后开始"乱搞",最后在仓库油菜籽堆中站立着下陷而不知,闷死在菜籽堆中。这个结尾在时任《钟山》编辑贾梦玮的建议下做出了删改:玉秀和孩子都活下来。毕飞宇删改完成《玉秀》之后,"一直在等待一个外部的暗示"来告诉自己这次的妥协是否正确。修改后的结尾似乎变得温和,但实际上,玉秀以为孩子死了再也无法相见,孩子不知道自己的父母是谁,血脉来自何方,"他的命运里头永远都有一个巨大的窟窿"①,这种无解的宿命恰好与上述三部作品的精神内核一脉相承,呼应着屈辱的悬浮家族史。由作品倒影的潋滟观之,作者修改后的结局,应当是这个作品的最佳表现形式。因为,对血脉与宿命的无尽追问,对家族史不懈的寻觅又将在一个崭新的文学宇宙中,开始又一轮循环。

《生活边缘》《青衣》等小说中也设置了堕胎情节,但关注点与上述作品中对种姓血脉延续的深刻反思并不相同,这两次堕胎成功的情节,均导致日常生活偏离正轨,堕入边缘。例如在《青衣》里,筱燕秋的怀孕与堕胎伴随着故事的起承转合,尤为关键。筱燕秋因为得知自己时隔二十年,又将成为"嫦娥"登台演出《奔月》的喜讯,怀孕之夜热烈如同新生。吃药堕胎则是在公演的日子之前,演出中的筱燕秋美艳寂寥

---

① 毕飞宇:《毕飞宇创作谈:小说家与杀人》,《羊城晚报》,2007 年 6 月 5 日。

如嫦娥,台下虚弱痛苦失落也如嫦娥,"人总是吃错了药,吃错了药的一生经不起回头一看,低头一看。吃错药是嫦娥的命运,女人的命运,人的命运"。① 一连演出四场,筱燕秋的身体无法再支撑其孤注一掷的戏瘾,她在医院睡着错过了演出准备,徒弟春来成为嫦娥登场。春来被筱燕秋视为自己艺术生命的继承与延续,此时比天仙还要美。谁上了妆谁就是嫦娥。筱燕秋心死如焚,扮相齐整,魔障般在剧场外的风雪中,舞动着翩翩水袖扮着嫦娥,唱着最后一曲《奔月》。"嫦娥"的裤管流下黑色的骨血,落在雪地上成为触目的窟窿,像是"嫦娥"从筱燕秋的身体里带走了她的艺术生命,留下的永恒黑洞。

三、作品的回响:细节的潋滟波光

　　生命的坠落与消亡并不总是毕飞宇作品中的主调,生命的诞生与哺育也是他笔下的母题。《生活在天上》的蚕婆婆对桑蚕如同坐月子般的养育就是一例。她孜孜不倦地给桑蚕铺上层层桑叶,让蚕宝宝在手臂上爬动,像看自己的孩子一样与它们对视。《哺乳期的女人》发表于1996年,是毕飞宇的成名之作,抒情地书写了一个带有隐喻色彩的乡村故事,揭示出现代化进程中城与乡的隔绝,孩子对母亲深情的思念,以及亲缘的匮乏,导致对女性关爱的渴望。留守儿童旺旺被惠嫂散发出的蓬勃的奶香绕住了:

　　　　旺旺拨开婴孩的手,埋下脑袋对准惠嫂的乳房就是一口。咬

---

① 毕飞宇:《青衣》,《毕飞宇文集·黑衣裳》,南京:江苏文艺出版社2004年版,第214页。

住了,不放。

…………

　　旺旺被那股气味弄得心碎,那是气味的母亲,气味的至高无上。惠嫂摸着旺旺的头,轻声说:"吃吧,吃。"旺旺不敢动。那只让他牵魂的母亲和他近在咫尺,就在鼻尖底下,伸手可及。旺旺抬起头来,一抬头就汪了满眼泪,脸上又羞愧又惶恐。惠嫂说:"是我,你吃我,吃。——别咬,衔住了,慢慢吸。"旺旺把头靠过来,两只小手慢慢抬起来了,抱向了惠嫂的右乳。但旺旺的双手在最后的关头却停住了。旺旺万分委屈地说:"我不。"①

　　这份让人触动、引人深思的情感需求,在毕飞宇十年后的小说《家事》中,以一种新世纪校园模拟家庭关系的形式再次展现。在故事中,高一女生小艾与同学田满互认母子,每日深夜零点,互发的晚安短信就像是一场家常的仪式,维系着两人美满的虚拟家庭关系。往来中途,因为田满遇见小艾的"老公"乔韦,小艾又得知田满有了一个新"妹妹"Monika,两人短信暂停,关系变得微妙疏远。在四月的一天夜里,田满来到小艾家楼下抽出一束康乃馨,道出真相:父母离异,母亲在他四岁时就离开,刚生了一个小女儿Monika:

　　小艾说——"花很好。妈喜欢。"

　　小艾就是在说完"妈喜欢"之后被田满揽入怀中的,很猛,十分地莽撞。小艾一点准备都没有。小艾一个趔趄,已经被田满的胸膛裹住了。田满埋下脑袋,把他的鼻尖埋在小艾的头发窝里,狗一样,不停地嗅。田满的举动太冒失了,小艾想把他推开。但是,

————————

　　① 毕飞宇:《哺乳期的女人》,《毕飞宇文集·轮子是圆的》,南京:江苏文艺出版社2004年版,第94、99页。

小艾没有。就在田满对着小艾的头发做深呼吸的时候,小艾心窝子里头晃动了一下,软了,是疼,反过来就把田满抱住了,搂紧了。小艾的心中涌上来一股浩大的愿望,就想把儿子的脑袋搂在自己的怀里,就想让自己的胸脯好好地贴住自己的孩子。可田满实在是太高了,他该死的脑袋遥不可及。①

田满在同龄人小艾身上寻找母亲的味道,旺旺在惠嫂身上闻到了母亲的味道,小艾想把田满的脑袋搂在怀里,惠嫂掀起了上衣露出乳房,甚至蚕婆婆抚摸着桑蚕就能想起孩子婴孩时的皮肤。此刻,她们母性四溢,在形而上已经成为对方真实的母亲。这两段文本跨越了十年的时空,完成了一次连接着匮乏与丰盈、获取与给予的深情拥抱。

英国批评家詹姆斯·伍德在《小说机杼》中曾这样谈论小说细节的重要性:

> 在生活中一如在文学中,我们的航行要靠细节的星辰指引。我们用细节去聚焦,去固定一个印象,去回忆。我们搁浅在细节上……文学和生活的不同在于,生活混沌地充满细节而极少引导我们去注意,但文学教会我们如何留心……
>
> 这种指导是辩证的。文学教会我们如何更好地留意生活;我们在生活中付诸实践;这反过来让我们能更好地去读文学中的细节;反过来又让我们能更好地去读生活。如此往复。②

在文学作品中,细节的刻画与完美配合,往往能让读者从生活真实走向艺术真实,又从艺术中回馈生活。对于作者本人而言,出现在笔下

---

① 毕飞宇:《家事》,《钟山》2007年第5期。
② 詹姆斯·伍德:《小说机杼》,黄远帆译,郑州:河南大学出版社2015年版,第45—47页。

的细节往往来自对生活与人物细致入微地观察与理解。在毕飞宇的小说作品中,许多出挑的细节反映出生活缝隙间的真相,饱满的细节与人物支撑了作者的观念,使作品丰富而立体。而其中一些更为特别的情节与片段,凝结了作者生命记忆中某一个瞬间、某一段信息、某一幅画面,在构思或写作的过程中,突然灵光一闪、踏浪而来。

"小姑娘一手拿着一根稻草,在夕阳底下舞蹈,阳光把她的影子投射到一面废弃的土基墙上,她一边看着自己的影子一边舞蹈……京戏里的水袖始终在我的脑子里,它动不动就要飘动,有时候,是两根稻草,有时候,是厨房里的抹布。"[1]打动作家内心的画面常常在脑海中浮现,这个小姑娘是《怀念妹妹小青》,长大后成了《青衣》,还是《唱西皮二黄的一朵》,甚至是《那个男孩是我》里在栀子花香中跳着芭蕾的白毛女。记忆中没日没夜拉二胡的中年大学生,死于四十岁,却把二胡的声音留了下来,萦绕在《卖胡琴的乡下人》《大热天》《雨天的棉花糖》里。在《叙事》《雨天的棉花糖》中听说新娘婚后第十七天是最美的。《生活边缘》《家里乱了》《相爱的日子》里恋人们分开后,男人总会依依不舍从床上捡起女人的头发缠绕在食指上。《枸杞子》《玉米》《雨天的棉花糖》《是谁在深夜说话》里的美人喜欢用"狐狸一样的目光等距离地打量着每一个和她对视的男子"[2],而真正的狐狸又在深夜里贴着明城墙而行,溜进了《写字》的某一个月亮之夜,千钧一发间,狐狸十分奇妙地扑向瓜藤,结成南瓜。

"'狐狸'两个字不仅指涉一种民间想象,而且代表了书写的魔力:它能了却'我的全部心愿',无所不能的自我在书写中完美地实现意义。"《苏北少年"堂吉诃德"》手中珍贵的电筒,让小说中的童年和少年生活变得非同一般,少年多次手持着世界地图,黑夜中站立在《蛐蛐蛐

---

[1]　毕飞宇、张莉:《牙齿是检验真理的第二标准》,第330–331页。
[2]　毕飞宇:《枸杞子》,《毕飞宇文集·冒失的脚印》,第219页。

蛐》《枸杞子》《地球上的王家庄》的大地上,把手电筒打开朝天,"夜空立即出现了一根笔直的光柱,银灰色的,消失在遥不可及的宇宙边缘"①,夜空被手电戳出一万个窟窿。

　　一万个窟窿如同一万片拼图,每一片拼图看起来都有无数种拼凑的可能,而当彼此的线条如天作之合般衔接在一起,才能拼成一幅严丝合缝的画面。毕飞宇指挥着音乐般的语言,深爱着笔下的人物,调动起全部的感官,永远不放弃思考,在严丝合缝中探索真相。天上悬置着巨大的问题,地上是辛勤耕种的人。他怀着极大的勇气收割了历史广袤的田野上,生命开始之前与生活开始之后的粮食与花草,放入自己珍贵的仓库之中。这是作家的精神资源、艺术资源,并不是取之不尽、用之不竭的。他小心翼翼地孕育、收割、珍藏,每次拿出一点就是一个作品。还未说完的话,还未想透的观念,还未丰满的人物,又被藏起来,成为下一个作品的激发点。就这样,在作者哲思与性灵之光的投射下,人生与作品互为倒影,影子踏着影子,涟漪泛起激滟。

---

① 毕飞宇:《地球上的王家庄》,《毕飞宇文集·黑衣裳》,第 254 页。

彝伦长德,翰墨文心

——从"吴悦石、莫言、杨华山翰墨三人行"寻大美之源

杨晓霖

一

记得 2017 年 9 月初,我的老师张仁芝先生邀请几位老友聚叙。朋友聚会吃饭本是常事,但是像张老师这样不喜交际应酬的人突然提前数日邀朋约客,更慎重地将聚会地点选择在"鸣笙起秋风"的度假酒店,一定有特别的意义。

9 月 18 日为聚会之期,我有幸忝列。一入房间,我便傻了眼,入席的除我以外,年龄最小的也是七十三四岁高龄的老先生了。张老师一进屋便拿出事先写好的四个大字——"惜缘惜福"贴于墙上,大家纷纷合影留念,原来今天是张老师八十二岁的生日,席间大家以此四字为由集句祝福,借酒抒怀。追忆往事,感叹人生如梦。岁月无情人有情,老友觥筹交错,人生悲欢皆释怀于笑谈之中,其情真意切,令人感动……有位于恒希伯伯首先谈起了和我父亲相识三十多年的历

历往事,张仁芝老师和父亲也是三十多年的交情了。张老师说父亲待人真诚,所交即是一辈子的情谊,结识两百个人也不一定能遇上像父亲这样的一个朋友。作为后辈,我听着老先生们讲述父亲二十多岁时的事情,感触良多。他们的谈话见证了父亲进京求学这一路走来的艰辛历程。父亲自幼嗜学,虽家贫而矢志不渝,而天道公允。他的厚道、善良、乐于助人是大家的共识。生活不易,父亲久历风霜,但这些大家称道的品质却从未改变,父亲的执着与刻苦也一直激励着我。聚会结束,思绪依然不断涌上心头。是夜难眠,想着父亲的勤奋、辛劳、付出与坚守,我心中有酸楚,有感佩,有幸福,百感交集,难以自已!

二

2017 年对"三人行"展览的三位画家来说都是特殊的一年。

奶奶身体一向很好,不料年初检查出了问题,其后一百多天的时间里,以"愚孝"自谓的父亲每周奔波于京晋两地,在京日每天早晚必通过视频电话问候奶奶。每天的电话决定着父亲的心情,三月底的时候父亲说中国艺术研究院的领导研究决定让他在美术馆举办个展,他再三推延而无果。其实 2016 年研究院在国家博物馆展览时就有父亲名字,行事一向低调的父亲却婉拒了这个事情。研究院的专家系列作品集等也迫在眉睫,此时奶奶正在病中,还有"三人行"的展览创作,国子监馆长吴先生每次见父亲都催促此事。记得 3 月 30 日晚上,父亲在楼上作画,母亲叫我上楼催父亲吃饭,我上去时父亲正在画案前收拾明天要交给院里办个展的七十余幅作品,而奶奶在一小时前突然昏迷不省人事,此时飞机已赶不及,父亲的两位同事正开车过来,父亲即刻起程,连夜回籍。满脸泪痕的父亲却笑着安慰我，凝视着画案上未干的画作，我不由热泪盈眶，泪水模糊双眼，已辨不清眼中泪滴与纸上墨痕……美术馆个展是父亲料理完奶奶后事一周后开幕的，父亲的纠结与哀痛，作为女儿，我的心疼难以用语言表达。对父亲的敬仰与崇敬，也是源自这日积月累的耳濡目染。

对吴悦石先生和莫言先生来说，2017 年也是不寻常的一年，吴先生那年正值七十三岁，按中国人的习俗是个坎儿，所以行事格外谨慎，但同时又感到了恢复传统文化的迫切和责任，所以国学频道授课录像与传播、国家画院工作室讲座等，工作安排得非常满，让人敬佩同时又让人心疼。而且三人行创作也是吴先生把握全局，记得每次合作作品传到吴先生那儿几天就能补得，如果偶有不宜补的作品也会很婉转电话或信札详述，有一封信札是这样写的："华山兄如晤；莫言兄与兄台大作都已补好，莫言兄一幅未补……因弟之能力不够，请鉴谅！兄台有一幅未补，因人物手臂过长，不便用，此次补景过于疏简、人物敷色还望兄台自己酌加，我看美术馆展览作品敷色极好，艳而不俗，厚而不滞，古老今风同在……一切都好！顺颂艺祺，悦石五月十四日晨。"短短几句内容明确，意味无穷，每次读得三位老师的创作随笔信札或父亲让我看他们来往短信都成了我很好的学习过程，这也许就是传统和传承吧。记得八年前，吴先生就和父亲合作了两幅巨幅画作并提议父亲多画些作品一起合作，父亲在家每每提及感激之情都溢于言表，这样的提携对父亲来说受益匪浅，其实也影响了我，父亲说吴老师的手札和精微的宋元古画临摹作品功力很深。他早年所打的国学基础、书画理论和传统书画的修养这种综合能力今人已经不多，常听他感叹今人舍本求末、盲目接引西洋绘画的担忧和着急，这也是吴老师广收学生的初衷，这种担当和传承令人敬佩之至。

莫言老师那时也非常忙，是获得诺贝尔文学奖沉默多年乃强势爆发的回归年，五篇中篇小说同时发表，在回故乡高密封闭创作的同时还创作"三人行"展览的作品,记得展览开幕前一天晚上莫言老师在展厅审查作品并调换了几幅有错别字的作品,很晚出了展厅恰遇上两位山东粉丝抱着两摞书求其签名,原来两位在此已蹲候了两天,路过国子监碑林门前匾额时,大家又说起了"乾隆石经"四字匾额两题的事,实际上最初莫言老师题写时就左右起笔有过考虑,后有领导建议想与时俱进也为迎今人读之习惯而为之,没想后招来了非议而重题,大家笑谈分享了牌匾的快乐,莫言老师笑言说:九十多岁的老父亲批评他敢在国子监题匾简直是"作死"也。莫言老师工作很忙,记得有一次在其家旁中午聚会,莫言老师吃完告退休息,阿姨笑言昨晚半夜有灵感起来写字题词,并说最近成了常态,她自己也受感染,或为其做夜宵而遭婉拒,或在自己的隔室陪伴,主要是不好意思再睡了。阿姨的朴实让我觉得很亲,默默无闻为莫言老师付出了多少年,平凡的伟大,其实莫言老师也很在乎阿姨,每次在外吃饭莫言老师都是第一先打电话告诉,我曾说父亲应向莫言老师学习。和莫言老师的每一次见面都很受教。记得有一年五一节,莫言老师来家做客时看了我创作的数十幅临摹和写生的作品给了我很大的肯定和鼓励,建议可做了展览并答应题写展名,当然莫言老师对我最大的影响是我对文学有了更大兴趣以及更深的领悟,他曾聊道:"文学往往是潜移默化,'润物细无声'。读书若如投资,人都希望收益最大化,明显不适合文学。实际上,学语文没什么捷径可走,首先是有兴趣,然后就是多读书、肯思考、勤写作,含英咀华,语文就一定能学好。文学乃人生的基础,不是没有用。"曾记得《东坡志林》里提到,有人问欧阳修怎么写文章,他说:"无他术,唯勤读书而多为之,自工。世人患作文字少,又懒读书,每一篇出,即求过人,如此少有至者。疵病不必待人指摘,多做自能见之。"前贤皆如此,真是经验之谈啊。

三

"大美寻源　彝伦长德——吴悦石、莫言、杨华山翰墨三人行"书画展览是中国艺术研究院、孔庙和国子监博物馆共同立项的课题,研究院文学艺术创作院三位同事组合创作,在孔庙和国子监博物馆彝伦堂举行首展开幕仪式,在东西两个艺术厅展示作品,意义非比寻常。父亲说他和吴悦石、莫言二位先生亦师亦友,称自己有幸和两位先生同事多年,受益良多。父亲也常跟我谈起两位老师学识、人品和不平凡的经历,可谓"千淘万漉虽辛苦,吹尽黄沙始到金"。

父亲与我谈艺术家成长时曾说:"一个艺术家的成长,要有天分、缘分,还有勤奋和本分。"三位老师乃天分、缘分、勤奋皆备,更主要的是三人的本分即综合修养、人品和作品能高度契合,我想这恰恰也是吴先生、莫言先生与父亲此次"翰墨三人行"的最真实写照。

"艺术之所以传世,皆以其真也。为真难。为真在品,为真在格。为真在胆,为真在识。为真在襟抱,为真在平常。三人行求其真也。"吴先生所谓的真,在我看来就是精诚的极点。不精不诚,则不能感动人。正如《庄子·渔父篇》所言:"真者,精诚之至也。不精不诚,不能动人。故强哭者虽悲不哀,强怒者虽严不威,强亲者虽笑不和。真悲无声而哀,真怒未发而威,真亲未笑而和。"

俗话说画如其人,字如其人,展览开幕词上有讲:"他们三人的作品,看上去珠联璧合,更像一个人完成的,这可以看出他们的学养、志趣、文化艺术修养以及艺术类型和风格都是相接近的。比如在他们作品中,绝大部分都是大写意的作品,书法和绘画也是其性情的体现。"诚如连院长所说,"翰墨三人行"的三位先生人品性格确实有很多相似或相近的地方,也都是让我觉得很亲的人。吴先生学养深厚,率性坦荡。他说:"写意、写字通泻,发泄、宣泄之意,意字下心上音乃心中之音,写意画最能见性情。"莫言先生内敛厚道,十余年前第一次见面,就给我留下了和蔼可亲的印象,以后每次见面也从来都没有陌生感。看他的文章和这次展出的作品,其内容却不乏落寞之词,因为不被人理解,正如他的一幅作品:"读书从不求甚解,得理更愿让别人,谓我狂者不知我,俺本老实厚道人。"近百幅作品皆为写意之作,皆为情感共通的流露,情真于内,故神动于外,此其所以为艺术珍品也。不拘于俗,将真情真意抒于画笔,方成为感动人之作,这是我所理解的艺术家最真实感人的呈现,我想这也是他们三位此次合作如此融洽的基础与根本所在。

莫言先生在创作心得里曾说:"先是华山先生画人物,然后让吴先生补景,我再题诗,后来也慢慢发生了一些变化,我说也不能老是你们画画,让我给你们题诗啊。我说反过来,我来先写成诗,你们给我配画,这样一种合作。有的时候就是吴先生先画了景,然后华山再补一些人物等。"看着他们三人愉快创作的过程,也是一个互相学习的过程。我觉得父亲的人物画配上吴先生的景,一紧一松皆在收放之间,看《幽兰深谷》画作时,我曾对父亲说:"您的景物太实笔墨应向吴老师取长。"父笑曰:"这关乎学养和天分,谈何易。"父亲自幼勤奋,每日早起,不分假日周末。通常早上我梦醒时父亲早已于楼上书写或绘画,平时父亲对我说最多的便是"黑发不知勤学早,白首方悔读书迟"。合抱之木,生于毫末;九层之台,起于垒土。想来任何大家也必有废画三千的往昔,感其况而述其心,父亲刻苦认真与谦虚好学的精神也时刻激励着我努力前行。

在"翰墨三人行"创作过程中,三位先生常去国子监参观、体验、谈艺。吴先生对辟雍大殿和大成殿等景物写生的同时,还对石鼓文临习并深入研究;莫言先生认真研究了孔庙的状元进士碑和乾隆十三经碑文，并在齐鲁乡贤的碑文前感叹："每次漫步在国子监碑林，皆能体会到先贤圣地的文化气息，联想到我们'翰墨三人行'诗书画创作展，感慨很多，古代先贤给我们留下如此丰富的文化遗产供我们学习和研究，再过一百年、两百年、五百年，我们也成了古人、前人，成了后人学习研究的对象，我们如何能够留下这个时代的印迹，供后人学习和研究，这是我们生活在这个时代的光荣和责任。"父亲则写生成贤街等古牌楼及复苏槐、触奸柏等，还创作了孔子七十二贤工笔重彩人物长卷，在国子监和孔庙查阅了关于七十二贤图文及孔子圣迹图册等很多翔实资料。

四

我在展厅认真欣赏着每幅作品，想着其背后的故事，感慨良多。坐禅图、听松图、观瀑图、问道图、紫气东来、骑驴独行图、秋光酒酣图、农归图、紫光落日图等皆为莫言先生先题诗的命题创作。忆起父亲张贴画墙上的张张只有题字的画面，想着父亲承前顾后、完整构图草稿及只创作半成品的过程，又想到吴老师补完后出乎意料的惊喜，父亲说乃点石成金，大家所为……一切历历在目。一幅幅画作似一个个小生命一样经历了从孕育到降生的过程，这个命题创作的过程有思想，有深度，有情感，也让我确实体会到了画家到最后靠修养的道理，这才是中国书画的正脉和需要传承的。难怪展会上有藏家提出想收藏展品时，三位先生皆难以割舍。还有几幅吴先生和父亲合作的作品构图题款皆完整，但我总感觉画面上缺点东西，应该让莫言先生补上款哪怕几个字也好，比如羲之爱鹅、秋日对弈、老子造像、梅妻鹤子、草庐论道、骑驴寻梅、松荫高士等。说不清楚这究竟是我感觉到画面上的需要还是我情感上的需要,可能我还沉浸在他们三人作品的精神世界里吧。

展出的作品中,还有一幅《老者赏荷图》,是父亲和莫言先生的即兴之作。在莫言先生办公室,父亲兴之所致,信手在桌子上的黄皮纸上画了老者和莲荷,墨迹未干,莫言先生随手便题了"问莲因何而白者不是傻子便是哲人"。父亲着莲白色,诗画相得益彰,意境深远,在座的连辑院长也拍手称赞。事后聊起此事,父亲说过去爱莲题材也画过,皆题"周敦颐爱莲诗意图"或"出淤泥而不染"等,但莫言题诗朴实而意义深邃,很启发人,乃今人会书画而不善辞章之遗憾矣。

从艺如做人。在"翰墨三人行"的创作过程中,两位先生'放下'和'自适',不为官累、不为物累、不为心累的境界令人敬仰。艺术家只有在这样放松的状态下,才越能够看清自己,真者所以受于天也,故圣人法天贵真,如果带着杂念来创作,会离纯粹愈来愈远,所以要时时刻刻秉持一颗蕙质兰心。"

父亲说此次和两位先生共同创作"翰墨三人行"展,对他也是一个学习和提高的机会,感悟自知,收获还须在未来慢慢咀嚼回味。父亲是这么说的,也是这么做的。记得不久前,父亲在画室堆出两堆叠好及装轴的作品,至少也有上百幅,父亲说乃废画,应烧掉,这可是数年前父亲留存的好画。父亲说此乃受吴先生启发,也谓三人行之顿悟,我想这也是父亲常说的六十岁方知中国画之堂奥的缘故吧。

五

中国文士阶层有"以文会友"的优秀传统,"或十日一会,或月一寻盟"的雅集现象是中国文化史上独特景观,诸如兰亭雅集、西园雅集、玉山雅集等,更是文坛佳话,古今诗文书画颂者不绝。"翰墨三人行"

的三位先生在探讨与创作中,我有幸全程参与。他们三位在聚叙中有书画遣兴与艺文品鉴,以文会友,切磋文艺,而这也正是文人雅集的重要特征。"实可谓无组织之组织,盖无所谓门户之章程,而以道义相契结。"这种随意性与艺术的本性相契合,在历代文人雅集中产生了大量名垂千古的文艺佳作,可以说文人雅集是作为古代文士的一种文化情结与艺术状态而存在。

惜乎今人的饭局,早已被所谓的"关系文化"熏得乌烟瘴气,远不如古人的依山傍水、山肴野薮来得敞快。我想这也是为何张仁芝老师画友聚叙要选在山清水秀之地而提醒大家"惜缘惜福"的用意吧。古代文化的悠远深意,我想不仅仅也不应该只剩下今人踮脚的怅望,此次"翰墨三人行"书画展正是三位先生循古来文人雅集之意,对古人那一丝精魂进行追寻,发怀古之幽思,寄真情于今日,必也予我们一些未来前进方向的思索与启益。

如何用电影思维塑造京剧电影

杨越溪

　　戏曲电影是中国民族戏曲与电影艺术结合的一个片种,是电影中唯一最具有鲜明的民族特色的电影类型。1905年中国诞生第一部默片《定军山》,是一段电影短片;1948年中国诞生第一部彩色电影《生死恨》,是京剧舞台电影;1954年中国第一部彩色电影《梁山伯与祝英台》为越剧剧目,曾风靡全国,并被周恩来总理带去日内瓦为中国形象做了出色的宣传。不难看出,中国电影的发展关键节点影片中戏曲电影占了很重要的一笔,可以说戏曲电影的发展见证着电影技术的发展,同时也是传统文化与现代技术产物——电影完美结合的产物。

　　为了更好地继承、弘扬并发展京剧这门国粹艺术,京剧一直在尝试当时时代下的各种技术形式。例如,早前一些几近失传的传统京剧剧目通过录像或录音等形式将传至今日,配以当下著名京剧演员的声音或影响再进行传播。此外,京剧电影也是保留京剧剧目的一种重要方式。电影形式随着当今全媒体时代的来临、高科技的高速发展,出现3D、4K等多种形式及日益逼真的特效制作技术。京剧电影也紧随当今语境步伐不断创新尝试,试图在变换更迭的快餐文化冲击下,努力创新其形式,进而使得京剧这一门传统文化传承下去。

2011 年 7 月,在中央领导的倡导关怀下,在文化和旅游部、国家广播电视总局,京、津、沪三地市委宣传部的支持下,京剧电影工程启动。首批京剧电影工程包含十部京剧传统大戏剧目:《龙凤呈祥》《霸王别姬》《状元媒》《秦香莲》《萧何月下追韩信》《穆桂英挂帅》《锁麟囊》《赵氏孤儿》《乾坤福寿镜》《勘玉钏》。其中,京剧电影《霸王别姬》采用 3D 全景声,成为中国首部 3D 戏曲电影,在海内外屡获殊荣。

自该项目的京剧电影开拍以来,选用京剧界全明星阵容,集合老中青三代优秀演员,吸引不同年龄段京剧粉丝及受众群体。该项目是将中国传统文化和现代电影科技手段进行的一次尝试与探索,充分展示了京剧不同派别的神韵,最大限度地体现了京剧传承的价值精髓。这一项目工程取得了社会的广泛关注,值得肯定的是,这一方式为京剧在国内外的传播与发展带来了非同小可的意义。正如京剧演员朱强所说:"口口相传难免会走样,电影能够做到忠实记录京剧艺术家对这门艺术的诠释,也能更好地传承给下一代。"但京剧电影如何用电影思维叙述戏曲时空仍值得探讨,为后续京剧电影事业的发展带来理论探索。

一、场面调度与拍摄角度

电影讲究镜头的纵深感,而戏曲舞台则是平面性的。欣赏电影时,观众常会根据镜头的切换获得多角度的观赏,即电影通过变化的镜头语言深刻地表达与传递影片中心主题;而欣赏京剧表演时,当代的京剧演出往往在西方镜框式舞台中进行,观众也坐在固定的座位上,观赏角度无法改变,对平面的戏曲舞台有全面的观赏体验,追求舞台整体带给受众的场面性与戏曲美。因此两者在场面调度、观赏角度上有着本质的区别。在《电影的风格与表现手段》一文中,潘诺夫斯基认为,评价一部影片的标准之一是它剔除剧场性的非纯成分的程度。① 而在京剧电影中,舞台纪录成分仍占较大比重,场面调度和镜头运动的设计上严重受限于传统的戏曲舞台观念。正如中国传媒大学徐立虹博士所言,这一问题即"所谓旧剧电影化者,变成电影京剧化"。②

　　纵观首批京剧电影,虽为不同导演,但仍能发现影片的拍摄视角多以观众观赏舞台视角为主,大场面的表现常常依靠全景拍摄。这一拍摄手法的确使电影观赏起来更具有大场面效果,但是场面调度看似震撼却缺少了对于京剧美的叙述。例如,3D 京剧电影《霸王别姬》中全景镜头过多,仅第五场"刘项对阵"中,全部镜头 49 个,其中全景镜头为 34 个。在如此繁多、连续性强、速度快的打斗动作的情景中,大多以全景镜头进行拍摄,其观影角度和观影效果与直观的戏曲舞台观赏视角所差无几。笔者认为,此处的镜头应该将全景与中景、特写相结合,联合该电影创作时运用的 3D 特效,才能够将受众带入激烈的打斗中,将舞台下观赏此剧目而产生应接不暇的观感代入观影中。影片中虞姬舞剑也同样多使用全景镜头,场面显得十分宏大。但此时虞姬的内心情感是最为矛盾的时刻,人物情绪也最为充沛,是整出戏的戏核。一方面,虞姬要强颜欢笑让霸王宽心;另一方面,她自知大势已定,内心无比悲伤痛苦,因此舞剑是虞姬自刎前与霸王最后的陪伴与告别。此时虞姬心里悲痛、不舍,却仍强颜欢笑,这样细腻的人物心理尽数表现在演员的每一个表演细节中。此时的镜头应当给予虞姬与霸王两位演员眼神的特写或衬托,以此将两人心理刻画得更加细腻,更加能够渲染《霸王别姬》的戏剧冲突,并为后面的悲剧结尾作更加细致入微的刻画与铺垫,同时也让没有看过的受众更能接收到这部京剧剧目传递的感情。

---

　　① 欧文·潘诺夫斯基:《电影的风格与表现手段》,王卓如译,《电影艺术》1981 年第 2 期,第 56–63 页。

　　② 徐立虹:《当下中国戏曲电影改编的三个误区——以中国第一部 3D 戏曲电影〈霸王别姬〉为例》,《当代电影》2016 年第 10 期,第 155–159 页。

费穆早年曾于《中国旧剧的电影化问题》中表示,京剧电影化首先应当认清,京剧是一种乐剧而决定用歌舞片的拍法处理剧本。① 例如,京剧电影《袁崇焕》中,第一场群戏即运用了全景拍摄与特写镜头的结合,将恢宏的大场面表现得淋漓尽致的同时,也通过特写对奸臣的眼神、皇帝作决定时的手势上的细微变化进行强调。大场面与特写的对比不仅将故事本身的剧情交代得一清二楚,更是通过电影语言将京剧的表演美与演员的演戏功底展现得细腻入微。因此京剧电影《袁崇焕》的镜头语言与拍摄技巧是京剧电影工程值得借鉴的。

二、京剧的意境与电影写实的冲突处理

中国传统艺术注重写意,具有虚实结合的审美特征。京剧的舞台表演通常以程式化的表演展现不同的景物,通过舞台虚拟的表演展现真实存在。这样的写意正是给受众留下了想象空间,让观众主动融入剧情去想象与参与,给予观众不一样的参与性与互动感,这样的表达方式反而比写实的表现手法更能展现中国传统美学、京剧舞台的虚实相生之美。

例如,京剧电影《状元媒》中,实景布景中摆放很多大石头,"追韩信"追到最后跑圆场没法施展开来,布景成了绊脚石。而在舞台表演中,舞台上并没有石头,通过演员的跑圆场、挥马鞭的程式化动作、眼神中的做戏来传递这样的虚实结合的场景,将有限的舞台展现为无限的戏曲空间,传递戏曲所特有的虚实结合的意境美。柴郡主赴郊外战场

---

① 费穆:《关于旧剧电影化的问题》,丁亚平主编:《百年中国电影理论文选》,北京:文化艺术出版社 2003 年版。

的出场场景,影片拍摄布景的搭建采用大量实景,树叶、石头的摆设试图在还原营造郊外的荒凉感与真实感,试图把观众带到由实物构成的场景中去。而此时的柴郡主出场方式为坐马车,此时影片中仍保留戏曲舞台上的表现方式,即印有马车车轮的两片布面道具环绕在柴郡主左右,由一兵在柴郡主身后举出,并跟随她的步伐一同前进,表示柴郡主坐马车出场。电影中的实景布置打破了戏曲写意的表达方式,而马车的道具表达却仍保留写意,两者不统一,既没能将戏曲的布景空缺彻底转换,又没有把戏曲舞台的写意表现得淋漓尽致。

京剧舞台注重不施不设的背景,即舞台上常以淡雅背景作为静态幕布,与精彩不暇的动态表演形成鲜明的对比,并为表演形成衬托,突出表演主体,弱化一些无关细节的表现。这是京剧舞台上的一种留白方式,也正是中国传统文化所讲究的留白与其塑造的意境。纵观这批京剧电影,影片背景多以浓墨重彩,色彩饱和度极强为展示。例如《龙凤呈祥》,开场镜头即浓墨重彩的壮阔山河,而后就接入第二个镜头,数个兵将从色彩浓度较高、远景的长远感突兀地走出。这样的镜头拍摄不仅没有达到镜头设置的为角色、为内容服务的初衷,反而两者产生违和感,显得有些不伦不类,使观众感到突兀与不适应,甚至无法接受。再如,第一场戏是刘备、赵云、四军士及众将士均出场,在京剧舞台时,该场戏的人物数量之多使舞台空间给人以饱满的直观视觉冲击体验,表现场面之大、人物之多、布战之烈。但在电影中众将士于饱和度浓重的特效远景布景之前,直观的视觉感受即将无限的舞台表达场景框定出了有限空间,显得镜头前视觉感极其拥挤不适,具有强烈的违和感。此外,各位剧中人物极其精致的戏服也与后背布景的远景特效形成鲜明的对比,十分突兀不协调。费穆在《关于旧剧电影化的问题》中曾说到,拍京剧电影时导演应心中常存一种中国画的创造过程。这一过程即写意,虚实相生。"中国画是意中之画,所谓'迁想妙得,旨微于言象之外'——画不是写生之画,而印象确是真实。用主观融洽于客体,神而明之,可有万变,有时满纸烟云,有时轻轻几笔,传出水花鸟的神韵,而不斤斤于逼真,那便是中国画。"①因此,京剧电影兴许可以弱化背景的表达,将更多的注意力放在人物表演的写实与虚拟存在的写意上,两者相互平衡,才是京剧这一写意艺术与电影写实手段的融合。

此外,京剧电影的灯光也不必像京剧舞台现场表演一样,采用舞台灯光的效果。电影的优势正是在于可以通过蒙太奇与光线的组合与衔接,将表达的内容更加强调或更凸显其内涵的意蕴。京剧电影同样适用,可以尝试灵活运用淡入淡出,将灯光的设计跟随人物情绪、剧情发展的推动进行强弱的调节、颜色的变换,并将其与蒙太奇巧妙衔接融合,才能够将人物、剧情、表演等观赏京剧的重点突出强调,同时也使京剧通过电影语言与思维更加电影化,而非仅仅是把京剧舞台表演硬搬到了电影这一形式中,以纪录片的形式或与现场观赏无本质差别的视觉体验展示给观众。

首批京剧电影工程中的十部传统大戏已全部拍摄完毕,自 2017 年起正式启动了第二批京剧电影工程项目。确如《霸王别姬》主演、著名京剧演员史依弘所说,"能够留下我们的影像,让人们知道我们曾经为京剧的发展做过什么样的努力,已经是幸运和值得了。"京剧电影工程不仅仅是记录了当下京剧经典剧目、京剧从业人员的努力,更是为京剧更为广泛的传播做努力。京剧作为国粹、高雅艺术的象征,其受众群体仍为小众化的、大龄化的。因此,如何让京剧通过电影化的表达将京剧的精髓以观众能更好地体验、接受的方式呈现出来,是京剧电影的核心关键,既充分运用电影的思维与语言表达,又能将京剧的美学内涵展现得淋漓尽致。

首批京剧电影以五年时间拍摄完毕十部,第二批京剧电影计划三

---

① 费穆:《关于旧剧电影化的问题》,丁亚平主编:《百年中国电影理论文选》,第 292 页。

年内拍摄完成十部。但综合上文探讨,京剧电影项目的发展不应仅"以量绩效"、以速度衡量,更应该从京剧电影化这一本质入手,从根本上让电影语言为京剧的舞台美服务,让京剧更加真切地、深入人心地走到观众眼前。此外,京剧电影工程还应注重宣发、多平台到达等方面的处理,艺术性、技术性、商业性三者融合,才能使京剧电影更为市场接受,最终才能让京剧事业更加长久地继承与发展。

中国歌曲传播形式的多样化探索

——以王立平《红楼梦套曲》为例

张　烁

在音乐艺术中,受众面最大的体裁是歌曲,一般说来它结构较为短小,旋律朗朗上口,歌词隽永,为广大民众所接受。自学堂乐歌开始,中国优秀的歌曲不胜枚举。改革开放后,由于社会环境的变化,歌曲的创作更是如雨后春笋般增长。但同时另一个现象却不得不引起我们的深思——尽管创作数量不少,但在这些作品中,有多少是可以流传下去的,可以被世代传唱的;也有些歌曲,其本身艺术质量卓越,但由于其存在方式较为单一,也限制了它的传播和受众。因此,将一部优秀的声乐作品恰当地改编为其他体裁形式的作品,既能延续原作品生命,又能多角度扩大原作品的影响,使得更多的听众接触到作品从而对其有进一步了解。

在中国电视剧发展历史上,1987年中央电视台、中国电视剧制作中心出品的《红楼梦》(编剧周雷、刘耕路、周岭,导演王扶林,共36集)是一座高峰,它不仅是古典名著改编的一个标杆,更是中国电视人排除万难打造精品的一段传奇。从音乐来说,由作曲家王立平呕心沥血创作的同名声乐套曲,随着电视剧的播出深入人心,全剧的音乐包含1首序曲、12首插曲以及若干段配乐,它们你中有我,我中有你,相互渗透,共同为剧集服务。整套作品在1994年入选二十世纪华人音乐经典。由于原版套曲的巨大影响,有关《红楼梦》音乐的改编作品次数之多、种类之繁、质量之优使得这些作品构成一道靓丽的"红楼风景线",而它们的存在也为中国歌曲传播形式的多样化探索提供了绝佳的范例。

一、《红楼梦套曲》的改编优势因素分析

1. 统一性基础

"统一性"主要指核心动机与核心节奏之间的共融。针对这一点,作曲家王立平的说法是:"虽然都凄婉,却不尽相同,要在极其相近的情调中区别出细微的变化和差别。"[①]就这一点而言,其《序曲》的高潮(也就是《葬花吟》的高潮)所出现的"旋律原型"和"节奏动机"为核心,它可以说是整部套曲的灵魂所在,可以辐射到全部12首插曲。(见图1)

由此我们可以发现,虽然每首歌曲各不相同,但它们内在的"核"是统一的,从旋律角度来看是"形散神不散";从节奏的角度来看是"移步不变形"。由于核心动机与核心节奏的紧密结合,使作品隐含了可供交响性展开的潜在因素,同时也包含了组曲化改编的统一性因素,为之后作品的改编奠定了基础。

2. 可塑性基础

"可塑性"指套曲旋律的风格可以向多种形式(如戏曲、琴歌等)靠拢,稍加变化便可以实现。《红楼梦套曲》创作伊始,作曲家便决定不

---

① 参见中央电视台中文国际频道《向经典致敬——王立平》访谈(下),2017年1月14日。

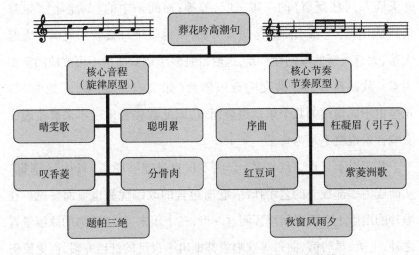

图 1 《红楼梦套曲》中的核心元素与其引发作品之间的关系

采用任何的现有素材,要写成"十三不靠"——即不靠民歌、不靠戏曲、不靠说唱、不靠流行歌曲等,这样才能产生红楼"独特"的音乐语言。①其实,笔者认为这句话也可以反过来理解,"十三不靠"也恰恰意味着作品广泛吸收歌曲、戏曲、民歌等优秀因素,经过提炼分解后融化在作品之中,整体古朴的旋律塑造使得作品与中国传统音乐在气质上达到了高度的统一;再加上其歌词用的曹雪芹原诗原词,使得套曲的词曲相得益彰,不经意间满足了中国传统戏曲音乐的两个基本要求,为作品之后的古典化改编埋下了伏笔。

3. 戏剧性基础

"戏剧性"指套曲中所包含的歌曲与套曲外配乐风格的差异性因素而导致音乐情绪的多样变化,从而引发强烈的戏剧性。套曲中的 12首歌曲虽整体笼罩在"满腔惆怅,无限感慨"的基调之中,但具体到每一首歌曲情绪的侧重也有不同,如《晴雯歌》的热情活泼,《葬花吟》的

---

① 参见王立平:《创造专属红楼梦音乐的"方言"》,载欧阳奋强编著:《1987,我们的红楼梦》,北京:中国轻工业出版社 2017 年版,第 305 页。

悲天悯人,《枉凝眉》的一唱三叹,等等;而配乐中的《刘姥姥》《宝黛情》《大出殡》等器乐曲更是悲喜交加,使得整个红楼音乐充满了大起大落、大急大缓的戏剧性特点,这恰恰是多乐章套曲所不可或缺的重要因素。放眼西方的经典交响音乐体裁(如交响曲、协奏曲、组曲等)正是由不同情绪的几个乐章组合而成,因此红楼音乐近年来被改编成交响音乐也就不足为奇了。

基于以上三点,《红楼梦》套曲不仅自身能够脱离"母体"(剧集)从而成为一部独立的艺术作品,它所蕴含的改编优势也显而易见。在唱片的出版上也可以间接证明这一点,三十年来,除了陈力的原版录音之外,王美、吴碧霞、曲丹等歌唱家都推出了自己的红楼专辑,而更值得后人深思的,则是有关于红楼梦音乐的改编实践。

二、组曲化改编的尝试——《"追梦红楼"组曲》

在所有有关红楼音乐的改编作品中,《"追梦红楼"组曲》(以下简称《追梦组曲》)是影响最大的,它由现任首都师范大学音乐学院副院长李刚教授在 2011 年发起,首演成功后即大受欢迎,2015 年受邀登上北京传统音乐节,2018 年起开始全国巡演。

《追梦组曲》的改编有两个特色:一是将原版套曲的配器由中西混编乐队调整为纯民族管弦乐队;二是这套组曲不光有 11 段声乐演唱,还包含了 4 段器乐合奏,分别是《刘姥姥》《上元节》《大出殡》和《宝黛情》,这是王立平先生原本《红楼梦组曲》①中的内容,因此可以说《追

---

① 《红楼梦组曲》是作曲家王立平根据电视剧《红楼梦》的音乐为民族管弦乐团改编的一套作品,整部组曲共分为八个乐章,分别为《叹红楼》《晴雯曲》《宝黛情》《刘姥姥》《分骨肉》《大出殡》《上元节》和《葬花吟》。

梦组曲》是建立在两套成熟作品基础上的再次重组,除了个别作品的音色有所调整外,几乎没有原创内容。

2012 年《追梦组曲》录制成唱片,指挥李刚,独唱黄华丽,伴奏乐队是首都师范大学音乐学院青年民族乐团,合唱队为首都师范大学音乐学院青年合唱团,由北京环球音像出版社发行,2013 年该专辑获得了第九届中国金唱片奖,这对于演出与制作团队来说,无疑是激动人心的。当然,这并不是说作品本身就完美无瑕了,就笔者个人的观点,《追梦组曲》纯民族乐队的编配使得整部作品"民族有余,气势不足",民族乐队的音色共鸣问题仍然没有得到很好的解决;另外曲目顺序似乎也有再调整的余地,目前的编排既没有考虑情节上的连贯性,又缺乏音色以及音乐情绪过渡之间的顾及,这些都有待今后《追梦组曲》的进一步优化。

三、轻音乐化的改编尝试——《情系·红楼梦》

轻音乐是情调音乐的一种,以通俗方式诠释乐曲,可以营造温馨浪漫的情调,带有休闲性质。把《红楼梦套曲》改编为轻音乐,包括后面的演唱录音以及唱片发行更多地考虑了商业价值。这个"通俗"风格的《情系·红楼梦》,由上海声像公司于 2000 年录制完成,同年发行,其最大的特点是不用真人乐队,伴奏全部由 MIDI 完成,这在那个年代是很多流行音乐唱片制作的写照。唱片的编曲为著名音乐人张宏光,他改编的红楼音乐不止这一版,这也从侧面反映出他对红楼音乐的喜爱。

轻音乐化的改编,笔者认为它有两点可取之处:第一,破除原版音乐"正襟危坐"的光环,编曲上以"轻柔"见长,拉近了听众与作品的距离,这是编曲者"二度创作"的过程;第二,郑绪岚的演唱与原唱陈力的风格完全不同,没有了撕心裂肺的呐喊,代之以娓娓道来的诉说,从另一种审美角度诠释了这个"千红一哭,万艳同悲"的故事,用她自己的话说:"我一直试图把自己对生活的感悟注入对《红楼梦》作品的理解……对于词语中的一词一句,一起一承,我都用心与打磨,努力使我的歌声具有表现力和感染力。"①

同时,轻音乐化的改编也是一种对于经典的"解构",这个海德格尔发明的词汇,其批评的核心内容就是"严肃性被消解",在当前这也是一个被媒体和种种艺术家用滥的方法(中国语境中最为典型的例子就是火于二十世纪九十年代初的《红太阳——毛泽东颂歌新节奏联唱》),这也是这个版本影响较小的原因,很多人觉得演唱和演奏在华丽的录音"包装"下似乎少了些灵魂的东西,让人若有所失。轻音乐化的改编,其得失也许会永远争论不完……

四、琴歌化的改编尝试——《琴梦红楼》

作为中国古典小说"四大名著"之一的《红楼梦》,对古琴的描写着墨不少,"黛玉抚琴"一段更是为后人所熟知。可不可以将古琴文化与《红楼梦》真正地结合起来?从音响、乐谱、文字以及传播等各个方面用古琴传播红楼文化,这引起了中国琴学学会副会长、音乐教育家杨青先生的关注和思考。经过长时间的探索与准备,终于在 2012 年由人民音乐出版社出版了《琴梦红楼》一书,书中包含整部《红楼梦套曲》的古琴谱,同时配套发行了《琴歌·红楼梦》的 CD 唱片。

古琴之所以是中国音乐的代表,不仅仅因为其诞生年代久远,名家

① 参见郑绪岚:《情系·红楼梦》唱片说明书扉页,上海:上海声像出版社 2000 年发行,唱片编号 CD-0849。

名作不断,更重要的是它体现了中国传统文人的高雅品位。音乐学家田青将古琴精神归纳为"五敬"——敬己、敬人、敬天地、敬圣贤和敬后人①,而这些精神在当代社会被人们忽视乃至淡忘。古琴艺术博大精深,如何让它走出象牙塔,"飞入寻常百姓家"?杨青先生提倡古琴的多元发展,既要保存好既有经典,又要不断出新,让古琴焕发青春的风采。而《琴梦红楼》及其所收录的《琴歌·红楼梦》所秉承的正是这一理念。杨青认为,《红楼梦》是中国古典文学的经典之作,古琴是中国传统乐器的经典之品,用古琴弹唱《红楼梦》曲目,是文学经典与音乐经典的对接,那么这本书应该谨慎完成的文化任务,就是两份经典的叠加。

红楼梦引子(琴歌)

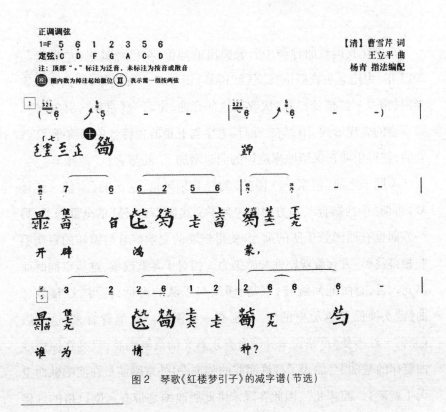

图 2　琴歌《红楼梦引子》的减字谱(节选)

---

① 参见田青:《琴与敬——古琴的人文精神》,《紫禁城》2013 年第 10 期。

所谓"琴歌"是中国古代文人雅士边用古琴伴奏边演唱诗歌的一种形式,是古琴艺术的重要表现形式之一。这个录音录制于国家大剧院录音棚,由杨青先生亲自带领几位青年歌唱家(如梁雅、胡翠波、刘俊豪等)和古琴演奏家(如张依冉、张卓、刘杨等)担任演出,演录效果俱佳。为了这次录音,杨青先生也反复推敲了古琴的指法,并用古琴专属的"减字谱"重新打谱,为后世留下了《红楼梦》套曲的首部琴谱资料。

五、戏曲化的改编尝试——《京韵·红楼梦》

京剧在我国戏曲种类中有着突出的地位,早已经被视为"国粹"。2013 年,为纪念央视版电视剧《红楼梦》诞生二十五周年,作曲家张宏光继《情系·红楼梦》后再次改编这部套曲,定名为《京韵·红楼梦》,以京剧的表现形式,用青衣、花旦、老生与丑角的独特音色来演绎 12 首套曲,使得乐曲在保留原来旋律的同时增加了"粉墨春秋"的味道。

不同于之前《情系·红楼梦》的轻音乐风格,这次的《京韵·红楼梦》可谓"中西结合",一方面它包含了文武场"三大件"的全部乐器,另一方面也有西洋弦乐队的加入,使得恢宏的交响声音与婉转的京剧唱腔相得益彰,更有着戏剧性和感染力。相对于琴歌改编,这版京韵时而高亢入云,时而低回婉转,京胡、锣鼓与乐队的对话,使得《红楼梦套曲》改头换面穿越历史的时空,别有一番滋味。在笔者看来,这一版《京韵·红楼梦》严格说来并没有真正意义的京剧唱腔,只是在原版歌曲旋律的基础上,加入了些许润腔的装饰,另外京剧演员在演唱歌曲上天生就带有"腔味儿",因此客观来讲此版改编是带有京剧风格的红楼梦歌曲。

放眼历史,京剧交响化的尝试从二十世纪六十年代初的交响诗《穆桂英挂帅》开始,到"文革"中的"样板戏",再到改革开放后的新编现代戏,"京剧与管弦乐嫁接"这条道路已经相当成熟了;而在流行音乐世界中,从《前门情思大碗茶》(阎肃词,姚明曲)到《梨花颂》(翁思再词,杨乃林曲)等"京歌儿"的出现,又走出一条"京剧与歌曲嫁接"的道路,因此《京韵·红楼梦》的出现,是京腔、歌曲和管弦乐三者的结合,在编曲队伍上除张宏光先生总体把握外,更重要的是加入了国家京剧院的青年作曲家朱江,这位科班出身的京剧作曲家,为怎样在歌曲中加入润腔,以及唱腔的旋律走向等问题上做出了贡献,带给人们全新的"京剧味儿"红楼梦套曲。

六、交响化的改编尝试——钢琴协奏曲与小提琴协奏曲

《红楼梦套曲》的交响化改编,在二十世纪九十年代末发轫,先是作曲家朱晓谷在 1996 年为民族管弦乐团创作了蝶式筝协奏曲《红楼梦》(马可波罗公司出版了唱片,蒋文军独奏,朱晓谷指挥,上海民族乐团),由于乐器本身的罕有和稀缺,这部作品的影响力相对有限。而真正属于典型意义上的交响化改编,是二十一世纪之后出现的两部协奏曲作品。

1. 小提琴协奏曲《红楼梦》

2007 年作曲家陈钢应小提琴家薛伟和"上海之春"国际音乐节之邀编创了小提琴协奏曲《红楼梦》,首演由谢楠小提琴独奏,汤沐海指挥。作品以林黛玉的个人命运为主线,以"三朵花"(赏花、吟花和葬花)为切入点,细腻地表现出《红楼梦》的宏大叙事和悲剧写意,其交响

性手法突出地体现在以下三点：第一，作品以《枉凝眉》旋律为贯穿主题，或动机式或旋律片段式逐步展开，同时在展开紧邻末尾时又引用刘雪庵《红豆词》的核心音调作为点睛之笔，将乐曲推向高潮；第二，在华彩段中，借用塔蒂尼《魔鬼的颤音》之技法表现了"黛玉葬花"时撕心裂肺的心境，道出了主人公告别人世前的无奈挣扎，此段华彩不仅展现了小提琴的高超技巧，同时其乐思的来源与处理也都体现出了交响音乐所应有的深刻；第三，作曲家用雄浑的乐队合奏与西方"葬礼进行曲"的节奏相结合，重现壮美之主题，为《红楼梦》的庞大气势及其悲剧结局设计了富有创意的回响。

　　行文至此，笔者不得不说，"改编"实际上是让作曲家"戴上镣铐跳舞"，尤其是交响音乐的改编，作品的立意、结构的选择、旋律的裁截、手法的运用等难题无一不在考验作曲家的功力。就这部小提琴协奏曲《红楼梦》而言，改编质量已经相当优秀，但几个部分之间的联系还可以再紧密——这也是声乐套曲旋律线条的单向发展和交响化立体思维的声部交织之间的矛盾所在；同时该曲多次的高潮迭起似乎有点"过犹不及"，这些也都是宝贵的经验和教训，正如乐评人施雪钧先生之言：音乐是遗憾的艺术，对于这部新作，我们可以妄加评论，但动摇不了作品本身，艺术上的瑕疵，也无损于这部作品的成功！①

　　2. 钢琴协奏曲《红楼梦》

　　2011年，马来西亚华裔钢琴家克劳迪娅·杨（原名张毓芬）与匈牙利作曲家久洛·费凯特合作，将《红楼梦套曲》改编成钢琴协奏曲，于2014年在中国国家博物馆音乐厅举行全球首演，2015年在伦敦录音并发行唱片，由汤沐海执棒，伦敦交响乐团协奏。与小提琴协奏曲《红楼梦》的单乐章不同，这部钢琴协奏曲《红楼梦》分为四个乐章：《绛珠还

---

① 参见施雪钧：《门外听"红楼"，陈钢新作小提琴协奏曲"红楼梦"评析》，载《奉献——陈钢协奏曲集》，上海：上海音乐出版社2010年版，第609页。

泪》《情天谁补》《虚花如梦》和《万艳千红》，它在内容上选取了《红楼梦套曲》中的六个抒情主题，然后在这些主题的基础上进行交响化的不断发展和演进，用钢琴独特的键盘语言，来重新阐释《红楼梦》的悲剧美。在这部作品首演四年后的 2018 年，钢琴家克劳迪娅·杨重新对它进行修订，她认为，"2014 版的结尾是轰轰烈烈，因为我想要突出《万艳千红》十二金钗和红楼梦里面爱情的力量；可是新版却更贴切于《红楼梦》文学作品的结局，我要用来表达'虚空和告别'，这就是生命的尾声"。① 可以说，作曲家的这次修改并不是让观众仅仅停留在回忆中，而是要触发他们更多的思考。

钢琴协奏曲《红楼梦》是现有关于《红楼梦套曲》改编的作品中原创成分最多的，但也正因为此，对其批评的声音也不绝于耳。就笔者的观点，作为一部多乐章的套曲，几个乐章之前的内在联系比较缺乏，六个主题本可以用"固定动机"串联起来，但事实上并未如此，材料的分散是全曲最大的遗憾；而就钢琴与乐队之间的"抗衡"上讲，这版钢琴协奏曲还是可圈可点的，两者的竞奏关系处理得较为合理，既有钢琴solo 的"独白"，又兼具乐队的陪衬，从而交响性体现得较为明显了。

结语：优秀歌曲传播／传承形式的多样化

综上所述，《红楼梦套曲》本是影视插曲，能够脱离母体而独立成为艺术音乐已经证明了作品的成功，而它又经历了如此多的改编形式，使得这部作品的意义不仅仅是优秀的音乐作品，更肩负了红楼文化乃至中国传统古诗词歌曲的传承。

———————————

① 参见搜狐人物专访《"红楼梦"钢琴协奏曲情系一带一路》，千龙网，2018 年 3 月 27 日。

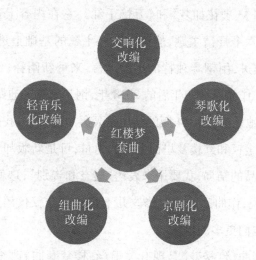

图3 《红楼梦套曲》的改编形式总图

歌曲的改编在某种意义上是对原作品存在方式的变更,也是其艺术生命的转移和延续。放眼海外,通过这种"二度创作"的方式成功的作品也并不少见,如美国迪士尼歌曲被改编成音乐剧、管弦乐等形式,日本传统的"演歌"被改编成通俗音乐。但像《红楼梦套曲》这样如此多样化地被改编还较为少见。当然,这并不是说红楼音乐的上述改编都完美无瑕,而正是改编过程中乃至演出后的种种质疑和争论为今后歌曲改编提供了经验,这些经验包括:如何处理原创与改编的关系;如何确定声乐作品适合哪一类风格的改编;西洋的交响化或中国的古韵化改编如何保留原作精华,同时突出改编特色,等等。

《红楼梦套曲》改编的这一"个案"之价值正是在于它表明了中国传统音乐的传承绝不仅仅是在过去音乐的故纸堆中去发思古之幽情,而是从民众喜闻乐见的歌曲体裁出发,积极地去朝各种可能的方向多样化地去开拓,去延伸,当某种形式(戏曲或交响乐)被听众所接受的时候,他/她便自然成为这种形式的潜在爱好者,"传承"或"普及"的目的就有了第一步的基础。中华优秀传统文化的传承不仅需要走出国门,更要走向世界,这两者相比前者较为简单(比如钢琴协奏曲《红楼梦》在马来西亚的成功演出),后者则非常困难,因为它意味着中国音乐的价值要被世界认可。(比如若干年后,《"追梦红楼"组曲》会不会成为国外某知名乐团的保留曲目?)

　　总而言之,《红楼梦套曲》给中国优秀歌曲改编的多样化探索提供了一个难得的参考样本,它的改编兼具了中国音乐体裁的"经典化"(戏曲和古琴)和西方音乐体裁的"经典化"(协奏曲和组曲),两个方向在传播实践中自主"吸粉",使得音乐传承的过程变得自然与和谐,这也许就是《红楼梦套曲》改编对于当前中国音乐文化传播的最大启示!

从舞台到平台：论明星的数据化

赵立诺

在今天，明星已是视觉世界、媒体时代的重要代表和指征，在日常生活、经济、政治、文化等各个领域发挥着他们的巨大影响力，并不断地构成着奇妙的意义。当计算机和互联网以及手机、平板电脑等媒体新贵进入视觉世界之时，传统学术对"明星"这一"产生意义的实体"所做的拉康式的精神分析、罗兰·巴特式的符号学研究以及其他各种接受学研究和文化研究似乎都无法更好地容纳如今在数字时代看似更加丰富和失序的明星现象。

如何通过对当下媒体世界的研究提出更为确切的明星研究的渠道，如何通过这样的渠道发挥其在华语电影文化与产业的影响力，则是本文真正关注和力图呈现的核心。所以，我们先从当代明星所依存的媒介时代与理性传统讲起。

一、数字创世：从平台自由到数据库"后人类"

十七世纪兴起的启蒙运动为人类建构了一个新的"洞穴"，弗朗西斯科·培根将这个新的"洞穴"视为人类前进的真正道路。而两次工业革命以及新生物学所开启的理性主义哲学世界，则彻底地将平稳的旧的社会秩序打破并颠覆。鲍德里亚将这一历史过程总结为"仿象"世界的两个等级，杰姆逊将这一过程视为现代主义的征程，而麦克卢汉则将这一切化作了来自"人体的延伸"的一种媒介预言。最为重要的是，从启蒙运动所引发的理性主义将一种严谨的、数字化的解释风格带入人类的历史，从而欧几里得的几何学在这一过程当中则渐渐被一种带有"视觉化倾向"的可进行无限微分的纯粹数字逻辑替代与打破，使得数字与数字计算正式进入人类历史的主流。

事实上，这也正是计算机产生和发展的意识根源。在《理解媒介》一书当中，麦克卢汉谈到了莱布尼茨的一段话："富有数学头脑的莱布尼茨在二进制系统 0 和 1 的神秘雅致之中看到了造化的形象。他觉得，上帝靠二进制在太虚中操作的统一体，足以从太虚中创造出一切存在。"[①]而赫兹曼（Steven Holtzman）在其 1997 年的著作《数字的马赛克：赛博空间美学》（*Digital Masaics: The Aesthetics of Cyberspace*）对这个数字革命的巨大意义再次进行了精辟的点评："我们所经历的当代数字媒体世界，在本质上是一个借由 0s 和 1s 抽象结构的位转换所构筑而成的世界。"[②]哲学家们站在不同的立场为计算机的发明进行了一种阐释——即它为世界提供了一个"数字二元对立"的新法则。

无疑，互联网和私人电脑的出现将计算机所建构的新的法则铺展至整个世界，而移动互联、4G 网络的兴起更是加速了人类理性与科技的发展进程，并以一种平台化的方式建构起了一个新的数据空间。

---

① 马歇尔·麦克卢汉：《理解媒介——论人的延伸》增订评注本，何道宽译，南京：译林出版社 2011 年版，第 136 页。
② 转引自邱志勇：《新媒体美学——兼论数字艺术的本质与特性》，《现代传播》2013年第 1 期。

福柯对"特定知识分子"①进行的"知识生产范式"的革命的预言,已经在这个新的数据空间当中得到了某种程度上的实现。我们看到,互联网的设计者——"特定知识分子"的典型代表——为这个即将改变世界的平台树立了"端对端"的协议,并使之成为一种知识生产的典范,用以创造一个"内容自由"的赛博平台。

尽管这个新的乌托邦由 0 和 1 建构而成的,它并没有止步于简单的计算,而是顺势将所有的可读性文本、可操作性程序和以个体或集体形象出现的人,以数字所独有的同一、线性重复和分割的特性和方式进行建构或重组,并使之以光学的速度来回穿梭,不断地在各个终端上进出,不断从终端上输入和删除新的数字信息、数字信号和数据库。显然,数字平台所特有的最终让人们与它的关系不同于以往任何人与物的关系。在这个"永远含有最小选言单位的通量"②的空间内,所有的内容都分解为最小符码,并以信息的身份将所有的符码打包传输。在这个过程当中,人类和数字构成的信息之间的关系变为控制与测试的双重关系,即在控制信息的生产与流动的同时,还遭遇信息扑面而来的一种测试,加快了人们的解码和转译的过程,使人类对信息的接受发生了改变。从而,数字所带来的二元图式以不断流动的符码、控制和测试的双重身份以及去中心化的特性,粉碎了在传统人类社会当中建构的能指与所指、代表与被代表的辩证法。

这对极简主义的数字组合所产生的巨大意义不仅仅在于空间,同时它也迅速打破了人类旧有的时间概念,带来了一种"日常生活审美

①　"特定知识分子"是福柯在 1976 年《真理与权力》一文当中提出的观点,与"普遍知识分子"相对,是指已经习惯在特定的区域、明确的地点上工作,伴随着原子科学家的活动,从演化论与社会主义之间的风暴关系开始活动的这样一批知识分子,他们的目的是探求建构一个新的真理政治(politics of truth)的可能性。问题不在于改变人们的意识,而是在于生产真理的政治、经济、制度和规格模式。

②　通量是指信息进行问／答或用来测试的单位。让·鲍德里亚:《象征交换与死亡》,车槿山译,南京:译林出版社 2012 年版,第 94 页。

化"(aestheticization of everyday life)潮流,改变了时间对于人类知识生产范式的意义。数字加速了计算,也加速了传播,更加速了所有的内容生产,使时间似乎在空间的缩短当中得到了虚拟的拉长;但是,以检阅者的身份所获取的拉长的时间,再一次以"控制者""被测试者""编码解码者"的身份需要时间的缩短——如生产效率的提高缩短了生产与再生产、创新与再创新的周期——时间便在这种拉长和缩短之间产生了一种延宕的效应。时间感的不断更迭让人类失去了对使用价值的兴趣,一种符号消费成为人类消费的新宠。而事实上,这正是 B. Joseph Pine Ⅱ 和 James H. Gilmore 提出的"体验经济"(experience economy)的概念,他们认为"以往仰赖纪律、劳动力作为竞争条件的'苦力经济体',已逐渐被强调创造力、想象力等智慧资本的'体验经济体'所取代:其从生活与情境出发,借由符号意义的操纵,赋予商品文化意涵、塑造感官体验及思维认同"。[1]

数字所进行的新空间的建立与时间意义的改变使人类生存方式发生了一种变革,那么它对人类自身是否产生影响了呢?

后人类理论认为数字世界早已使我们失落了身体,变成了用数字组成的"后人类"。由于"我们对周围世界的总体使用近似于阅读,近似于选择性译码——我们在生活中主要不是使用者,而是阅读者和选择者,是阅读元件"[2],因此数字世界能够迅速地吸引我们,让生活不断从真实世界向虚拟世界靠拢。在这个靠拢的过程当中,作为数字世界接口的各种终端设备,将人类在终端上建构的内容转化为数字,并将这些数字投放在那个自由、平等而开放的互联网平台当中,而其他的阅读者和接收者则将这些由数字组成的内容信息(图片、文字、视频、声音

---

[1] *The Experience Economy: Work Is Theater and Every Business a Stage* (Boston: Harvard University Press, 1999),转引自李天铎编著:《文化创意产业读本——创意管理与文化经济》,台北:远流出版事业股份有限公司,2011 年 5 月 25 日,初版一刷。

[2] 让·鲍德里亚:《象征交换与死亡》,第 83 页。

等)视为一个确定的"人"的所在。从而,虚拟世界的"人"就这样诞生了——它是通过真实的人以一种数字建构的方式将自我的一部分输入数字组成的赛博空间内,并经过他人对散落在网络上的各个自我的碎片拼贴而成的。这个新的来自"数字人"的形象事实上是一个新媒体时代将人不断数据化的一个预设——作为人类的贴身记录的移动媒介比传统的计算机互联网更为密集地承载了自我的碎片,加大了真实的人转化为数字的碎片的数量,从而拼贴出一个更加完整的数字自我的形象。

　　明星是这样一类人,他们"能够自由穿越经济领域、意识形态领域、社会文化领域、大众心理领域等广阔空间而又同时被这些空间孕育并经由大众、明星个人以及电影文本共同塑形"。[①] 尽管他们是一个特殊的阶层,或者说是特殊的人群,亦可以说是一个数据化"后人类"的特殊现象,但是他们依旧是真实存在的人。他们在数字时代的新特点,他们与大众关系的改变,提喻了整个"后人类时代"。

二、内在耦合:明星与数字的"卡里斯马"光环

　　明星的起源早于计算机的出现,根据记载,全世界第一个明星出现于二十世纪初叶的美国,是"比沃格拉夫女孩"佛罗伦斯·劳伦斯(Florence Lawrence)。而计算机的发明则众所周知晚至 1946 年,更不用说网络的发明更是在五十年代才姗姗来迟,且此时明星制最辉煌的三四十年代几乎已经远去。所以,对于明星来说,他们来源于大众传媒的兴起,却并不来源于数据世界的诞生。

---

　　① 万传法、朱枫:《电影产业中的明星与明星制》,《当代电影》2008 年第 7 期。

　　但是今日，我们看到的场景是，在所有的网络终端上，几乎都是明星的板块。腾讯、新浪、搜狐……娱乐版都占据非常显著的位置，并且凡是与明星相关的事件，大到《乘风破浪的姐姐》"宁静不想成团"，小到"张馨予出门找狗"，都能够在新浪微博热搜占据一席之地，甚至数日都不下热搜。这一切都在告诉我们，从传统的视觉媒体（电影电视）走出来的明星，在新的时代迅速与新媒体（互联网、移动传媒）融合了起来，并迅速地与网络平台形成一种需要与被需要的关系，仿佛一切都是顺理成章、自然而然。这到底是为什么呢？

　　按照理查德·戴尔在《明星》一书当中从三个角度对明星文化进行研究——明星作为典型（特殊的阶层）、明星作为消费的对象以及明星作为被建构的实体，我将从这三个角度一一梳理明星与数据世界的内在联系。

　　毫无疑问，明星是人类群体当中的一员。但不同的是，明星是从"平凡"走向"神话"、一夜成名的奇观，是具有独特的能力与魅力的人，是一个非政治化时代的引领者和代言人。这些都使得明星成为人类集团当中特殊的阶层，让他们出挑于人群，并成为一个阶层的典型。马克斯·韦伯曾经在《卡里斯马和制度的建构》（*On Charisma and Institution Building*）一书当中对"卡里斯马"的领导人特质进行了详细的描述与论证，他认为"卡里斯马"是领导人个性中的一种不同于他人的素质，这种天然的素质能够使得一个人获得他人在感性和理性上的双重认可与追随，更重要的是获得一种"被崇拜的力量"。明星身上所具备的"卡里斯马"吸引力尽管在政治领域里的引领作用较弱，但是在更为广泛的文化意义上，明星身上所具备的神圣而具吸引力的气息与韦伯的"卡里斯马"理论却形成了一组较为契合的对应——他们天生的具备上镜的外貌、独特的演出气质和表演能力，正是"卡里斯马"吸引力的绝佳体现。而另一个方面，在《理解媒介——论人的延伸》的"数字：集群的侧面像"一章里，麦克卢汉通过对新闻媒体自发式的标题与内容的数字特性的总结,指出了一种来自"数字"本身的"偶像力量"。他认为,数字本身就能够吸引人们的注意力,数字仿佛能够取代一种可视化的真理,让人们不得不去相信、不得不去狂热地追随。这时我们突然有了一个令人惊喜的发现,即数字的这种偶像力量、这种视觉化的神秘吸引力,正是一种"卡里斯马"吸引力的绝佳体现。因为在理性社会当中,数字所代表的理性价值以及这个理性价值所激起的集体崇拜感使得数字本身已经不再指向数字符号原有的所指,而指向了一种新的所指,而这个新的所指正是"卡里斯马"形成之所在。从而,当两个同时具有"卡里斯马"光晕的事物——明星与数据相互结合,这种深刻的内在关联同时充盈了双方——明星在数据化中得到了更为广泛的建构,而数据在明星的进入后呈现出更为丰富的内容形式。

"卡里斯马"光晕让明星成为大众当中走出来的社会典型、特殊阶层,但更重要的是,由于他们工作的特殊性,明星同时是被大众消费的对象。明星的演出工作除了影视剧中的人物形象的塑造,还有真人秀类节目,甚至包括如今的"机场走秀",每一次的"演出"行为本身都是一次身体的呈现,亦是一次"个体他者化"的过程。在不断的演出当中,明星通过从影视剧到真人秀再到各种场合中不同"角色"的塑造,形成了一套属于自己的符号体系。在这样一个观看的过程当中,明星自身成了被"体验"的对象,明星的形象、明星的表演则成了"体验经济"的源泉。

数字身上的"卡里斯马"光晕和它所构成的数据世界带来的"体验经济""符号消费"都不能掩盖一个本质,即数字和数据世界是被人建构的。斯宾格勒曾经在《西方的没落》一书当中对西方的数学进行了历史学和哲学的研究,他所力图说明和表现的是源自数字和数学的视觉艺术性和感性力量,但是在他的陈述当中更多的是数字的理性和它所能够在各种方式和方法中建构的伟大力量。这种"被建构"的特性亦是明星的一个重要特质。我们知道，明星成为明星的最初，他／她也是一个普通的人，一个社会中的"量"，一个 x，但是当进入到电影的制作、制片人的包装和媒体的炒作路径之后，尽管本质没有发生改变，但是他／她就成了一个复杂的变量，一个大写 X。数据库的背后是发明者和编写代码者，明星的身后是经纪公司或者更高层的建构者——明星和数据库再次发生耦合——建构明星者正如同编写代码者一样，在原有的普通人／x 身上进行重组和二次创造，最终将其化为明星／X。从而在这个过程当中，明星完全成了信息的承载者，成为一种建构的符号和代码。

明星与数据之间内在的联结关系让明星迅速成为数据世界中最游刃有余的一员，也让数据世界成为明星所代表的生活方式和内容生产的最佳平台。那么明星的数据化又拥有怎样的特点呢？

三、仿真、碎片、参与：明星作为一种数字"后人类"

网络时代以前的明星已经成为大众追捧的偶像，他们已经以"明星的方式"存在于这个社会当中。但是这种存在是基于电影、电视和广告，以电视、报纸、广播等传统媒体的方式进行的明星形象塑造——在这个过程当中，他们一面是在大众眼前的电影叙事的承担者，一面是与大众生活距离较远、偶有声音发出的神秘者。

数据世界的新原则和新规范，改变了这种情况——随时随地的拍照上传、微博的发布、内容的迅速转载和下载都让明星原本拥有的"神秘感"急剧下降，海量的信息和瞬时的速度使得以往构成明星形象的少量信息所留出的缝隙被一一填补，一个更加全面、更加立体的明星形象在数据世界得以完成，而这就是鲍德里亚所谓的代码时代控制下的

"仿真"。例如张柏芝，近年来她的数据信息较多，从她息影、生子到离婚、回归娱乐圈的整个过程，她经历了形象的巨大变化。那些海量的关于她如何与孩子一起吃饭、与丈夫一起逛街，如何穿衣，如何行走，如何吵架，如何离婚，如何再次生子，如何被其他人诟病等，将形象空缺一一填补了起来，拼贴在一起，构成了更为立体化的明星形象和明星生活。网络数据库几乎以文字、照片、视频和声音的方式将张柏芝本人和她的生活再现于网络——这时张柏芝究竟是怎样的人、过着怎样的生活、拥有着怎样的心情似乎已经不再那么重要——重要的是，在数据库的世界里她是一个什么样的明星。

　　数据时代的仿真性可以说在一定程度上帮助明星更好地将自我与形象脱离开来，因为"无处不媒介"在此刻并未成为现实，从而使得仿真中的裂隙成为一种更加值得利用的空间。正如明星的照片可以按照他／她喜欢的样子PS，他们的博客可以由工作人员打理，他们的生活变成了"数字制造"的形式向大众呈现。从而，"仿真性"成为明星数据化的一个根本性的特征。但是，不得不说的是"仿真性"与"真实性"依旧具有完全不同的意义——仿真是一种源自数据和代码的高级"模仿"，它永远只是本体的仿制品或高仿品，永远都不可能成为本体本身。所以，数据世界当中的明星形象也并不是真实的明星形象，它只不过比数据时代前的明星形象更进了一步——海量数据对明星原有的"神秘地带"的填补并没有真正将明星形象连贯起来，而是更加深刻地打碎了明星形象的完整性。

　　这种打碎源于数据库的"非连续性"——数据库如同一个巨大的图书馆，在它之中具有若干相同或不同的信息，信息之间的排列组合就如同图书馆的书目一样，但是却未必如同图书馆一样具有复杂的排列系统，它内在的模糊性又让关于同一个内容、同一个事件的信息散落在数据库的许多角落很难连缀起来——关于明星的海量信息并不能够真正包裹在属于这个明星的词条下，它们往往隐藏在数据库内部许多小小的角落里。明星仿佛是一个拼图，每一个部分都需要我们在数据的海洋里艰难地寻找，而这些碎片的拼接方式也随着拼贴者与读解者的变化而变化，最终获得的明星形象也是有所差别的，甚至是难以确定的。张雨绮就是一个绝佳的例证。曾经因为离婚、家暴等负面新闻形象受损的张雨绮，2020 年因为真人秀节目《乘风破浪的姐姐》重新被定义为新时代独立女性，一个个标签的撕碎与重贴，并不仅仅因为收视率逐渐走低、被剪辑生成的真人秀节目，而更多的是关于真人秀的碎片式新闻、网络评论、短视频、语录摘要，这些非连续性的内容，将她过去的形象彻底打散，重新拼接塑造了一个貌美如花、个性强烈、女性主义彰显的新时代独立女性。但，果真如此吗？

对于当代明星而言，碎片化的个人形象的核心是数据流量，数据、信息越多越复杂，一个明星的被阅读量就越大，她被认可、被接受的概率就越高。仿真性、碎片性、非连续性让明星在这个时代具有了更加复杂、更加动荡的含义。

四、走下"奥林匹斯"：明星的平民化与平民的"特权"

进一步来看，在数据世界作为数据和信息的明星与观众的关系发生了质的变化。二十世纪七十年代以前的明星与观众之间的关系更多的是基于一种银幕的隔离效果，让观众处于一种模仿者、崇拜者、追随者的位置，而明星则是"处于新奥林匹斯山上的新神"的角色，而这是一个较为传统的"星众关系"模式。

在传统模式中，明星与观众的关系是一种自上而下的、距离较远的关系。但是在数据世界的"仿真性""碎片化""非连续性"的叠加之

图 1　传统的星众模式

后,这种关系一定程度上复杂化了,不再是自上而下,而是出现更加复杂的对话局面,并形成一个数据库内部的小循环。

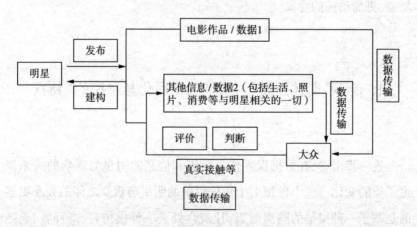

图 2　当今的星众模式

这种模式也使得明星文化在这一时代发生了巨变。明星从"欲望的投射对象"变成了"平民中的一员",他们曾经隐婚、偷偷生子,或是结婚隐退，而如今，结婚生子反而成了他们获得大众关注的媒介事件。大众的评价让他们的生活发生改变，他们也在努力地维持着"人设"，并不断契合、喂养着大众的意识形态。可以说，数字解构了明星的"奥林匹斯山"，数字给了"神"以"人"的生活，数字也给了"人"以"神"的特权。

从《少帅》说起：探寻张爱玲的"二次元世界"

——写在张爱玲百年诞辰之际

朱　江

对于一个作家而言，故去后仍有遗作问世已经是稀奇的事。

1995 年，张爱玲在寓所离世，将遗物交由生前好友宋淇（在《张爱玲给我的信件》①一书中，张爱玲常写作"宋奇"）、邝文美夫妇保管；次年，宋淇先生去世，邝文美女士曾将部分遗稿的复印本捐出以作研究，这其中有一部中篇英文小说《少帅》；2007 年，邝文美女士去世，其子宋以朗正式接管了张爱玲的遗物。这些年来，在宋家的运作之下，张爱玲的遗稿得以陆续面世：2004 年的《同学少年都不贱》、2006 年的《郁金香》、刊发二十年后才终于以原貌示人的《小艾》、2009 年的《小团圆》等作品，一经出版都曾引起不小的轰动和议论。及至 2014 年 9 月，张爱玲最后一部未刊发的小说《少帅》繁体版也由皇冠出版社正式出版，在台湾发行。为了迎接这个"遗孤"，"张迷"不仅酝酿了一番"尘埃落定"的伤感，还以实际行动遥寄芳魂，以至于笔者第一时间通过网络订购，拿到手的已经是"第四次印刷"。及至张爱玲去世二十周年的 2015

---

① 夏志清：《张爱玲给我的信件》，武汉：长江文艺出版社 2014 年版。

年，大陆也终于迎来了两件值得欣慰的事：一是《小团圆》的手稿复刻本即将出版，二是《少帅》简体版正式发行。

一、《少帅》其书

《少帅》以广为流传的"少帅"张学良与"赵四小姐"赵一荻（原名赵绮霞，"一荻"是其英文名 Edith 的音译）的爱情故事为蓝本，将再自然不过的感情发展融入大时代的历史进程。而在张爱玲的整个创作生涯中，这部小说可以说是极为少有的底本真正"有迹可循"的文本。小说《少帅》真正动笔，始于 1963 年前后，张爱玲仅仅为了素材搜集就耗费了十几年。现有文字约 23 000 个英文单词，现存打字稿 81 页，共有七章。中文版由青年译者郑远涛翻译，译稿约 56 000 字（不计空格）。在 1963 年 6 月张爱玲写给宋淇夫妇的信中，曾提到"《少帅》的故事我想写到三分之二才看得出结构，能告一段落，可以打出来交给 Rodell 兜售，现在还差几章"。[①] Rodell 是张爱玲在美国的出版代理人 Maria Rodell。《少帅》曾是张爱玲"蓄意"进入美国市场的作品，所以用英文写就，考虑到目前的"张迷"多是中文阅读群体，宋以朗决定将英文原稿进行翻译后再行出版，《雷峰塔》和《易经》都是先例。据冯晞乾推测[②]，现存的《少帅》打印稿共七章，应该就是那"全书"的三分之二，因此张爱玲原本应是计划书写十章的。

到了 1966 年的下半年，正在美国修订小说《怨女》的张爱玲偶然发现，原以为遗失了的《怨女》旧书稿竟然在《皇冠》连载，于是立刻写

---

① 冯晞乾：《〈少帅〉的考证与评析》，见张爱玲：《少帅》，香港：皇冠出版社 2014 年版。
② 同上。

信给平鑫涛,请其代为申明作者并不同意此小说的出版。彼时,张爱玲还兼顾心心念念翻译《金锁记》,加之赖雅卧病,虽然她曾在 1966 年至 1967 年间的信件中表示要继续写《少帅》,但剩下的三分之一最终仍未完成。

二、似曾相识的"二次元世界"

张爱玲曾说,历史如果过于注重艺术上的完整性,便成为小说了。对于《少帅》来讲,张爱玲正是利用小说的形式,"透过深富'人生味'的历史轶事来描绘'另一个时代的质地',也隐隐投射出她自己的影子"。也正因为如此,熟悉张爱玲的人能通过这部作品看到另一个"熟悉"的世界,或者笔者认为,如果将张爱玲的其他作品借喻为"三次元",则《少帅》就是与之相对的"二次元世界"。

"二次元"是亚文化圈的一个专门用语,本指二维空间,但近年来随着动画、漫画、电子游戏和轻小说等的风行,而逐渐地变成这些作品里的世界及其相关事物的代称,与之相对应的是现实生活及其相关事物,也就是"三次元"。把《少帅》比喻为张爱玲的"二次元世界",原因有两个:一是这部小说属于张爱玲写作生涯中罕见的真人改编作品,也是完全不同于以往创作形式的作品;二是《少帅》中总能发现张爱玲在"三次元世界"的作品的影子,这仿佛一种美妙神奇的投射,为我们提供了一种新的阅读视角,即两种世界的对照和参考,用"三次元"里的张爱玲作品解读"二次元"里的张爱玲作品。这种关系恰如孙黎说的"二次元文化虽然不直接反映现实世界,甚至对立于现实世界,但它总是利用现实世界中的基础材料,换置到虚构时空里,按照自己的规则进行变形或重构,最后形成客观折射现实的效果"。①

比如宴席上的姑娘们聚集在窗口，盘算着之前扔过来纸条传递约会消息却没写是送给谁的那个男子是否如期出现："They hid behind a window and peered out, hippy with their posteriors thrust out in the figured satin trousers and their thick pigtail hanging down the cleavage. The young ones had two pigtails But most were eighteen, nineteen and engaged to be married. They were so excited over this it was plain that they had never been in love. Fourth Miss was a little ashamed of the way they kept watch all afternoon. The man never came. "（郑远涛译文：她们躲在一个窗户后面张望，撅着臀部，圆鼓鼓的仿佛要胀破提花绸裤，粗辫子顺着乳沟垂下来。年纪小的打两根辫子，不过多数人是十八九岁，已经定了亲等过门。她们对这事这样兴冲冲，可见从来没爱过。那种痴痴守望一个下午的情态，令四小姐有点替她们难为情。那男人始终没来。）②

张爱玲常爱写未嫁或待嫁的女孩子，比如《金锁记》中的姜长安，虽然在与童世舫的第一次见面时百般矫情，但两人在公园里散步时，一束阳光便能让长安发现自己心里的幸福和满足，也让她不愿对美好的时光有所玷污，决然与童世舫分手；比如《沉香屑》中葛薇龙第一次打开姑妈的衣柜和手腕被司徒套上手镯时，暗夜里与灯光和珠宝的光芒交织的羞涩；又比如《鸿鸾禧》中，那两个为准嫂子当伴娘，却时时刻刻认为自己才是最重要的"下期预告"，顺便对着准嫂子用自己的嫁妆添置衣衫细软的行为评头论足。这些朝气蓬勃又烂漫得不着边际的样子，似乎就藏在那些"提花绸裤"和"粗辫子"里。

再看这里："She never heard the Chu sisters mentioned at home without a sniker. 'Running wild and their father lets them. Once the bad

---

① 孙黎：《二次元文化的精神内核》，《中国青年报》，2017 年 6 月 19 日，第 2 版。

② 张爱玲：《少帅》，香港：皇冠出版社 2014 年版。

name is out even the youngest will suffer by it. Ha, the famous Chu sister' people will say. "(郑远涛译：她家里人每次提起朱家姊妹，都免不了一声嗤笑。"野得不像样，她们的爹也不管管。一旦坏名声传出去，连小妹妹都会受到连累的。'哈，就是那大名鼎鼎的朱家姊妹啊'，人家会说。")①不禁让人联想到《琉璃瓦》里的姚先生，女儿们一个比一个俊，被人称为"琉璃瓦"，总被寄予厚望。"从那天起，王俊业果然没到姚家来过。可是常常有人告诉姚先生说看见二小姐在咖啡馆里和王俊业握着手，一坐坐上几个钟头。姚先生的人缘素来不差，大家知道他是个守礼君子，另有些不入耳的话，也就略去不提了。然而他一转背，依旧是人言籍籍。到了这个地步，即使曲曲坚持着不愿嫁给王俊业，姚先生为了她底下的五个妹妹的未来的声誉，也不能不强迫她和王俊业结婚……曲曲嫁了过去，生活费仍旧归姚先生负担。姚先生只求她早日离了眼前，免得教坏了其他的孩子，也不能计较这些了。"②在传遍了风言风语之后，朱小姐到底也没有跟少帅在一起，仿佛作者是替姚先生出了一口气。

再比如，赵四小姐跟少帅在一起时："'Your eyebrows go like this,' she traced them with a finger, then along the eyelids that fluttered down at her touch, and carefully down the center of the nose, checking each item to see what she had bought. He looked all new. Ownership made a difference, the way a picture card differed from a picture in a book. "(郑远涛译文："'你的眉是这样走的。'她一只手指追踪着，拂过随触随合的眼皮，再小心翼翼沿鼻梁而下，检点每一件东西，看自己买了什么。他看起来焕然一新。一拥有就不同了，正如画片有别于书里的插图。")《少帅》里赵四小姐的身上总带有些许《花凋》里川嫦的懵懂和《倾城之恋》中白

---

① 张爱玲：《少帅》。
② 张爱玲：《张爱玲小说集》（五卷），北京：北京十月文艺出版社 2012 年版。

流苏的决绝。川嫦是枝头最易折的那朵花，在风华正茂的时节没留神就被命运摘掉了。川嫦心里并非不憧憬一见钟情，然而好不容易姐姐们都出嫁了，她可以好好打扮自己了，不必再去捡姐姐们过时的衣料来穿，她却愿意在距离最遥远的时候——与章先生本来如火如荼的暧昧跟随绝症变成了医生和病人的关系时，爱上眼前的人，"川嫦本来觉得自己是个无关紧要的普通的女孩子，但是自从生了病，终日郁郁地自思自想，她的自我观念逐渐膨胀。硕大无朋的自身和这腐烂而美丽的世界，两个尸首背对背拴在一起，你坠着我，我坠着你"。① 但赵四小姐还是幸运的，她虽然也有过"郁郁地自思自想"，却也够毅然决然，这份坚决比流苏更深。毕竟流苏的第一次到香港，只是与范柳原礼貌克制的友好相处，"流苏的手没有沾过骨牌和骰子，然而她也是喜欢赌的，她决定用她的前途来下注。如果她输了，她声明扫地，没有资格做五个孩子的后母。如果赌赢了，她可以得到众人虎视眈眈的目的物范柳原，出净胸中这一口气"。② 却担上了"白公馆里早有了耳报神，探知六小姐在香港和范柳原实行同居了。如今她陪人家玩了一个多月，又若无其事地回来了……本来，一个女人上了男人的当，就该死；女人给当给男人上，那更是淫妇；如果一个女人想给当给男人上而失败了，反而上了人家的当，那是双料的淫恶，杀了她还污了刀"③的虚名。看来，张爱玲笔下愿意赌气的女子，多半是可以胜利的，哪怕是《连环套》里的霓喜，也能赌气离了绸缎店的二楼，转几天就住进了药材铺的二楼。《留情》里的郭凤，虽然时时流露怨气，终究是在表嫂的面前能摆出高贵的姿态，与米先生同乘一辆黄包车时坦然地自嘲。

赵四小姐的家庭也在她"随叫随到"的时候为自己设想了所有可能的出路。"No reason was given why she alone of the brothers and sisters

---

① 张爱玲:《张爱玲小说集》(五卷)。
② 同上。
③ 同上。

was to go to school. The assumption was times were changing, college girls were sometimes preferred in marriage. In effect it set her free with the entire school day at her own disposal. If she went to the bad the blame was on modern education, the usual whipping boy. Better let her run wild than have it said that her father gave her away as concubine to the Chans."（郑远涛译文：没说为什么兄弟姐妹里独独让她进学堂。就当是时代在变,女大学生的婚姻前途有时候比较好看。实际上,上学给了她自由,一整天都可以自己安排。如果她堕落了,那是现代教育有问题,现成的替罪羊。不加管束任她撒野,总也强于由人非议她父亲把她给了陈家做小。)[1]

她终于没有被辜负:"He liked to show her off to Ronald but she generally kept quiet. Ronald was careful with her and was correct in paying her less attention than if she was an unmarried girl of the house. He loved to tease young girls, English-speaking ones perforce. But when a man had two wives it was safer to assume that they were old-fashioned, no matter how modern they seemed."（郑远涛译文：喜欢在罗纳面前炫示她,但她通常不说话。罗纳待她也谨慎规矩,较少注意她,不比对待帅府里的未婚女孩子。他平素喜欢跟少女打趣,尤其是会说英文的。然而一个有两位太太的男人,无论看上去多么摩登,仍是归入守旧派更安全。)[2]故事现存的末尾,似乎有点范柳原式的戏谑,"少帅"的光环在这一刻消失殆尽,有了两位太太带来的安全感,会英文、爱打趣的行为越发成了优点。

笔者一直对《少帅》存有一种好奇,为了进入美国市场,张爱玲却并不选择翻译自己的旧作,而是耗费精力要完成这样一个真人改编故事,如此郑重,却遗憾未完。

---

① 张爱玲:《少帅》。
② 同上。

三、《少帅》之后

有人说，读懂张爱玲写的女性，看《留情》就够了。

在张爱玲以往的作品里，没有两个相似的霓喜、曹七巧，哪怕是孟烟鹂、席五太太。即便是《留情》里的三个女性，郭凤、杨太太和舅母，在"矫情"这方面的表现都是各有千秋的。如果想了解张爱玲如何看待女性，至少要熟读《留情》《连环套》和《花凋》。她笔下的女子却并不拘泥于如此类别，细数下去，还有《心经》里的许小寒再加上"波兰芬兰爱尔兰"，《五四遗事》中罗文涛的"三美"也不能落下。

所幸虽然《少帅》并不是张爱玲相对出色的小说，但可以显见的是，译者功力不浅，中文译本力求整体文风贴近"张氏"风格，而且质量尚可。小说中依然继续着张爱玲细腻又"狡猾"的书写，比如赵四小姐的沉静烂漫、少帅偶尔透露出来的些微范柳原式的小浪漫。这样迷人、细弱的心思情愫灼灼闪耀，光芒遮盖了那些"朴拙的、未上漆的木雕鸟"。还有"两块狭长的胭脂从眼皮一直摸到下巴，烘托出雪白的琼瑶鼻"[1]的意译方式，无疑都会让"张迷"读起来觉得亲切，不过也因此注定了译著的局限，因为在张爱玲的作品中，相似度如此之高的意象很是少有。然而，其中或隐晦或直露的涉性书写，依然不免被"诟病"。譬如《色，戒》中本身隐藏深讳的内容被李安另类直白解读过，便被人猜疑是写了丁默邨和郑萍如的故事，甚至是自己与胡兰成的恩怨纠葛，因为有汉奸，有情爱。然而《色，戒》的特殊性更多体现在内容方面的政治关联，这不同于其他作品只需要政治背景作为大环境陪衬。亦如

---

[1]　张爱玲：《少帅》。

《少帅》是完全记录别人的故事；还比如《金锁记》，在章法和技巧上被认为是张爱玲最重要的作品，但并不能代表张爱玲作品的特有风格。

《少帅》曾一直是"张迷"心目中的悬念和遗憾，宋以朗说，"我不认为《少帅》是一部成功的作品，如果不熟悉张爱玲，你会看得一头雾水"。这"雾水"难免又要蒸发成"误读"，此前学界与读者多有常常秉持"源于生活、高于生活"之习见，认定大凡有情性的情节必然是张爱玲真实经历，愚顽程度可与当年《红楼梦》"索隐派"初萌时相提并论，这才有了《小团圆》面世时引发的颠覆争论。实际上，结合《流言》中的篇目，张爱玲活跃丰富的想象就可见一斑，她的内心已然是一个独立王国，性灵挥洒实在不必与现实生活牵扯多少关系。《心经》《封锁》《琉璃瓦》《多少恨》《五四遗事》《花凋》等都是可以爬上围墙一窥的悬梯。那些根植于"不熟悉"的夸夸其谈，无非是因为相对于承认自己的平庸和无知，信口开河更能让人在话题中插进一脚之地，赚得些许精神慰藉。

不过，《少帅》倒是填补了笔者的一个"意难平"。在她的另一部小说《创世纪》里，"忽然之间电灯灭了。潆华在黑暗中仿佛睡醒似的，声音从远处来，惺忪烦恼地叫道：'真难过！我一本书正看完！'潆芬道：'看完了倒不好？你情愿看了一半？'潆华道：'不是嗳，你不知道，书里两个人，一个女的死了，男的也离开北京，火车出了西直门，又在那儿下着雨。……书一完，电灯又黑了，就好像这世界也完了……真难过！'"①张爱玲虽然不会想到，自己身后的遗作中，《少帅》是最后一部。然而，书没有结尾，电灯自然也应继续亮着。

---

① 张爱玲：《张爱玲小说集》（五卷）。

"回归"与"破圈"

——话剧"明星制"现象新格局的思考

戴 晨

所谓话剧"明星制",是指被社会和市场认可的高知名度明星主演话剧的现象。在我国,话剧"明星制"并不是新的现象,关于这一话题过去曾有过讨论,随着我国文化事业和文化市场的快速发展和持续繁荣,近年来话剧"明星制"现象呈现出了新的格局,需要我们在以往研究的基础上,做进一步的探讨。

一、话剧"明星制"现象新格局及其原因

从改革开放至今,话剧"明星制"发展大致经历了三个阶段:第一个阶段以1979年北京人艺经典剧目《茶馆》复排为标志,剧中人物的扮演者如于是之、蓝天野、郑榕、英若诚、童超、胡宗温、林连昆等是当年广大话剧迷心中的明星,被今天的观众称为"老戏骨"。第二个阶段以2009年北京人艺话剧《窝头会馆》首演为标志,该剧由何冰、濮存昕、杨

立新、宋丹丹、徐帆五人主演。在这一阶段中,一批体制内的话剧演员还包括冯远征、吴刚、岳秀清、丁志诚、胡军、陈小艺、倪大红、韩童生、朱媛媛、辛柏青、陶虹、袁泉、秦海璐等,都因出演影视剧家喻户晓,当他们在剧场演出时,受到了更多观众和媒体的关注,从而创作出的话剧作品获得了口碑和票房的双丰收,如北京人艺的《哗变》《喜剧的忧伤》《原野》等,国话的《青蛇》《琥珀》《简·爱》等。第三个阶段是以2013年赖声川导演的《如梦之梦》在内地首演为标志。如果说前两个阶段话剧舞台上的明星大多为体制内院团的演员(尽管"开心麻花"系列话剧在初期邀请明星跨界出演,但由于演出场次和影响力有限,在整个话剧市场中未形成规模),那么到了第三阶段,越来越多的明星登上了话剧舞台。

笔者将近年来出演话剧的明星概括为两种类型:第一种是"回归"的明星,他们曾是话剧演员,但常年活跃在电影银幕和电视荧屏上,鲜少出演话剧。如《喜剧的忧伤》中的陈道明,《老式喜剧》中的李幼斌,《断金》中的张国立,《德龄与慈禧》中的江珊等;第二种是"破圈"的明星,他们是影视演员、歌手、主持人、相声演员、小品演员等,如《暗恋桃花源》中的黄磊、何炅、谢娜;老版《如梦之梦》中的许晴、胡歌、李宇春,新版《如梦之梦》中的肖战、张亮,《断金》中的王刚、张铁林,《求证》中的赵薇,《被嫌弃的松子的一生》的张静初,《三姐妹·等待戈多》中的张若昀,《革命之路》中的沙溢、胡可,《德龄与慈禧》中的郑云龙,《牛天赐》中的郭麒麟、阎鹤祥,《片想》中的吴昕,《雷雨·后》中的刘恺威,《幺幺洞拐》中的倪妮,《枕头人》中的周一围,等等。

"回归"与"破圈",标志着话剧舞台上的演员类型愈发多元化,使话剧"明星制"现象出现了新格局。

与影视剧、综艺节目等相比,话剧受众较少,但为什么越来越多的明星愿意放弃高额的片酬、出场费,而转战话剧舞台呢?概括起来有以下几个原因:

　　第一是观众审美驱动。观众是话剧的生命线。如果说二十多年前我国话剧市场经历了低谷,门庭冷落,那么随着近十年来人们生活水平不断提升,对精神文化生活的需求越来越多元化,稀缺的现场演出显得弥足珍贵。于是人们渴望在短短的一两个小时内暂时忘掉外界的烦恼,从沉浸式的心灵撞击中获得深刻思考,这种体验更加高级有趣。观众的增多促进话剧市场的回暖,也是明星愿意出演话剧的原因之一。

　　第二是市场选择驱动。市场是话剧的风向标。如今除国有院团外,民营剧团是演出市场的又一支生力军。民营剧团想要快速发展,话剧投资者需要经济效益,邀请具有市场号召力的明星出演是一种捷径。对于"粉丝"来说,剧场是与自己喜欢的明星亲密接触的场所,因此很多明星主演的话剧如《喜剧的忧伤》《暗恋桃花源》《如梦之梦》《断金》《老式喜剧》《德龄与慈禧》《牛天赐》等开票仅几分钟就售罄,成为话剧市场的"爆款"。

　　第三是演员内在驱动。演员是话剧的核心力。一些已经在表演艺术上取得很高造诣的演员,如陈道明、李幼斌、张国立等,他们曾是话剧演员,有着一份对话剧艺术的敬重之心与赤诚的热爱,优秀的话剧剧本和有深度的角色能够激发出他们想要回归话剧舞台的热情。2011年陈道明出演《喜剧的忧伤》时曾说"愿意零片酬来演话剧";2017年张国立和王刚、张铁林的"铁三角"组合齐聚话剧舞台,出演了《断金》。张国立说:"我这不叫跨界,话剧是我的本工。曾经有一个前辈对我说,'你的天地在舞台上',我发现话剧还是我的最爱。"

　　现在"跨界""破圈"是社会的一种风潮,很多演员想要打破"舒适圈",话剧是现场的艺术,在舞台上能直面观众,这无疑是他们磨炼演技、挑战自我的一种方式。特别是现在新人辈出,一个想要在行业里立足、发展的演员,需要全方位增益自己的能力,不仅要学表演,还要兼具唱歌、跳舞、体育、竞技等十八般武艺。2018年,"大导"林兆华导演的话剧《三姐妹·等待戈多》复排,由影视剧当红小生张若昀主演。张若昀说:"话剧舞台是纯粹的初心,在这个舞台上是一个充电的过程,要先练内力。"2019年张国立导演话剧《我爱桃花》,邀请喜剧演员小沈阳出演。小沈阳对自己首次出演话剧很没自信:"我怕给导演撑不起来,以往我给大家都是那样的印象,这次一定百分之百努力,踏踏实实把这个人物演下来。"此外,还有一些明星想要转型,以话剧舞台作为学习表演的敲门砖,甚至一些有"负面新闻"的明星,一段时间内无法参与影视作品的拍摄,就从事线下的话剧演出。

二、话剧"明星制"现象新格局的积极意义

明星以自身的人气为剧场带来了新的观众群体,同时他们在话剧创排中或多或少融入了自身的表演特点与个人魅力,这也使话剧舞台的表导演语汇更加丰富。

一是激发了创作人员的灵感,为戏增添更多色彩。

明星的加入,为话剧创作带来了新的思路。在2019年的话剧《牛天赐》中,郭麒麟和阎鹤祥这对相声搭档分别饰演了"天赐"和"门墩儿"这两个角色。导演、编剧方旭对演员有独到的眼光,根据他俩在生活中的关系,为他们"量身设计"了一些桥段,为作品注入了鲜活的生命力。于是小说中本不是"人"的"门墩儿"变成了憨厚的男孩走上舞台,不仅化身为倾听"天赐"的好友,还起到"说书人"的作用。"门墩儿"调侃"天赐"的"岁数长了,个子没长"既与剧情贴切,也是他们俩的专属"梗";2019版《德龄与慈禧》在谢幕的时候,导演精心安排他与"慈禧"扮演者江珊合唱一曲,给观众带来了意外的惊喜。

如果明星选择得当,能够为话剧增添更多色彩。方旭表示:"我不反对用流量明星,但前提是必须符合人物,否则就不要用,免得大家难

受。我和郭麒麟第一次见面就谈了四个小时,我判断他有舞台剧演员所必备的理解力和表达能力,并且适合天赐这个人才决定合作的。假如他身高一米八几,我就不用谈了。"《牛天赐》讲述的是一个孩子的成长经历,"天赐"身上有着父母的热切的期望,他叛逆,也有着许多奇思妙想。郭麒麟也是在大众眼皮底下成长起来的孩子,他们的年纪与家庭背景都有共同之处。在方旭的指导下,郭麒麟将自己的个性、气质和角色恰到好处地融合起来,使角色焕发出了光彩。《德龄与慈禧》中,编剧何冀平笔下的光绪皇帝是"回光返照"般的青春状态:"我写的光绪,是一个性情急躁、目光敏锐、英气毕露、有胆有识的年轻皇帝。变法失败之后,知大势已去,心如止水。正在此时,青春逼人的德龄,给了他一线生机。这个阶段的光绪如同回光返照,焕发出耀眼的光辉。"在2019版的演出中,光绪由青年音乐剧演员郑云龙的饰演,增添了几分浪漫的西洋气息。戏里戏外,女性观众的热望经由郑云龙投射到光绪皇帝身上,使他史无前例地成了一个晚清政治变局中的大众偶像。①郑云龙真的很适合光绪这个角色,他的形体控制最为突出,一个时代的绝望,都在他佝偻、单薄、暗淡的侧影里。第一幕快结束时,郑云龙无所事事地绕着舞台上的日晷转了个圈,暗影沉沉的宫殿里,貌似什么都属于他,但什么都和他无关,孤独极了,绝望极了,这个场面与他在后面和慈禧对话中提到的"黑乎乎的宫殿飞檐"形成了互文,意味深长。②

　　二是锤炼演员的演技和心智,为其日后演艺事业夯实基础。

　　张若昀通过《三姐妹·等待戈多》的演出,在台词上下足了工夫。"咱走吧。咱不能。为什么。因为还有要等的戈多,还有要去的莫斯科",这一句台词从音量到拿捏情绪都要反复地练习。2019年,倪妮第

---

　　① 白惠元:《性别·地域·国族——话剧〈德龄与慈禧〉的文化坐标》,《艺术评论》2020年第4期。

　　② 王恺:《作为情人的慈禧,作为丈夫的光绪》,《北京青年报》,2021年4月16日,B6版"青舞台"。

一次出演话剧《幺幺洞拐》,她在两个多月的排练过程中对表演有了新的认知。她每天会提前来到排练厅练习气息和发音吐字等基本功,还根据剧情需要学习日语。倪妮希望把自己更多的生活经历赋予剧中角色,与人物一起成长:"希望自己可以先演够一百场打底。"小沈阳通过主演《我爱桃花》,调整了东北二人转的风格和表演习惯,他在表演上又增强了信心,找到了重回剧场的勇气。明星们通过在话剧舞台上的磨炼和摔打,能够全方位提升表演能力,为他们日后的演艺事业夯实基础。

三是助力话剧在艺术品质上升级,为观众带来高级体验。

明星凭借自己精湛的演技准确生动地诠释角色,助力话剧在艺术品质上升级。在《喜剧的忧伤》中,陈道明饰演死板、严肃、谨慎、沉闷的审查官,阔别话剧舞台三十年的他,将这一人物的特点表现得很充分。他在办公桌前正襟危坐,既是公事公办,又带着厌倦,任凭何冰扮演的编剧使尽浑身解数,疲累抑或尴尬得不停擦汗,他对他所强调的喜剧和笑声都无动于衷,表情僵冷。《喜剧的忧伤》一连演出几年都一票难求,这在很大程度上要归因于两位明星陈道明与何冰的联袂演出,体现出引人入胜的表演功力以及强大的市场号召力,不仅让观众看到了舞台之上明星自身的魅力,更让观众看到了戏剧之中艺术形象的成功。[1] 2019 年,北京人艺小剧场话剧《老式喜剧》因为李幼斌、史兰芽夫妇的出演,再次引发票房轰动。《老式喜剧》讲述了一段在海滨疗养院里发生的黄昏恋的故事。李幼斌扮演的疗养院总医师,外表冷峻,实则温暖。他时而沉默不语,时而激情爆发,准确、自然地塑造了一个孤独的苏联老头的形象。一段现场的查尔斯顿舞,撕掉了他之前"银幕硬汉"形象的标签。李幼斌为了演好这一角色,潜心研读剧本、分析人物,用演技感动了每一位观众。"大明星"出演小剧场话剧,打破了

---

① 宋宝珍:《〈喜剧的忧伤〉:禁锢与释放的较量》,《艺术评论》2011 年第 9 期。

人们对小剧场话剧"青涩""校园""成本低"的刻板印象,为观众带来更加高级的审美体验。

四是培养话剧观众,推动话剧的普及和传播。

很多话剧导演都表示不排斥邀请明星出演话剧。明星的超高人气赋能话剧舞台,使话剧作品引发更多关注,让更多观众愿意买票走进剧场。《牛天赐》因相声演员郭麒麟和阎鹤祥的出演,成为年度话剧爆款,一批"德云相声迷"走进剧场;李宇春出演《如梦之梦》,郑云龙出演《德龄与慈禧》,他们的歌迷走进剧场。这类人可能在此之前很少看,甚至没有看过话剧,但他们在"追星"的过程中,不仅能够了解更多的作家、编剧、导演、演员和剧目,进而还能够了解话剧的发展历史知识,体会话剧艺术深邃的内涵和独特的形式。这对话剧观众的培养和话剧普及、传播具有长远意义。

三、话剧"明星制"现象新格局引发的担忧

不可否认,话剧"明星制"现象新格局给话剧舞台和演出市场带来了活力和繁荣,但还存在着一些不可回避、亟待解决的问题,主要有:

第一,选角只片面看明星"流量",背离剧本对角色本身要求。话剧艺术本身对演员的综合能力要求较高,尤其是小剧场话剧,空间小,演员少,拉近了观演关系,演员在舞台上的每一个细微表情,甚至呼吸都会被观众看得一清二楚。如果仅以明星的"流量"作为选角的标准,那就与话剧艺术原则背道而驰了。《雷雨·后》中深入人心的"大少爷周萍",因香港演员刘恺威的出演引发了争议。刘恺威虽然对待演出非常认真,但他的"香港普通话"与剧中角色格格不入,也与台上其他演员格格不入,在演出中引发了几次不和谐的笑场。由此可见,一部话

剧的成功绝不只是靠一两个明星,选择演员若不能从题材、人物、角色、风格出发,即使有再多"流量"明星出演,其效果也会适得其反。

第二,明星短期参演,没有足够时间打磨精品。很多明星出演话剧的决心非常坚决,态度也很认真,但他们事务繁多,时间有限,往往只是匆匆排练,很难花时间沉下心来与其他演员磨合,甚至连合成都由替身完成,更别提精心打磨演技、塑造人物了。更有一些明星主演话剧,只是在首轮演出中"走个过场",增加卖点,后续的演出由B角演员完成,与明星本人毫无关系。一部话剧"精品"要经得起时间的考验,北京人艺的《雷雨》首演于1954年,至今超过了六百场演出;《茶馆》从1958年首演至今已经超过七百场演出。还有《天下第一楼》《骆驼祥子》等作品,无一不是经过几代主创人员、几十年秉持孜孜以求、精益求精、"戏比天大"的精神共同传承和创作,演出几百场后才可称之为经典之作。尽管在当今话剧市场,一些明星本着对话剧艺术的赤子之心,多年来坚持出演一部戏、塑造一个角色,如《暗恋桃花源》的黄磊、何炅;《如梦之梦》的许晴、胡歌等,但大多数以明星为主演的作品复排困难,演出场次少,未来明星们能否拒绝一切诱惑,给话剧演出留出足够的档期,用十几年或者几十年的工夫坚持演出仍是个未知。

第三,投资单纯追求经济效益,扰乱了话剧舞台正常运行。一些话剧投资人一味追求经济利益,不惜重金邀请"流量"明星参演,在宣传上大力炒作制造噱头和话题,将话剧视为"粉丝经济"的商品。这样的结果造成了"粉丝"疯狂抢票的现象,也给"黄牛"创造了商机,一张话剧票炒到天价,让真正想要看戏的观众望而却步,严重扰乱了市场。在演出过程中,每当明星出场时就会引发台下阵阵尖叫,使得话剧变成了"粉丝"见面会,这更破坏了话剧演出现场的秩序和美感。话剧演出是神圣的、严肃的、有门槛的,这种只以经济利益为前提的运作方式,是对话剧创作的亵渎,对明星本人和观众也都是巨大的伤害。

未来,表演的领域和形式会打破固有的边界,逐渐融合。无论是

"回归"还是"破圈",话剧"明星制"的现象将会持续下去。我们要高度重视并下大力气解决存在的问题,同时也应该用包容的心态去接纳这一现象。我们要看到明星身上的闪光点,给予他们成长的时间,挖掘出他们身上的特质以更好地为演出、为观众服务;鼓励更多的"影迷""歌迷"进入剧场变为"戏迷",从"追星"转向"追戏";培养更多的"明星"进阶成为"戏骨",这样才能使话剧艺术正向健康发展。

溯源回望：孔子的文化自觉

李甜甜

文化自觉一词源于人类学家费孝通，"'文化自觉'的含义应该包括了对自身文明和他人文明的反思，对自身的反思往往有助于理解不同文明之间的关系。因为世界上不论哪种文明，无不由多个族群的不同文化融会而成。尽管我们在这些族群的远古神话里，可以看到他们不约而同地在强调自己文化的'纯正性'，但严肃的学术研究表明各种文明几乎无一例外是以'多元一体'这样一个基本形态构建而成的"。

一、文化自觉——孔子核心思想的形成过程

春秋战国时期作为中国历史上的一个大转折时期，经历了夏、商、周时代的历史演变，孔子就处于这样一个动荡变革的时代。孔子生于公元前551年，三岁丧父，十七岁丧母，乃是宋国商人后裔，后因家族衰落，漂泊流亡至鲁国，其族人先后经历了天子、诸侯、大夫直至孔子所处的士阶层。孔子的思想体系如何形成，又经历了怎样的发展历程呢？

　　历史上有"周礼尽在鲁"之说,到周王室,逐渐失去权力和威信,其社会生活的各个方面,从经济、政治到思想文化都开始了新旧斗争。周王朝时,贵族世家垄断的学问体系一举散向民间,从孔子的家族经历就可以看到这种变化,士阶层乃至平民知晓了文化、教义,思想打破了原有的统治阶级的专制,自由发展,这正为孔子儒家思想体系的确立提供了时代背景。孔子在不自觉的、开放的思维之中,在"诸侯为政,天子式微"的现实历史中,取长补短,兼容并包,形成自我独具特色的思想体系。

　　从"文化自觉"认识和理解自己的文化,对自身文明和他人文明进行反思的立场来看,孔子及其儒家思想,就是在有所选择的基础上对先前周代文化制度进行继承,又在创新的思维上建立起独具时代特色的文化体系,成为古代中国人文化自觉的典范。《论语》作为记录孔子及其弟子言行的语录体著作,共二十篇,内容涉及政治主张、教育原则、伦理观念、品德修养等多个方面,字里行间都包含着孔子儒家思想的精髓。

(一) 仁

　　春秋时期的爱人思想到孔子那里形成了"仁"的理念。"仁",即仁爱,仁者爱人。齐国晏子为相期间,施政方略以"仁"著称,提出一系列以"爱民"为特点的施政措施,"意莫高于爱民,行莫厚于乐民","晏平仲善与人交,久而敬之",深得百姓爱戴。孔子评价其曰:"救民百姓而不夸,行补三君而不有,晏子果君子也。"

　　郑国子产,为相数十载,是法家的先驱。"子谓子产,有君子之道四焉:其行己也恭,其事上也敬,其养民也惠,其使民也义。"子产内修仁德,博学多识,知人善任,为郑稳定内政,以仁政治民,取得不菲的政绩。

孔子正是看到了春秋时期晏子、子产以仁待民的民本思想，认为施行仁政使民安、养民惠，救国家、人民于水火，因此更加倡导"仁"。他认为"仁"是最高的道德标准，是实现其"礼治"的必由之路，"志士仁人，无求生以害仁，有杀身以成仁"，"克己复礼"为"仁"。孔子将"仁"纳入"礼"，丰富了先前"仁"的单一内涵，这是其思想体系的一大超越。

（二）礼

《论语·八佾》中记载，"子谓《韶》，尽美矣，又尽善也；谓《武》，尽美矣，未尽善也"，说周武王虽以征伐取天下，使民太平，却未能制定礼乐教化。孔子的这种认识源于季扎，《左传》中记载，季扎在看《韵蒌》时言："圣人之弘也，而犹有惭德，圣人之难也。""惭德"即惭于始伐，季扎这种对于用武力夺取政权的暴力方式极为不满的观点深深影响了孔子。虽解救民于水火，但方法有失道德，即破坏了孔子所提倡的"礼"。

对于封建政治制度，孔子不满于"礼乐征伐自诸侯出""陪臣执国命"，反对"八佾舞于庭"的僭越行为，试图去恢复"周礼"，重建"礼乐征伐自天子出"的局面。"不学礼，无以立"，对于"礼制"，孔子主张家庭关系上"长幼有序，孝悌忠信"；君臣关系上"君使臣以礼，臣事君以忠"。这种在"正名"基础上的治家治国方略，让我们看到了孔子自身"礼制"思想的形成是基于对先前历史的认知，对传统家国观念的维护。他在"礼崩乐坏"的现实中重塑自我，经过历史现实的自主适应，逐步建立起一个有着共同认知可能的思想体系，为实现"天下为公"的大同社会寻找现实出路。

（三）教化

"道之以政，齐之以刑，民免而无耻；道之以德，齐之以礼，有耻且格。"

"礼崩乐坏"就要重新恢复教化,孔子极为重视《诗》《书》《礼》《乐》的教化作用。"子曰：诵诗三百,授之以政,不达；使于四方,不能专对；虽多,亦奚何为？"诗的教化作用遍布于国家和乡野之间,引诗驳证,巧妙而含蓄。朝堂之上,诸侯、大夫之间吟诗多为常事,古人借此形式谈论政治,赋诗言志,进行诸侯间外交；庙堂之下,乡野之中,民众聚于乡校,"不学诗,无以言",《诗经》的产生就是最好的例证。"子曰：小子何莫学夫诗？诗可以兴,可以观,可以群,可以怨；迩之事父,远之事君；多识于鸟兽草木之名。"这种"兴观群怨"的诗教观,出于对当时礼乐教化的现实需要,既是文艺观,又是社会观。将艺术之美孕育到社会的现实教育中,"把推行礼乐看作是改良社会、改革政治、陶冶性情的重要手段,把学习礼乐看作是个人的品格修养的基础",是君子修身养性的重要基础,更是维系当时统治的治国良策。

其"有教无类"的教学理念打破了等级森严的社会阶层制度,让教育更为普及,使之遍布于普通民众,让个人在接受新知的过程中走上一条"格物,致知,诚意,正心,修身,齐家,治国,平天下"的君子之路,达到"己欲立而立人,己欲达而达人",让个人与群体和谐一致,实属不易。

（四）君子

孔子终其一生都在孜孜不倦地为恢复"礼制"而努力,年轻时代做过一官半职,而立之年兴办私学,聚集弟子授业三千,不惑之年形成自己较为系统的思想体系,带领弟子周游列国,宣扬治国之道,晚年编订诗书,整理古籍。"大哉孔子！博学而无所成名。"他坚持了他所认为的最好的东西,也坚持了一个有力的传统,造就理想人格以创立理想社会,通过"内圣外王"之道达到"天下大同,天下为公"的盛世局面,对华夏民族的气质和性格产生了极大的影响。

孔子运用教化推行"仁""礼",力图培养出众多品格于一身的"君子"。"君子"就是礼乐教化、仁义道德的集中体现。"君子"更多地是把自己作为社会人来看待,内在进行精神培养,外在进行人格完善。"君子"离不开他所生活的现实图景,他所树立的是一种人格典范,是人的最高标准,为人处事保持一种平和、谦逊的心态,去接受万物,去表达内心,去施行"仁"道("我欲仁,斯仁至矣"),去恢复"礼"制("兴于诗,立于礼,成于乐")。这是个人与社会的联结,是辩证一体的思想,是孔子人文思想的精华,"老者安之,朋友信之,少者怀之"更是孔子穷其一生的志向追求。

孔子既关注个人的存在,又以社会为最终归宿,认识到人是个体性与社会性的统一:认为"仁"是身心合一的内化境界,存乎于内心自省下的自觉;"礼"则是外化的约束,以社会规范的形式生根于众人之心,是文明的体现;"教化"的作用就是传习这些理念,形成思想共源,使之外化于行,内化于心;而"君子"就是被寄予希望的个体存在,君子担道行义,以张扬仁义为己任,"仁"要靠君子来落实,"礼"要靠君子来恢复,"教化"要靠君子来推广,这个过程是如此顺其自然地深入人心。孔子文化自觉的思想体系包罗万象,他的内心是一幅宏大广阔的美丽画面,"冠者五六人,童子六七人,浴乎沂,风乎舞雩,咏而归",从为己之学深化到为世之学,个体在面对自己的社群、民族时不失掉自己的个性,以包容代替排他,以超自然的力量自觉地内化自我,外化行为。

正是这种在文化发展中形成的个人心态的变化让我们看到了文化自觉自然过渡的过程。纵观各朝各代,都试图建立一种共同理念指导下的秩序格局,这些理念编织成了文化长河中的各个节点。文化自觉是基于节点下的不同文化,结合自身文化的精髓,在历史的天空下构造关乎个人成长和社会发展的文化体系。我们要看到的不只是流传至今的儒家文化的内容,我们还要看到这种文化体系的形成过程,从孔子赞扬子产、晏子、季扎，批判武王，崇尚礼乐教化，推崇君子之道的思想历程中去探寻其思想脉络，经由世代联结去探究文化自觉的意味。

孔子的文化自觉始终保持着个人和社会的统一，保持着民族根本意识下的文化重塑，由内而外地从个人到群体到社会，由心至行，直至广阔的大同社会。孔子，为我们开了先河。

二、文化自觉对人类文化的影响

"孔子的思想不仅影响了中国几千年来的发展历程，还深刻影响着每一个中国人的思想和行为模式，成为东方人品格和心理的理论基础。"思想的凝结靠《论语》的文字记录得以体现，孔子留给我们的远不止文字典籍本身，更深层的意义就是这种在不自觉意识下对文化的自主理解和发展。《论语》微言大义，展现了一幅极为清晰的思想脉络，文化自觉在孔子那里始终环绕着人和社会，人是君子之人，社会是大同社会。

费孝通提出文化自觉的时代背景是全球化影响下的多元文化共存，中国的传统文化与现代文化绝不是一种对立的状态。相反，中国的传统文化面对的既有更为普遍的民众，也有知识分子群体，他们共同造就了中华民族的集体共识。

钱穆先生曾言，对于中国文化的理解应基于对历史的认知，一个国家，尤其是中国这样有着数千年文明史的大国，它的文化载体必须基于各朝各代的各个历史时期，要知道它的价值和方向，知道它的希望和目的，明白它的文化演进。这种观点也就是以文化自觉为最终方式，来认识我们的文化，发展我们的文化。

综观世界，中国之外的文化，尤以西方文化为例，都是一些具体点上的文化发散,唯有中国文化在世界历史的长河中绵延不绝,保持着自身独立的文化体系。中国的发展需要文化自觉,正如费孝通所说,文化自觉,为的是让我们自身拥有一个理智的情怀,来拥抱人类创造的各种人文类型的价值,克服文化隔阂给人类生存带来的挑战。所有的文化最终都要适应人的生存,文化的发生、演变、消亡都必须契合人类的生存。我们要更加兼容并包地以平和的心态容纳万物,去体味文化自觉下的中华文化,将光辉灿烂的中华文化展现在世界文化的舞台上,保持好我们独具特色的文化体系。

研讨班作者简介

包　磊　中国传媒大学电影学博士,美国加州大学洛杉矶分校联合培养博士,北京师范大学戏剧与影视学博士后,现为国家艺术基金主任科员。主要研究方向：电影美学与电影理论,艺术管理。

陈　寅　陕西安康人。北京师范大学艺术与传媒学院博士研究生,主要从事影视美学、传媒艺术等领域的研究和影视艺术、视听新媒体艺术的评论。

褚云侠　文学博士,博士后,对外经济贸易大学中国语言文学学院青年教师,美国爱荷华大学访问学者。主要从事中国当代文学史、中国当代文学批评的教学与研究工作。

高　飞　北京师范大学艺术与传媒学院博士研究生。主要研究文化产业、文化传播。

侯　磊　北京人。青年作家,诗人,昆曲曲友,文化学者,中国人民大学文学硕士。著有北京非虚构三部曲《声色野记》《北京烟树》《燕都怪谈》,文史随笔集《唐诗中的大唐》《宋词中的大宋》等,长篇小说《还阳》,中短篇小说集《冰下的人》《觉岸》。现于《北京文学》月刊社任编辑工作。

胡　祥　国家广播电视总局发展研究中心产业所助理研究员,中国文艺评论家协会会员,中国电影评论学会会员,主要研究方向为影视美学批评、影视产业。在《人民日报》《光明日报》等报刊发表文章百余篇。

胡亚聪　编剧,影视文学策划,业余从事影视文艺批评。曾发表学术文章《新世纪以来年代剧名作——电视剧〈乔家大院〉赏析》(《中国当代电视剧名作鉴赏与评析》收录)等。

贾志发　1983年生。中国美术家协会会员,北京美术家协会会员,中国人民大学美术学博士在读。兼任李可染画院、北京艺术传媒职业学院专业指导教师。

江　怡　1995年生,山东青岛人。北京大学中国语言文学系博士研究生。从事文学与影视评论,当代文学与大众文化研究。曾在《文艺理论与批评》等刊物发表文章。

李亚祺　北京大学中文系文学博士、中国社会科学院大学阐释学博士后。主要从事文学、阐释学研究。发表学术论文三十余篇,文艺评论二十余篇,出版《诗圣杜甫》《诗仙李白》等长篇传记多部。

林夏瀚　1987年出生于广东汕头。2019年毕业于中国艺术研究院,获美术学博士学位。现为文化和旅游部民族民间文艺发展中心助理研究员。

刘　乐　中央美术学院艺术学理论博士,现为北京电影学院美术学院讲师。

栾圣栋　辽宁岫岩人。硕士毕业于北京师范大学书法系,北京城市学院书法系教师。北京文艺评论家协会会员,北京京派书法研究会会员。

邵　部　中国人民大学文学博士,山东大学文学院助理研究员。主要从事当代文学史研究与文学批评。在《中国现代文学研究丛刊》《当代作家评论》《文艺争鸣》《南方文坛》《小说评论》等学术期刊上发表论文十余篇。

王进玉　艺术评论家,中国文艺评论家协会会员,中国新水墨画院研究部主任,《美术报》、新浪网等媒体专栏评论家。在专业类报刊发表评论文章三百余篇,出版评论集《发现》《让评论家说话》等。

王天乐　1990年出生于河北邯郸。现为南京大学艺术学院艺术学理论方向博士生。

金　鑫　1985年出生于甘肃兰州。现为中国艺术研究院美术学专业篆刻艺术创作方向博士生,中国书法家协会会员。

吴　可　1989年生,江苏淮安人。北京大学本博(直博)博士后,专业方向为文艺学。现为北京外国语大学中国语言文学学院讲师。

吴向天 北京西城区第一文化馆研究与创作部馆员,毕业于中国艺术研究院研究生院,主修戏剧戏曲学。

相 宜 原名黄相宜,1990 年出生于广西南宁,壮族。文学博士,哈佛大学东亚语言与文明系访问学者。现任职于中国社会科学院文学研究所当代文学研究室。出版文学评论集《21 世纪文学之星丛书 2018 年卷·旦兮集》。在《中国现代文学研究丛刊》《文艺争鸣》《当代作家评论》等报刊发表论文数篇。曾获第三届"紫金·人民文学之星"评论佳作奖。

杨晓霖 生于北京,书画世家,硕士学历,十六岁拜师张仁芝、吴悦石、欧阳中石等先生学习诗书画及书画鉴定。现供职于中国国家博物馆。中国文艺评论家协会会员。中国美术家协会会员。中国女画家协会会员。工艺品雕刻工一级／高级技师。在国家级核心刊物《美术观察》《中国美术》等发表艺术评论、学术论文三十余篇,设计玉雕作品"花开见佛"获中国轻工部百花奖金奖。

杨越溪 北京大学硕士研究生,研究方向为戏剧与美学理论,现居北京。论文《苏州昆剧院昆剧〈牡丹亭〉的审美特征及开发策略研究》《论影片〈凤冠情事〉的观演关系及其意象表达》等。在校园传承版《牡丹亭》中饰演杜丽娘,先后赴全国十余地高校巡演,曾任北京大学附属中学昆曲研习社指导老师。

张 烁 1984 年出生于北京。2003-2013 年就读于中国音乐学院,获音乐教育专业博士学位。现为北京教育学院美育研究中心教师,北京语言大学、北京理工大学客座教师,常年致力于西方古典音乐普及、中国交响乐音乐普及的研究与活动。在影视音乐研究、音乐作品分析以及音乐鉴赏等领域都有涉猎，曾出版专著《中国电视剧音乐经典巡礼》（2011，香港）、《莱昂纳多·伯恩斯坦音乐教育实验研究》（2015，北京）、《音乐分析基础》（2016，北京）、《中国交响音乐百年经典》（2019，北京），在《人民音乐》《钢琴艺术》《歌唱艺术》《音乐爱好者》以及《爱乐》等国家级刊物上发表文章数十篇。

赵立诺　北京外国语大学讲师，本硕毕业于西北大学，博士毕业于北京大学，曾在北京电影学院文学系攻读博士后。研究方向为电影新媒介理论与 VR 美学，在《当代电影》《北京电影学院学报》《中国文艺评论》《艺术评论》上发表论文二十余篇。

朱　江　1988 年出生。现从业于少儿图书出版，主要研究方向为《红楼梦》研究和影视评论。

戴　晨　就职于北京人艺戏剧教育与研究处。北京人艺戏剧博物馆馆员，北京文艺评论家协会会员，戏剧制作人。

李甜甜　1988 年生，毕业于西南大学。现就职于北京市文联，北京文艺评论家协会会员。

图书在版编目(CIP)数据

"2020·北京文艺论坛"论文集／北京市文学艺术界联合会编.—桂林:广西师范大学出版社,2023.12
ISBN 978-7-5598-6507-6

Ⅰ.①2… Ⅱ.①北… Ⅲ.①文艺评论-中国-当代-文集 Ⅳ.①I206.7-53

中国国家版本馆 CIP 数据核字(2023)第 205325 号

"2020·北京文艺论坛"论文集
"2020·BEIJING WENYI LUNTAN" LUNWENJI

出 品 人:刘广汉
责任编辑:魏 东
助理编辑:钟雨晴
装帧设计:李婷婷

广西师范大学出版社出版发行

(广西桂林市五里店路9号 邮政编码:541004)
(网址:http://www.bbtpress.com)

出版人:黄轩庄
全国新华书店经销
销售热线:021-65200318 021-31260822-898
山东韵杰文化科技有限公司印刷
(山东省淄博市桓台县桓台大道西首 邮政编码:256401)

开本:690 mm×960 mm 1/16
印张:30 字数:348 千
2023 年 12 月第 1 版 2023 年 12 月第 1 次印刷
定价:118.00 元

如发现印装质量问题,影响阅读,请与印刷单位联系调换。